EDIÇÕES BESTBOLSO

O fortim

Francis Paul Wilson nasceu em Nova Jersey, nos Estados Unidos, em 1946. Formado em medicina, debutou no gênero do terror com o livro *O fortim*, publicado em 1981. Unhas roídas, frio na espinha e uma narrativa magnética. Estas são as marcas registradas de F. Paul Wilson, hábil na criação de tramas de suspense, dono de um estilo consagrado em livros como *Represália*, *Renascido* e *Os escolhidos*. O autor é considerado um dos mestres do terror, comparado a Dean Koontz e Stephen King. Em 1983, a trama de *O fortim* chegou às telas de cinema com o título *A fortaleza infernal*, dirigido por Michael Mann. A série Ciclo do Inimigo é composta de seis volumes, o último inédito no Brasil:

Volume 1: O fortim
Volume 2: O sepulcro
Volume 3: O toque mágico
Volume 4: Renascido
Volume 5: Represália
Volume 6: Nightworld

F. PAUL WILSON

O Fortim

Volume 1 da série
Ciclo do Inimigo

Tradução de
HEITOR A. HERRERA

EDIÇÕES
BestBolso
RIO DE JANEIRO – 2009

CIP-BRASIL. CATALOGAÇÃO-NA-FONTE
SINDICATO NACIONAL DOS EDITORES DE LIVROS, RJ

W719f
Wilson, F. Paul (Francis Paul) 1946-
O fortim / F. Paul Wilson; tradução de Heitor A. Herrera –
Rio de Janeiro: BestBolso, 2009.

Tradução de: The Keep
ISBN 978-85-7799-149-5

1. Ficção norte-americana. 2. Romance de terror. I. Herrera, Heitor A. II. Título.

09-2530

CDD: 813
CDU: 821.111(73)-3

O fortim, de autoria de F. Paul Wilson.
Título número 133 das Edições BestBolso.
Primeira edição impressa em setembro de 2009.
Texto revisado conforme o Acordo Ortográfico da Língua Portuguesa.

Título original norte-americano:
THE KEEP

Copyright © 1981 by F. Paul Wilson.
Publicado mediante acordo com Writers House LLC, Nova York, Estados Unidos.
Copyright da tradução © by Distribuidora Record de Serviços de Imprensa S.A.
Direitos de reprodução da tradução cedidos para Edições BestBolso, um selo da Editora Best Seller Ltda. Distribuidora Record de Serviços de Imprensa S. A. e Editora Best Seller Ltda são empresas do Grupo Editorial Record.

O fortim é uma obra de ficção. Nomes, personagens, fatos e lugares são fruto da imaginação do autor ou usados de modo fictício. Qualquer semelhança com fatos reais ou qualquer pessoa, viva ou morta, é mera coincidência.

www.edicoesbestbolso.com.br

Design de capa: Tita Nigrí

Todos os direitos reservados. Proibida a reprodução, no todo ou em parte, sem autorização prévia por escrito da editora, sejam quais forem os meios empregados.

Direitos exclusivos de publicação em língua portuguesa para o Brasil em formato bolso adquiridos pelas Edições BestBolso um selo da Editora Best Seller Ltda. Rua Argentina 171 – 20921-380 – Rio de Janeiro, RJ – Tel.: 2585-2000 que se reserva a propriedade literária desta tradução.

Impresso no Brasil

ISBN 978-85-7799-149-5

Para Al Zuckerman

Agradecimentos

O autor agradece a Rado L. Lencek, professor de línguas eslavas na Universidade Columbia, por sua resposta imediata e entusiástica à estranha solicitação de um desconhecido.

O autor também deseja registrar seu óbvio débito a Howard Phillips Lovecraft, Robert Ervin Howard e Clark Ashton Smith.

F. PAUL WILSON
Abril de 1979/janeiro de 1981

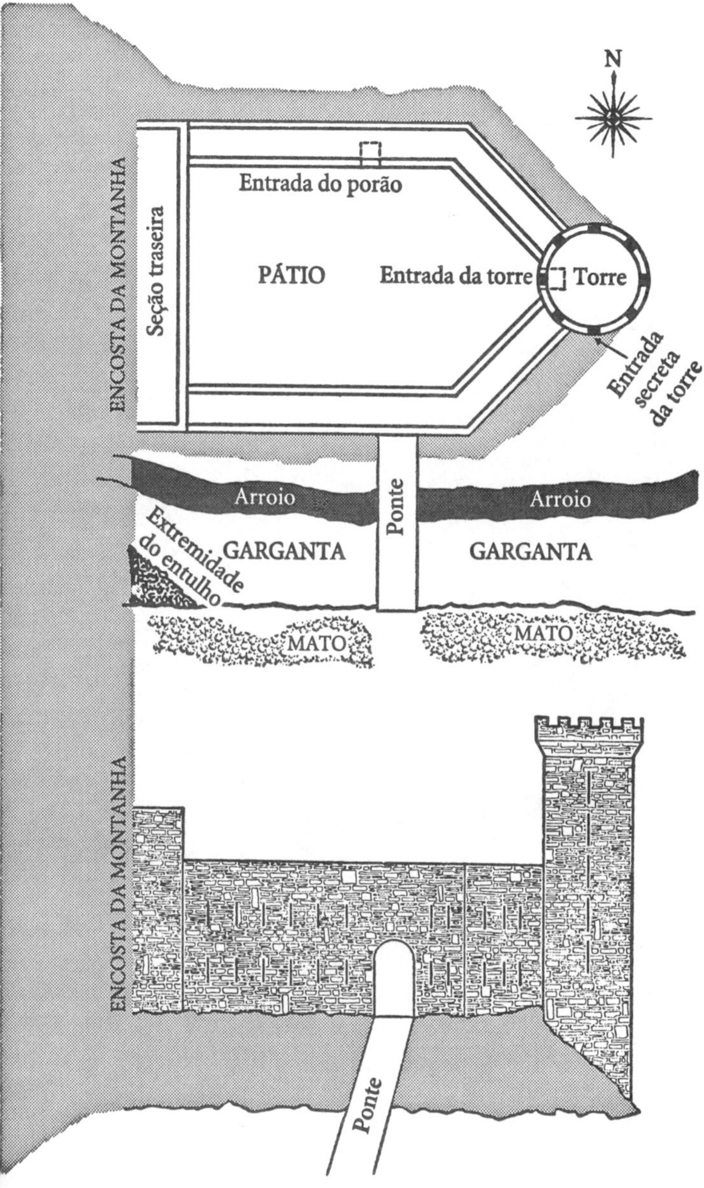

N
Entrada do porão
ENCOSTA DA MONTANHA
Seção traseira
PÁTIO
Entrada da torre
Torre
Entrada secreta da torre
Arroio
Ponte
Arroio
Extremidade do entulho
GARGANTA
GARGANTA
MATO
MATO
ENCOSTA DA MONTANHA
Ponte

Prólogo

Varsóvia, Polônia
Segunda-feira, 28 de abril de 1941
8h15

Um ano e meio atrás havia outro nome sobre a porta – um nome polonês – e sem dúvida a referência a um ministério ou departamento do governo do país. Mas a Polônia não mais pertencia aos poloneses, e o nome fora grosseiramente apagado com espessas pinceladas de tinta preta. Erich Kaempffer deteve-se do lado de fora da entrada e tentou lembrar-se do nome. Não que aquilo tivesse importância para ele. Era apenas um exercício de memória. Uma placa de mogno cobria agora a mancha, mas em torno das extremidades apareciam os sinais da tinta. Estava escrito:

SS-*Oberführer** W. Hossbach
RSHA** – Divisão de Raças e Redistribuição
Distrito de Varsóvia

Kaempffer procurou acalmar-se. O que Hossbach quereria dele? Por que aquela convocação tão cedo? Estava irritado consigo mesmo por ter-se deixado impressionar, mas a verdade é que ninguém na SS, por mais firme que fosse sua posição, mesmo um oficial com uma

---
*Antiga patente paramilitar do partido nazista iniciada em 1921. Traduzido para o português significa "líder sênior", tipicamente dada a oficiais do partido responsáveis por uma unidade militar em determinada região. (*N. do E.*)
**RSHA – *Reichssicheitshauptamt* (Escritório central de segurança do *Reich*). Organização subordinada à SS, criada por Heinrich Himmler em 1939. (*N. do E.*)

carreira tão bem-sucedida como a dele, poderia ser convocado "com urgência" ao gabinete de um superior sem experimentar uma súbita apreensão.

Kaempffer respirou fundo, tratou de disfarçar seu nervosismo e abriu a porta. Um cabo que servia de secretário do general Hossbach tomou posição de sentido. Como o rapaz fosse novo na função, Kaempffer pôde perceber que não fora reconhecido por ele. O que era compreensível... Kaempffer estivera em Auschwitz durante todo o ano anterior.

— *Sturmbannführer** Kaempffer — disse ele, permitindo que o jovem o anunciasse.

O cabo girou sobre os calcanhares e dirigiu-se ao gabinete contíguo, regressando logo depois.

— *Oberführer* Hossbach pede-lhe que entre, *herr* major.

Kaempffer passou pelo cabo e entrou no gabinete de Hossbach, encontrando-o sentado atrás de sua mesa.

— Olá, Erich! Bom dia! — exclamou ele, com uma jovialidade inusitada. — Café?

— Não, obrigado, Wilhelm.

Bem que ele apreciaria uma xícara naquele momento, mas o sorriso de Hossbach o pusera desde logo em guarda. Havia agora um nó em seu estômago vazio.

— Então está bem, mas tire o capote e fique à vontade.

Embora o calendário indicasse abril, ainda fazia frio em Varsóvia. Kaempffer usava seu comprido capote da SS. Tirou-o lentamente e, junto com o quepe, pendurou-o no cabide da parede, obrigando Hossbach a observá-lo e, talvez, a dar-se conta das diferenças físicas existentes entre ambos. Hossbach era gordo, calvo e tinha pouco mais de 50 anos; Kaempffer, dez anos mais novo, apresentava um corpo musculoso e uma farta cabeleira loura. E Erich Kaempffer estava em *ascensão*.

---

*Patente militar do partido nazista equivalente a major. Significa "líder de unidade de assalto". Original da Primeira Guerra Mundial, esta patente conferia a mesma autoridade que a de um comandante de batalhão. (*N. do E.*)

– A propósito, receba meus cumprimentos pela promoção e pelo novo cargo. Essa missão em Ploiesti é muito honrosa.

– Certamente – replicou Kaempffer, procurando manter um tom de voz neutro. – Espero fazer jus à confiança que Berlim depositou em mim.

– Não tenho dúvida disso.

Kaempffer bem sabia que os votos de Hossbach eram tão falsos como as promessas que fizera quanto à redistribuição dos judeus poloneses. Hossbach desejara o cargo em Ploiesti para si mesmo, como, aliás, qualquer oficial da SS, uma vez que eram enormes as oportunidades para promoção e aumento do prestígio pessoal oferecidas pelo comando de uma guarnição tão importante na Romênia. Na infatigável busca de uma posição dentro da imensa burocracia criada por Heinrich Himmler – na qual cada um mantinha um olho grudado nas costas vulneráveis do homem à sua frente, enquanto com o outro vigiava, por cima do ombro, o sujeito de trás – nada havia de parecido com sinceros votos de êxito para um companheiro.

No constrangedor silêncio que se seguiu, Kaempffer correu os olhos pelas paredes e reprimiu um sorriso desdenhoso ao notar os sinais, na cor da tinta, dos retângulos e quadrados das molduras dos diplomas do anterior ocupante do gabinete. Hossbach não havia pendurado os seus – gesto típico de quem tenta dar a impressão de que, muito ocupado com os assuntos da SS, não tem tempo para preocupar-se com ninharias tais como mandar pintar as paredes. Kaempffer não precisava recorrer a tais demonstrações para reafirmar sua devoção à SS. Todas as suas horas do dia eram dedicadas a reforçar sua posição na hierarquia da organização.

Colocando-se em frente a um grande mapa da Polônia, pregado na parede, fingiu interessar-se pela série de alfinetes coloridos que representavam as concentrações indesejáveis. Aquele ano fora muito trabalhoso para o gabinete de Hossbach na RSHA, pois através dele se operara o encaminhamento de toda a população de judeus poloneses para o "centro de redistribuição" perto do entroncamento ferroviário de Auschwitz. Kaempffer imaginou seu futuro gabinete em Ploiesti, com um mapa da Polônia na parede e também pontilhado de alfinetes coloridos. Ploiesti... não poderia haver dúvida de que a amável recepção de Hossbach escondia notícias desagradáveis. Algo de errado acontecera em algum lugar e Hossbach iria aproveitar seus últimos dias como superior de Kaempffer para esfregar-lhe o dedo no nariz.

– Há alguma coisa em que eu lhe possa ser útil? – perguntou Kaempffer.

– Não a mim, propriamente, mas ao Alto Comando. Surgiu um pequeno problema na Romênia; na verdade, um transtorno.

– Que transtorno?

– Um destacamento do exército regular, estacionado nos Alpes ao norte de Ploiesti, vem sofrendo ultimamente algumas baixas, ao que parece em virtude das atividades de guerrilheiros locais, e o oficial comandante sugere que o destacamento seja transferido para outro local.

– Mas isso é um assunto do exército – ponderou o major Kaempffer, não desejando morder a isca. – A SS nada tem a ver com o problema.

– Acontece que tem – replicou Hossbach, desdobrando um papel que estava sobre sua mesa. – O Alto Comando enviou este documento ao gabinete do *obergruppenführer* (líder de grupo sênior) Heydrich. Acho que é perfeitamente lógico que eu o encaminhe a você.

– Por quê?

– O comandante do destacamento é o capitão Klaus Woermann, justamente o oficial de quem você me falou, há cerca de um ano, a propósito da recusa dele em inscrever-se no Partido.

Kaempffer permitiu-se um instante de discreto alívio.

– E, uma vez que estou indo para a Romênia, o problema é jogado em cima de mim.

– Precisamente. O ano que você passou em Auschwitz não apenas lhe ensinou como dirigir de modo eficiente um campo de concentração, mas também como tratar com guerrilheiros locais. Estou certo de que você solucionará tudo rapidamente.

– Posso ler o documento?

– Claro.

Kaempffer apanhou a folha de papel e leu as duas linhas. Sem entender, leu-as novamente.

– Isto foi decodificado adequadamente?
– Foi. Também estranhei, de maneira que dei ordem para que fizessem uma verificação. Está correto.

Kaempffer leu a mensagem ainda uma vez:

> Solicito imediata transferência de local.
> Algo está assassinando meus homens.

Uma mensagem desconcertante. Kaempffer conhecera Woermann na Grande Guerra e guardara dele a impressão de um homem resoluto. E agora, numa nova guerra, como oficial na *reichswehr**, Woermann repetidamente se recusara a ingressar no Partido, a despeito de constantes pressões. Não era homem de abandonar uma posição, estratégica ou não, desde que fosse o responsável por ela. Somente um fato muito grave o levaria a solicitar uma transferência de local.

Mas o que preocupava Kaempffer ainda mais era a escolha das palavras. Inteligente e preciso, Woermann sabia que sua mensagem teria de passar por diversas mãos em sua rota de transcrição e decodificação e deve ter tentado comunicar algo ao Alto Comando sem entrar em pormenores.

Mas o quê? O verbo *assassinar* implicava a existência de um agente humano deliberado. Por que, então, fizera preceder essa palavra do termo *algo*? Um animal, uma substância tóxica, um desastre poderiam matar, mas não assassinar.

– Acho que não preciso lembrá-lo – foi dizendo Hossbach – que, como a Romênia é um país aliado e não um território ocupado, será necessário agir com muita habilidade.

– Estou perfeitamente ciente disso.

Seria necessário também agir com muita habilidade ao tratar com Woermann. Kaempffer tinha velhas contas a acertar com ele.

Hossbach tentou sorrir, mas a tentativa pareceu mais uma careta.

– Todos nós da RSHA, inclusive o general Heydrich, acompanharemos o êxito com que você dará cumprimento a esta missão... antes de sua transferência para o elevado cargo em Ploiesti.

---

*Força armada alemã anterior a *wehrmacht.* (*N. do E.*)

A ênfase dada à palavra *antes* e a pequena pausa que a precedeu não passaram despercebidas a Kaempffer. Hossbach estava fazendo o possível para transformar aquela pequena viagem aos Alpes em uma prova de fogo. Kaempffer deveria apresentar-se em Ploiesti dentro de uma semana; se ele não fosse capaz de resolver o problema de Woermann com suficiente rapidez, então poderia pensar-se que talvez ele não fosse o homem adequado para comandar o campo em Ploiesti. E não faltariam candidatos para tomar seu lugar.

Instigado por um súbito sentimento de urgência, Kaempffer levantou-se e apanhou o capote e o quepe.

– Penso que não haverá problemas. Partirei imediatamente com dois grupos de *einsatzkommandos*.* Se for providenciado o transporte aéreo e se fizerem as devidas conexões ferroviárias, poderemos estar lá ainda esta noite.

– Ótimo! – exclamou Hossbach, correspondendo à continência de Kaempffer.

– Dois grupos serão suficientes para tomar conta de alguns guerrilheiros.

Deu meia-volta e dirigiu-se à porta.

– Mais do que suficiente, creio eu.

SS-*Sturmbannführer* Kaempffer não ouviu a última observação de seu superior. Outras palavras enchiam sua mente: "*Algo está assassinando meus homens.*"

Passo Dinu, Romênia
28 de abril de 1941
13h22

O capitão Klaus Woermann aproximou-se da janela de seu quarto, na torre do fortim, e cuspiu um líquido branco.

Leite de cabra! Se ainda fosse para fazer queijo, vá lá, mas para beber...

---

*Subgrupo de cinco *einsatzgruppen*, esquadrões móveis de extermínio, totalizando três mil soldados, responsável pela execução sistemática de judeus e oficiais políticos soviéticos durante a *wehrmacht* (Força Armada alemã). (*N. do E.*)

Enquanto observava o líquido misturar-se com os pingos que caíam incessantemente das rochas 30 metros acima, Woermann ansiou por uma boa caneca de cerveja alemã. A única coisa que ele desejava mais do que a cerveja era ir embora daquela antecâmara do Inferno.

Isso, porém, não seria possível. Naquele momento, pelo menos. Estufou o peito num gesto tipicamente prussiano. Era mais alto do que a média, possuía ombros largos e seus músculos já haviam sido mais rijos do que agora, tendendo para a lassidão. Tinha cabelo castanho cortado rente; os olhos, muito separados, eram também castanhos; o nariz, ligeiramente torto, fora quebrado na juventude, e a boca larga mostrava todos os dentes quando ele ria. Sua túnica cinzenta estava desabotoada na cintura, revelando um começo de obesidade que ele acariciou. Salsichas em demasia. Quando frustrado ou insatisfeito, Woermann tendia a beliscar qualquer coisa entre as refeições, comendo geralmente uma salsicha. Quanto mais frustrado e insatisfeito, mais ele comia. Estava engordando.

O olhar de Woermann fixou-se na pequena vila romena, no outro lado da garganta, aquecendo-se pacificamente ao sol da tarde, como se pertencesse a um mundo distante. Afastando-se da janela, o oficial voltou-se e atravessou o quarto – um quarto guarnecido de blocos de pedra, muitos dos quais ornados com estranhas cruzes de bronze e níquel. Quarenta e nove cruzes naquele quarto, para ser exato. Ele sabia disso pois as contara inúmeras vezes nos últimos três ou quatro dias. Passando por um cavalete em que havia um quadro inacabado e por uma escrivaninha improvisada, encaminhou-se para a janela do lado oposto, aquela de onde se avistava o pequeno pátio do fortim.

Lá embaixo, os homens de seu destacamento que se encontravam de folga estavam reunidos em pequenos grupos, alguns conversando em voz baixa, a maioria mal-humorada e silenciosa, mas todos evitando as sombras que avançavam. Aproximava-se outra noite. Mais um deles iria morrer.

Um dos homens estava sentado sozinho em um canto, esculpindo um pedaço de madeira apressadamente. Woermann observou a pequena peça que tomava forma nas mãos do artista – era uma cruz. Como se não houvesse já bastantes cruzes por ali!

Os homens estavam amedrontados. E ele também. Uma reviravolta completa em menos de uma semana! Ele se lembrava de como haviam entrado, marchando orgulhosamente, pelo portão do fortim – os invencíveis soldados da *wehrmacht*, um exército que tinha conquistado a Polônia, a Dinamarca, a Noruega, a Holanda e a Bélgica. Em seguida, depois de empurrar para o mar em Dunquerque os remanescentes do Exército britânico, acabara por liquidar a França em 39 dias. E justamente naquele mês a Iugoslávia fora arrasada em 12 dias e a Grécia em apenas 21, terminados na véspera. Nada poderia detê-los. Eram vencedores natos.

Mas havia os fatos da última semana. Foi impressionante como aquelas seis mortes horríveis afetaram os conquistadores do mundo. Era isso que o preocupava. Durante toda a semana o mundo se contraíra, como se nada mais existisse, para ele e seus homens, além daquele pequeno castelo, daquele túmulo de pedra. Estavam enfrentando algo que desafiava todos os esforços que faziam para detê-lo, alguma coisa que matava e desaparecia, para voltar e novamente matar. O coração deles não suportava mais o desespero.

Deles... Woermann deu-se conta de que, durante algum tempo, não se incluíra entre os que haviam perdido a fé, desde aquele tempo na Polônia, perto da cidade de Poznan, depois que a SS chegara e ele vira, com os próprios olhos, o destino dos "indesejáveis", dos que eram deixados para trás, no rastro da vitoriosa *wehrmacht*. Protestara. O resultado foi que desde então nunca mais o designaram para uma unidade de combate. Simplesmente, a partir daquele dia, ele perdera todo o orgulho que tinha por considerar-se um dos conquistadores do mundo.

Deixou a janela e voltou para a escrivaninha. Apoiou-se em uma das pontas, esquecido das fotografias de sua mulher e dos dois filhos, e releu uma vez mais a mensagem decodificada:

> SS-*Sturmbannführer* Kaempffer chegará hoje
> com destacamento de *einsatzkommandos*.
> Mantenha posição atual.

Por que um major da SS? Aquela era uma guarnição do exército regular. Tanto quanto sabia, a SS nada tinha a ver com ele, com o fortim ou com a Romênia. A verdade, porém, é que havia muitas coisas que Woermann não conseguira entender naquela guerra. E logo Kaempffer! Um mau soldado, mas, sem dúvida, um membro exemplar da SS. Por que viria ele? E por que razão com os *einsatzkommandos*? Tropa de extermínio, eram o esquadrão da morte, especialistas em campos de concentração, em matar civis desarmados. Fora o trabalho deles que Woermann presenciara perto de Poznan. Por que estariam agora vindo para o fortim?

Civis desarmados... As palavras se arrastavam... Um sorriso aflorou-lhe timidamente nos cantos da boca, mas os olhos permaneceram imóveis.

Que viessem então os homens da SS. Woermann estava agora convencido de que havia uma participação civil, desarmada, na raiz de todas as mortes no fortim, mas não uma participação servil, da espécie com que a SS estava acostumada a lidar. Que viessem os comandos da SS. Eles teriam oportunidade de sentir na carne o pavor que tanto gostavam de difundir, de aprender a acreditar no inacreditável.

Woermann acreditava. Uma semana antes teria rido daquela tolice. Agora, porém, quanto mais o sol se aproximava do horizonte, ele acreditava com mais convicção... e temia.

Tudo em uma semana apenas. Houvera perguntas sem resposta quando eles entraram pela primeira vez no fortim, mas não medo. Uma semana. Só isso? Parecia que tinham decorrido séculos desde que ele avistara pela primeira vez o fortim...

1

EM RESUMO: O complexo da refinaria de Ploiesti tem uma proteção relativamente satisfatória ao norte. O Passo Dinu, nos Alpes da Transilvânia, oferece a única ameaça por terra, mas é pequena. Como será explicado detalhadamente neste relatório, a esparsa população e as condições atmosféricas durante a primavera teoricamente permitem que o caminho possa ser percorrido por um destacamento blindado – e sem que este seja detectado – que, partindo das estepes do sudoeste da Rússia, passe pelos contrafortes do sul dos Cárpatos e, atravessando o desfiladeiro, surja, por fim, do outro lado das montanhas, 30 quilômetros a noroeste de Ploiesti, havendo apenas uma planície entre ele e os campos petrolíferos.

Em razão da importância crucial do petróleo fornecido por Ploiesti, recomenda-se que, até que a Operação Barbarossa se encontre em pleno progresso, uma pequena força guarneça o Passo Dinu. Conforme está mencionado no relatório, há uma velha fortificação nas proximidades do desfiladeiro, que pode servir adequadamente como base da vigilância.

ANÁLISE DA DEFESA DE PLOIESTI, ROMÊNIA
Apresentada ao Alto Comando da Reichswehr
a 1º de abril de 1941

Passo Dinu, Romênia
Terça-feira, 22 de abril
12h08

Não pode haver um dia longo aqui, qualquer que seja a estação do ano, pensava Woermann enquanto contemplava as encostas abruptas das montanhas, com mais de 300 metros de altura de cada lado do desfiladeiro. O sol tinha de elevar-se num arco de 30 graus antes que pudesse surgir por cima da encosta oriental, e percorrer apenas 90 graus através do céu antes de se ocultar de novo.

As encostas do Passo Dinu eram incrivelmente íngremes, tão próximas da vertical quanto seria possível à parede de uma montanha sem que ela perdesse o equilíbrio e desabasse; pedaços enormes de lajes pontudas e blocos de rocha desabavam ocasionalmente, liberados por incrustações cônicas de xisto em desagregação. Marrom e cinza, argila e granito se misturavam, com esparsas pinceladas verdes. Árvores raquíticas, ainda desfolhadas naquele começo de primavera, com seus troncos açoitados e torcidos pelo vento, mantinham-se precariamente sustentadas por teimosas raízes que, de alguma maneira, conseguiram infiltrar-se na rocha. Elas se agarravam como alpinistas exaustos, incapazes de mais um movimento para cima ou para baixo.

Woermann podia ouvir, logo atrás de seu carro-comando, o ruído dos dois transportes que traziam seus homens e, mais atrás, o confortador sacolejar do caminhão com os suprimentos e as armas. Os quatro veículos deslocavam-se em fila, ao longo da encosta ocidental do desfiladeiro, onde, durante anos, uma laje natural vinha sendo utilizada como estrada. Como todos os desfiladeiros, o Dinu era estreito, medindo menos de 1 quilômetro no sinuoso percurso através dos Alpes da Transilvânia – a área menos explorada da Europa. Woermann olhou com pesar para sua parte inferior, 15 metros mais abaixo, à sua direita; era plana e verde, com uma trilha no centro. Seria um caminho mais curto e menos incômodo, mas as instruções que recebera alertavam que o trecho era impróprio para veículos sobre rodas, dada a natureza do solo. Era necessário prosseguir pela estrada sacolejante.

Estrada? Woermann deu um suspiro. Aquilo não era uma estrada. Ele a classificaria como trilha ou, mais propriamente, como laje. Estrada é que não era. Aparentemente, os romenos não acreditavam em motores de combustão interna e não haviam tomado providências para o trânsito de automóveis pela região.

O sol desaparecera de repente; ouviu-se um trovão, em seguida um relâmpago riscou o céu e começou a chover novamente. Woermann praguejou. Outra tempestade. O tempo ali era de enervar. Rajadas violentas sopravam entre as paredes do desfiladeiro, relâmpagos se cruzavam em todas as direções, e o fragor dos trovões ameaçava derrubar as montanhas, solapadas pelas torrentes logo formadas pela chuva. De repente, tudo voltava ao normal, tão abruptamente como chegara. Tal como o espetáculo de agora.

Como poderia alguém viver em um lugar como aquele?, perguntava Woermann a si mesmo. As lavouras cresciam com dificuldade, mal dando para a subsistência do local. Cabras e carneiros pareciam dar-se bem, beneficiando-se da grama do vale e da água límpida que descia dos picos. Mas por que escolher um lugar assim para viver?

Woermann tinha avistado o fortim pela primeira vez quando a coluna passou pelo meio de um pequeno rebanho de cabras, em uma das curvas da sinuosa trilha. Sentiu imediatamente uma impressão estranha, mas, apesar de tudo, favorável. Embora sob a forma de um castelo, a construção não podia ser classificada como tal, por ser demasiado pequena. Por isso era chamada de *fortim*. Não tinha nome próprio, o que era normal. Devia contar séculos de idade, mas se apresentava como se a última pedra tivesse sido colocada no dia anterior. A surpresa de Woermann foi tal que receou ter errado o caminho. Não poderia ser aquela a fortificação abandonada, velha de 500 anos, que ele recebera ordem de ocupar. Fazendo a coluna parar, ele consultou o mapa e certificou-se de que aquele era realmente seu novo posto de comando. Olhou novamente para a estrutura, estudando-a.

Séculos antes, uma enorme laje de rocha escorregara do flanco ocidental do desfiladeiro. Em torno dela havia uma profunda garganta, através da qual corria um arroio gelado cujas águas pareciam brotar de dentro da montanha. O fortim assentava-se sobre essa laje. Seus muros lisos, de uns 12 metros de altura, eram feitos de blocos de granito encaixados solidamente na rocha da encosta da montanha à retaguarda – a obra do homem conjugada com a da natureza. Todavia, a característica mais impressionante da pequena fortaleza era sua torre solitária, na extremidade principal: rendilhada de ameias no topo, projetava-se na direção do centro do desfiladeiro, distando pelo menos 50 metros desde seu parapeito chanfrado até o vale rochoso mais abaixo. Assim era o fortim. Uma reminiscência de uma época diferente. Uma visão agradável, visto que prometia abrigo seguro ao destacamento durante o cumprimento de sua missão na vigilância do estreito.

Mas era estranho como o fortim apresentava aspecto tão novo.

Woermann fez um sinal para o homem a seu lado e começou a enrolar o mapa. O nome dele era Oster, um sargento – o único sargento no destacamento de Woermann. Fazia também às vezes de motorista. Oster levantou o braço esquerdo, para avisar os motoristas das viaturas de trás, e a marcha foi retomada. A estrada – ou melhor, a trilha – se alargava à medida que eles avançavam na curva e desembocavam numa pequenina vila aninhada no sopé da montanha ao sul do fortim, logo após a garganta.

Ao se aproximarem do centro da vila, Woermann decidiu reclassificá-la também. Não era propriamente uma vila no sentido considerado pelos alemães, mas um agrupamento de cabanas de paredes de estuque, tetos reforçados, todas de um único pavimento, exceto a última, na extremidade norte. Esta situava-se no lado direito, tinha um segundo andar e uma tabuleta na frente. Woermann não sabia ler romeno, mas teve a impressão de que se tratava de uma espécie de estalagem, embora não pudesse imaginar qual a necessidade de um estabelecimento dessa natureza. Quem iria hospedar-se ali?

A 30 metros além da vila, a trilha terminava na beira da garganta. A partir dali, uma ponte de madeira, apoiada em colunas de pedra, atravessava os 60 metros da garganta rochosa, propiciando a única ligação do fortim com o mundo. Outro meio possível de entrada seria escalar a íngreme muralha de baixo ou deslizar, agarrado a uma corda, do topo da montanha, ao longo de 300 metros da encosta igualmente íngreme.

O olho militar de Woermann avaliou desde logo as vantagens estratégicas do fortim. Um excelente posto de observação. O Passo Dinu, em toda a sua extensão, ficava inteiramente sob as vistas da torre; das muralhas do fortim, cinquenta homens decididos poderiam deter um batalhão de russos. Não que ele receasse o aparecimento de uma coluna soviética no desfiladeiro, mas quem poderia saber os desígnios do Alto Comando?

Havia outro olho no interior de Woermann, e era com ele que o oficial agora examinava o fortim. Um olho de artista, de um amante da paisagem, imaginando o que deveria usar para representar toda aquela beleza – aquarela ou tinta a óleo? A única maneira de saber seria tentar ambas. E, para tanto, não lhe faltaria tempo durante os próximos meses.

– Bem, sargento – disse ele a Oster, ao alcançarem a extremidade da ponte –, o que acha de seu novo lar?

– Não me parece grande coisa, senhor.

– Você se acostumará. Provavelmente passará o resto da guerra aqui.

– Sim, senhor.

Notando uma certa preocupação nas respostas de Oster, Woermann olhou para o sargento, um jovem esguio e moreno, com pouco mais da metade de sua idade.

– Aliás, a guerra não deverá durar muito tempo mais, sargento. Já chegou a notícia de que, como fora previsto, a Iugoslávia se rendeu.

– Ah, senhor, já deveria ter nos contado isso! Levantaria o nosso moral!

– Os homens estão precisando tanto assim de incentivo?

– Todos preferiríamos estar na Grécia agora, senhor.

– Mas lá só existe bebida ruim, carne dura e danças estranhas. Você não gostaria do país.

– É por causa dos *combates*, senhor.

– Ah, sim.

Woermann notara que sua ironia se revelava cada vez mais no decorrer da guerra. Por certo não era uma característica invejável em se tratando de um oficial alemão, e poderia até vir a ser perigosa para quem sempre se recusara a tornar-se um nazista. Todavia, tratava-se da única defesa contra a crescente frustração que vinha experimentando ao longo da guerra e da carreira. O sargento Oster não servira com ele tempo suficiente para aperceber-se disso. Com o tempo, porém, aprenderia.

– Quando você chegasse lá, sargento, os combates já teriam cessado. Penso que a rendição não demora uma semana.

– Ainda assim todos achamos que estaríamos fazendo mais pelo *Führer* do que aqui nestas montanhas.

– É bom não esquecer que foi por ordem do *Führer* de vocês que viemos para cá – replicou Woermann, notando com satisfação que Oster não notara o "de vocês".

– Mas por que, senhor? Qual a finalidade de ficarmos aqui?

Woermann começou a recitar sua ladainha:

– O Alto Comando considera o Passo Dinu uma ligação direta entre as estepes da Rússia e os campos petrolíferos que atravessamos em Ploiesti. Se as relações entre a Rússia e o Reich se deteriorarem um dia, os russos podem decidir atacar de surpresa contra Ploiesti. E, sem esse petróleo, a mobilidade da *wehrmacht* ficaria seriamente ameaçada.

Oster ouviu pacientemente, embora aquela explanação já lhe tivesse sido feita uma dezena de vezes e ele próprio a houvesse transmitido aos homens do destacamento. E Woermann sentia que ele não ficara convencido daquela história, mas não o culpava por isso. Qualquer soldado razoavelmente inteligente teria suas dúvidas. Oster já estava no exército há bastante tempo para saber que era muito estranho que um oficial veterano fosse colocado no comando de quatro esquadras de infantaria, sem outro oficial como subcomandante, e depois enviado com esse pequeno destacamento para guardar um desfiladeiro isolado nas montanhas de um país aliado. Aquilo era função para um tenente recém-promovido.

– Mas os russos dispõem de quantidade suficiente de petróleo próprio, senhor, e temos um tratado com eles.

– É claro! Quase me esqueci. Um tratado! Não se costuma mais romper tratados.

– O senhor não está pensando que Stalin teria a ousadia de trair o *Führer*, está?

Woermann engoliu a resposta que lhe veio de imediato: *Não se o Führer de vocês o trair primeiro.* Oster não compreenderia. Como a maioria dos membros da geração pós-guerra, o sargento equiparava os interesses do povo alemão à vontade de Adolf Hitler. Fora inspirado e conquistado pelo homem. Woermann era velho demais para se permitir tal confusão. Fizera 41 anos no mês anterior. Acompanhara a ascensão de Hitler desde as manifestações nas cervejarias, sua nomeação para chanceler, até o endeusamento. Jamais simpatizara com ele.

Na verdade, Hitler unira o país e o lançara novamente na estrada da vitória e do autorrespeito. Alemão algum poderia negar-lhe esses méritos. Entretanto, Woermann jamais confiara em Hitler – um austríaco que se cercara daqueles bávaros, todos sulistas. Nenhum prussiano seria capaz de depositar sua confiança em uma camarilha de sulistas como aquela. Havia algo de sinistro em suas decisões. O que Woermann presenciara em Potsdam fora suficiente para dar-lhe essa impressão.

– Diga aos homens que desembarquem e estiquem as pernas – ordenou Woermann, ignorando a última pergunta de Oster. Afinal, era apenas retórica. – Examine o estado da ponte e veja se ela suportará o peso dos veículos. Enquanto isso, darei uma olhada lá dentro.

À medida que caminhava pela ponte, Woermann foi se convencendo de que o madeiramento estava em condições suficientemente boas. Correu os olhos pelas pontas de rocha e pela água que gorgolejava embaixo. Era uma altura considerável, no mínimo 20 metros. O melhor seria esvaziar os caminhões e, deixando apenas o motorista, fazê-los atravessar um de cada vez.

O pesado portão, no arco da entrada do fortim, estava escancarado, bem como os postigos da maioria das janelas na muralha e na torre. Era como se o fortim estivesse sendo arejado. Woermann passou pelo portão e viu-se no interior do pátio cercado de pedras. O ambiente era fresco e silencioso. O oficial notou que havia uma seção traseira do fortim, aparentemente encravada na encosta da montanha, que ele não percebera da ponte.

Continuou a correr lentamente os olhos pelo conjunto. A torre avultava acima dele, enquanto cinzentas muralhas o rodeavam por todos os lados. Woermann sentiu-se como se estivesse cercado pelos tentáculos de um enorme animal adormecido que ele não tinha coragem de acordar.

Foi então que viu as cruzes. As paredes internas do pátio estavam repletas de centenas, milhares delas. Todas do mesmo tamanho e com o mesmo formato singular: o braço vertical, de 25 centímetros de altura, era reto no topo e alargado na base; o braço transversal media cerca de 20 centímetros e apresentava em cada ponta um pequeno ângulo para cima. Todavia, o detalhe especial era que a ponta superior do braço vertical mal se destacava acima do transversal, fazendo com que a cruz parecesse um grande T.

Woermann teve a impressão de que o detalhe era vagamente anormal, de que havia algo errado nele. Aproximou-se de uma das cruzes e passou a mão sobre sua superfície polida. O braço vertical era de bronze e o transversal de níquel, sendo o conjunto habilmente incrustado na superfície do bloco de pedra.

Correu os olhos novamente ao redor. Alguma coisa mais o estava perturbando. De súbito, descobriu: pássaros. Não havia pombos nos vãos das paredes. Os castelos na Alemanha costumam ter bandos de pombos, com seus ninhos em cada fenda. Ali não havia um único pássaro nas paredes, nas janelas nem na torre.

O oficial ouviu um ruído atrás de si e virou-se, já com a mão no cabo de sua Luger. O governo romeno podia ser aliado do Reich, mas Woermann estava certo de que havia grupos no país que discordavam dessa posição. O Partido Nacional dos Camponeses, por exemplo, era fanaticamente antigermânico, e, embora estivesse fora do poder, ainda se conservava ativo. Deveria haver grupos esparsos nos Alpes, aguardando, escondidos, uma oportunidade para matar alguns alemães.

O ruído tornou a repetir-se, desta vez mais forte. Eram passos que se aproximavam, sem a preocupação de serem silenciosos. Vinham de uma porta da seção traseira do fortim e, quando Woermann se virou, deparou com um jovem que, vestindo um *cojoc* de pele de cabra, transpusera a porta. Ele não vira Woermann. Tinha uma pá de pedreiro em uma das mãos e, de costas para o oficial, reforçava com argamassa os umbrais da porta.

– O que está fazendo aí? – perguntou Woermann asperamente. As instruções que recebera diziam que o fortim estava abandonado.

Tomado de surpresa, o pedreiro voltou-se e o espanto em seu rosto logo desapareceu, reconhecendo o uniforme e dando-se conta de que a pergunta fora feita em alemão. Balbuciou algumas palavras ininteligíveis, certamente em romeno. Woermann concluiu, aborrecido, que precisava arranjar um intérprete ou aprender um pouco do idioma se tivesse de passar algum tempo naquele local.

– Fale em alemão! O que está fazendo aí?

O homem balançou a cabeça num misto de temor e indecisão. Levantou a mão, fazendo sinal para que esperasse, depois gritou uma palavra que soava como "papai!".

Ouviu-se uma voz mais acima, quando um homem idoso, com uma *caciula* de lã na cabeça, abriu uma das janelas da torre e olhou para baixo. Woermann apertou com mais força o cabo de sua Luger, enquanto os dois romenos trocavam algumas palavras. O mais velho avisou em alemão:

– Já estou descendo, senhor.

Woermann concordou com um aceno de cabeça e relaxou os músculos. Aproximou-se novamente de uma das cruzes e a examinou... Bronze e níquel... quase como ouro e prata.

– Há 16.807 cruzes iguais a essa embutidas nas paredes do fortim – disse uma voz atrás dele. O sotaque era carregado, e as palavras, escolhidas com dificuldade.

Woermann o encarou:

– Você as contou? – Calculou que o homem devia ter por volta de 55 anos. Havia uma grande semelhança entre ele e o jovem pedreiro a quem Woermann assustara. Ambos estavam vestidos com idênticas camisas de camponeses e calções, porém o mais velho usava um gorro de lã. – Ou é uma das informações que você transmite aos turistas que aparecem por aqui?

– Meu nome é Alexandru – respondeu o romeno com aspereza, inclinando-se ligeiramente. – Meus filhos e eu trabalhamos aqui. E não costumamos acompanhar ninguém como visitantes.

– Isso mudará de agora em diante. Disseram-me que o fortim estava desocupado.

– Somente quando vamos para casa à noite. Moramos na vila.

– Onde está o proprietário?

– Não tenho a menor ideia – replicou Alexandru, encolhendo os ombros.

— Quem é ele?

Novo encolher de ombros.

— Não sei.

— Mas quem é que paga vocês?

Aquilo estava se tornando exasperante. Será que aquele homem não sabia fazer outra coisa senão encolher os ombros e dizer que não sabia?

— O estalajadeiro. Alguém lhe traz o dinheiro duas vezes por ano, inspeciona o fortim, toma algumas notas e depois vai embora. O estalajadeiro nos paga mensalmente.

— E quem diz o que vocês devem fazer? — perguntou Woermann, esperando outro encolher de ombros, que não veio.

— Ninguém. — Alexandru mantinha-se com a cabeça erguida e falava com serena dignidade. — Fazemos de tudo. Nossas instruções são para mantermos o fortim como novo. É só o que precisamos saber. O que for necessário fazer, fazemos. Meu pai passou a vida inteira trabalhando aqui e, antes dele, seu pai, sempre assim. Meus filhos continuarão na mesma rotina depois de mim.

— Vocês passam a vida inteira cuidando do fortim? Não posso acreditar nisso.

— Ele é muito maior do que parece. Todas as muralhas que o senhor está vendo têm quartos em seu interior. Há corredores de quartos no porão, embaixo de nós, e encravados na encosta da montanha, atrás de nós. Não nos falta trabalho.

O olhar de Woermann percorreu as muralhas de paredes cinzentas, parte das quais já na sombra, depois o pátio, também sombreado, embora a tarde mal tivesse começado. Quem teria construído o fortim? E quem estaria pagando para que ele fosse mantido em tão perfeitas condições? Aquilo não fazia sentido. O oficial ficou olhando as sombras e ocorreu-lhe que, se tivesse sido ele o construtor, teria erguido o fortim no outro lado do desfiladeiro, onde ficaria mais exposto à luz e ao calor do sol, a oeste e ao sul. No local onde fora construído, a noite sempre chegava mais cedo.

— Muito bem — disse ele a Alexandru. — Vocês podem continuar suas tarefas de manutenção depois de termos nos instalado. Mas você e seus filhos devem apresentar-se à sentinela na entrada e na saída. – Ao notar que o velho sacudia a cabeça, discordando, perguntou: – Qual é o problema?

– O senhor e seus homens não podem ficar aqui.

– E por que não?

– É proibido.

– Proibido por quem?

– Sempre foi assim – replicou Alexandru, voltando a encolher os ombros. – Devemos cuidar da manutenção do fortim e impedir a entrada de estranhos.

– E, naturalmente, vocês sempre foram obedecidos – ironizou Woermann. A seriedade do velho divertia-o.

– Não. Nem sempre. Houve ocasiões em que viajantes ficaram aqui contra a nossa vontade. Não lhes opusemos resistência, pois não fomos contratados para lutar. Entretanto, jamais alguém ficou mais de uma noite. Na maioria das vezes, nem mesmo isso.

Woermann sorriu. Estava esperando por aquilo. Um castelo deserto, mesmo pequeno como aquele, tinha de ser assombrado. Na falta de outro motivo, pelo menos para dar ao povo um assunto para comentar.

– E o que os faz ir embora? Gemidos? Fantasmas arrastando correntes?

– Não... não há fantasmas aqui, senhor.

– Mortes, então? Assassinatos horripilantes? Suicídios? – Woermann estava se divertindo. – Temos uma quantidade enorme de castelos na Alemanha e não há um único que não possua uma história de horror que vem sendo contada por sucessivas gerações ao pé da lareira.

Alexandru meneou a cabeça.

– Nunca morreu ninguém aqui. Pelo menos que eu saiba.

– Então o que é? Por que ninguém fica mais de uma noite?

– Pesadelos, senhor. Horríveis pesadelos. E sempre os mesmos, pelo que ouvi dizer... algo como ficar trancado em um pequeno quarto sem porta, sem janelas e sem luz... escuridão total... e frio... muito frio... e alguma coisa na escuridão junto do hóspede... algo mais frio que a própria escuridão... e faminto.

Woermann sentiu um calafrio percorrer-lhe a espinha enquanto ouvia aquela descrição. Ocorreu-lhe perguntar a Alexandru se ele nunca havia passado uma noite no fortim, mas o pavor nos olhos do romeno era uma resposta óbvia. Sim, Alexandru passara uma noite ali. Mas uma única apenas.

— Quero que você fique aqui até que meus homens terminem de atravessar a ponte — disse Woermann, dominando seus temores. — Depois, vamos visitar as dependências.

A fisionomia de Alexandru revelava sua frustração.

— É meu dever, *herr* capitão — disse ele com dignidade —, informá-lo de que não são permitidos hóspedes no fortim.

Woermann sorriu, mas sem menosprezo nem ar superior. Compreendia a noção de dever do romeno e a respeitava.

— Você cumpriu sua obrigação ao me alertar. Contudo, represento o Exército alemão, uma força que está muito além de sua capacidade de resistência, de modo que é melhor você não nos impedir. Considere seu dever fielmente cumprido.

Dito isto, Woermann deu meia-volta e dirigiu-se para o portão.

Continuava a não ver pássaro algum. Será que as aves tinham pesadelos? Será que passavam também uma noite ali e nunca mais regressavam?

O CARRO-COMANDO e os três caminhões descarregados atravessaram a ponte e estacionaram no pátio sem problemas. Os homens seguiram a pé, carregando a respectiva bagagem, depois retornaram à margem oposta da garganta, a fim de transportarem a carga do caminhão de suprimentos — geradores, alimentos, armas antitanque.

Enquanto o sargento Oster se encarregava da mudança, Woermann seguiu Alexandru para uma rápida visita ao fortim. O número de cruzes idênticas — sempre de bronze e níquel e inseridas a intervalos regulares nas pedras de cada corredor, de cada quarto, de cada parede — continuava a intrigá-lo. E os quartos... Parecia que tinham sido construídos em toda parte, cavados nas paredes que cercavam o pátio, no porão, na seção traseira, na torre. Em sua maioria eram pequenos e nenhum deles estava mobiliado.

— Quarenta e nove quartos no total, incluindo as suítes na torre — informou Alexandru.

— Um número esquisito, não acha? Por que não arredondar para cinquenta?

— Quem pode saber? — replicou o romeno, dando de ombros.

Woermann cerrou os dentes. *Se ele der de ombros mais uma vez...*

Os dois homens percorreram uma das seções das muralhas, que partia em diagonal da torre e seguia em linha reta até a encosta da montanha. O oficial notou que havia cruzes embutidas também no parapeito, à altura dos ombros. Uma pergunta surgiu em sua mente:

— Não me recordo de ter visto cruzes na parte posterior da muralha.

— Não há nenhuma. Todas estão na parte interna. E repare nos blocos aqui. Veja como eles se ajustam perfeitamente. Não há o menor sinal de argamassa para mantê-los unidos. Todas as paredes no fortim são construídas dessa maneira. É uma arte esquecida.

Woermann não se interessava por blocos de pedra. Apontou para a plataforma a seus pés.

— Você disse que há quartos aqui embaixo de onde estamos?

— Dois terços deles dentro de cada muralha, cada um com uma fenda à guisa de janela, abrindo para fora, e uma porta para o corredor que conduz ao pátio.

— Ótimo. Servirão perfeitamente para o alojamento dos homens. Agora vamos à torre.

A construção da torre de vigia não obedecia aos modelos comuns. Havia cinco pavimentos, cada um compreendendo uma suíte de dois quartos que ocupava toda a área, exceto o espaço destinado a uma porta de comunicação com um pequeno patamar. Uma escada de pedra subia, em zigue-zague íngreme, pela parte interna da muralha norte da torre.

Ofegante após a subida, Woermann inclinou-se sobre o parapeito que circundava a torre e examinou atentamente a área do Passo Dinu comandada pelo fortim. Podia assim escolher as melhores posições para suas armas antitanque. Ele não confiava muito na eficiência dos *panzerbuchse* 38,* de 7,92 milímetros que lhe haviam fornecido, mas tinha esperanças de que não precisaria usá-los. Nem os morteiros. De qualquer modo, porém, teria de instalá-los.

– Não há muito lugar para alguém deixar de ser visto daqui – disse ele, falando consigo mesmo.

Alexandru replicou inesperadamente:

– Exceto no nevoeiro da primavera. O desfiladeiro fica tomado por uma densa cerração todas as noites nessa época do ano.

Woermann anotou mentalmente a observação. O pessoal do serviço de vigilância deveria manter abertos não apenas os olhos, mas também os ouvidos.

– Onde se meteram os pássaros? – perguntou, aborrecido por não ter visto ainda nenhum.

– Nunca vi um pássaro no fortim – respondeu Alexandru. – Nunca.

– Isso não lhe parece estranho?

– O fortim é em si estranho, *herr* capitão, com essas cruzes e tudo o mais. Desisti de encontrar uma explicação quando tinha 10 anos. Conformei-me.

– Quem o construiu? – perguntou Woermann e voltou o rosto, para não ver o encolher de ombros que fatalmente viria.

– Pergunte a cinco pessoas e terá cinco respostas. Todas diferentes. Alguns dizem que foi um dos antigos senhores da Valáquia, outros, que teria sido um turco revoltado. E há mesmo uns poucos que acreditam que a construção se deve a um dos papas. Quem sabe ao certo? A verdade pode encolher e a fantasia desenvolver-se muito durante cinco séculos.

– Você acredita de fato que decorreu todo esse tempo? – perguntou Woermann, olhando ainda uma vez para o desfiladeiro, antes de afastar-se. *Isso pode acontecer em um período de poucos anos.*

Ao chegarem ao nível do pátio, o ruído de marteladas levou Alexandru a encaminhar-se na direção do corredor ao longo da parede

---

*Também conhecida por PzB 38, foi um fuzil antitanque alemão de recarga manual com munição em sequência.

interior da plataforma sul. Woermann seguiu atrás dele. Quando Alexandru viu soldados batendo contra as paredes, correu para olhar mais de perto, depois voltou-se para Woermann.

– *Herr* capitão, eles estão fincando pregos entre as pedras! – exclamou, torcendo as mãos, aflito. – Faça com que eles parem! Estão estragando as paredes!

– Bobagem! São apenas pregos comuns, colocados a intervalos de 3 metros. Dispomos de dois geradores, e os homens estão distribuindo as lâmpadas. O exército alemão não usa tochas.

Ao retomarem o caminho pelo corredor, viram um soldado ajoelhado no chão e arranhando um dos blocos com a ponta da baioneta. Alexandru ficou ainda mais agitado.

– E este? – perguntou o romeno, num sussurro irritado. – Também está colocando lâmpadas?

Woermann aproximou-se rápida e silenciosamente, colocando-se atrás do desatento soldado. Ao ver o homem forçar a extremidade de um dos braços da cruz com a ponta da pesada lâmina, Woermann sentiu um arrepio e um suor gelado correr-lhe pela testa.

– Quem mandou você fazer isso, soldado?

O homem levantou-se, espantado, e deixou cair a baioneta. Seu rosto aflito empalideceu ao dar com seu comandante encarando-o. Tomou a posição de sentido.

– Responda, soldado! – gritou Woermann.

– Ninguém, senhor.

– Qual é a sua tarefa?

– Ajudar a colocar as lâmpadas, senhor.

– E por que não está fazendo isso?

– Não tenho desculpa, senhor.

– Não sou seu sargento instrutor, soldado. Quero saber o que tinha você em mente quando resolveu agir como um vândalo e não como um soldado alemão. Responda-me!

– É o ouro, senhor – disse o soldado, envergonhado. A desculpa era esfarrapada e ele sabia. – Estão dizendo que este castelo foi construído para esconder um tesouro papal. E todas estas cruzes, senhor... elas parecem de ouro e prata. Eu estava apenas...

– Você estava deixando de cumprir seu dever, soldado. Como é seu nome?

– Lutz, senhor.

– Bem, soldado Lutz, hoje foi um dia útil para você. Ficou sabendo não só que estas cruzes são feitas de bronze e níquel, e não de ouro e prata, mas também que está escalado para sentinela durante toda a semana, no primeiro quarto. Apresente-se ao sargento Oster quando tiver terminado sua parte na colocação das lâmpadas.

Depois que Lutz apanhou sua baioneta e se afastou, Woermann encarou o rosto pálido de Alexandru e notou que suas mãos tremiam.

– As cruzes nunca devem ser tocadas! – disse o romeno. – Nunca!

– E por que não?

– Porque foi sempre assim. Nada no fortim pode ser alterado. É para isso que trabalhamos. E é por isso que o senhor não pode ficar aqui!

– Boa tarde, Alexandru – disse Woermann, num tom que esperava encerrar a discussão. Simpatizava com as intenções do velho romeno, mas tinha um dever a cumprir.

Ao afastar-se, ouviu a voz aflita de Alexandru atrás dele.

– Por favor, *herr* capitão! Diga-lhes para não tocarem nas cruzes! Que não toquem nas cruzes!

Woermann resolvera fazer justamente aquilo. Não por causa de Alexandru, mas porque não conseguira explicar o estranho temor que se apossara dele ao ver Lutz forçar aquela cruz com a baioneta. Não fora uma simples sensação desagradável, mas um estranho temor que lhe embrulhou o estômago e o deixou oprimido. E o pior é que ele não conseguia imaginar por quê.

Quarta-feira, 23 de abril
3h20

Já era tarde quando Woermann pôde afinal acomodar-se em seu saco de dormir, no chão de um dos quartos. Escolhera para si o terceiro pavimento da torre. Este situava-se acima das muralhas e não era de difícil acesso. O quarto da frente serviria como gabinete, e o menor, atrás, como alojamento pessoal. As duas janelas da frente – aberturas retangulares, sem vidraças, situadas na parede externa e flanqueadas por postigos de madeira – permitiam descortinar a maior parte do desfiladeiro e também a vila. E através do par de janelas da parte de trás ele podia avistar todo o pátio.

Os postigos ficavam completamente abertos à noite. Woermann apagara a luz e permaneceu um momento junto a uma das janelas da frente. A garganta estava meio oculta por uma leve camada de névoa. Depois que o sol se ocultara, o ar frio começara a descer dos picos da montanha, misturando-se com a umidade do fundo do desfiladeiro, que ainda retinha um pouco do calor do dia. O resultado era um rio branco de névoa deslizando suavemente. A cena era iluminada apenas pela luz das estrelas, uma incrível quantidade delas, como somente são vistas nas montanhas. Woermann podia contemplá-las e quase compreender o fantástico movimento da *Noite estrelada* de Van Gogh. O silêncio era quebrado apenas pelo zumbido surdo dos geradores instalados no extremo oposto do pátio. Uma cena intemporal, e que Woermann desfrutou até ser vencido pelo cansaço.

Porém, uma vez no saco de dormir, o sono lhe fugiu apesar da fadiga, e sua mente ficou vagando em todas as direções: a noite estava fria, mas não o bastante para acender lareiras... Aliás, não havia lenha para elas... o aquecimento não seria problema, com o verão já tão próximo... A água também não, uma vez que havia cisternas cheias no porão, alimentadas por um arroio subterrâneo... As instalações sanitárias sempre constituíam um problema... Quanto tempo ficariam ali?... Deveria permitir que os homens dormissem até mais tarde depois de um dia tão trabalhoso?... Talvez conseguisse que Alexandru e seus filhos arranjassem camas para ele e seus homens, livrando-os daquele chão de pedras frias... especialmente se tivessem de continuar ali durante os meses do outono e do inverno... se é que a guerra iria durar tanto...

A guerra... Parecia que ela estava agora tão distante. A ideia de pedir dispensa de seu posto passou-lhe novamente pela cabeça. Durante o dia pôde esquecê-la, mas agora, no escuro, sozinho consigo mesmo, ela voltava, insistente, oprimindo-lhe o peito, exigindo resposta.

É claro que não poderia pedir dispensa agora, com seu país ainda em guerra, principalmente enquanto se encontrava naquelas desoladas montanhas, ao capricho dos soldados-políticos de Berlim. Isso equivaleria a entregar-se totalmente nas mãos deles. Sabia bem qual era o dilema: Ingresse no Partido ou o deixaremos marginalizado, sem oportunidade para lutar; ingresse no Partido ou infernizaremos sua vida, com missões iguais a esta, vigiando um desfiladeiro nos Alpes da Transilvânia; ingresse no Partido ou peça para ser dispensado.

Talvez ele pedisse dispensa depois da guerra. Naquela primavera completara 25 anos de serviço no Exército. E, da maneira como as coisas iam, talvez um quarto de século já fosse o suficiente. Seria bom estar em casa todos os dias, com Helga, passar algumas horas com os filhos e aprimorar suas aptidões de pintor das paisagens prussianas.

Entretanto... o Exército fora seu lar durante tanto tempo e ele não podia deixar de acreditar que o Exército alemão se livraria de algum modo daqueles nazistas. Se ele pudesse aguentar o tempo necessário...

Woermann abriu os olhos e fitou a escuridão. Embora a parede oposta estivesse mergulhada na sombra, ele quase podia sentir as cruzes encravadas nos blocos de pedra. E, embora não fosse um homem religioso, era um inexplicável conforto sentir-se rodeado por elas.

Veio-lhe ao pensamento então o incidente daquela tarde no corredor. Por mais que se esforçasse, Woermann não conseguira livrar-se completamente do choque que sentira ao ver aquele soldado – como era mesmo o nome dele? Lutz? – forçando uma das cruzes.

Lutz... Soldado Lutz... Aquele homem ia causar problemas... melhor Oster ficar de olho nele...

Woermann mergulhou afinal no sono, perguntando a si mesmo se o pesadelo de que lhe falara Alexandru não estaria esperando por ele.

2

O fortim
Quarta-feira, 23 de abril
3h40

Agachado sob uma lâmpada de baixa voltagem, o soldado Hans Lutz era uma figura solitária numa ilha de luz em meio a um rio de escuridão, puxando fundo a fumaça de seu cigarro, as costas apoiadas na pedra fria das paredes do porão do fortim. Tirara o capacete, deixando à mostra seus cabelos louros e um rosto juvenil desfigurado pela amarga expressão de sua boca e de seus olhos. Todo o corpo lhe doía. Estava exausto. E não desejava senão meter-se em seu saco de dormir e mergulhar no esquecimento por algumas horas. Na verdade, se não fizesse tanto frio naquele porão, ele poderia cochilar um pouco ali mesmo onde estava.

Entretanto, ele não podia permitir que aquilo acontecesse. Tirar o primeiro quarto durante uma semana inteira já era castigo bastante, e Deus sabe o que aconteceria se fosse apanhado dormindo em serviço. E não seria de estranhar que o capitão Woermann aparecesse no corredor onde Lutz estava sentado apenas para fazer uma inspeção. Precisava ficar acordado.

Por azar, o capitão o surpreendera naquela tarde. Lutz estivera interessado naquelas cruzes estranhas desde que pusera os pés no pátio. Finalmente, após uma hora junto delas, não resistiu à tentação. Pelo aspecto, seriam de ouro e prata, embora parecesse impossível que assim fosse. Quisera certificar-se daquilo e arranjara uma punição.

Bem, pelo menos satisfizera sua curiosidade: nem ouro nem prata. No entanto, achava que a informação lhe custara um preço muito alto: uma semana de primeiro quarto.

Colocou as mãos em concha em torno da brasa do cigarro, para aquecê-las. *Gott*, como estava frio ali embaixo! Mais do que ao ar livre, na plataforma, onde Ernst e Otto estavam de sentinela. Lutz fora para o porão sabendo que ali o frio era mais intenso. Dissera que tinha esperança de que uma temperatura mais baixa o refrescaria e o ajudaria a manter-se acordado; na realidade, o que ele queria era uma chance para um reconhecimento do local.

Lutz ainda não se dissuadira da crença de que um tesouro papal estava escondido ali. Havia uma série de indícios – de fato, tudo apontava aquilo. As cruzes eram a pista principal e mais evidente; não se tratavam de cruzes de Malta, simétricas, normais, fortes, mas não deixavam de ser cruzes. E pareciam feitas de ouro e prata. Ademais, nenhum dos quartos era mobiliado, o que significava que ninguém pretendera morar neles. O mais surpreendente, porém, estava na manutenção constante. Alguma organização vinha pagando a conservação do fortim durante séculos, sem interrupção. *Séculos!* Lutz sabia que apenas uma organização dispunha do poder, dos recursos e da continuidade para tanto – a Igreja Católica.

Segundo o raciocínio de Lutz, o fortim era conservado com uma única finalidade: a salvaguarda do tesouro do Vaticano.

Esse tesouro estava escondido em algum lugar – no interior das muralhas ou sob as pedras do chão – e ele tinha de achá-lo.

Lutz não tirava os olhos da parede de pedra ao longo do corredor. As cruzes eram particularmente numerosas ali no porão e, como de costume, todas se pareciam – exceto talvez aquela da esquerda, na pedra da fileira inferior logo embaixo da lâmpada... algo de diferente na maneira com que a fraca iluminação se refletia em sua superfície. Um efeito de luz? Um acabamento diverso?

Ou um metal diferente?

Lutz apanhou a Schmeisser automática que tinha sobre os joelhos e encostou-a na parede. Retirou a baioneta e engatinhou pelo corredor, apoiado nas mãos e nos joelhos. No instante em que a lâmina tocou o metal amarelo do braço vertical da cruz, ele teve a certeza de que descobrira algo: o metal era dúctil... dúctil e amarelo como deve ser o ouro puro.

Suas mãos começaram a tremer quando ele fincou a ponta da lâmina no intervalo da cruz e da pedra, cavando cada vez mais fundo até que sentiu o aço ranger contra a pedra. Apesar de pressionada, a lâmina não avançou mais. Já havia alcançado a base em que se embutia a cruz. Com um pequeno esforço, ele certificou-se de que poderia fazer com que a cruz se soltasse, inteira, da pedra. Apoiando-se contra o cabo da baioneta, Lutz foi aumentando a pressão. Sentiu que alguma coisa cedia e parou para olhar.

Que inferno! O aço da baioneta estava penetrando através do ouro. Lutz tentou ajustar a direção de seu esforço, torcendo a ponta da lâmina para fora da pedra, mas o metal continuava a ceder, até que... a pedra se moveu.

O soldado retirou a baioneta e examinou o bloco. Nada de especial: 60 centímetros de largura por 45 de altura e talvez 30 de espessura. Não apresentava o menor sinal de argamassa, o mesmo se dando com os outros blocos na parede; só que agora sobressaía uns 6 milímetros do alinhamento dos demais. Lutz levantou-se e mediu a distância até à entrada, à esquerda; entrando no quarto, fez a mesma medição pelo lado de dentro. Repetiu a operação no lado oposto do quarto, à direita da pedra solta. Uma simples conta, somando e subtraindo, revelou a existência de uma significativa discrepância. O número de passos não era o mesmo em cada um dos lados.

Havia um bom espaço morto atrás da parede.

Com o coração batendo mais depressa, Lutz agarrou-se ao bloco deslocado e puxou-o ansiosamente pela saliência que provocara com a lâmina da baioneta. Porém, a despeito de todos os seus esforços, não conseguiu afastar o bloco da parede um milímetro sequer. Embora odiasse a ideia, foi obrigado a admitir que não seria capaz de fazer aquilo sozinho. Teria que chamar alguém para ajudá-lo.

Otto Grunstadt, naquele momento patrulhando a amurada, era a escolha óbvia – um sujeito que estava sempre procurando um meio de ganhar alguns marcos sem muito esforço. E havia muito mais que algumas moedas escondidas ali. Atrás daquela pedra se encontravam milhões em ouro papal. Lutz estava certo disso. Quase podia sentir o gosto do tesouro.

Deixando sua Schmeisser e a baioneta no chão, correu para a escada.

– MAIS DEPRESSA, Otto!

– Não estou entendendo nada – resmungou Grunstadt, procurando apressar-se. Era mais corpulento que Lutz e suava, apesar do frio. – Estou de plantão lá em cima. Se me virem abandonando o posto...

— Serão apenas alguns minutos. É logo aqui — disse Lutz.

Depois de pegar um lampião de querosene no almoxarifado, ele literalmente arrancara Grunstadt de seu posto, falando todo o tempo a respeito do tesouro, de ficar rico para o resto da vida e de nunca mais precisar trabalhar. Como uma mariposa atraída pela luz, Grunstadt o seguiu.

— Veja! — exclamou Lutz, parando junto à pedra e apontando para ela. — Reparou como está fora do alinhamento?

Grunstadt ajoelhou-se para examinar as bordas arranhadas e tortas da cruz embutida na pedra. Apanhou a baioneta de Lutz e pressionou a ponta contra o metal amarelo do braço vertical. O aço penetrou facilmente.

— É ouro mesmo — murmurou ele.

Lutz sentia vontade de empurrá-lo, dizer-lhe que se apressasse, mas tinha de deixar Grunstadt chegar a uma conclusão. Assim, ficou observando o companheiro enquanto este experimentava, com a ponta da baioneta, as demais cruzes em torno deles.

— Todos os outros braços são de bronze. Este é o único que vale alguma coisa.

— E é a pedra que está solta — acrescentou Lutz rapidamente. — Além disso, há um espaço morto atrás dela, com cerca de 2 metros de largura e quem sabe quantos de profundidade.

Grunstadt levantou os olhos e sorriu. A conclusão era indiscutível.

— Vamos em frente.

Trabalhando juntos, eles progrediram, mas não o suficiente para satisfazer Lutz. O bloco de pedra deslocava-se 1 milímetro para a esquerda, depois outro para a direita e, depois de 15 minutos de incessantes esforços, o afastamento em relação à parede não ia muito além de 2 centímetros.

— Espere — disse Lutz, ofegante. — Este bloco tem uns 30 centímetros de espessura. Levaremos a noite inteira trabalhando assim. Não terminaremos antes da hora de trocar a guarda. Vamos ver se podemos encurvar o centro da cruz um pouco mais. Tenho uma ideia.

Utilizando as duas baionetas, eles conseguiram arquear o braço de ouro, forçando-o para fora de seu encaixe num ponto logo abaixo do braço transversal, deixando por trás dele espaço suficiente para Lutz enfiar seu cinturão entre o metal e a pedra.

– Agora, é só puxar!

Grunstadt voltou a sorrir, mas debilmente. Não se sentia bem por estar afastado tanto tempo de seu posto de vigilância.

– Então vamos lá.

Os dois apoiaram os pés contra a parede acima e ao lado do bloco e, cada um agarrando o cinturão com as duas mãos, usaram a força das pernas, das costas e dos braços para extrair a teimosa pedra. Com um ranger agudo de protesto, ela começou a mover-se, deslizando devagar até sair completamente. Os dois homens a colocaram de lado e Lutz procurou um fósforo.

– Pronto para ficar rico? – perguntou ele, acendendo o lampião de querosene e aproximando-o do buraco. Nada havia lá dentro além da escuridão.

– Pronto – replicou Grunstadt. – Quando começaremos a contar o dinheiro?

– Tão logo eu regresse.

Lutz ajustou a chama do lampião e começou a esgueirar-se pela abertura, empurrando a luz à sua frente. Encontrou-se em uma estreita caverna de pedra, ligeiramente inclinada para baixo e com pouco mais de 1 metro de comprimento. A caverna terminava em outro bloco de pedra idêntico ao que eles tão demorada e laboriosamente haviam removido. Lutz ergueu o lampião até junto da pedra. A cruz nela encravada parecia ser também de ouro e prata.

– Alcance-me a baioneta – pediu ele, esticando o braço na direção de Grunstadt, que se apressou em colocar a arma na palma da mão estendida.

– Qual é o problema?

– Um obstáculo.

Por um momento, Lutz sentiu-se derrotado. Mal tendo espaço para caber na caverna, seria impossível remover aquela segunda pedra. Toda a parede teria de ser posta abaixo, e aquela era uma tarefa que ele e Grunstadt não poderiam pensar em levar a cabo sozinhos, por mais numerosas que fossem as noites que ambos gastassem na tarefa. Lutz não sabia o que fazer, mas desejou satisfazer sua curiosidade quanto aos metais da cruz que tinha pela frente. Se o braço vertical fosse de ouro, ele teria pelo menos a certeza de que estava na pista certa.

Resmungando contra a estreiteza da caverna, Lutz fincou a ponta da baioneta na cruz. Ela não apenas penetrou facilmente, mas toda a pedra girou para trás ao ser forçada pelo lado esquerdo. Surpreso, Lutz empurrou-a com a mão livre e verificou que era apenas uma fachada, cuja espessura não ia além de 2,5 centímetros e que se deslocava facilmente, deixando passar uma lufada de ar fétido e gelado oriundo da escuridão mais atrás. Alguma coisa nesse ar fez com que ele ficasse arrepiado.

Frio, pensou ele, ao sentir que tremia involuntariamente, mas *aquele* era um frio diferente.

Dominando uma crescente sensação de temor, arrastou-se para frente, empurrando sempre o lampião mais adiante sobre o chão de pedra da caverna. Ao ultrapassar a nova abertura, a chama começou a extinguir-se. Ela não bruxuleava dentro de sua caixa de vidro, de modo que a causa não podia ser atribuída a alguma turbulência no ar frio que continuava a soprar em seu rosto. A chama simplesmente começou a enfraquecer no pavio. A possibilidade de um gás nocivo passou-lhe pela mente, mas Lutz não sentia qualquer odor estranho, nenhuma dificuldade em sua respiração nem ardência nos olhos ou nas vias respiratórias.

Talvez o querosene estivesse acabando. Ao levar o lampião mais para perto, a fim de verificar o nível do combustível, a chama logo voltou ao normal. Lutz sacudiu o depósito e sentiu que havia bastante líquido. Intrigado, empurrou o lampião de novo para a frente e outra vez a chama começou a baixar. Quanto mais ele avançava, menor a chama se tornava, não iluminando absolutamente mais nada. Alguma coisa estava errada.

– Otto! – chamou Lutz por cima do ombro. – Amarre o cinturão em torno de um dos meus tornozelos e segure firme. Vou tentar escorregar para baixo.

— Por que você não espera até amanhã... quando estiver mais claro?

— Está doido? Aí todo o pessoal ficará sabendo e cada um vai querer uma parte, e o próprio capitão provavelmente ficará com a porção maior. Teremos feito todo o trabalho e acabaremos de mãos vazias.

A voz de Grunstadt revelava hesitação:

— Não estou gostando nada disso.

— Alguma coisa errada, Otto?

— Não sei ao certo, mas não quero ficar mais tempo aqui embaixo.

— Pare de falar como uma velha! — reclamou Lutz. Receava a oposição de Grunstadt porque ele próprio não se sentia muito à vontade. Entretanto, havia uma fortuna alguns centímetros adiante e ele não iria permitir que nada o impedisse de apossar-se dela. — Amarre o cinturão e aguente firme. Se o chão ficar mais inclinado, não quero escorregar lá para o fundo.

— Está bem — foi a relutante resposta. — Mas ande depressa.

Lutz esperou até sentir que estava bem preso por seu tornozelo esquerdo e então começou a engatinhar para a frente dentro da câmara escura, o lampião sempre diante dele. Dominado por uma sensação de urgência, movia-se o mais rapidamente que lhe permitia a exiguidade do espaço. No momento em que sua cabeça e seus ombros passaram pela abertura, a chama do lampião se tornou mortiça... como se não fosse bem-vinda, como se a escuridão a lançasse de volta para o pavio.

Quando Lutz empurrou o lampião mais alguns centímetros, a chama extinguiu-se de vez. Ele então percebeu que não estava sozinho.

Algo tão escuro e tão frio como a caverna onde ele entrara estava alerta e faminto — e a seu lado. Lutz começou a tremer incontrolavelmente. O terror transpassou-lhe as entranhas. Tentou recuar, puxar de volta os ombros e a cabeça, mas foi agarrado. Era como se a caverna tivesse se fechado em cima dele, mantendo-o inexoravelmente numa escuridão tão completa que ele perdeu o senso de direção. O frio tomou conta dele, juntando-se ao pavor – uma combinação que o estava levando à loucura. Abriu a boca para pedir a Otto que o puxasse, mas o frio penetrou-lhe goela abaixo e sua voz não foi mais que um gemido de terror.

No lado de fora, o cinturão que Grunstadt segurava começou a sacudir-se à medida que as pernas de Lutz se debatiam dentro da caverna. Ouviu-se um som semelhante à voz humana, mas tão cheio de horror e desespero, e vindo de um ponto tão distante, que Grunstadt não acreditou que pudesse ser de seu amigo. O som interrompeu-se bruscamente, num ronco pavoroso. Ao mesmo tempo, cessaram os movimentos frenéticos de Lutz.

– Hans?

Não houve resposta.

Completamente dominado pelo pânico, Grunstadt puxou o cinturão até os pés de Lutz aparecerem. Agarrando as duas botas, arrastou o companheiro para o corredor.

Ao ver o que havia saído da caverna, Grunstadt começou a gritar. O som ecoou por todo o corredor do porão, repercutindo e crescendo em volume até que as próprias paredes começaram a vibrar.

Assustado pelo som ampliado de seu próprio terror, Grunstadt permaneceu imóvel, enquanto a parede de onde seu amigo saíra se abaulava para o lado de fora e pequenas rachaduras apareciam ao longo das extremidades dos pesados blocos de granito. Uma larga fenda marcou o espaço deixado pela pedra que eles haviam removido. As pequenas lâmpadas instaladas ao longo do corredor começaram a enfraquecer e, quando estavam quase apagando, a parede desabou com um convulsivo tremor final, lançando sobre Grunstadt fragmentos de pedra e liberando algo inconcebivelmente negro, que saltou para fora e o envolveu com um movimento rápido e silencioso.

Desencadeara-se o horror.

3

Tavira, Portugal
Quarta-feira, 23 de abril
2h35 (hora de Greenwich)

De repente, o homem ruivo deu-se conta de que estava acordado. O sono havia desaparecido e ele a princípio não soube explicar por quê. Fora um dia pesado, com redes rasgadas e mar agitado; e, como ele regressara à hora de costume, deveria ter dormido até o amanhecer. Entretanto, agora, depois de poucas horas apenas, estava acordado e alerta. Por quê?

Foi então que soube.

Furioso, bateu uma, duas vezes com o punho cerrado na areia fria em que se apoiava a baixa armação de seu catre. Havia raiva em seus movimentos, mas também certa resignação. Desejara que aquele dia jamais chegasse e procurara convencer-se de que não chegaria mesmo. Agora, porém, ali estava ele, inevitável como sempre fora.

O homem ergueu-se da cama e, vestido apenas de cuecas, começou a andar pelo quarto. Tinha feições finas, mas a cor morena de sua pele contrastava com a cor vermelha dos cabelos; seus ombros eram largos, e a cintura, estreita. Movia-se com graça felina no interior da pequena cabana, recolhendo peças de roupa penduradas em ganchos nas paredes, artigos de uso pessoal deixados na mesa ao lado da porta, mas sempre planejando sua rota até a Romênia. Quando acabou de juntar as coisas de que precisava atirou-as sobre a cama, enrolou tudo no cobertor e amarrou as duas extremidades com barbante.

Depois de vestir um casaco e calças velhas, passou o embrulho do cobertor sobre um dos ombros, apanhou uma pá curva e saiu para a noite sem lua, de ar frio e cheirando a salsugem. Mais além das dunas, o Atlântico assobiava e bramia contra as pedras. Caminhando em sentido oposto ao do mar, ele se dirigiu para a duna mais próxima e começou a cavar. Pouco mais de um metro abaixo, a pá bateu contra um objeto duro. O homem ruivo ajoelhou-se e passou a cavar com as mãos. Após alguns movimentos rápidos e vigorosos, surgiu uma caixa comprida e estreita, envolta em oleado, que ele arrastou para fora do buraco. Medindo mais ou menos 1,5 metro de comprimento, a caixa tinha 25 centímetros de largura e uma altura de apenas 2,5 centímetros. O homem fez uma pausa, os ombros encurvados pelo peso da caixa que sustentava nas mãos. Quase chegara a acreditar que nunca mais voltaria a abri-la. Colocando-a de lado, cavou novamente e encontrou, também envolto em oleado, um pesado cinturão para carregar dinheiro.

Com o cinturão amarrado sob a camisa e a caixa embaixo do braço, o homem enfrentou a brisa fresca da noite que lhe desmanchava os cabelos e passou por cima da duna, dirigindo-se para o local onde Sanchez guardava seu bote, em um ponto elevado, temendo a improvável possibilidade de que uma onda na maré alta o carregasse. Sujeito cuidadoso, o Sanchez. Bom chefe. O homem ruivo gostava de trabalhar para ele.

Revistando o compartimento da proa do bote, ele descobriu as redes e atirou-as na areia. Depois, foi a vez da caixa de ferramentas e equipamento. Colocou tudo junto às redes na areia, mas antes apanhou o martelo e pregos da caixa. A seguir, foi até a barraca de Sanchez e retirou do cinturão quatro moedas de ouro austríacas, no valor de 100 coroas cada uma. Havia ainda no cinturão muitas outras moedas de ouro de diferentes tamanhos e de outros países: dobrões russos de 10 rublos, moedas austríacas de 100 xelins, peças tchecas, patacas de 10 ducados, dólares americanos de duas águias e outras mais. Ele tivera de confiar na universal aceitação do ouro a fim de poder viajar pelo Mediterrâneo em tempo de guerra.

Com dois certeiros e pesados golpes do martelo fincou as quatro moedas austríacas em um prego bem à vista na barraca. Elas serviriam para que Sanchez comprasse um novo barco. Um melhor que aquele.

Desamarrou o cabo, puxou o bote até a beira da praia, entrou nele e empunhou os remos. Depois de ter passado pela arrebentação e de desfraldar a única vela no topo do mastro, o homem virou a proa para leste, na direção de Gibraltar, não muito distante, e permitiu-se dirigir um último olhar para a pequena vila de pescadores situada na extremidade sul de Portugal onde morara durante os últimos anos. Não fora fácil ser aceito por aquela gente simples. Não o consideravam um deles, e jamais o fariam; no entanto admitiam que era um bom trabalhador e respeitavam isso. O trabalho havia cumprido sua finalidade, deixando-o esguio e novamente musculoso, depois de tantos anos de vida mansa na cidade. Fizera amigos, mas nenhum íntimo. Não havia ninguém de quem ele não pudesse separar-se sem mágoas.

Fora uma vida dura, aquela, mas ele prazerosamente teria preferido trabalhar o dobro e continuar na vila a ir para onde devia ir e enfrentar o que precisava enfrentar. Suas mãos abriam-se e fechavam-se tensamente ao pensar na tarefa que tinha pela frente. Não havia, porém, qualquer outra pessoa que pudesse executá-la. Apenas ele.

Não podia esperar mais. Precisava chegar à Romênia tão depressa quanto possível, mas para isso teria de percorrer 2.300 milhas do Mar Mediterrâneo.

Em um recanto até então adormecido de seu cérebro havia o temor de que talvez não chegasse a tempo, que já fosse tarde demais... uma possibilidade terrível para ser admitida.

4

O fortim
Quarta-feira, 23 de abril
4h35

Woermann acordou tremendo e suando ao mesmo tempo, como todos os demais ocupantes do fortim. Não fora o prolongado e repetido uivo de Grunstadt que provocara aquele efeito, pois Woermann estava fora do alcance dos ruídos no porão. Algo, porém, o havia arrancado do sono com uma sensação de terror... a impressão de que acontecera alguma coisa terrivelmente errada.

Após um momento de perplexidade, Woermann vestiu seu uniforme e correu escada abaixo até a base da torre. Quando chegou, os homens estavam começando a surgir de seus quartos e a reunir-se no pátio, em grupos tensos e murmurantes, ouvindo o lúgubre grito de lamento que parecia vir de todas as direções. O oficial destacou três homens para o arco que encimava o topo das escadas do porão. Ele também se dirigiu para lá, logo encontrando dois dos homens que reapareciam, terrivelmente pálidos e trêmulos.

– Há um morto lá embaixo! – disse um deles.

– Quem é? – perguntou Woermann ao passar pelos dois soldados e começar a descer a escada.

– Acho que é Lutz, mas não tenho certeza. Sua cabeça desapareceu!

Um cadáver uniformizado jazia no centro do corredor, deitado de bruços, meio encoberto pelos escombros da parede. Sem cabeça. O detalhe, porém, era que a cabeça não fora cortada como por uma guilhotina ou um machado, mas arrancada, deixando expostos pedaços de artérias e uma vértebra que aflorava através do rasgão da pele do pescoço. A vítima fora um soldado – era tudo o que Woermann podia concluir à primeira vista. Um segundo soldado, imóvel, sentado nas proximidades, mantinha os olhos arregalados fixos no buraco da parede à sua frente. Enquanto Woermann o observava, o soldado tremeu todo e emitiu um longo e lancinante uivo que provocou um calafrio no oficial.

– O que aconteceu aqui, soldado? – perguntou Woermann, porém o soldado não teve a menor reação. O oficial segurou-o pelos ombros e o sacudiu, mas os olhos do jovem revelavam que este sequer se dera conta da presença de seu comandante. Era como se tivesse se recolhido para dentro de si mesmo, não permitindo a intromissão de qualquer agente externo.

O restante dos homens se amontoavam no corredor para saber o que havia acontecido. Reunindo suas forças, Woermann inclinou-se sobre a figura sem cabeça e revistou-lhe os bolsos. A carteira continha o documento de identidade do soldado Hans Lutz. O oficial já vira muitos homens mortos, vítimas da guerra, mas aquele era diferente. Pusera-o doente de uma maneira diversa da dos outros. As mortes nos campos de batalha eram geralmente impessoais; aquela, não. Era uma morte horrível, como se houvesse a intenção de mutilar. E no fundo do pensamento do oficial havia a pergunta: será isso o que acontece quando alguém tenta arrancar uma cruz no fortim?

Oster chegou com um lampião. Depois de acendê-lo, Woermann manteve-o à sua frente e, de modo desajeitado, penetrou no largo buraco aberto na parede. A luz se refletiu nas paredes vazias. Seu hálito ofegante se condensava no ar e era como uma nuvem branca que, partindo dele, deslizava para trás. Fazia frio, muito mais frio do que seria normal, e havia também um odor de umidade e de alguma coisa mais... algo putrescente que lhe deu vontade de voltar. Mas os homens estavam esperando.

Woermann seguiu a gelada corrente de ar até sua origem: um enorme buraco no solo. A pedra que o fechava provavelmente havia caído quando a parede desmoronara. A escuridão no interior era absoluta. O oficial aproximou a lâmpada da boca da abertura. Degraus de pedra, cobertos de cascalho da parte que desabara, conduziam para baixo. Um dos pedaços de cascalho parecia mais esférico que os demais. Woermann baixou o lampião para ver melhor e sufocou um grito ao identificar o que era. A cabeça do soldado Hans Lutz, com os olhos arregalados e a boca sangrando, olhava fixamente para ele.

5

Bucareste, Romênia
Quarta-feira, 23 de abril
4h45

Não ocorreu a Magda pensar se estava agindo acertadamente, até que ouviu a voz de seu pai, chamando-a:

– Magda!

Ela levantou os olhos e viu seu rosto refletido no espelho do toucador. O cabelo estava solto – uma lustrosa cascata de um castanho-escuro que se derramava sobre seus ombros e lhe alcançava as costas. Não estava acostumada a ver-se assim. Normalmente, seu cabelo era amarrado dentro de um lenço, apenas com algumas madeixas teimosamente aparecendo. Nunca usava o cabelo solto durante o dia.

Por um momento sentiu-se confusa. Que dia era aquele? E que horas eram? Magda consultou o relógio. 4h55. Impossível! Ela se levantara já havia uns 15 ou 20 minutos. O relógio devia ter parado durante a noite. Entretanto, quando dera corda nele, na véspera, ouvira o ruído cadenciado do mecanismo. Estranho...

Com duas rápidas passadas aproximou-se da janela no outro lado do toucador. Uma nesga atrás da montanha deixava ver parte de Bucareste, ainda às escuras e adormecida.

Ela olhou de novo para sua figura no espelho e viu que estava vestida ainda com sua camisola de flanela azul, amarrada ao pescoço, de mangas compridas e barra até ao chão. Os seios, embora não muito grandes, destacavam-se impudicamente sob o tecido macio e morno, livre dos apertados sutiãs que os mantinham presos o dia inteiro. Rapidamente, cruzou os braços sobre eles.

Magda era um mistério para a comunidade. Apesar de suas delicadas feições, de sua pele sedosa e branca, de seus grandes olhos castanhos, ainda se conservava solteira aos 31 anos. Magda, a estudante, a filha devotada, a ama-seca. Magda, a solteirona. Entretanto, muita moça já casada invejava a firmeza e o arredondado daqueles seios, que nenhuma outra mão, a não ser a dela mesma, jamais acariciara. Magda não sentia vontade de mudar aquela situação.

A voz do pai interrompeu seus devaneios.

— Magda! O que está fazendo?

Ela olhou para a mala de mão em cima da cama e as palavras brotaram espontaneamente de seus lábios:

— Arrumando alguns agasalhos na mala, papai.

Após uma breve pausa, ele disse:

— Venha até aqui, para que eu não acorde o resto do edifício com meus gritos.

Magda encaminhou-se rapidamente, através da escuridão, para o lugar onde seu pai repousava. Foram necessários apenas alguns passos.

O apartamento térreo consistia de quatro dependências – dois quartos lado a lado, uma pequena cozinha com fogão a lenha e um compartimento pouco maior, que servia ao mesmo tempo como vestíbulo, sala de estar, sala de jantar e sala de leitura. Magda sentia uma falta enorme de sua antiga casa, mas precisaram mudar-se seis meses antes, fazendo economia e vendendo a mobília que sobrara. Haviam fixado o pergaminho contendo o *mezuzah* da família no batente interno da porta e não no externo, de acordo com os costumes judaicos. Considerando as surpresas daqueles tempos, a medida era sinal de prudência.

Um dos amigos ciganos de seu pai havia gravado um pequeno círculo *patrin* na superfície externa da porta. O sinal significava "amigo".

A pequena lâmpada sobre a mesa de cabeceira no lado direito da cama de seu pai estava acesa; no lado esquerdo encontrava-se, vazia, uma cadeira de rodas, de espaldar alto e feita de madeira. Sob as cobertas, como uma flor murcha guardada entre as páginas de um velho livro, estava seu pai. Ele levantou a mão defeituosa, escondida como de costume dentro da luva de algodão, e acenou, contraindo o rosto ante a dor que o simples gesto lhe causava. Magda sentou-se a seu lado e tomou-lhe a mão, massageando-lhe os dedos e procurando esconder a própria dor por ver como o pai definhava dia a dia.

– Que história é essa de arrumar a mala? – perguntou ele, os olhos brilhando na face encovada, sem poder enxergar bem a filha. Os óculos estavam sobre a mesinha, deixando-o praticamente cego. – Você nunca me falou em partir.

– Nós dois vamos embora – replicou ela, sorrindo.

– Para onde?

Magda sentiu seu sorriso desaparecer, preocupada em ocultar sua confusão. Para *onde* iriam eles? Ela se deu conta de que não tinha uma ideia firme, apenas uma vaga impressão de picos nevados e ventos gelados.

– Para os Alpes, papai.

Os lábios do velho se entreabriram num pálido sorriso que repuxava a pele enrugada, acentuando os ossos do rosto descarnado.

– Você deve ter sonhado, minha querida. Não podemos ir a parte alguma. *Eu*, certamente, não estou mais em condições de viajar, nunca mais. Foi um sonho. Um belo sonho, apenas. Esqueça tudo isso e volte para sua cama.

Magda se espantou com a desanimadora resignação da voz de seu pai, que sempre fora um lutador. A doença estava consumindo algo mais que suas forças físicas. Agora, porém, não era a ocasião para discutir com ele. Acariciou-lhe as costas da mão e procurou o interruptor da lâmpada da mesa de cabeceira.

– Acho que você tem razão. Foi um sonho.

Deu-lhe um beijo na testa e apagou a luz, deixando-o na escuridão.

De volta a seu quarto, Magda contemplou durante uns momentos a mala parcialmente cheia, esperando em cima da cama. Naturalmente só poderia ter sido um sonho pensar que eles pudessem ir a algum lugar. Que lugar seria? Qualquer espécie de viagem estava fora de cogitação.

Apesar de tudo, o sentimento permanecia... uma certeza absoluta de que eles iriam para o norte, e em breve. Os sonhos não costumam provocar uma impressão assim tão profunda. Teve um calafrio, uma sensação desagradável, como se leves dedos gelados acariciassem a pele de seus braços.

Não podia lutar contra o inevitável. Fechou a mala e colocou-a sob a cama, sem afivelar as correias nem retirar as roupas que já havia arrumado... roupas bem grossas... pois ainda fazia muito frio nos Alpes, naquela época do ano.

6

O fortim
Quarta-feira, 23 de abril
6h22

Passou-se algum tempo antes que Woermann pudesse sentar-se com o sargento Oster e tomarem ambos uma xícara de café no refeitório. O soldado Grunstadt fora levado para um dos quartos e deixado sozinho. Haviam-no colocado dentro de seu saco de dormir, depois de despido e lavado por dois companheiros. Ficara completamente molhado de suor e sujo antes de entrar em delírio.

– O que posso imaginar – estava dizendo Oster – é que a parede desabou e um daqueles enormes blocos de pedra deve ter batido contra a nuca de Lutz, arrancando-lhe a cabeça.

Woermann percebeu que Oster estava tentando parecer calmo e analítico, mas na verdade estava tão confuso e chocado como todos os demais.

– Suponho que é uma explicação tão válida como qualquer outra, até que se tenha um laudo médico. Contudo, ela não nos diz o que eles estavam fazendo lá, nem esclarece também o estado em que ficou Grunstadt.

– Choque.

Woermann sacudiu a cabeça com ceticismo.

– Esse homem já esteve em combate inúmeras vezes e tenho certeza de que já viu coisa pior. Não posso aceitar o choque como uma explicação completa. Há algo mais.

O oficial fizera sua própria reconstrução dos acontecimentos daquela noite. O bloco de pedra com sua cruz de ouro e prata violada, o cinturão em volta do tornozelo de Lutz, a caverna na parede... tudo indicava que Lutz penetrara na cavidade esperando encontrar mais ouro e prata dentro dela. Nada mais havia, porém, que um pequeno cubículo vazio e escuro... como uma minúscula cela de prisão... ou um esconderijo. Não lhe ocorria qualquer razão plausível para que houvesse aquele espaço ali.

– Eles devem ter alterado o equilíbrio das pedras da parede ao removerem uma bem embaixo – disse Oster. – Isso provocou o desabamento.

– Tenho minhas dúvidas – replicou Woermann, sorvendo seu café, tanto para aquecer-se como para animar-se. – O chão da caverna, sim, ficou enfraquecido e desabou para a galeria embaixo do porão, mas a parede do corredor...

Woermann lembrava-se da maneira como as pedras tinham ficado espalhadas pelo corredor, como se tivessem sofrido uma explosão.

Não conseguia entender aquilo. Bebeu seu último gole de café. A explicação precisaria esperar.

– Vamos. Temos muito o que fazer.

Dirigiu-se para seus aposentos enquanto Oster foi fazer a primeira das duas ligações diárias, via rádio, com a guarnição de Ploiesti. O sargento recebera ordem de reportar a baixa como morte acidental.

O céu já clareara quando Woermann se debruçou na janela de seu quarto e olhou para o pátio, ainda mergulhado nas sombras. O fortim já não era o mesmo. Uma intranquilidade pairava no ar. Na véspera ele aparentara ser apenas uma velha construção de pedra. Agora era mais que isso. Cada sombra parecia mais escura e mais profunda do que antes, e com um toque indescritivelmente sinistro.

Atribuiu essa impressão ao mal-estar da noite insone e ao choque da morte tão recente. Todavia, quando o sol finalmente transpôs os topos das montanhas na parte extrema do desfiladeiro, espantando as sombras e aquecendo as paredes de pedra do fortim, Woermann teve a sensação de que a luz não iria acabar com o que estava errado; no máximo poderia fazer com que as coisas ficassem sob a superfície por algum tempo.

Os homens também sentiam isso, mas Woermann teria de levantar-lhes o moral. Quando Alexandru chegou naquela manhã, o oficial ordenou-lhe imediatamente que fosse buscar uma carrada de madeira. Havia mesas e catres para serem construídos. Dentro em pouco o fortim se encheria do ruído forte de marteladas de mãos vigorosas fincando pregos na madeira seca. Woermann foi até a janela de onde se avistava a ponte. Sim, lá vinham Alexandru e seus dois filhos. Tudo iria normalizar-se.

Alongou o olhar, abarcando a pequena vila, já iluminada pelos primeiros raios do sol. Uma parte ainda se mantinha na sombra, projetada pelas montanhas mais altas, e Woermann sentiu que pintaria a cena precisamente como a via naquele momento. Recuou um passo. A vila, enquadrada pela moldura da janela, brilhava como uma joia. Deveria ser assim... a paisagem vista através de uma janela na parede. Os contrastes lhe pareciam ótimos. Precisava instalar uma tela e começar o quadro imediatamente. Pintava melhor quando sob o efeito de tensão nervosa, e era então que mais gostava de misturar as tintas, distraindo-se com as combinações, as perspectivas, os efeitos de luz e sombra.

O resto do dia escoou-se rapidamente. Woermann supervisionou o transporte do corpo de Lutz para a galeria sob o porão. O cadáver, acompanhado da cabeça decepada, foi conduzido através do buraco aberto no solo do porão e coberto com um lençol no chão sujo da caverna. A temperatura ali aproximava-se do ponto de congelamento. Não havia qualquer sinal da presença de animais daninhos, e o local oferecia as melhores condições para guardar o cadáver até o fim da semana, quando seria possível providenciar o transporte para a Alemanha.

Em circunstâncias normais, Woermann ficaria tentado a explorar a galeria sob o porão; a caverna subterrânea com suas paredes reluzentes e desvãos escuros bem poderia ser objeto de quadros interessantes. Mas não agora. Concordou consigo mesmo que fazia muito frio e que teria de esperar a chegada do verão. Evidentemente aquela não era a verdadeira razão. Algo naquela caverna o levava a afastar-se dela o quanto antes.

Todos perceberam, à medida que o dia passava, que Grunstadt seria um problema. Ele não apresentava sinal algum de melhora. Ficava em qualquer posição em que o colocassem, os olhos fixos no espaço. De quando em quando, estremecia e gemia; às vezes soltava uivos lancinantes com toda a força de seus pulmões. E seus intestinos estavam desarranjados. A continuar assim, sem absorver alimento nem líquido e sem tratamento médico adequado, não sobreviveria até o fim da semana. Teria de ser transportado junto com os restos mortais de Lutz se não melhorasse logo.

Durante todo o dia Woermann observou atentamente a disposição de ânimo de seus homens e ficou satisfeito com a reação deles às tarefas práticas que lhes designara. Todos trabalharam bem, apesar da falta de sono e da morte de Lutz. Conheciam bem o companheiro morto, sua fama de brincalhão e inventor de casos complicados. Parecia ser consenso que fora ele quem provocara o acidente que acabara por matá-lo.

Woermann percebeu que não deveria deixar que sobrasse tempo para lamentações ou comentários, mesmo para os que não eram dados a mexericos. Havia todo um sistema sanitário a ser organizado e outras tarefas como transporte de madeira procedente da vila e confecção de mesas e cadeiras. Ao anoitecer, terminado o rancho, poucos eram os homens do destacamento que ainda tinham ânimo para um cigarro. Com exceção dos escalados para a ronda, todos se recolheram a seus sacos de dormir.

Woermann permitiu uma alteração no serviço de guarda, de maneira que o vigia encarregado do pátio cobrisse o corredor que conduzia ao quarto de Grunstadt. Em razão de seus gritos e gemidos, ninguém gostaria de passar a noite a menos de 30 metros dele; todavia, Otto sempre fora benquisto por seus camaradas e eles se sentiram no dever de cuidar para que não lhe acontecesse nada.

Perto de meia-noite, Woermann ainda estava acordado, apesar de seu desesperado desejo de dormir. Com a noite chegara-lhe uma sensação de maus presságios que o impedia de relaxar os nervos. Finalmente, cedeu a uma imperiosa necessidade de levantar-se e percorrer os postos de guarda, a fim de certificar-se de que as sentinelas estavam acordadas.

Sua inspeção conduziu-o ao corredor de Grunstadt e ele decidiu verificar o estado do enfermo. Não conseguira imaginar o que teria deixado aquele homem em condições tão deploráveis. Espiou através do vão da porta. O soldado estava em um de seus momentos de calma, respirando rapidamente, gemendo e soluçando. Os soluços eram seguidos de um prolongado uivo. Woermann desejou estar bem longe dali para não ouvir aquilo. Era enervante ouvir uma voz humana produzir um som como aquele... a voz tão perto e a mente tão distante.

O oficial estava no fim do corredor e se preparava para entrar de novo no pátio quando o som lhe chegou aos ouvidos. Só que desta vez não era como os outros. Mais parecia um guincho, como se Grunstadt tivesse acordado de repente e se visse envolto em chamas ou trespassado por milhares de punhais – desta vez havia no som agonia tanto física quanto emocional. Depois, o grito interrompeu-se subitamente, como um rádio desligado no meio de uma canção.

Woermann permaneceu imóvel por um instante, gelado de pavor, os músculos e nervos recusando-se a responder a seu comando. Com grande esforço voltou, percorreu o corredor e entrou no quarto. No compartimento fazia frio, mais frio que um minuto antes, e o lampião de querosene estava apagado. Woermann procurou um fósforo para acendê-lo novamente e então voltou-se para Grunstadt.

Morto. Os olhos estavam arregalados, fixos no teto, enquanto a boca estava escancarada, com os lábios repuxados, mostrando os dentes, como se tivessem sido congelados em meio a um grito de pavor. E o pescoço... a garganta estava cortada de lado a lado. Havia sangue por toda parte, desde as cobertas até as paredes.

Os reflexos de Woermann agiram rapidamente. Antes que se desse conta do que estava fazendo, já tirara sua Luger do coldre e esquadrinhava com os olhos os cantos do quarto, à procura de quem fizera aquilo. Não viu ninguém. Correu até a janela, enfiou a cabeça pelo vão estreito e examinou as paredes de alto a baixo. Não havia corda ou qualquer outro sinal que indicasse a fuga de alguém. Voltando a cabeça para o interior do quarto, tornou a procurar. Impossível! Ninguém passara por ele no corredor nem saíra pela janela. Entretanto, Grunstadt fora assassinado.

O ruído de passos que se aproximavam correndo interrompeu seus pensamentos – as sentinelas haviam escutado o grito e vinham investigar. Já era um alívio, pois Woermann tinha de admitir para si mesmo que estava apavorado, que não poderia ficar sozinho naquele quarto nem mais um minuto.

Quinta-feira, 24 de abril

Depois de providenciar para que o corpo de Grunstadt fosse colocado junto ao de Lutz, Woermann preocupou-se em fazer com que seus homens ficassem ocupados o dia inteiro, confeccionando catres e mesas. Deixou que se espalhasse o boato de que havia um grupo de guerrilheiros antigermânicos operando naquela área. Entretanto, seria impossível convencer-se a si próprio, uma vez que estivera no local quando o crime ocorrera e sabia que o criminoso não poderia passar por ele sem ser visto – a menos que fosse capaz de voar ou andar pelas paredes. Qual seria então a resposta?

Determinou que as sentinelas fossem dobradas naquela noite, com vigias postados dentro e em torno dos alojamentos, para salvaguarda dos que dormiam.

Enquanto ouvia o ruído dos martelos e serrotes trabalhando no pátio, Woermann aproveitou a tarde para instalar uma de suas telas e começou a pintar. Precisava distrair-se com alguma coisa que o fizesse esquecer aquela aterradora expressão no rosto de Grunstadt. Procurou concentrar-se na mistura dos pigmentos que produzissem uma cor de tinta semelhante à da parede de seu quarto. Decidiu colocar a janela à direita do centro, depois gastou a maior parte das duas últimas horas da tarde para produzir uma boa quantidade de tinta e passá-la para a tela, deixando um espaço em branco no qual pintaria um trecho da vila, tal como visto através da janela.

Naquela noite conseguiu dormir. Depois do perturbado sono da primeira noite e da completa insônia da segunda, seu corpo exausto como que desabou dentro do saco de dormir.

O SOLDADO RUDY Schreck fazia sua ronda cautelosa e atentamente, com um olho no vulto de Wehner, no lado oposto do pátio. Logo que anoiteceu, houve a impressão de que dois homens eram demais para uma área tão pequena, mas, à medida que a escuridão se acentuava e envolvia o fortim, Schreck sentiu-se satisfeito por ter alguém ao alcance de seus olhos. Ele e Wehner deveriam cumprir uma rotina: ambos percorreriam o perímetro do pátio, ligeiramente afastados da muralha e em lados opostos, caminhando no sentido dos ponteiros do relógio. Isso os mantinha sempre separados, mas significava melhor vigilância.

Rudy Schreck não estava com medo de que sua vida corresse perigo. Apreensivo, sim, mas não com medo. Estava bem acordado, alerta; tinha sobre o ombro uma arma de tiro rápido e sabia como usá-la. Quem quer que fosse, o assassino de Otto na noite anterior não teria chance contra ele. Entretanto, preferia que houvesse mais luzes no pátio. As lâmpadas colocadas espaçadamente criavam círculos de luz aqui e ali, ao longo da periferia, mas não chegavam a iluminar o pátio completamente. Os dois cantos do fundo eram verdadeiros poços de escuridão.

A noite estava fria. Para piorar as coisas, uma névoa densa baixou sobre o desfiladeiro e, envolvendo o soldado, pontilhou a superfície de seu capacete com pingos de umidade concentrada. Schreck esfregou os olhos com a mão. Estava realmente cansado. Cansado de tudo que dissesse respeito ao exército. A guerra não era o que ele imaginara. Quando fora incorporado, dois anos atrás – tinha então 18 –, tinha a cabeça cheia de sonhos de feitos heroicos, de grandes batalhas e gloriosas vitórias, de vastos exércitos se enfrentando no campo da honra. Era assim que estava descrito nos livros de história. Todavia, a guerra verdadeira era bem diferente. Resumia-se quase todo o tempo a serviço de guarda, esperando... E era em geral um serviço penoso, na lama, no frio, na chuva. Rudy Schreck achava que já contribuíra com sua parte para a guerra. Agora queria voltar para Treysa. Seus pais viviam lá, e havia também uma garota chamada Eva que, por sinal, já não escrevia tão frequentemente como no início. Ele queria viver novamente sua vida, uma vida sem uniformes, inspeções, exercícios, sargentos, oficiais. E também sem serviço de sentinela.

Schreck aproximava-se do canto do fundo do pátio, no lado norte. Ali as sombras pareciam mais densas do que nunca... muito mais densas do que em seu último turno. À medida que se aproximava, o soldado foi retardando o passo. É uma tolice, pensou ele. Apenas um jogo de luz. Não havia nada a temer.

E contudo... ele não queria ir até lá. Preferia deixar de lado aquele canto. Olharia bem os outros, mas não aquele.

Endireitando os ombros, Schreck forçou seus próprios passos. Era apenas uma sombra.

Era um homem feito, com idade suficiente para não ter medo do escuro. Continuou caminhando para a frente, mantendo-se afastado da muralha até chegar ao canto escuro... e, subitamente, sentiu-se perdido. Uma escuridão gelada e absorvente fechou-se em torno dele. Schreck tentou retroceder, mas tudo o que encontrou foi mais escuridão. Era como se o restante do mundo tivesse desaparecido. Tirando a Schmeisser do ombro, ele se preparou para atirar. Embora tiritando de frio, suava profusamente. Queria acreditar que tudo não passava de uma brincadeira, que Wehner tinha, de algum modo, apagado todas as luzes no momento em que ele penetrara na sombra. Todavia, os sentidos de Schreck eliminavam tal esperança. A escuridão era por demais completa, como se lhe esmagasse os olhos e, como um verme, lhe roesse toda a coragem.

Alguém se aproximava. Schreck não podia vê-lo nem ouvi-lo, mas sentia que alguém chegava cada vez mais perto dele.

– Wehner? – perguntou em voz baixa, fazendo o possível para que seu terror não se refletisse na voz. – É você, Wehner?

Mas não era Wehner. Schreck deu-se conta disso tarde demais. Era alguém... alguma coisa... Sentiu como se uma grossa corda se enrolasse de repente em volta de seus tornozelos. Puxado pelos pés, o soldado Rudy Schreck começou a gritar e a atirar desesperadamente, até que a escuridão completa pôs fim à guerra para ele.

WOERMANN foi subitamente despertado por uma curta rajada de tiros de uma Schmeisser. Correu para a janela que dava para o pátio. Um dos guardas estava correndo para a parte de trás. Onde estava o outro? Que inferno! Ele colocara *dois* guardas no pátio! Já estava se aprontando para correr na direção da escada quando viu algo na muralha. Um vulto indefinido... quase como se fosse...

Era um corpo... de cabeça para baixo... um corpo nu, pendurado pelos pés. Mesmo da janela da torre Woermann podia ver o sangue que escorrera da garganta para o rosto. Um de seus soldados, em serviço e de arma na mão, fora massacrado, despido e pendurado como uma galinha na vitrine de um açougue.

O pavor – que até então apenas ameaçara apossar-se de Woermann – agora lançava suas garras geladas sobre ele.

Sexta-feira, 25 de abril

Três homens mortos, com seus cadáveres depositados na galeria do porão. O quartel-general em Ploiesti fora notificado dos últimos acontecimentos, mas não chegara qualquer resposta pelo rádio.

Houve muita atividade no pátio durante o dia, mas pouco rendimento. Woermann decidira colocar sentinelas duplas naquela noite. Parecia incrível que um guerrilheiro fosse capaz de surpreender em seu posto um soldado veterano e prevenido, mas a verdade é que acontecera. Não aconteceria com um par de sentinelas.

À tarde ele retornou a seu quadro e encontrou um pouco de alívio, fugindo da atmosfera pesada que dominava o fortim. Começou a acrescentar pinceladas de sombra sobre a parte ainda branca que representava a parede e acentuou as cores da moldura da janela. Decidiu deixar de fora as cruzes, porque elas desviariam a atenção da paisagem da vila, que era o que ele desejava de fato focalizar. Trabalhou como um autômato, concentrando seu mundo nas pinceladas sobre a tela, esquecendo a atmosfera de horror que o cercava.

A noite chegou mansamente. Woermann continuou a levantar-se várias vezes e ir até a janela que dava para o pátio – uma rotina inútil, quase uma compulsão, como se pudesse manter seus homens vivos por meio de uma vigilância pessoal sobre o fortim. Em uma de suas idas à janela, notou que a sentinela do pátio fazia sua ronda sozinha. Em vez de chamar o soldado, resolveu investigar pessoalmente.

– Onde está seu companheiro? – perguntou à sentinela quando chegou ao pátio.

O soldado hesitou por um momento, então confessou:

– Ele estava muito cansado, senhor. Deixei que fosse descansar um pouco.

Um calafrio percorreu a espinha de Woermann.

– Dei ordens para que todas as sentinelas fossem duplas! Onde está ele?

– Na cabine do primeiro caminhão, senhor.

Woermann dirigiu-se apressadamente para o veículo estacionado no pátio e abriu a porta da cabine. O soldado que estava lá dentro não se moveu. O oficial puxou-o por um braço.

– Acorde!

O soldado começou a inclinar-se sobre ele, a princípio lentamente, depois com maior rapidez, como que desabando sobre seu comandante. Woermann procurou ampará-lo, mas só o conseguiu com dificuldade, pois, na queda, a cabeça se inclinou para trás, deixando à mostra um enorme corte na garganta. O oficial deixou que o corpo escorregasse até o chão e recuou um passo, cerrando os dentes com toda a força que lhe restava para evitar um grito de pavor.

Sábado, 26 de abril

Woermann ordenou que Alexandru e seus filhos voltassem do portão quando chegaram pela manhã. Não que suspeitasse deles como cúmplices nas mortes, mas o sargento Oster lhe comunicara que os homens estavam alarmados ante a impossibilidade de garantirem a própria segurança. Woermann julgou prudente evitar um incidente.

Pouco depois ficou ciente também de que os homens estavam preocupados com algo mais que a segurança. No fim da tarde iniciou-se uma briga no pátio. Um cabo tentou valer-se de sua hierarquia sobre um soldado, exigindo que ele lhe entregasse um crucifixo que fora especialmente benzido. O soldado recusou e a luta entre os dois degenerou em uma briga envolvendo uma dezena de homens. Ao que parecia, houvera comentários a respeito de vampiros depois da primeira morte, o que fora então objeto de chacota. Todavia, com a sucessão de vítimas, a ideia ganhou corpo até que os crentes se tornaram mais numerosos do que os céticos. Afinal, estavam na Romênia, nos Alpes da Transilvânia.

Woermann sabia que tinha de acabar com aquela ideia no nascedouro. Reuniu os homens no pátio e falou-lhes durante mais de meia hora. Recordou o dever deles, como soldados alemães, de enfrentarem corajosamente o perigo, de permanecerem fiéis a sua causa, de não permitirem que o temor atirasse uns contra os outros, pois isso fatalmente conduziria à derrota.

– Finalmente – disse ele, notando que seus ouvintes se mostravam inquietos –, vocês devem livrar-se de qualquer temor do sobrenatural. Há um agente humano nessas mortes e nós o descobriremos. É evidente que devem existir numerosas passagens secretas no fortim, permitindo que o criminoso entre e saia sem ser visto. Passaremos o resto do dia procurando essas passagens. E metade de vocês ficará de guarda esta noite. Vamos pôr um ponto final nisso de uma vez por todas!

O moral dos homens pareceu elevar-se com aquelas palavras. Na realidade, Woermann quase convencera a si mesmo.

Durante o resto do dia, o oficial percorreu todo o fortim, encorajando os homens, observando enquanto eles mediam a espessura dos soalhos e das paredes em busca de espaços mortos ou batiam nos blocos de pedra para verificar se não havia alguma parte oca. Entretanto, nada encontraram. Woermann pessoalmente fez um rápido reconhecimento da caverna no subsolo. Teve a impressão de que ela desaparecia no interior da montanha e decidiu deixá-la inexplorada por enquanto. Não havia tempo para uma busca mais demorada nem existiam sinais de qualquer movimentação no solo empoeirado da caverna que indicassem a passagem por ali de qualquer pessoa ao longo de muitos anos. Contudo, mandou colocar quatro homens de guarda na abertura para o subsolo, prevenindo a improvável hipótese de que alguém tentasse entrar pela caverna.

Woermann conseguiu reservar uma hora, antes do cair da tarde, para esboçar o trecho da vila que queria pintar. Era a única pausa que fazia na crescente tensão que o acossava de todos os lados. Ao mesmo tempo que se concentrava no desenho, podia sentir que suas preocupações começavam a desaparecer, como se a tela conseguisse absorvê-las. Teria de arranjar algum tempo na parte da manhã do dia seguinte para acrescentar a cor, pois era a vila à primeira luz da manhã que ele desejava representar em sua tela.

Quando começou a escurecer e a falta de luz o obrigou a suspender o trabalho, sentiu que o temor e as apreensões estavam voltando. À luz do sol, ele podia facilmente acreditar que havia um agente humano matando seus homens e até rir das histórias de vampiros. Todavia, na escuridão crescente, o inquietante temor retornava com a lembrança do soldado coberto de sangue que caíra em seus braços na noite anterior.

Uma noite calma. Uma noite sem mortes e talvez eu possa vencer essa coisa. Com metade dos homens velando o sono da outra metade, deverei ser capaz de reverter essa intranquilidade e começar a ganhar terreno amanhã.

Uma noite. Apenas uma noite sem mortes.

Domingo, 27 de abril

A manhã chegou como devem chegar as manhãs de domingo – brilhantes e ensolaradas. Woermann adormecera sentado na cadeira e acordou ao alvorecer, dolorido e com as pernas dormentes. Levou algum tempo para dar-se conta de que seu sono não fora interrompido por gritos nem tiros. Calçou as botas e dirigiu-se para o pátio, a fim de certificar-se de que havia tantos homens vivos naquela manhã quanto na noite anterior. A primeira sentinela que encontrou deu-lhe a desejada informação: não fora registrado qualquer fato anormal.

Woermann sentiu-se dez anos mais jovem. Conseguira! Havia então uma maneira de conter o assassino! Mas aqueles dez anos começaram a pesar novamente sobre ele, ao ver a fisionomia preocupada de um soldado que corria através do pátio na direção dele.

– Senhor! – exclamou o homem ao aproximar-se. – Há algo errado com Franz, quero dizer, o soldado Franz Ghent. Ele não acorda.

As pernas e braços de Woermann tornaram-se subitamente fracos e pesados, como se todo o vigor que havia neles tivesse de repente desaparecido.

– Você o sacudiu?

– Não, senhor. Eu... Bem, eu...

– Leve-me até lá.

O oficial seguiu o soldado até o alojamento dentro das muralhas do lado sul. O homem que procuravam estava dentro de seu saco de dormir, sobre um catre recentemente feito, as costas voltadas para a porta.

– Franz! – disse seu camarada, quando entraram no quarto. – O capitão está aqui!

Não houve movimento.

Por favor, meu Deus, faça com que ele esteja doente ou mesmo morto por uma parada cardíaca, pensou Woermann ao aproximar-se do catre. Mas, por favor, não deixe que sua garganta esteja cortada. Tudo menos isso.

– Soldado Ghent! – gritou o oficial.

Não se notou qualquer sinal nas cobertas, nem mesmo o ondular provocado pela respiração de uma pessoa que dorme. Apavorado com o que iria ver, Woermann inclinou-se sobre o catre.

O saco de dormir cobria o corpo de Ghent até o queixo. Woermann não chegou a puxá-lo. Não havia necessidade. Os olhos vidrados, a pele amarelada e a mancha de sangue que aparecia na coberta revelaram-lhe claramente o que iria encontrar.

– OS HOMENS ESTÃO à beira do pânico, senhor – dizia o sargento Oster.

Woermann esparramava tinta sobre a tela, com curtas, rápidas e furiosas pinceladas. A luz da manhã era a que ele imaginara e precisava aproveitar ao máximo aquele instante. Certamente Oster estaria pensando que ele enlouquecera, o que talvez não fosse de todo errado. A despeito da carnificina, a pintura se tornara uma obsessão para ele.

– Não os condeno. Suponho que estejam com vontade de ir até a vila e matar alguns habitantes. Isso, entretanto...

– Desculpe, senhor, mas não é isso o que eles estão pensando.

Woermann interrompeu as pinceladas.

– Ah, não? Então o que é?

– Eles acham que os homens que foram mortos não sangraram tanto quanto deviam. Acham também que a morte de Lutz não foi um acidente... que ele foi assassinado, do mesmo modo que os outros.

– Não sangraram? Compreendo... A história do vampiro outra vez.

Oster assentiu.

– Sim, senhor. E pensam que Lutz soltou o vampiro quando abriu aquela caverna no espaço morto do porão.

– Não posso aceitar uma coisa dessas – replicou Woermann, voltando-se para a pintura, a fim de esconder a expressão de seu rosto.

Precisava manter sua ascendência sobre seus homens, servir-lhes de âncora. Tinha de apresentar os fatos como naturais. – Reafirmo que Lutz foi esmagado por uma pedra que caiu; que as quatro mortes subsequentes nada têm a ver com a dele. E acho que todos sangraram profusamente. Não há coisa alguma por aqui sugando sangue de ninguém, sargento!

– Mas as gargantas...

Woermann não soube o que responder. Sim, as gargantas. Elas não tinham sido cortadas, não fora utilizada uma faca ou um arame que servisse de garrote. Tinham sido diláceradas. Cruelmente. Mas com o quê? Dentes?

– Quem quer que seja o assassino, está tentando amedrontar-nos. E está conseguindo. Faremos o seguinte: vou colocar de vigia todos os homens do destacamento esta noite, inclusive eu mesmo. Todos serão escalados em pares. Este fortim será tão atentamente patrulhado que sequer uma mosca voará sem ser notada!

– Mas não podemos fazer isso todas as noites, senhor!

– Não, mas podemos fazer esta noite e, se necessário, a de amanhã. Assim, agarraremos seja lá quem for.

– Sim, senhor – replicou Oster, com os olhos brilhando.

– Diga-me uma coisa, sargento – disse Woermann, quando Oster fez a continência para retirar-se.

– O quê, senhor?

– Tem havido pesadelos desde que chegamos aqui?

– Pesadelos? – perguntou o jovem sargento, surpreso. – Não, senhor. Eu, pelo menos, não tive.

– Algum dos homens falou a respeito?

– Nenhum. Aconteceu com o senhor?

– Não.

Woermann sacudiu a cabeça de maneira tal que Oster compreendeu que a conversa terminara. Não havia pesadelos. Entretanto, os dias se tinham tornado um sonho ruim.

– Falarei pelo rádio com Ploiesti agora – disse Oster ao deixar o quarto.

Woermann ficou pensando se uma quinta morte não impressionaria o quartel-general de Ploiesti. Oster vinha informando uma morte diariamente, sem que houvesse qualquer reação – oferta de auxílio, ordem para abandonar o fortim. Era claro que ninguém estava se preocupando muito com o que acontecia por lá, desde que alguém continuasse vigiando o desfiladeiro. Woermann precisaria tomar em breve uma decisão a respeito dos corpos, mas desejava desesperadamente passar uma noite sem mortes antes de transferir os cadáveres. Apenas uma noite.

Retornou à pintura, mas já era tarde e a luz havia mudado. Limpou seus pincéis. Não tinha muita esperança de capturar o assassino naquela noite, mas ainda assim ela poderia marcar um momento decisivo. Com todos vigiando e aos pares, talvez nada acontecesse, o que seria ótimo para o moral do destacamento. Então um horrível pensamento o assaltou, ao guardar os tubos de tinta na caixa: E se um de seus próprios homens fosse o criminoso?

Segunda-feira, 28 de abril

Metade da noite se passara sem que nada acontecesse. O sargento Oster havia instalado um posto de controle no centro do pátio e não recebera qualquer comunicação de anormalidade. As lâmpadas suplementares colocadas no pátio e na torre contribuíram para aumentar a confiança dos homens, apesar das sombras que projetavam. Manter todos acordados a noite inteira fora uma drástica medida, mas estava dando resultado.

Woermann debruçou-se em uma das janelas que davam para o pátio. De onde estava, podia ver Oster em sua mesa e os homens caminhando aos pares ao longo do perímetro e junto às muralhas. Os geradores matraqueavam, instalados junto aos veículos. Lâmpadas adicionais tinham sido colocadas na encosta da montanha que formava a parede do fundo do fortim, com o propósito de evitar que o assassino se esgueirasse descendo por ali. Os homens nas plataformas vigiavam o lado exterior das muralhas, prevenindo a possibilidade de alguém tentar escalá-las. Os portões estavam fechados e havia um grupo guardando o buraco na caverna.

O fortim estava em segurança.

Ao chegar a essa conclusão, Woermann deu-se conta de que era o único homem em toda a estrutura sozinho e sem guarda. Esteve a ponto de dar uma busca nos cantos mais escuros do quarto, mas compreendeu que aquele era o preço de ser um oficial.

Olhando mais para baixo, pelo vão da janela, notou uma sombra maior na junção da torre com a muralha do lado sul. Enquanto observava, a luz da lâmpada lá existente começou a reduzir de intensidade até apagar-se de todo. Seu pensamento imediato foi de que alguma coisa rebentara o fio, mas teve de descartar a ideia ao ver que as demais lâmpadas continuavam acesas. Uma lâmpada queimada, então. Com certeza fora o que acontecera, embora tenha sido uma maneira estranha de uma lâmpada queimar-se. Normalmente há uma luminosidade maior, azulada, e em seguida os filetes se apagam. Aquela simplesmente fora se apagando.

Um dos guardas na muralha do lado sul também notara o que havia acontecido e fora investigar. Woermann teve vontade de alertá-lo para que levasse também seu companheiro, mas achou que estava exagerando. O segundo homem ficou bem à vista, encostado no parapeito junto à torre – um canto morto, sem possibilidade de perigo.

Woermann acompanhou com o olhar o soldado enquanto este desaparecia na sombra – uma sombra estranhamente escura. Decorridos talvez 15 segundos, desviou o olhar, mas foi então que ouviu um murmúrio abafado vindo da parte inferior, seguido do ruído característico da batida de madeira e de metal contra o chão – a queda de uma arma.

O oficial, sobressaltado, sentiu as palmas das mãos se umedecerem ao debruçar-se sobre o peitoril da janela para ver melhor. Mas a sombra continuava impenetrável.

O outro guarda também devia ter ouvido os mesmos ruídos, pois logo correu para verificar o que acontecera com o companheiro.

Woermann percebeu que uma luz começara timidamente a acender-se, afastando a escuridão. Quando a claridade se tornou maior, o oficial notou que era a própria lâmpada, supostamente queimada, que voltara a brilhar. Foi então que viu o primeiro soldado: estava deitado de costas, as mãos nos quadris, as pernas dobradas sob o corpo, a garganta estraçalhada. Olhos sem vida, voltados para cima, pareciam fixados em Woermann, como que o acusando. Não havia mais ninguém nem qualquer coisa naquele canto.

Quando o outro soldado começou a gritar por socorro, Woermann recuou para o interior do quarto e encostou-se na parede, reprimindo a ânsia de vômito. Não tinha mais forças para mover-se nem para falar. *Meu Deus, meu Deus!*

Cambaleando, foi até a mesa que lhe haviam feito apenas dois dias antes e apanhou um lápis. Precisava tirar seus homens dali, para fora do fortim, abandonando o Passo Dinu, se necessário. Não havia defesa contra o que ele acabara de presenciar. Não se comunicaria mais através de Ploiesti. Sua mensagem seria remetida diretamente para o Alto Comando.

Mas o que dizer? Olhou para as cruzes, procurando inspiração; elas, porém, pareciam zombar dele. Como fazer com que o Alto Comando compreendesse que não estava lidando com um louco? Como explicar que ele e seus homens deviam deixar o fortim porque algo sobrenatural os estava ameaçando, algo imune ao poderio militar germânico?

Começou a rabiscar frases, riscando-as cada vez que lhe ocorria uma redação melhor. Queria evitar a ideia de que estava abandonando sua posição, mas percebia o horror de mais uma noite passada ali. Os homens estavam agora praticamente incontroláveis. Mantida a média atual de mortes, ele seria um oficial sem ninguém para comandar se continuasse ali.

Comandar... Sua boca contraiu-se em um ricto sardônico ao pronunciar a palavra. Ele não estava mais no comando do fortim. Algo escuro e terrível o havia deposto.

7

Estreito de Dardanelos
Segunda-feira, 28 de abril
2h44

Já estavam a meio caminho, atravessando o estreito, quando ele sentiu que o barqueiro começaria a agir.

Não fora uma jornada fácil. O homem ruivo deixara Gibraltar ao anoitecer e velejara para Marbella, onde contratara aquela lancha a motor, de cerca de 10 metros, e que agora vibrava em torno dele. Era um barco bem cuidado, com dois motores possantes. Seu proprietário estava longe de ser um novato. O homem ruivo sabia identificar um contrabandista quando punha os olhos em um deles.

O proprietário regateara muito a respeito do preço até saber que seria pago em dólares de ouro americanos, de duas águias: a metade na partida e o restante quando chegassem, sem problemas, na costa norte do Mar de Mármara. Para a travessia do Mediterrâneo, o proprietário insistira em contratar uma tripulação, mas o homem ruivo não concordou; ele se encarregaria de todo o serviço.

Navegaram ininterruptamente durante seis dias, cada um agarrado ao leme por oito horas a fio, descansando as oito seguintes e conservando a velocidade da lancha sempre em 20 nós, durante as 24 horas do dia. Haviam aportado apenas em enseadas discretas, onde o proprietário parecia ser bem conhecido, permanecendo o tempo suficiente para reabastecer os tanques. O homem ruivo pagara todas as despesas.

Agora, alertado pela redução da velocidade do barco, ficou esperando que o proprietário, Carlos, descesse do convés para tentar matá-lo. Carlos esperara pacientemente uma oportunidade desde que eles haviam deixado Marbella, mas não se apresentara nenhuma. Agora, aproximando-se o fim da viagem, dispunha apenas de uma noite para apossar-se do dinheiro no cinturão. O homem ruivo sabia que era isso o que o outro desejava. Carlos repetidamente lhe dera encontrões, para certificar-se de que o passageiro ainda usava aquele cinturão. E sabia que nele havia ouro e, pelo volume, não deveria ser pouca quantidade. Parecia também bastante curioso a respeito da caixa comprida e estreita que o ruivo mantinha sempre perto de si.

Era uma pena. Carlos fora uma boa companhia durante os últimos seis dias. Um bom marinheiro também. Bebia um pouco demais, comia mais do que devia e, pelo jeito, não costumava tomar banho com a necessária frequência. O homem ruivo não se importava com essas coisas. Ele tivera, em seu tempo, cheiro pior. Muito pior.

A porta de trás se abriu, deixando entrar uma lufada de ar fresco. O vulto de Carlos se destacou contra a luz, antes de fechar a porta atrás de si.

Que pena!, pensou o homem ruivo ao ouvir o ruído do atrito da lâmina de aço ao ser retirada da bainha de couro. Uma bela viagem encaminhava-se para um final melancólico. Carlos os havia conduzido habilmente na direção da Sardenha, passara por ela, pelas águas azuis entre a ponta norte da Tunísia e a Sicília, depois rumara para o norte de Creta e atravessara as Cíclades, entrando no Mar Egeu. No momento, dirigiam-se para os Dardanelos, o estreito canal que liga o Egeu ao Mar de Mármara.

Que pena!

Viu o lampejo rápido da lâmina na direção de seu peito. Com a mão esquerda segurou o pulso de Carlos antes que o punhal pudesse baixar; com a direita, imobilizou o outro braço do atacante.

– Por que isso, Carlos?

– Entregue-me o ouro! – As palavras eram como chicotadas.

– Eu poderia ter-lhe dado mais se você tivesse me pedido. Por que tentar matar-me?

Carlos, dando-se conta da força das mãos que o seguravam, arriscou uma explicação:

– Ia apenas cortar o cinturão. Não tinha a intenção de feri-lo.

– O cinturão está na altura de minha barriga e seu punhal está apontado contra meu peito.

– É que está escuro aqui.

— Não tão escuro assim. Mas vá lá... — disse o homem ruivo, soltando os pulsos de Carlos. — Quanto mais você quer?

Carlos levantou a mão que empunhava a arma e avançou novamente, rosnando:

— Quero tudo!

O homem ruivo agarrou-lhe outra vez o pulso, antes que a lâmina pudesse atingi-lo.

— Seria melhor que você não tivesse feito isso, Carlos.

Com firme, inexorável deliberação, o homem ruivo torceu contra o peito do assaltante a mão que segurava o punhal. Os ligamentos das juntas se esticaram até o limite. Carlos gemeu de dor e medo quando seus tendões se romperam e se ouviu o impressionante estalo de ossos quebrados. A ponta do punhal estava agora diretamente sobre o lado esquerdo de seu peito.

— Não! Por favor... *não!*

— Dei-lhe uma chance, Carlos — disse o homem ruivo, e sua voz soou dura e incolor. — Você não a aproveitou.

A voz de Carlos se transformou em um grito que cessou abruptamente quando seu pulso foi empurrado contra as costelas, mergulhando o punhal no coração. Seu corpo se enrijeceu e então os músculos perderam as forças e o cadáver escorregou até o chão.

O homem ruivo permaneceu imóvel por uns instantes, escutando o bater de seu próprio coração. Tentou sentir remorso, mas não conseguiu. Já fazia muito tempo que não matava ninguém. Deveria sentir *alguma coisa*, mas esperou em vão. Carlos era um assassino de sangue-frio. Procedera de acordo com as circunstâncias. Não havia motivo para remorsos; apenas uma desesperada urgência de chegar à Romênia.

Levantando-se, apanhou a caixa comprida, subiu para o convés e tomou o leme. Os motores estavam em marcha lenta. Ele os acelerou até o ponto máximo.

Os Dardanelos. Ele já estivera ali antes, mas nunca durante uma guerra, muito menos a toda velocidade em meio à escuridão. A água onde as estrelas se refletiam era uma imensidão cinzenta à sua frente; a costa, uma mancha escura à direita e à esquerda. Estava em uma das mais estreitas seções dos Dardanelos, onde o canal não tinha mais de 1,5 quilômetro de largura. Mesmo nas partes mais largas, nunca excedia 6,5 quilômetros. O homem ruivo pilotava ajudado pela bússola e pelo instinto, sem acender nenhuma luz, mergulhado em completa escuridão.

Era impossível saber o que poderia encontrar naquelas águas. O rádio anunciara que a Grécia se rendera; poderia ser verdade ou não. Talvez agora houvesse alemães nos Dardanelos, ou mesmo britânicos ou russos. Teria de evitá-los. Aquela viagem não fora planejada; ele não tinha documentos que justificassem sua presença. E o tempo agia contra ele. Necessitava de toda a velocidade que os motores pudessem render.

Uma vez no Mar de Mármara, umas 20 milhas à frente, ele teria espaço suficiente e poderia navegar enquanto seu combustível permitisse. Quando os tanques se esvaziassem, ancoraria o barco e iria por terra até o Mar Negro. Perderia um tempo precioso, mas não havia outra solução. Ainda que lhe sobrasse combustível, não poderia arriscar-se a passar pelo Bósforo. Ali os russos eram mais numerosos que moscas em torno de um cadáver.

Empurrou até ao fundo a alavanca do acelerador, tentando obter maior velocidade dos motores. Impossível.

Desejou ter asas.

8

Bucareste, Romênia
Segunda-feira, 28 de abril
9h50

Magda tocava seu bandolim com natural facilidade, a palheta vibrando na mão direita, os dedos da esquerda subindo e descendo pelo braço do instrumento e saltando de uma corda para outra, apoiando-se nos trastes. Seus olhos se concentravam em uma folha com notas musicais escritas à mão: uma das mais lindas melodias ciganas que ela passara para o papel.

Estava sentada no interior de uma carroça pintada com cores vivas, estacionada nos arredores de Bucareste. O espaço, já pequeno, era reduzido pelas prateleiras cheias de ervas exóticas e especiarias, por almofadas coloridas e lanternas pendentes do teto. Suas pernas, cruzadas, serviam de apoio para o bandolim, e ainda assim a saia de lã cinzenta mal lhe deixava à mostra os tornozelos. Um casaco da mesma cor, abotoado na frente, cobria a blusa branca. Um pedaço de pano escondia-lhe os cabelos castanhos. Todavia, a simplicidade de sua indumentária não lhe roubava o brilho dos olhos nem a cor das faces.

Magda deixava-se embalar pela música, livrando-a por uns momentos de um mundo que se tornava cada dia mais hostil para ela. *Eles* agora estavam lá – os que tinham ódio dos judeus. Haviam demitido seu pai da posição que ocupava na universidade, ordenando que se mudassem ambos da casa onde sempre tinham morado, e destituíram o rei – não que Carol fizesse jus à lealdade dela, mas ainda assim era o rei –, substituindo-o pelo general Antonescu e a Guarda de Ferro. Apesar de tudo, ninguém poderia privá-la de sua música.

– Toquei direito? – perguntou ela quando a última nota se extinguiu, deixando o interior da carroça novamente em silêncio.

A velha que estava sentada à sua frente, na pequena mesa redonda, sorriu, enrugando a pele morena em torno de seus negros olhos de cigana.

– Quase. No meio, porém, a melodia é assim.

Colocou sobre a mesa um velho baralho de cartas e apanhou um *naiou* de madeira. Parecendo um Pã enrugado, levou o instrumento aos lábios e começou a soprar. Magda acompanhava-a no bandolim até que, ao perceber que suas notas destoavam, tratou de fazer as alterações na folha de papel.

– Agora, sim, parece que está certo – disse ela, juntando as folhas com evidente satisfação. – Agradeço-lhe muito, Josefa.

A velha esticou o braço e pediu:

– Deixe-me dar uma olhada.

Magda entregou-lhe o papel e ficou observando o olhar da velha percorrer a página, linha por linha. Josefa era a *phuri dai*, a mais respeitada mulher daquela tribo de ciganos. Papai muitas vezes descrevera quanto ela fora bonita; agora, porém, sua pele se enrugara, seus cabelos negros se entremearam de fios de prata, seu corpo se encurvara. A mente, todavia, continuava clara.

– Então isto aqui é a minha canção – disse Josefa, que não sabia ler música.

– Exatamente. Preservada para sempre.

A velha devolveu o papel.

– Mas eu não a tocarei sempre deste jeito. Esta é a maneira como gosto dela hoje. No próximo mês possivelmente alterarei alguma parte. Já fiz isso uma porção de vezes ao longo dos anos.

Magda assentiu, enquanto colocava a folha de papel junto das demais na pasta. Antes de iniciar sua coleção, ela sabia que a música cigana era predominantemente feita de improviso, o que, aliás, não seria de estranhar, dado que a improvisação constitui característica da *vida* desse povo, que não possui outro lar a não ser uma carroça, não dispõe de linguagem escrita ou sequer tem recursos para registrá-la. Talvez fosse isso que a levou a procurar captar algumas das manifestações musicais dos ciganos e preservá-las para o futuro.

– Está tudo ótimo por enquanto – replicou Magda. – Talvez no próximo ano eu veja o que você tiver acrescentado.

– E o livro já não terá sido publicado então?

– Receio que não.

– Por que não?

Magda fingiu estar muito absorvida em guardar seu bandolim, sentindo-se incapaz de dar uma resposta satisfatória. Replicou sem levantar os olhos:

– Preciso encontrar um novo editor.

– O que aconteceu com o outro?

Magda continuou com os olhos baixos. Estava constrangida. Passara por um dos mais penosos momentos de sua vida ao saber que o editor desfizera o acordo. A recusa ainda lhe doía.

– Ele mudou de ideia. Alegou que o momento não era propício para o lançamento de um compêndio sobre música cigana da Romênia.

– Especialmente sendo a autora uma judia – acrescentou Josefa.

Magda levantou os olhos, surpresa, mas tornou logo a baixá-los. *Quanto aquilo era verdade!*

– Talvez – murmurou, com um nó na garganta. Não queria falar sobre o assunto. – Como vão os negócios?

– Muito mal – disse Josefa, sacudindo os ombros enquanto punha de lado o *naiou* e apanhava de novo o baralho de cartas. Trajava o variado conjunto de roupas exóticas comuns aos ciganos: blusa florida, saia listrada, lenço na cabeça. Uma confusa mistura de cores e modelos. Seus dedos hábeis, como que agindo automaticamente, começaram a embaralhar as cartas. – Recebo apenas alguns dos velhos fregueses para fazer uma leitura. Nenhum cliente novo depois que me mandaram retirar o letreiro.

Magda notara, ao chegar pela manhã, que desaparecera a tabuleta pendurada sobre a porta traseira, anunciando *Doamna Josefa: Leituras da sorte*. Desaparecera também o diagrama de uma palma de mão, colocado na janela da esquerda, e o símbolo cabalístico, na da direita. Segundo se dizia, as tribos ciganas haviam recebido ordens da Guarda de Ferro para permanecerem onde estavam e *não fazerem trapaças* com os cidadãos.

– Quer dizer que os tempos não são bons para os ciganos também?

– Nós, da tribo romena, sempre fomos desprezados, qualquer que fosse a época ou o lugar. Já estamos acostumados. Mas vocês, judeus... – Deu um muxoxo e sacudiu a cabeça. – Temos ouvido histórias... terríveis histórias do que acontece na Polônia.

– Nós também temos ouvido – replicou Magda, contendo um estremecimento. – Mas já estamos igualmente acostumados ao descrédito.

Pelo menos alguns de nós. Ela não. Jamais se conformaria com aquilo.

– Receio que vá ficar ainda pior – disse Josefa.

– A tribo romena não poderia estar melhor...

Magda se deu conta de que estava sendo grosseira, mas não pôde evitar. O mundo se tornara um lugar assustador e sua única defesa ultimamente tinha sido a negação. As coisas que ouvira não podiam ser verdadeiras, pelo menos a respeito dos judeus ou acerca do que estava acontecendo aos ciganos nas regiões rurais – histórias de prisões em massa pela Guarda de Ferro, esterilizações forçadas e trabalho escravo. Deveriam ser apenas boatos, para atemorizar. Entretanto, com todas as coisas terríveis que estavam realmente acontecendo...

– Não me preocupo – disse Josefa. – Corte um cigano em dez pedaços e, ao em vez de matá-lo, você apenas terá fabricado dez ciganos.

Magda tinha certeza de que, em circunstâncias semelhantes, sobraria apenas um judeu morto. Novamente tentou mudar de assunto.

– Esse baralho é para tirar a sorte? – perguntou, sabendo perfeitamente que era.

Josefa assentiu com um movimento de cabeça.

– Quer tentar a sua?

– Não. Na verdade não acredito nessas coisas.

– Para ser sincera, devo lhe dizer que muitas vezes também não acredito. Frequentemente as cartas nada dizem, simplesmente porque nada têm a dizer. Então improviso, como se faz em música. E que mal existe nisso? Não faço o *hokkane baro*; apenas digo às garotas *gadjé* que elas logo encontrarão um homem maravilhoso, e aos homens *gadjé* que seus empreendimentos não custarão a prosperar. Não causo danos.

– E quanto ao futuro?

– Algumas vezes as cartas acertam – replicou Josefa, erguendo os ombros estreitos. – Quer experimentar?

– Não, obrigada.

Não queria saber o que o futuro lhe reservava. Tinha a sensação de que só poderia ser algo ruim.

– Por favor. É um presente meu.

Magda hesitou. Não queria ofender Josefa. Afinal, a velha não lhe havia confessado que as cartas frequentemente nada diziam? Talvez a cigana inventasse uma bela fantasia para ela.

– Está bem.

Josefa colocou o maço de cartas sobre a mesa.

– Corte.

Magda pegou a metade de cima e a entregou a Josefa, que a juntou à de baixo e começou a cartear, falando enquanto seus dedos ágeis trabalhavam.

– Como está seu pai?

– Não muito bem, infelizmente. Mal consegue manter-se de pé.

– É uma pena. Nem sempre se encontra um *gadjé* que saiba como *rokker*. O ursinho de Yoska não melhorou o reumatismo dele?

Magda sacudiu a cabeça.

– Não. Aliás, não é apenas reumatismo o que ele tem. Trata-se de algo mais sério.

O pai havia tentado tudo para deter a crescente deformação de seus membros, chegando mesmo a permitir que o ursinho do neto de Josefa caminhasse sobre suas costas – uma antiga terapia cigana que se revelara tão inútil quanto os últimos *milagres* da medicina moderna.

– Um bom homem – disse Josefa. – É uma pena que uma pessoa que sabe tanta coisa a respeito desta terra deva ser... mantida em silêncio... impedida de transmitir seus conhecimentos...

Josefa franziu as sobrancelhas e suas últimas palavras mal se fizeram ouvir.

– O que houve? – perguntou Magda, fixando preocupada a expressão do rosto de Josefa, que olhava para as cartas espalhadas sobre a mesa. – A senhora está sentindo alguma coisa?

– Hein? Ah, sim! Estou bem. São estas cartas...

– Más notícias?

Magda se recusava a acreditar que as cartas pudessem prever o futuro mais que as entranhas de um pássaro morto; todavia, não pôde evitar uma sensação de ansiedade.

– É a maneira como elas estão divididas. Nunca vi uma coisa assim. As cartas neutras estão espalhadas, mas as que são consideradas boas estão todas aqui do lado direito, enquanto as más ou nefastas se agruparam totalmente à esquerda. Estranho.

– Que significa isso?

– Não sei. Deixe-me consultar Yoska – replicou Josefa, que em seguida chamou o neto gritando por cima do ombro. – Yoska é muito bom nessas interpretações. Aprendeu desde que era pequeno.

Um jovem moreno e bonito, com pouco mais de 20 anos, apareceu na porta da frente, mostrando um sorriso de dentes perfeitos e um tórax musculoso. Cumprimentou Magda com olhos vorazes, que a fizeram sentir-se como que despida apesar de suas pesadas roupas. Era mais jovem que ela, mas isso não o impedia de cortejá-la. Por várias vezes demonstrara suas intenções, sendo sempre recusado por Magda.

Yoska olhou para as cartas que a avó lhe mostrava. Rugas profundas começaram a formar-se entre suas sobrancelhas enquanto estudava as figuras. Permaneceu imóvel durante algum tempo, depois pareceu ter chegado a uma decisão.

– Embaralhe, corte e dê outra vez.

Josefa balançou a cabeça, concordando, e o procedimento foi repetido, desta vez em silêncio. A despeito de seu ceticismo, Magda instintivamente se inclinou para a frente e ficou observando as cartas à medida que eram colocadas sobre a mesa, uma por uma. Como não entendia nada do que significavam aquelas figuras, teria de submeter-se inteiramente à interpretação da cartomante e de seu neto. Quando levantou os olhos, percebeu nos rostos deles que alguma coisa estava errada.

– O que acha você, Yoska? – perguntou a velha em voz baixa.

– Não sei... essa concentração do bem e do mal... essa nítida separação entre ambos.

Magda sentiu que sua boca estava seca.

– Quer dizer que aconteceu a mesma coisa? Duas vezes seguidas?

– Sim – disse Josefa. – Exceto que os lados são diferentes. O bem está agora à esquerda e o mal à direita. Isso indica uma escolha. Uma grave escolha.

Uma súbita irritação dominou o mal-estar de Magda. Eles estavam fazendo uma brincadeira de mau gosto com ela. Não faria papel de tola.

– Acho melhor eu ir embora – anunciou ela, apanhando a pasta e a caixa do bandolim. – Não sou uma dessas ingênuas garotas *gadjé* com quem vocês se divertem.

– Não! Espere! Somente mais uma vez – apelou a velha cigana, segurando-a pela mão.

– Desculpe, mas estou atrasada.

Magda dirigiu-se apressadamente para a porta de trás da carroça, ciente de que não estava sendo delicada com Josefa, mas ainda assim decidida a retirar-se. Aquelas cartas grotescas, com suas figuras estranhas, mais a expressão de espanto nos rostos da cigana e do neto provocaram nela uma necessidade imperiosa de sair da carroça. Queria voltar para Bucareste, para uma sala com paredes retas e soalho de concreto.

9

O fortim
Segunda-feira, 28 de abril
19h10

As serpentes tinham chegado.

Os homens da SS, especialmente os oficiais, davam a Woermann a ideia de serpentes. O SS-*Sturmbannführer* Erich Kaempffer não era exceção.

Woermann nunca esquecera uma noite, muitos anos antes da guerra, quando o *hohere SS-und polizeiführer* – um nome pomposo para um simples chefe de polícia local – ofereceu uma recepção no distrito de Rathenow. O capitão Woermann – oficial condecorado do Exército alemão e proeminente cidadão local – fora um dos convidados. Sua vontade era de não comparecer, mas Helga tinha tão raras oportunidades de participar de uma elegante recepção oficial e ficara tão entusiasmada ao receber o convite que ele não teve ânimo para recusar.

Junto a uma das paredes do saguão de entrada havia um tanque de vidro, no qual uma serpente de cerca de 1 metro se enroscava e desenroscava incessantemente. Era o animalzinho de estimação do anfitrião, que gostava de conservá-lo faminto. Por três vezes durante a noite ele reunira todos os convidados para que vissem a serpente devorar um sapo. Um rápido olhar na primeira experiência fora suficiente para que Woermann se sentisse enojado. Ele vira o sapo a meio caminho da goela da serpente, ainda vivo, as patas se agitando freneticamente em uma inútil tentativa de escapar.

A cena servira para tornar repugnante uma recepção enfadonha. Quando ele e Helga passaram pelo tanque, à saída, viram a serpente, ainda faminta, agitando-se em sua caixa de vidro, esperando um quarto sapo, apesar de já ter engolido três.

Foi nessa serpente que Woermann pensou ao ver Kaempffer percorrer todo o seu quarto, desde a porta, passando pelo cavalete e pela mesa, indo até a janela e voltando outra vez. Exceto quanto à camisa marrom, Kaempffer estava vestido inteiramente de preto – a túnica, os culotes, a gravata, o cinturão, o coldre e as botas. A insígnia de prata – a caveira –, os relâmpagos emparelhados da SS e o distintivo de seu posto eram os únicos pontos brilhantes no uniforme... escamas brilhantes numa venenosa serpente de cabeça loura.

Woermann notou que Kaempffer parecia bem mais velho que na época do encontro ocasional de ambos em Berlim, dois anos antes. *Mas não tanto quanto eu,* pensou amargamente. O major da SS, embora dois anos mais velho do que Woermann, era esguio e dava a impressão de ser mais jovem. Sua cabeleira loura era abundante e penteada para trás e ainda não entremeada de fios grisalhos. Uma imagem do ariano perfeito.

– Reparei que você trouxe apenas um pelotão – disse Woermann.
– O telegrama se referia a dois. Pessoalmente, eu pensava que traria um regimento.

– Não, Klaus – respondeu Kaempffer em tom condescendente, continuando a caminhar pelo quarto. – Um simples pelotão será mais que suficiente para resolver esse suposto problema de vocês. Meus *einsatzkommandos* são mais que capazes para esse tipo de coisa. Trouxe dois pelotões porque esta vinda até aqui é apenas uma parada em meu caminho.

– E onde ficou o outro pelotão? Colhendo margaridas?

– De certo modo, sim – replicou Kaempffer e seu sorriso nada tinha de cordial.

– O que quer dizer com isso?

Tirando o quepe e o casacão, Kaempffer atirou-os sobre a mesa de Woermann, depois foi até à janela de onde se avistava a vila.

– Mais um minuto e você verá.

Relutantemente, Woermann foi para junto do homem da SS na janela. Kaempffer chegara há apenas 20 minutos e já estava assumindo o comando. À frente de seu grupo de especialistas, ele se dirigira para a ponte sem a menor hesitação. Woermann chegou a desejar que os pilares tivessem apodrecido durante a última semana, mas não teve essa sorte. O jipe do major e o caminhão que o acompanhava atravessaram sem incidentes. Depois de desembarcar e de ordenar ao sargento Oster – o sargento Oster de Woermann – que os *einsatzkommandos* fossem bem alojados imediatamente, entrou no quarto de Woermann com o braço direito na saudação de *Heil Hitler* e a atitude de um messias.

– Parece que você mudou bastante desde a Grande Guerra – disse Woermann, enquanto contemplavam a vila que parecia adormecida. – Pelo jeito, você se deu bem na SS.

– Prefiro a SS ao exército regular, se é isso que você está insinuando. É muito mais eficiente.

– É o que ouvi dizer.

– Vou lhe mostrar como resolver problemas, Klaus. E quem resolve problemas acaba ganhando as guerras. Olhe – acrescentou, apontando para a janela.

A princípio Woermann nada percebeu, mas então notou movimentações na orla da vila. Um grupo de pessoas. Ao aproximar-se da ponte, o grupo parou: eram dez habitantes locais empurrados pelos homens do segundo grupo de *einsatzkommandos*.

Woermann sentiu-se chocado e revoltado, embora estivesse esperando qualquer coisa daquela natureza.

– Você enlouqueceu? Aqueles homens são cidadãos romenos! Estamos em um país aliado!

— Soldados alemães têm sido mortos por um ou mais cidadãos romenos. É altamente improvável que o general Antonescu se aborreça com o *Reich* por causa de uns pobres-diabos de uma vila perdida.

— Mas não vai adiantar nada matá-los!

— Ah, mas eu não tenho a intenção de matá-los já! Acho que eles constituem excelentes reféns. Vai-se espalhar na vila a notícia de que, se morrer mais um soldado alemão, todos aqueles dez habitantes serão imediatamente fuzilados. E outros dez serão apanhados toda vez que outro soldado alemão aparecer morto. E assim continuaremos até que cessem os assassinatos ou não haja mais ninguém na vila.

Woermann afastou-se da janela. Então essa era a Nova Ordem, a Nova Alemanha, a ética da Raça Superior. Era desse modo que a guerra seria ganha.

— Não vai dar certo — disse ele.

— É claro que vai — replicou Kaempffer com empáfia. — Sempre deu resultado e sempre dará. Esses guerrilheiros se entusiasmam com os tapinhas nas costas que lhes dão seus companheiros de bar. Fazem passar-se por heróis e exploram esse papel até que seus amigos comecem a morrer ou até que suas mulheres e filhos sejam levados. A partir daí eles voltam a ser camponeses bem-comportados.

Woermann procurou um meio de salvar aqueles homens. Sabia que eles nada tinham a ver com as mortes.

— Desta vez é diferente.

— Acho que não. Estou certo, Klaus, de que tenho muito mais experiência que você nesse tipo de coisa.

— Não duvido... Auschwitz, não é mesmo?

— Aprendi muito com o comandante Hoess.

— E gostou de aprender? — perguntou Woermann, apanhando o quepe do major em cima da mesa e atirando-o para ele. — Vou lhe mostrar algo *novo*! Venha comigo!

Caminhando depressa e não dando tempo a Kaempffer para fazer perguntas, Woermann desceu as escadas da torre até o pátio e dirigiu-se para outra escada que conduzia ao porão. Parou junto à parede derrubada, acendeu um lampião e conduziu Kaempffer para a úmida caverna subterrânea.

– Como faz frio aqui! – comentou Kaempffer, esfregando as mãos.

– É aqui que guardamos os corpos. Todos os seis.

– Você não mandou nenhum ainda para a Alemanha?

– Não me pareceu conveniente embarcar um de cada vez... Poderia provocar comentários entre os romenos ao longo do percurso... o que não seria bom para o prestígio da Alemanha. Tinha planejado levá-los todos comigo hoje, quando fosse embora. Entretanto, como você sabe, meu pedido foi negado.

Deteve-se ante os seis vultos cobertos por lençóis que jaziam sobre o chão, notando, contrariado, que os lençóis estavam em desalinho. Era apenas um detalhe, mas ele achava que o mínimo que poderia fazer por aqueles homens antes do sepultamento final seria tratar seus restos mortais com respeito. Se precisassem esperar por uma oportunidade para retornar à pátria, pelo menos seriam mantidos uniformizados e condignamente amortalhados.

Aproximou-se do homem mais recentemente morto e puxou o lençol, descobrindo-lhe a cabeça e os ombros.

– Este é o soldado Remer. Veja como está a garganta dele.

Kaempffer olhou, conservando o rosto impassível.

Woermann recolocou o lençol e levantou o do seguinte, mantendo o lampião erguido de maneira que Kaempffer pudesse ver como ficara também sua garganta. Prosseguiu assim, um a um, até chegar ao pior de todos.

– E agora... o soldado Lutz.

Finalmente, Kaempffer mostrou uma reação: sua respiração ficou ligeiramente alterada. Mas Woermann também se espantou. A cabeça de Lutz estava colocada ao contrário e os olhos continuavam arregalados, fixos nos visitantes. O alto de sua cabeça fora encaixado no vão entre os ombros; o queixo e o que restava de seu pescoço estavam voltados para cima, para o vazio da escuridão.

De modo rápido e desajeitado, Woermann desvirou a cabeça até encaixá-la adequadamente, maldizendo o homem que tratara de maneira tão descuidada os restos mortais de um companheiro morto, e desejando puni-lo. Arrumou o lençol cuidadosamente e voltou-se para Kaempffer.

– Você compreende agora por que lhe disse que os reféns não farão a menor diferença?

O major não respondeu imediatamente. Em vez disso, deu meia-volta e dirigiu-se para a escada, à procura de ar menos gelado. Woermann sentiu que Kaempffer ficara mais chocado do que demonstrara.

– Esses homens não foram apenas assassinados – disse Kaempffer finalmente. – Foram mutilados!

– Exatamente! Quem ou *o que for* que esteja fazendo isso é completamente louco! As vidas dos dez reféns não significaria nada.

– Por que você disse *ou o que for?*

Woermann enfrentou o olhar curioso de Kaempffer.

– Não sei explicar. Tudo o que sei é que o assassino entra e sai à vontade. Nada do que fazemos, nenhuma das medidas de segurança que tentamos, produziu qualquer resultado.

– A segurança não adiantou – disse Kaempffer, retomando sua antiga empáfia tão logo eles retornaram à claridade e ao aconchego do quarto de Woermann – porque segurança não é a resposta. *Temor* deve ser a réplica. Faça o assassino *ter medo* de matar. Faça com que ele se apavore com o preço que outros terão de pagar pelas ações dele. Medo é sempre a melhor segurança.

– E se o assassino for alguém como você? Se não der a mínima importância ao que possa acontecer com os habitantes da vila?

Kaempffer não respondeu. Woermann decidiu insistir no argumento.

– Essa espécie de temor deixa de funcionar quando você enfrenta tipos de sua própria natureza. Experimente isso em Auschwitz, quando voltar.

– Não voltarei para a Polônia, Klaus. Quando tiver terminado minha missão aqui, o que me exigirá apenas um dia ou dois, seguirei para Ploiesti, mais ao sul.

– Não vejo em que você possa ser útil por lá: não há sinagogas para queimar, apenas refinarias de petróleo.

– Continue fazendo seus irônicos comentários, Klaus – disse Kaempffer, com os lábios semicerrados. – Divirta-se com eles agora, porque quando eu iniciar meu projeto em Ploiesti você sequer ousará falar comigo.

Woermann sentou-se atrás de sua mesa rústica. Estava cansado de ouvir Kaempffer. Voltou os olhos para o retrato de seu filho mais novo, Fritz, de 15 anos.

– Ainda não consegui imaginar que atração Ploiesti poderia oferecer a tipos como você.

– Não são as refinarias, pode ficar certo. Essas eu deixo para o Alto Comando.

– Muita bondade sua.

Kaempffer fingiu não ouvir.

– Minha missão diz respeito às ferrovias.

Woermann continuou com os olhos fixos no retrato do filho.

– Ferrovias?

– Exatamente. O maior entroncamento ferroviário da Romênia está em Ploiesti, o que faz deste o lugar ideal para um campo de concentração.

Woermann foi arrancado de sua apatia e ergueu a cabeça.

– Quer dizer que será uma réplica de Auschwitz?

– Exatamente! Tem as mesmas características. Uma boa rede ferroviária é decisiva para o transporte eficiente de raças inferiores para os campos. O petróleo é transportado por estrada de ferro de Ploiesti para todos os cantos da Romênia – explicou Kaempffer abrindo totalmente os braços e tornando a fechá-los. – E de cada canto os trens retornarão com seus vagões carregados de judeus, de ciganos e demais rebotalho humano que ainda vive nesta terra.

– Mas este não é um território ocupado! Você não pode...

– O *Führer* não quer que sejam negligenciados os indesejáveis da Romênia. É verdade que Antonescu e a Guarda de Ferro estão removendo os judeus de suas posições de influência, mas o *Führer* tem um plano mais radical. Foi batizado na SS como A Solução Romena. Para implementá-la, o *reichsführer** Himmler combinou com o general Antonescu no sentido de que a SS demonstrasse aos romenos como isso pode ser feito. *Eu* fui o escolhido para essa missão. Serei o comandante do campo de Ploiesti.

Aterrorizado, Woermann não encontrou palavras para qualquer comentário, enquanto Kaempffer prosseguia em sua entusiasmada exposição.

– Você sabe quantos judeus existem na Romênia, Klaus? Setecentos e cinquenta mil, segundo o último recenseamento. Talvez um milhão! Ninguém sabe ao certo, mas logo que eu assumir, criarei um eficiente sistema de registros e teremos o número exato. Mas isso não é o pior. O país está coalhado de ciganos e franco-maçons. E pior ainda: muçulmanos! Dois milhões de indesejáveis no total!

– Se ao menos eu tivesse suspeitado! – exclamou Woermann, cerrando os olhos e apertando o rosto com as mãos. – Nunca teria posto os pés nesta terra infeliz!

Desta vez Kaempffer prestou atenção em Woermann.

– Pode rir, Klaus, mas Ploiesti será extremamente importante. No momento estamos transferindo os judeus da Hungria para Auschwitz com uma grande perda de tempo, mão de obra e combustível. Uma vez instalado o Campo Ploiesti, prevejo que muitos deles serão encaminhados para a Romênia. E, como comandante, serei um dos homens mais importantes na SS... no Terceiro Reich! Então será a minha vez de rir.

Woermann permaneceu em silêncio. Não tinha rido. Apenas a ideia o enojara. A zombaria era a única defesa contra um mundo que estava passando para o controle de fanáticos, contra a percepção de que ele era um oficial do exército que estava permitindo a expansão daquele controle. Ficou observando Kaempffer dar outra volta pelo quarto.

– Não sabia que você era pintor – disse o major, parando em frente ao cavalete como se o estivesse vendo pela primeira vez. Estudou-o

---

*Título, e ao mesmo tempo patente, que foi criado em 1926, mas ganhou maior importância quando Heinrich Himmler o atribuiu a si mesmo em 1929: *Reichsführer-SS*. Tornou-se a partir de então a maior patente militar da SS. (*N. do E.*)

por um momento em silêncio. – Talvez se você tivesse dedicado tanto tempo à procura do assassino como gastou nesta pinturazinha mórbida, alguns de seus homens pudessem...

– Mórbida? Não há nada de mórbido nessa pintura!

– A sombra de um corpo pendurado num laço... será um quadro alegre?

Woermann levantou-se de um salto e aproximou-se do cavalete.

– Do que você está falando?

– Logo aqui... perto da parede – indicou Kaempffer.

Woermann arregalou os olhos. A princípio, nada percebeu. As sombras na parede eram da mesma cor cinzenta que ele havia pintado dias atrás. Não havia qualquer diferença que... Mas não. Woermann mal podia acreditar no que via. À esquerda da janela através da qual aparecia um trecho da vila, brilhando ao nascer do sol, um fino traço vertical se ligava a uma grande forma escura, como que pendurada nele. Bem poderia parecer alguém enforcado, ainda preso à corda. Woermann se lembrava vagamente de haver pintado o traço e a sombra, mas nunca lhe passara pela cabeça acrescentar um toque tão horrível a seu quadro. Apesar de tudo, não quis dar a Kaempffer a satisfação de confessar que também percebera a semelhança.

– Como a beleza, a morbidez depende de quem olha.

Mas Kaempffer já mudara de assunto.

– É uma sorte para você que o quadro já esteja terminado, Klaus. Depois que tiver me instalado, ficarei ocupado demais para permitir que você suba até aqui somente para terminar sua pintura. Entretanto, você poderá retomar seu trabalho depois que eu tiver seguido para Ploiesti.

Woermann estava esperando aquela oportunidade e não a deixou passar.

– Você não vai se instalar em meus alojamentos.

– Corrija isso: *meus* alojamentos. Você parece esquecer que sou seu superior, *capitão*.

Woermann sorriu desdenhosamente.

– Hierarquia da SS! Não vale nada! Meu sargento é quatro vezes mais soldado que você! E quatro vezes mais homem também!

– Cuidado, capitão. Essa Cruz de Ferro que você recebeu na guerra passada não lhe dá o direito de ir tão longe!

Woermann sentiu qualquer coisa rebentar dentro dele. Arrancou da túnica a cruz de Malta esmaltada de preto com bordas prateadas e a mostrou a Kaempffer.

– *Você* não tem uma destas! E jamais terá! Pelo menos uma verdadeira, semelhante a esta, sem uma odiosa suástica no centro.

– Chega!

– Não, não chega! Seus homens da SS matam civis indefesos... mulheres, crianças! Conquistei esta medalha enfrentando homens que lutavam com armas semelhantes às minhas. E nós dois sabemos – acrescentou Woermann, baixando a voz até que ela se tornou um raivoso sussurro – quanto você evita um inimigo que tem meios para reagir!

Kaempffer inclinou-se para a frente até seu nariz ficar a menos de um palmo do de Woermann. Seus olhos azuis brilharam na palidez de seu rosto furioso.

– A Grande Guerra... tudo isso é passado. *Esta* agora é a Grande Guerra... a *minha* guerra. A outra, a sua, está morta e esquecida!

Woermann sorriu, satisfeito por haver finalmente atingido o repugnante orgulho de Kaempffer.

– Não está esquecida. Nunca estará. Especialmente seu heroísmo em Verdun!

– Estou avisando você – disse Kaempffer. – Você vai...

Interrompeu-se ao ver Woermann avançar contra ele, já não mais suportando as bravatas daquele emproado rufião que anunciava o extermínio de milhões de pessoas indefesas com a tranquilidade de quem discute o que vai comer no jantar. Woermann não fez qualquer gesto de agressão, mas Kaempffer recuou um passo involuntariamente ao vê-lo aproximar-se. Woermann simplesmente passou por ele e abriu a porta.

– Saia.

– Você não pode fazer isso!

– Fora.

Os dois se entreolharam durante algum tempo. A princípio, Woermann pensou que Kaempffer fosse enfrentá-lo, uma vez que estava em melhores condições e era fisicamente mais forte – mas apenas fisicamente. Por fim, Kaempffer desviou o olhar e voltou-se. Ambos sabiam a verdade acerca do SS-*sturmbannführer* Kaempffer. Sem uma palavra, ele apanhou seu casacão preto e saiu ruidosamente do quarto. Woermann então fechou calmamente a porta.

Permaneceu imóvel por um momento. Havia deixado que Kaempffer lhe fizesse perder a cabeça. Seu controle costumava ser melhor. Aproximou-se do cavalete e ficou olhando para a tela. Quanto mais examinava a sombra que havia pintado na parede, mais ela lhe parecia um corpo pendurado. A sensação que teve foi de náusea e de desgosto. Imaginara representar o ponto focal do quadro pelo trecho da vila banhado pelo sol, mas agora o que mais lhe chamava a atenção era aquela maldita sombra.

Procurando reagir, voltou à sua mesa e ficou contemplando ainda uma vez o retrato de Fritz. Quanto mais lidava com homens como Kaempffer, mais se preocupava com o filho. Não tivera a mesma preocupação quando Kurt, o filho mais velho, entrara em combate na França no ano anterior. Kurt tinha então 19 anos e já era cabo. Estava um homem agora.

Fritz, entretanto... eles estavam metendo coisas na cabeça de Fritz, aqueles nazistas. O rapaz havia sido de certo modo induzido a alistar-se na *jugendführer** local – a Juventude Hitlerista. Quando Woermann esteve em casa na sua última licença, ficara surpreso e consternado ao ouvir seu filho de 14 anos repetindo as teses da superioridade da raça ariana e falando do *Der Führer* com uma reverência que antes era reservada somente a Deus. Os nazistas lhe estavam roubando o filho embaixo de seu nariz e transformando o rapaz em uma serpente como Kaempffer. E Woermann não via nada que pudesse fazer para impedir isso.

---

*Título e patente para comandantes da Juventude Hitlerista – corpo juvenil da SS. (*N. do E.*)

Também parecia que não havia nada que pudesse fazer a respeito de Kaempffer. Não tinha hierarquia sobre o oficial da SS. Se Kaempffer resolvesse fuzilar camponeses romenos, não havia como impedi-lo a não ser prendendo-o. E isso ele não podia fazer. Kaempffer estava lá por ordem do Alto Comando. Prendê-lo seria uma insubordinação, um ato de atrevido desafio. Seu espírito prussiano não podia aceitar tal ideia. O Exército era sua carreira, seu lar... e fora bom para ele durante um quarto de século. Desafiá-lo agora...

Incapaz. Era assim que se sentia. Recordou-se de uma clareira perto de Poznan, na Polônia, cerca de ano e meio antes, logo após o término de um combate. Seus homens estavam instalando um bivaque quando chegou até eles o ruído de rajadas de metralhadoras procedentes de uma elevação distante dali cerca de 1,5 quilômetro. Ele fora até lá para investigar. *Einsatzkommandos* estavam colocando em linha um grupo de judeus – homens e mulheres de todas as idades, até mesmo crianças – e fuzilando-os sistematicamente. Depois que os corpos rolavam para dentro do fosso cavado atrás deles, outro grupo era alinhado e fuzilado. O chão já estava encharcado de sangue e o ar saturado do cheiro de cordite e dos gritos dos que ainda estavam vivos, agonizantes, sobre os quais ninguém se dignou a desfechar um *coup de grâce*.

Ele fora incapaz então, e era incapaz agora. Incapaz de fazer com que essa guerra fosse entre soldados; incapaz de deter o que estava matando seus homens, incapaz de impedir que Kaempffer fuzilasse aqueles camponeses.

Afundou-se em sua cadeira. De que adiantava pensar? O que poderia sequer tentar? Tudo estava mudando para pior. Ele nascera com o século, um século de esperanças e promessas. Entretanto, já estava lutando em sua segunda guerra, uma guerra que não conseguia compreender.

E no entanto ele desejara esta guerra. Pensara que teria uma oportunidade para acabar com os abutres que haviam se apossado da pátria depois da última guerra, sobrecarregando-a com impossíveis reparações, humilhando-a durante anos e anos. Sua chance chegara e ele participara de algumas das grandes vitórias alemãs. A *wehrmacht* era invencível.

Por que, então, se sentia tão descontente? Parecia-lhe impatriótico querer estar fora daquilo tudo e regressar a Rathenow, para junto de Helga. Parecia-lhe também impatriótico sentir-se satisfeito porque seu pai, igualmente oficial de carreira, morrera na Grande Guerra e não poderia ver as atrocidades que estavam sendo cometidas em nome da pátria.

E ainda assim, com tanta coisa errada, ele se mantinha na ativa. Por quê? A resposta que dera a si mesmo pela centésima ou milésima vez era: ele acreditava, do fundo do coração, que o Exército alemão acabaria com o nazismo. Os políticos passavam, mas o Exército seria sempre o exército. Se ele tivesse forças para suportar tudo, o Exército alemão seria vitorioso e Hitler, com seus sequazes, apeados do poder. Ele acreditava nisso. Tinha de acreditar.

Contrariando toda a lógica, rezou para que a ameaça de Kaempffer contra os camponeses da vila produzisse o efeito desejado – que não houvesse mais mortes. Entretanto, se não desse resultado... se mais um alemão morresse naquela noite, Woermann não tinha dúvidas acerca de quem ele desejava que fosse.

10

O fortim
Terça-feira, 29 de abril
1h18

O major Kaempffer permanecia acordado em seu saco de dormir, ainda enraivecido pela insolente insubordinação de Woermann. O sargento Oster, pelo menos, havia sido atencioso. Como quase todos os homens do Exército regular, ele se comportou com temerosa obediência ante o uniforme negro e a insígnia da Caveira – sentimento ao qual o comandante de Oster parecia de todo imune. Mas o caso é que Kaempffer e Woermann já se conheciam muito antes de haver a SS.

O sargento providenciara alojamento para as duas esquadras de *einsatzkommandos* e sugerira um fundo de corredor, na parte traseira do fortim, para colocar os prisioneiros da vila. Uma escolha excelente: o corredor fora escavado na pedra da montanha e servia de entrada para quatro grandes quartos. O único acesso à área era por intermédio de outro longo corredor, vindo diretamente do pátio, em ângulo reto. Kaempffer imaginou que aquela seção servira originariamente como depósito, uma vez que a ventilação era deficiente e não havia lareiras nos quartos. O sargento providenciara também para que em toda a extensão dos dois corredores, desde o pátio até ao granito da montanha no fundo, a iluminação fosse reforçada com novas lâmpadas, tornando impossível para qualquer pessoa surpreender os *einsatzkommandos* que estariam de guarda, aos pares, permanentemente.

Para o major Kaempffer, pessoalmente, o sargento Oster reservou um quarto grande, de tamanho duplo, no segundo pavimento da seção traseira do fortim. Sua primeira sugestão fora na torre, mas Kaempffer recusara; instalar-se no primeiro ou no segundo pavimento seria uma boa solução, mas com o inconveniente de ficar *embaixo* de Woermann. O quarto pavimento da torre exigia a subida de um número demasiado de degraus várias vezes por dia. A seção traseira do fortim era melhor. Tinha uma janela que dava para o pátio, uma armação de cama feita por um dos homens de Woermann e uma porta de carvalho, excepcionalmente pesada, com um grande ferrolho. Com seu saco de dormir arrumado sobre a armação, o major se instalou dentro dele, tendo ao lado, ao alcance da mão, uma lanterna elétrica.

Seus olhos se fixaram nas cruzes nas paredes. Parecia haver uma porção delas por toda a parte. Curioso... Ele quisera perguntar ao sargento o que elas significavam, mas não achou próprio descer de seu pedestal de quem sabe tudo. Essa postura constituía parte importante da mística da SS e era imprescindível mantê-la. Talvez ainda perguntasse a Woermann – quando se dignasse falar com ele novamente.

Woermann... esse nome não lhe saía da cabeça. E a ironia da história estava em que Woermann era a última pessoa no mundo que Kaempffer desejaria ter como companheiro. Com Woermann por perto, ele não poderia representar o tipo de oficial da SS que desejava ser. Bastaria Woermann fixar os olhos nele e atravessar o orgulhoso uniforme da SS e seu simbolismo de poder para deixar a nu um aterrorizado garoto de 18 anos. Aquele dia em Verdun representara um ponto de inflexão na vida de ambos...

... os ingleses rompendo as linhas alemãs num contra-ataque de surpresa, o fogo imobilizando Kaempffer, Woermann e toda a companhia, homens morrendo por toda a parte, o metralhador ferido e caído, os britânicos avançando... Recuar e reagrupar era a única coisa a fazer, mas não chegava a ordem do comandante da companhia... provavelmente também morto... O soldado Kaempffer, vendo que toda a sua esquadra fora dizimada, exceto um novo recruta, um voluntário chamado Woermann, de 16 anos, jovem demais para lutar... fez sinal ao garoto para que fugisse com ele... Woermann respondeu negativamente com um movimento de cabeça e rastejou até a plataforma da metralhadora... começando a disparar desordenadamente, depois com mais confiança e precisão... Kaempffer continuou sua fuga, certo de que os britânicos enterrariam mais um recruta alemão naquele dia.

Woermann, porém, não fora enterrado naquele dia. Conseguira deter o inimigo tempo suficiente para que a posição fosse reforçada. Por sua conduta, foi promovido e condecorado com a Cruz de Ferro. E quando a Grande Guerra acabou, ele era *Fahnenjunker*, candidato a oficial, conseguindo integrar os minúsculos remanescentes do exército que haviam sobrado da derrocada de Versalhes.

Kaempffer, por outro lado, filho de um funcionário de Augsburg, viu-se desempregado depois da guerra. Estava desanimado e sem dinheiro, como tantos milhares de veteranos de uma guerra perdida e de um exército derrotado. Não eram heróis, apenas um estorvo. Começou por juntar-se a niilista Freikorps Oberland (corporação livre que lutava contra comunistas e poloneses), e daí, sem muita demora, ao Partido Nazista em 1927; depois de comprovar seu *volkisch*, sua pura linhagem germânica, alistou-se na SS em 1931. Daí por diante, a SS tornou-se o seu lar. Perdera a família depois da Grande Guerra e jurou que nunca mais ficaria sozinho de novo.

Na SS aprendeu as técnicas do terror e da tortura; aprendeu também as da sobrevivência: descobrir as fraquezas de seus superiores e esconder as próprias da cupidez dos subordinados. Acabou por conquistar a posição de primeiro assistente de Rudolf Hess, o mais eficiente de todos os exterminadores de guetos.

Foi tão eficiente que o promoveram ao posto de *Sturmbannführer* e o designaram para instalar o campo de concentração de Ploiesti.

Kaempffer desejava ardentemente seguir para Ploiesti e iniciar sua tarefa. Só que os invisíveis assassinos dos homens de Woermann se interpunham em seu caminho. Precisava eliminá-los imediatamente. Não se tratava propriamente de um problema, mas de um obstáculo. Queria ver-se livre dele o mais cedo possível, não apenas para poder seguir para seu novo posto, mas também para provar que Woermann não passava de um pobre-diabo incapaz. Uma solução rápida e ele prosseguiria em triunfo, deixando Klaus Woermann para trás – um impotente joão-ninguém.

Ademais, Kaempffer ficaria livre de qualquer coisa que Woermann pudesse dizer a respeito do incidente de Verdun. Se ele um dia resolvesse acusá-lo de covardia, Kaempffer se limitaria a alegar que o acusador era um homem frustrado, amargo, atacando malevolamente um colega que tivera êxito na solução de um problema em que o outro fracassara.

Apagou a lanterna que estava no chão. Sim... precisava dar uma solução rápida, ainda mais porque uma importante missão aguardava sua atenção.

A única coisa que o preocupava era o fato incontestável de que Woermann estava assustado. Realmente assustado. E Woermann não era homem de assustar-se facilmente.

Fechou os olhos e procurou adormecer. Pouco depois, sentiu que o sono o envolvia como um cobertor macio e morno. Estava quase completamente envolto quando teve a impressão de que o cobertor fora violentamente arrancado. Despertou de todo, a pele subitamente úmida e arrepiada de medo. Alguma coisa estava do lado de fora da porta de seu quarto. Não via nem ouvia nada, mas sentia que havia ali algo estranho, algo com tão poderosa aura de maldade, em tamanha capacidade de ódio, de tão aguda sede de vingança, que sua presença se fazia sentir através da madeira e da pedra que isolavam o quarto. Estava lá fora, movendo-se ao longo do corredor, passando em frente à porta e afastando-se. Afastando-se...

As batidas de seu coração abrandaram, o suor diminuiu. Esperou mais um pouco, mas afinal se convenceu de que tivera um pesadelo horrível, dos que acontecem nas fases iniciais do sono.

O major Kaempffer levantou-se de seu saco de dormir e, de modo desajeitado, começou a despir a roupa de baixo. Sua bexiga se esvaziara involuntariamente durante o pesadelo.

OS SOLDADOS FRIEDRICH Waltz e Karl Flick, integrantes da primeira esquadra do major Kaempffer, montavam guarda, tiritando de frio dentro de seus uniformes negros, com os capacetes brilhando à luz das lâmpadas. Estavam cansados e frustrados. Aquele não era o tipo de serviço que costumavam executar. Em Auschwitz eles dispunham de guaritas e alojamentos aquecidos e confortáveis, onde podiam sentar-se, tomar café e jogar cartas enquanto os prisioneiros se encolhiam em suas choças geladas. Somente de vez em quando eles deviam fazer uma ronda, percorrendo o perímetro ao ar livre.

Na verdade, eles estavam protegidos ali, mas as condições eram semelhantes às dos prisioneiros no que se referia ao frio e à umidade. Não era certo.

O soldado Flick pôs sua Schmeisser às costas e esfregou as mãos. As pontas dos dedos estavam dormentes, apesar das luvas. Postou-se ao lado de Waltz, que estava apoiado contra a muralha, no ângulo formado pelo encontro dos dois corredores. Daquele ponto eles tinham a vantagem de vigiar todo o corredor à esquerda, até o retângulo escuro que era o pátio, e, ao mesmo tempo, manter sob os olhos o bloco das celas dos prisioneiros, à direita.

– Estou ficando doido – disse Waltz. – Vamos fazer alguma coisa.

– Alguma ideia?
– Que tal trazer os prisioneiros para um pouco de *sachsengruss*?
– Eles não são judeus.
– Mas também não são alemães.

Flick não tinha pensado nesse detalhe. O *sachsengruss* – a saudação saxônia – fora seu processo favorito de dominar os recém-chegados a Auschwitz. Durante horas a fio ele os obrigava a repetir o exercício: os joelhos bem curvados, os braços levantados e as mãos cruzadas atrás da cabeça. Mesmo um homem em excelentes condições físicas ficaria dolorido em menos de meia hora. Flick sempre se divertia observando as fisionomias dos prisioneiros quando eles sentiam que seus corpos não suportavam mais, que suas juntas e músculos cediam ante a dor. E também a expressão de medo nos rostos deles, pois que os que caíam, exaustos, eram fuzilados no local ou se tornavam alvo de pontapés até que retomassem o exercício. Ele e Waltz não iriam bater em nenhum dos romenos naquela noite, mas pelo menos poderiam divertir-se um pouco à custa deles. Infelizmente, a solução era arriscada.

– É melhor esquecer isso – sugeriu Flick. – Somos apenas dois. E se um deles resolve bancar o herói?
– Mas não podemos trazer das celas apenas dois de cada vez? Vamos, Karl! Será divertido!
– Está bem – concordou Flick com um sorriso.

Não seria tão divertido quanto o jogo que ele e Waltz costumavam fazer em Auschwitz, onde realizavam concursos para ver quantos ossos de prisioneiros seriam capazes de quebrar sem que o exercício parasse. De qualquer modo, um pouco de *sachsengruss* ajudaria a passar o tempo.

Flick começou a procurar a chave do cadeado que transformara em cela o último quarto do corredor. Havia quatro quartos disponíveis, entre os quais os prisioneiros poderiam ter sido distribuídos; em vez disso, amontoaram todos os dez num único aposento. Flick já antegozava o olhar espantado dos prisioneiros quando abriu a porta – o amedrontado recuo e tremer de lábios ao verem o sorriso dele e perceberem que não deveriam esperar qualquer gesto seu de bondade.

Aquilo lhe deu uma sensação indescritível, maravilhosa, algo tão embriagador que ele desejava prolongar indefinidamente.

Já havia transposto a porta quando a voz de Waltz o deteve.

– Espere um pouco, Karl.

Flick voltou-se, Waltz estava olhando para o corredor, na direção do pátio, com uma expressão de espanto no rosto.

– O que é? – perguntou Flick.

– Algum defeito em uma das lâmpadas lá adiante. A primeira... está se apagando.

– E o que tem isso?

– É que se apaga aos poucos – explicou ele, olhando para Flick e depois novamente para o corredor. – Agora é a segunda que está se apagando! – O tom de sua voz elevou-se um pouco quando ele empunhou sua Schmeisser. – Vamos até lá!

Flick deixou cair a chave, empunhou também sua arma e correu para junto do companheiro. No momento em que chegou à junção dos dois corredores, a terceira lâmpada apagou-se. Embora tentasse, não conseguiu ver mais nada no corredor. Era como se a área tivesse sido mergulhada em impenetrável escuridão.

– Não estou gostando disso – comentou Waltz.

– Nem eu. Mas não vejo uma única alma. Talvez seja o gerador. Ou um fio partido.

Flick sabia que nem ele nem Waltz acreditavam naquela explicação, mas precisava dizer alguma coisa para distrair seu crescente temor. Os *einsatzkommandos* tinham fama de provocar terror, não de senti-lo.

A quarta lâmpada começou a apagar. A escuridão estava a apenas alguns passos dali.

– Vamos ficar por aqui – propôs Flick, encostando-se na parede bem iluminada do corredor de trás. Dali podia ouvir os prisioneiros cochichando. Embora não pudessem ver as lâmpadas se apagando, percebiam que alguma coisa estava errada.

Agachado atrás de Waltz, Flick tremia sob a ação do frio crescente ao ver que a iluminação do corredor externo continuava a reduzir-se. Desejava ter alguma coisa em que atirar, mas só conseguia ver a escuridão.

E então a escuridão envolveu-o, gelando-lhe os membros e turvando-lhe a visão. Por um instante – que pareceu prolongar-se por uma eternidade – o soldado Karl Flick transformou-se numa vítima do implacável terror que ele tanto gostava de provocar nos outros, e sentiu na própria carne a insuportável dor que ele tanto gostava de infligir. Depois, não sentiu mais nada.

Lentamente, a iluminação voltou aos corredores, primeiro no de trás, depois no da passagem de acesso. Os únicos sons vinham dos habitantes da vila presos em sua cela: o sussurro das mulheres e os suspiros de alívio dos homens por se sentirem livres do pânico que se apossara deles. Um dos homens tentou aproximar-se da porta para espiar pela frincha entre as duas metades. Seu campo de visão se limitava a um trecho do chão e parte da parede do corredor.

Não conseguiu ver nada. O chão estava limpo, exceto quanto a uma mancha de sangue ainda úmido, ainda congelando sob a ação do frio. E na parede havia mais sangue – só que em vez de salpicos, as manchas pareciam ter sido produzidas por um tecido ensanguentado que roçara contra a parede. As manchas tinham certa regularidade, como se fossem letras de um alfabeto que ele quase reconhecia, mas formando palavras não identificáveis, palavras que eram como cães uivando na noite, embora presentes, sempre fora de alcance.

O homem afastou-se da porta e foi juntar-se aos companheiros agrupados no canto extremo da cela.

Havia alguém à porta.

Os olhos de Kaempffer mantiveram-se abertos; receava que o pesadelo se repetisse. Mas não. Desta vez não sentia uma presença imponderável do outro lado da parede. Agora tratava-se de alguém, de uma pessoa, aliás desajeitada. Se o objetivo do intruso era pregar-lhe um susto, iria falhar deploravelmente. Como estivesse protegido, Kaempffer tirou sua Luger do coldre e preparou-se para resistir.

– Quem está aí?

Silêncio.

O ruído de uma mão tateante, forçando o ferrolho, era agora mais nítido. Kaempffer podia ver interrupções na faixa de luz que aparecia por baixo da porta, mas elas não lhe permitiam identificar quem poderia estar do outro lado. Pensou em acender a lanterna, mas desistiu. O quarto escuro dava-lhe uma vantagem: um intruso ficaria com sua silhueta destacada contra a luz do corredor.

– Identifique-se!

As sacudidas no ferrolho cessaram, substituídas por um leve rangido e estalidos, como se algum objeto muito pesado estivesse sendo empurrado contra a porta, tentando derrubá-la. Kaempffer não podia ter certeza, tal era a escuridão, mas pareceu-lhe ter visto a porta abaular-se para o lado de dentro. E eram duas polegadas de madeira de lei! Seria necessário um peso enorme para produzir tal efeito. Quando os estalidos da madeira se acentuaram, ele começou a tremer e a suar. Não havia como fugir. E agora se ouvia outro ruído, como se alguém estivesse arranhando na porta, querendo entrar – um ruído cada vez mais forte, que o paralisava completamente. A madeira estava cedendo, prestes a estilhaçar-se em milhares de fragmentos; as dobradiças gemeram, como se estivessem sendo arrancadas de seus encaixes na rocha. Não demoraria para que uma ruptura se produzisse. Kaempffer sabia que precisava colocar um pente de balas em sua Luger, mas não conseguia se movimentar.

O ferrolho cedeu de repente e a porta se abriu, batendo contra a parede. Dois vultos se destacaram contra a luz do corredor. Pelos capacetes, Kaempffer reconheceu que se tratava de soldados alemães; pelas botas, concluiu que eram dois de seus *einsatzkommandos*. Deveria sentir-se mais tranquilo à vista de seus comandados, mas por algum motivo mostrou-se irritado. Que maneira era aquela de lhe invadirem o quarto?

– O que significa isso? – perguntou.

Não houve resposta. Em vez de falar, os dois homens deram ao mesmo tempo um passo à frente, na direção do catre onde Kaempffer estava, imobilizado de terror. Havia algo errado com seu modo de andar – não um passo completamente desordenado, mas certo bamboleio grotesco. Por um angustiante segundo, o major Kaempffer pensou que os soldados iriam passar por cima dele, mas pararam justamente à beira do catre, ao mesmo tempo, como que obedecendo a um comando. Nenhum deles pronunciou uma única palavra. Também não fizeram continência.

– O que vocês querem?

Kaempffer desejava mostrar-se furioso, mas a raiva não conseguia vencer o medo. Apesar de seus esforços, o corpo todo lhe tremia sob as cobertas.

– Digam alguma coisa! – Era uma súplica.

Não obteve resposta. Com a mão esquerda conseguiu alcançar a lanterna elétrica no chão, junto à cama, sempre mantendo a Luger na mão direita, apontada para a dupla silenciosa postada à sua frente. Quando seus dedos trêmulos encontraram o interruptor da lanterna, ele hesitou, ouvindo sua própria respiração ofegante. Precisava ver quem eram aqueles homens e o que queriam, mas uma parte de seu ser aconselhava-o a não acender a luz.

Finalmente, não suportou mais. Com um gemido, apertou o interruptor e levantou a lanterna.

Os soldados Flick e Waltz estavam em pé à sua frente, os rostos pálidos e contorcidos, os olhos esgazeados... Um pedaço de carne ensanguentado e arrancado pendia da parte que constituía a garganta de ambos. Ninguém se moveu... Os dois soldados mortos não podiam, Kaempffer não podia. Este permaneceu paralisado pelo terror, a lanterna na mão, a boca tentando inutilmente articular um grito de socorro, um som qualquer que fosse capaz de emitir.

Houve, então, um movimento. Silenciosamente, quase delicadamente, os dois soldados se inclinaram para a frente e caíram em cima do comandante, imobilizando-o em seu saco de dormir, sob o peso de cento e tantos quilos de carne morta.

Enquanto lutava freneticamente para livrar-se dos dois cadáveres, Kaempffer ouviu uma voz ao longe gritando, tomada de pânico mortal. Uma parte isolada de seu cérebro conseguiu fixar-se naquele som até identificá-lo.

Era sua própria voz.

– *AGORA* VOCÊ acredita?

– Acredita em quê?

Kaempffer evitava encarar Woermann, preferindo concentrar sua atenção no copo de *kümmel* que segurava com as duas mãos. De um só trago ele bebera a metade e agora sorvia o restante. Lenta e penosamente, começou a sentir que estava conseguindo controlar-se, ajudado ainda pelo fato de estar nos aposentos de Woermann e não nos seus próprios.

– Que os processos da SS não servem para resolver esse problema.

– Os processos da SS *sempre* dão resultado.

– Não dessa vez.

– É que mal começamos! Ainda não morreu nenhum habitante da vila!

Enquanto falava, Kaempffer admitiu para si mesmo que a situação que enfrentava estava inteiramente além da experiência de qualquer um na SS. Como não havia precedentes, ele não tinha para quem apelar em busca de conselhos. Existia no fortim algo que transcendia o medo, a coerção, algo excepcionalmente capaz de usar o temor como arma própria. Não se tratava de guerrilheiros, de um grupo do Partido Nacional Camponês, mas de alguma coisa que nada tinha a ver com guerra, nacionalidade ou raça.

Todavia, os prisioneiros da vila deveriam ser fuzilados ao amanhecer. Não poderia libertá-los – isso seria admitir a derrota, e ele, juntamente à SS, perderia a autoridade. Jamais permitiria que aquilo acontecesse. Não fazia diferença se as mortes dos camponeses provocariam ou não efeitos sobre... a *coisa* que estava matando os homens. Os prisioneiros tinham de morrer.

– Não morrerão – falou Woermann.

– O que você disse? – interpelou Kaempffer, finalmente tirando os olhos do copo de *kümmel*.

– Os habitantes da vila... deixei que fossem embora.

– Como ousou fazer isso? – Falava agora com raiva, começando a sentir-se novamente superior. Ergueu-se da cadeira.

– Você um dia ainda vai me agradecer por não ser obrigado a explicar o fuzilamento sistemático de toda a população de uma vila romena, pois é o que ocorreria. Conheço bem as pessoas de seu tipo. Uma vez tomada uma decisão, por mais tola que seja, por mais danos que provoque, você preferirá não desistir a admitir que cometeu um engano. Por isso estou impedindo que você comece. Agora pode descarregar em cima de mim a culpa por seu fracasso. Assumo a responsabilidade e podemos procurar um lugar mais seguro para alojar nossos homens.

Kaempffer sentou-se de novo, mentalmente admitindo que a providência de Woermann lhe resolvera um problema. Entretanto, ficara de mãos atadas. Não poderia confessar, em um relatório à SS, que fracassara. Significaria o fim de sua carreira.

– Não vou desistir – disse ele a Woermann, tentando mostrar-se teimosamente corajoso.

– O que mais você pode fazer? Lutar contra o desconhecido?

– Lutarei!

– De que modo? – perguntou Woermann, cruzando as mãos sobre os joelhos. – Você sequer sabe contra o que está lutando. Como poderá atacá-lo?

– Com armas, com fogo! Com... – Kaempffer recuou na cadeira instintivamente quando Woermann se inclinou em sua direção; amaldiçoando-se pela reação, reconhecia no entanto que fora impotente para evitar o reflexo.

– Escute o que lhe digo, *herr Sturmbannführer* – falou Woermann. – Aqueles homens já estavam mortos quando entraram em seu quarto esta noite. Mortos! Encontramos o rastro do sangue deles ao longo do corredor. Eles morreram na prisão que você improvisou. Apesar disso, percorreram todo o corredor até seu quarto, arrombaram a porta, caminharam até sua cama e caíram em cima de você. De que jeito você vai lutar contra um fenômeno assim?

Kaempffer estremeceu ao ouvir a descrição do que ocorrera.

– Eles não estavam mortos antes de chegarem ao meu quarto! Fiéis ao sentimento de lealdade, tinham vindo apresentar-se, apesar de mortalmente feridos!

Não acreditava em uma única palavra do que dizia. A explicação fora formulada automaticamente.

– Eles estavam mortos, meu amigo – replicou Woermann, sem o menor traço de amizade em sua voz. – Você não examinou os corpos deles... estava muito ocupado em limpar a sujeira de suas ceroulas. Mas eu examinei, do mesmo modo que examinei cada homem que morreu neste desgraçado fortim. E creia, aqueles dois homens morreram de repente. Todos os principais vasos sanguíneos de seus pescoços foram arrebentados. O mesmo aconteceu com suas traqueias. Ainda que você fosse o próprio Himmler, eles não poderiam ter-se apresentado.

– Então foram carregados!

Apesar do que havia visto com seus próprios olhos, ele tentava encontrar outra explicação. Mortos não caminham. Eles não podiam ter andado tanto!

Woermann se recostou na cadeira e ficou olhando para Kaempffer com tamanho desdém que este se sentiu pequeno e desnudado.

– Lá na SS eles também ensinam as pessoas a mentir para si mesmas?

Kaempffer não respondeu. Não precisava de exame médico dos corpos para saber que já estavam mortos quando entraram no quarto. Certificou-se disso no instante em que a luz de sua lanterna iluminara seus rostos.

Woermann levantou-se e caminhou para a porta.

– Vou avisar aos homens de que partiremos ao amanhecer.

– *NÃO!* – A palavra foi pronunciada em tom mais agudo do que ele desejara.

– Você não pretende realmente ficar aqui, não é? – perguntou Woermann com expressão incrédula.

– Devo cumprir minha missão!

– Mas não pode! Você perderá! Certamente está vendo isso agora!

– Vejo apenas que devo mudar meus métodos.

– Somente um louco ficaria aqui!

Não quero ficar!, pensou Kaempffer. *Ninguém mais do que eu deseja ir embora!* Em quaisquer outras circunstâncias, ele teria dado imediatamente ordem de partida, mas não era uma opção. Precisaria resolver o problema do fortim – resolvê-lo rápida e cabalmente – antes de poder seguir para Ploiesti. Se fracassasse naquela missão, haveria dezenas de oficiais da SS aguardando sua vez na execução do projeto Ploiesti. Ao menor sinal de fraqueza, perderia o lugar. Precisava ter êxito no fortim. Caso contrário, seria deixado para trás, esquecido em alguma função secundária na retaguarda, enquanto outros na SS assumiriam a direção do mundo.

No entanto, necessitava do auxílio de Woermann. Tinha de convencê-lo a permanecer ali mais alguns dias, até que encontrassem uma solução. Depois o denunciaria, a fim de que fosse julgado por uma corte marcial por ter libertado os camponeses.

– O que você pensa que está causando isso, Klaus? – perguntou suavemente.

– Isso o *quê*? – replicou Woermann, num tom de voz que traía seu aborrecimento, as palavras propositadamente secas.

– As mortes... Quem ou o que você acha que está fazendo isso?

Woermann sentou-se novamente, a fisionomia fechada.

– Francamente, não sei. E, a esta altura, já não me interessa saber. Há agora oito cadáveres no porão e temos de providenciar para que o número deles não aumente.

– Ora, vamos, Karl. Você já está aqui há uma semana... deve ter formado uma ideia.

Continue falando, disse Kaempffer para si mesmo. Quanto mais você falar, mais tempo terá antes de voltar para aquele quarto.

– Os homens acham que se trata de um vampiro.

Um vampiro! Não era o tipo de conversa de que necessitava, mas esforçou-se por manter sua voz em tom baixo e amistoso.

– E você concorda?

– Na semana passada – meu Deus, apenas três dias atrás! – eu teria respondido não. Agora, já não estou tão certo. Aliás, não estou certo de coisa alguma. Se se tratar de um vampiro, não será como os das histórias de horror ou do cinema. A única coisa de que tenho certeza é que o assassino não é humano.

Kaempffer tentou relembrar tudo o que sabia a respeito das lendas dos vampiros. Seria essa coisa que matava os homens, chupando-lhes o sangue? Quem poderia saber? As gargantas das vítimas ficavam de tal maneira estraçalhadas e havia tanto sangue ensopando as roupas que seria necessário um exame de laboratório para avaliar a quantidade que estava faltando. Ele vira uma vez, no tempo do cinema mudo, uma cópia pirata de *Nosferatu*, e assistira à versão americana de *Drácula*, com legendas em alemão. Já fazia muito tempo, e naquela época a ideia de um vampiro parecia tão fantasiosa quanto devia ser. Agora, porém... Certamente não se tratava de nenhum eslavo, com nariz adunco e vestido a rigor andando furtivamente pelo fortim. A verdade é que existiam oito cadáveres no porão. Todavia, ele não poderia chegar ao ponto de armar seus homens com chuços e forcados.

— Acho que devemos ir às fontes — disse ele, quando seus pensamentos chegaram a um impasse.

— E onde estão elas?

— Não é onde, é quem. Preciso encontrar o dono do fortim. Esta estrutura foi construída por uma razão que ignoramos e está sendo mantida em perfeitas condições. Deve haver uma explicação para isso.

— Alexandru e seus filhos não sabem quem é o dono.

— É o que eles dizem.

— Por que iriam mentir?

— Todo mundo mente. Alguém pode estar pagando por isso.

— O dinheiro é entregue ao dono da estalagem e ele o distribui entre Alexandru e seus filhos.

— Então interrogaremos o estalajadeiro.

— Você pode também pedir-lhe para traduzir as palavras escritas na parede.

— Que palavras? Que paredes? — perguntou Kaempffer, espantado.

— Lá onde morreram seus dois homens. Há algo escrito na parede com o sangue deles.

— Em romeno?

Woermann sacudiu os ombros.

— Não sei. Sequer conheço as letras, quanto mais as palavras.

Kaempffer pôs-se em pé de um salto. Ali estava alguma coisa de que ele podia tratar.

– Mande chamar esse estalajadeiro!

O HOMEM se chamava Iuliu.

Era um sujeito grandalhão, com seus 50 e tantos anos, um começo de calvície e bigode. Suas gordas bochechas, com uma barba de pelo menos três dias, tremiam de frio, como todo o seu corpo dentro da camisola de dormir, enquanto aguardava no corredor de trás, onde seus vizinhos tinham sido aprisionados.

Quase como nos velhos tempos – pensou Kaempffer, observando a cena oculto na sombra de um dos quartos. Já se sentia mais senhor de si. A fisionomia assustada do homem trouxe-lhe à lembrança os anos iniciais com a SS em Munique, quando arrancavam os judeus do calor de suas camas, altas horas da manhã, batiam neles em frente às respectivas famílias e se divertiam ao vê-los suar de terror no frio da madrugada.

O estalajadeiro, porém, não era judeu.

Aquilo, realmente, não fazia grande diferença. Judeu, francomaçom, cigano, romeno, o que de fato interessava a Kaempffer era destruir o senso de autocontentamento, de autoconfiança, de segurança da vítima; ao mesmo tempo, saber-se seguro de que sua vontade era temida, de que não haveria tranquilidade para os prisioneiros enquanto ele estivesse por perto.

Deixou o estalajadeiro tiritando de frio sob a lâmpada durante o máximo de tempo que sua paciência suportou. Iuliu fora levado para o local onde os dois *einsatzkommandos* haviam sido mortos. Tudo o que, mesmo remotamente, se parecesse com um manuscrito ou um bloco de anotações tinha sido retirado da estalagem e despejado numa pilha atrás do homem. Os olhos deste vagavam das manchas de sangue no chão para os rabiscos também de sangue na parede, ou para os rostos implacáveis dos quatro soldados que o haviam arrancado da cama para atirá-lo sobre as manchas no chão. Kaempffer achou penoso olhar para aqueles restos de sangue que lhe traziam à lembrança as duas gargantas estraçalhadas de onde eles haviam emanado e o peso dos dois cadáveres sobre seu corpo.

Quando o major Kaempffer começou a sentir que seus próprios dedos se tornavam dormentes sob a ação do frio, apesar das luvas de couro, aproximou-se de Iuliu e o encarou. Ao ver o oficial da SS completamente uniformizado, Iuliu deu um passo atrás e quase caiu sobre seus livros.

– Quem é o proprietário do fortim? – perguntou Kaempffer abruptamente.

– Não sei, *herr* oficial.

Os conhecimentos de alemão do estalajadeiro revelavam-se precários, mas era mais conveniente falar sem a intervenção de um intérprete. Deu uma bofetada em Iuliu com as costas de sua mão enluvada. O gesto não significava maldade, apenas o procedimento de rotina.

– Quem é o proprietário do fortim?

– Não sei.

Nova bofetada.

– *Quem é?*

O estalajadeiro cuspiu sangue e começou a chorar. Ótimo. Ele estava cedendo.

– Não sei! – gritou Iuliu.

– Quem fornece o dinheiro para pagar os zeladores?

– Um mensageiro.

– Mandado por quem?

– Não sei. Ele nunca disse. Parece que é um banco. Vem duas vezes por ano.

– Você precisa assinar um recibo ou descontar um cheque. Qual é o procedimento?

– Assino uma carta. No cabeçalho está impresso Banco Mediterrâneo da Suíça. Em Zurique.

– E sob que forma vem o dinheiro?

– Em ouro. Moedas de ouro de 20. Pago Alexandru e ele paga os filhos. Tem sido sempre assim.

Kaempffer ficou observando Iuliu enxugar os olhos e procurar recompor-se. Era o último elo da cadeia. Teria agora de apelar para a central da SS, a fim de descobrir, junto ao Banco Mediterrâneo em Zurique, quem estava enviando moedas de ouro para um estalajadeiro nos Alpes da Transilvânia. E daí chegar ao titular da conta e, consequentemente, ao proprietário do fortim.

E depois?

Não sabia, mas era a única providência que lhe ocorria tomar no momento. Voltou-se e ficou olhando as palavras rabiscadas na parede. O sangue – sangue de Flick e de Waltz – com que as palavras tinham sido escritas já havia secado e adquirido uma cor vermelho-escura. Muitas das letras estavam ou desajeitadamente desenhadas ou eram completamente distintas de quaisquer outras que ele jamais vira. Outras eram identificáveis. No conjunto, não formavam sentido. Todavia, deviam significar alguma coisa.

ТЪЖИК ОСТАВИТЕ НАЩЬ АДМЪ

APONTOU PARA as palavras.

– O que está escrito ali?

– Não sei, *herr* oficial – respondeu o estalajadeiro, apavorado com o brilho azul dos olhos de Kaempffer. – Por favor... acredite. Realmente não sei.

Pela expressão da fisionomia de Iuliu e pelo som de sua voz, Kaempffer sabia que o homem estava dizendo a verdade. Aquilo, porém, não era uma consideração real – nunca fora nem nunca seria. O romeno deveria ser pressionado ao máximo, golpeado e quebrado para que, ao regressar ao convívio dos habitantes da vila, espalhasse a fama do tratamento desumano que aquele oficial de uniforme preto infligia aos prisioneiros. Então, compreenderiam que era necessário cooperar, que deveriam vir rastejando oferecer seus serviços à SS.

– Você está mentindo! – berrou Kaempffer, batendo mais uma vez no rosto de Iuliu. – Essas palavras são romenas! Quero saber o que elas dizem!

– Elas se parecem, *herr* oficial – respondeu Iuliu, encolhendo-se de medo e de dor. – Mas não são romenas. Não tenho ideia do que significam.

A declaração estava de acordo com o que Kaempffer concluíra folheando seu dicionário. Ele vinha estudando romeno e seus dialetos desde o primeiro dia em que tivera notícia do projeto Ploiesti. Agora conhecia um pouco de romeno da Dácia e esperava que dentro de mais algum tempo pudesse falar fluentemente o dialeto. Não queria que nenhum romeno que fosse trabalhar com ele pensasse que poderia ocultar qualquer coisa falando perto dele no idioma local.

Entretanto, havia ainda três outros dialetos principais que variavam bastante uns dos outros. As palavras escritas na parede, embora similares às romenas, não pareciam pertencer a nenhum deles.

Iuliu – talvez o único homem alfabetizado na vila – não as reconhecia. Ainda assim, teria de sofrer.

Kaempffer afastou-se dele e dos quatro *einsatzkommandos* que estavam por perto. Não se dirigiu a nenhum deles especificamente, mas a ordem foi entendida.

– Ensinem-lhe a arte de traduzir.

Houve um instante de expectativa, depois um golpe surdo, seguido de um grito de dor. Kaempffer não precisava esperar. Um de seus guardas batera com a ponta do cano de seu fuzil na altura dos rins de Iuliu – uma pancada violenta que o fez cair de joelhos. Agora os quatro se amontoavam em torno dele, preparando-se para pisar com o salto de suas botas polidas em todas as partes sensíveis do corpo da vítima. Sabiam bem onde pisar.

– Já chega! – disse uma voz que Kaempffer reconheceu logo como sendo a de Woermann.

Desobedicido em suas instruções, voltou-se para enfrentar o insolente. Era um ato de insubordinação, uma afronta direta contra sua autoridade! No momento, porém, que abriu a boca para recriminar Woermann, notou que a mão do capitão segurava o cabo da pistola. Certamente não iria usá-la, mas por via das dúvidas...

Os *einsatzkommandos* ficaram olhando para seu comandante, não muito seguros da atitude que ele iria tomar. Kaempffer tentou dizer-lhes que continuassem no cumprimento da ordem, mas percebeu que não poderia. O olhar firme e a atitude de desafio de Woermann fizeram com que ele hesitasse.

– Este sujeito se recusou a cooperar – disse ele, em tom incerto.

– E por isso você manda bater nele até torná-lo inconsciente, ou morto, talvez, pensando obter o que deseja? Como é inteligente! – acrescentou Woermann, aproximando-se de Iuliu, enquanto calmamente empurrava os *einsatzkommandos* para os lados, como se fossem objetos inanimados. Olhou para o estalajadeiro que gemia no chão e então encarou cada um dos guardas. – É assim que procedem as tropas alemãs para a maior glória da pátria? Aposto que as mães e os pais de vocês adorariam estar aqui, vendo-os bater em um pobre homem até matá-lo. Quanta bravura! Por que vocês não os convidam um dia? Ou quem sabe vocês também bateram *neles* até à morte, na última vez que estiveram em casa, de licença?

– Devo avisá-lo, capitão... – começou Kaempffer, mas Woermann já voltara sua atenção para o estalajadeiro.

– O que pode você nos contar sobre o fortim que já não seja de nosso conhecimento?

– Nada – respondeu Iuliu, ainda no chão.

– Uma dessas histórias que as mulheres contam, alguma lenda para assustar as crianças?

– Passei toda a minha vida aqui e jamais ouvi qualquer história assim.

– Nem mortes?

– Nunca.

Kaempffer, que observava atentamente a fisionomia do estalajadeiro, notou nela um raio de esperança, como se lhe tivesse ocorrido uma solução para sobreviver ao horror daquela noite.

– Talvez haja alguém que possa ajudá-los. Se ao menos eu pudesse dar uma olhadela em meu caderno de notas... – acrescentou, indicando a pilha de papéis no chão.

Depois que Woermann lhe deu permissão com um sinal de cabeça, ele rastejou até encontrar um velho volume, com capa de pano, diferente dos demais. Folheou-o apressadamente até achar o que procurava.

– Aqui está! Ele esteve aqui três vezes nos últimos dez anos, cada vez mais doente e sempre acompanhado da filha. Sei que é um grande professor da Universidade de Bucareste e um estudioso da história desta região.

– Quando ele esteve aqui pela última vez? – perguntou Kaempffer, agora interessado.

– Há uns cinco anos – respondeu Iuliu, esquivando-se de Kaempffer.

– O que você quer dizer com "doente"? – perguntou Woermann.

– Da última vez ele só podia caminhar com o auxílio de duas bengalas.

Woermann apanhou o livro que estava nas mãos de Iuliu.

– Como é o nome dele?

– Professor Theodor Cuza.

– Vamos fazer votos para que ele ainda esteja vivo – disse Woermann, entregando o livro a Kaempffer. – Estou certo de que a SS dispõe em Bucareste de meios suficientes para encontrá-lo, se ele viver. Sugiro que não perca tempo.

– Eu nunca perco tempo, capitão – replicou Kaempffer, tentando recuperar parte do prestígio que certamente perdera perante seus homens. Jamais perdoaria Woermann por aquilo. – Quando você passar pelo pátio já encontrará meus homens ocupados em derrubar paredes e remover pedras. Espero que você ordene aos seus subordinados que os ajudem logo que puderem. Enquanto esperamos a resposta do Banco Mediterrâneo em Zurique e que o professor seja encontrado, nos concentraremos em desmantelar esta estrutura, pedra por pedra. Se não obtivermos informações úteis do banco ou do professor, já teremos acabado com qualquer esconderijo possível dentro do fortim.

– Suponho que seja melhor do que ficar sentado por aí, esperando ser morto – comentou Woermann, sacudindo os ombros. – Mandarei que o sargento Oster se apresente a você, a fim de coordenar os detalhes do trabalho.

Agachou-se, ajudou Iuliu a ficar de pé e, enquanto o empurrava pelo corredor, disse:

– Estarei bem atrás de você para certificar-me de que a sentinela não irá impedi-lo de sair.

Entretanto, o estalajadeiro deteve-se por um instante e disse algumas palavras ao ouvido do capitão. Woermann começou a rir.

Kaempffer sentiu o rosto em brasa, dominado pela raiva. Aqueles dois estavam falando mal dele, ridicularizando-o.

– Qual é a graça, capitão?

– Esse professor Cuza – explicou Woermann, cessando de rir, mas conservando um ar de zombaria no rosto –, o homem que talvez saiba algo que possa manter vivos alguns de nós... esse homem é judeu!

A risada do capitão ecoou ainda uma vez pelas paredes do fortim enquanto ele atravessava o pátio.

11

Bucareste
Terça-feira, 29 de abril
10h20

As violentas, insistentes batidas na porta sacudiram todo o apartamento.

– Abram!

Magda ficou um instante sem voz, depois conseguiu fazer a pergunta cuja resposta já sabia qual era:

– Quem está aí?

– Abram imediatamente!

Magda, vestida com uma blusa simples e uma longa saia, a farta cabeleira castanha ainda por pentear, estava em pé junto à porta, procurando ocultar o pai, sentado em sua cadeira de rodas atrás da escrivaninha.

– É melhor deixá-los entrar – disse ele com voz calma que ela sabia ser forçada. Sua fisionomia se mantinha impassível, mas os olhos revelavam temor.

Magda correu o ferrolho e recuou, como se receasse ser atropelada. Foi bom que ela procedesse assim, pois a porta se escancarou e dois membros da Guarda de Ferro – o equivalente romeno das tropas de choque alemãs – invadiram a sala, de armas em punho.

– Esta é a residência de Cuza – disse um deles. Deveria ser uma pergunta, mas a frase foi pronunciada em tom de declaração, como que ameaçando quem ousasse discordar.

– É – respondeu Magda, recuando para junto do pai. – O que desejam?

– Estamos procurando por Theodor Cuza. Onde está ele?

– Sou eu – disse o pai.

Magda mantinha-se a seu lado, uma das mãos pousada protetoramente no encosto de madeira da cadeira de rodas. Estava assustada. Chegara, afinal, o dia que ela tanto temia, certa de que seriam arrastados para um campo de concentração, onde seu pai não sobreviveria sequer uma noite. Ambos sempre recearam que o antissemitismo daquele regime se transformasse em um horror institucionalizado semelhante ao da Alemanha.

Os dois guardas olharam para papai. O de trás, que parecia ser o mais graduado, avançou e tirou do cinto uma folha de papel. Olhou para ela, depois para o velho.

– O senhor não pode ser Cuza. Ele tem 56 anos. O senhor é bem mais idoso.

– Apesar disso, sou eu mesmo.

Os dois guardas olharam para Magda.

– É verdade? Este é o professor Theodor Cuza, da Universidade de Bucareste?

Magda, que estava terrivelmente amedrontada, ofegante, incapaz de falar, limitou-se a concordar com um movimento de cabeça.

Os dois guardas de ferro hesitaram, sem saber o que deveriam fazer.

– O que vocês querem de mim? – perguntou o pai.

– Temos ordens para levá-lo à estação da estrada de ferro e acompanhá-lo até o entroncamento em Campina, onde o senhor será recebido por representantes do Terceiro Reich. A partir de lá...

– Alemães? Mas por quê?

– O senhor não tem direito de perguntar. A partir de lá...

– O que quer dizer que eles também não sabem – Magda ouviu seu pai murmurar.

– ... o senhor será escoltado até o Passo Dinu.

O rosto de papai refletiu a surpresa estampada no de Magda, mas ele se recobrou rapidamente.

– Eu gostaria de agradecer-lhes muito, senhores – disse papai, abrindo as mãos retorcidas, como sempre dentro das luvas de algodão –, pois há poucos lugares no mundo mais fascinantes que o Passo Dinu. Entretanto, como podem ver, não estou em condições de viajar.

Os dois guardas permaneceram em silêncio, indecisos, contemplando o velho em sua cadeira de rodas. Magda podia entender a reação deles. Seu pai não era mais que um esqueleto animado, com sua pele baça e transparente, sua cabeça com ralos fios de cabelos brancos, seus dedos rígidos, encurvados, parecendo garras mesmo sob as luvas, e seus braços e pescoço finos como se fossem feitos apenas de pele e ossos. Seu aspecto era de uma fragilidade tal que dava a impressão de ter mais de 80 anos. Todavia, os documentos se referiam a um homem de 56.

– Ainda assim, o senhor tem de vir conosco – disse o líder.

– Ele não pode! – protestou Magda. – Acabará morrendo numa viagem como essa!

Os dois guardas se entreolharam. Era fácil perceber o que pensavam: haviam recebido ordens para encontrar o professor Cuza e providenciar para que ele fosse levado até o Passo Dinu o mais rapidamente possível. E vivo, naturalmente. Entretanto, o homem à frente deles parecia não ter sequer condições para chegar até a estação.

– Se eu contar com a presença dedicada de minha filha – Magda ouviu seu pai dizer – talvez consiga viajar.

– Não, papai! Você não pode!

O que ele estava *dizendo*?

– Magda... estes homens vieram buscar-me. Para que eu possa sobreviver, você deve vir comigo. – Olhou fundo nos olhos dela e insistiu: – Você deve.

– Sim, papai – replicou a filha, sem poder imaginar o que ele tinha em mente, mas sabendo que precisava obedecer. Era seu pai.

— Você tem ideia de para onde vamos, minha querida? – perguntou ele, continuando a fitá-la.

Ele estava tentando dizer-lhe alguma coisa, tentando despertar-lhe uma lembrança. Então ela se recordou do sonho que tivera uma semana antes e da mala com roupas, ainda debaixo de sua cama.

— Norte!

OS DOIS HOMENS da Guarda de Ferro estavam sentados à frente deles, no carro de passageiros, entretidos com uma conversa em voz baixa, de vez em quando comentando a pesada roupa de Magda. Papai estava sentado junto à janela, as mãos metidas em luvas duplas, de couro e algodão, e apoiadas em seu colo. Bucareste estava desaparecendo atrás deles; pela frente, tinham 85 quilômetros de estrada de ferro – 55 até Ploiesti, e cerca de 30 para o norte, até Campina. Depois disso o meio de transporte devia ser penoso. Magda rezava para que o esforço não fosse demasiado para seu pai.

— Você sabe por que eu lhes disse que queria trazê-la comigo? – perguntou ele, com a voz seca.

— Não, papai. Não vejo razão para nenhum de nós dois viajar. Você poderia ter se livrado disso. Bastava que os chefes deles olhassem para você e logo concluiriam que suas condições não lhe permitiam viajar.

— Eles não se importariam. Aliás, estou bem melhor do que pareço. Não com saúde, segundo os padrões normais, mas certamente também não o cadáver ambulante que pareço ser.

— Não fale assim!

— Deixei de mentir para mim mesmo há muitos anos, Magda. Quando me disseram que eu tinha artrite reumática, sabia que estavam errados. E estavam mesmo. Eu tinha algo pior. Mas aceitei o que estava acontecendo. Não há cura e não me sobra muito tempo mais. Portanto, acho que devo aproveitá-lo da melhor maneira possível.

— Você não precisava insistir tanto para ser levado ao Passo Dinu.

— Por que não? Sempre adorei o Passo Dinu. É um lugar tão bom como qualquer outro para morrer. E acabariam por me trazer de qualquer jeito. Eles me querem lá por alguma razão e me levariam mesmo num carro fúnebre. Mas você sabe – acrescentou baixando a voz – por que lhes disse que queria que você me acompanhasse?

Magda considerou a pergunta. Seu pai nunca deixara de ser o professor, sempre fazendo o papel de Sócrates, formulando perguntas sobre perguntas, conduzindo o interlocutor a uma conclusão. Magda muitas vezes achava o processo monótono e procurava descobrir a conclusão o mais rapidamente possível. Agora, entretanto, estava por demais tensa, incapaz de tentar prosseguir no jogo.

– Para ser sua enfermeira, como de costume! Que mais haveria de ser?

Mal acabara de pronunciar aquelas palavras, Magda já se sentia arrependida de sua rispidez, mas seu pai não pareceu ter notado nada. Estava tão interessado no que queria dizer, que nem percebera a irritação da filha.

– Sim, é isso mesmo que quero que eles pensem. Na realidade, porém, é a chance que você terá de sair do país! Quero que você vá ao Passo Dinu comigo, mas, logo que surja uma oportunidade, deverá fugir e esconder-se nas montanhas.

– Isso não, papai!

– Escute – disse ele, falando junto ao ouvido da filha. – Uma oportunidade como esta jamais se repetirá. Já estivemos nos Alpes uma porção de vezes. Você conhece bem o Passo Dinu. O verão está próximo. Você pode esconder-se por uns dias e depois seguir rumo ao sul.

– Para onde?

– Não sei... para qualquer lugar! Para sair do país, da Europa! Vá para a América! Para a Turquia! Para a Ásia! Para qualquer lugar, mas fuja!

– Uma mulher viajando sozinha em tempo de guerra – disse Magda, encarando seu pai e tentando evitar que sua voz fosse desdenhosa. Ele não estava mais raciocinando com clareza. – Até onde você pensa que eu conseguiria ir?

– Você precisa tentar! – suplicou ele, com os lábios trêmulos.

– Papai, o que está havendo de errado?

Ele ficou olhando para a janela durante longo tempo. Quando finalmente respondeu, sua voz mal se ouvia.

– Está tudo acabado para nós. Vão tirar todos nós do continente.
– Nós quem?
– Os judeus! Não resta a menor esperança para nós na Europa. Talvez em outro lugar.
– Não seja assim...
– É a verdade! A Grécia acabou de render-se. Você já se deu conta de que, desde que atacaram a Polônia, ano e meio atrás, eles não perderam uma única batalha? Ninguém foi capaz de resistir-lhes por mais de seis semanas! Nada pode detê-los! E aquele demente que os lidera pretende erradicar-nos todos nós, judeus, da face da terra! Você ouviu as histórias do que aconteceu na Polônia, não foi? Pois o mesmo vai acontecer aqui. O fim dos judeus romenos somente foi retardado porque o traidor Antonescu e a Guarda de Ferro estão se digladiando. Mas, como parece que nos últimos meses eles conseguiram aplainar suas diferenças, não nos restará muito tempo.

– Você está enganado, papai – atalhou Magda nervosamente. Esse tipo de conversa a aterrorizava. – O povo romeno nunca aceitará isso.

Ele voltou a encará-la, os olhos fuzilando.

– Não aceitará? Olhe para nós. Veja o que aconteceu até agora. Alguém protestou quando o governo começou a *romenização* de todas as propriedades e indústrias que estavam nas mãos dos judeus? Houve um único de meus colegas na universidade – amigos fiéis durante décadas! – que tivesse ousado questionar minha demissão? *Nenhum!* E teve algum deles um dia a coragem de vir visitar-me, saber notícias minhas? – Sua voz começava a falhar. – Nenhum!

Voltou o rosto para a janela e permaneceu em silêncio.

Magda procurou alguma coisa para dizer, a fim de consolá-lo, mas nada lhe ocorreu. Sabia que as faces dele estariam molhadas de lágrimas se a doença não tivesse tornado seus olhos incapazes de chorar. Quando ele voltou a falar, já havia retomado o controle, embora conservasse o olhar voltado para os campos verdejantes que o trem atravessava.

– E agora estamos neste vagão, sob a guarda de fascistas romenos, que irão entregar-nos nas mãos de fascistas alemães! É o fim!

Magda ficou observando a parte de trás da cabeça do pai. Como ele se tornara um homem amargo e cético! E será que não tinha motivos para isso? Fora atacado por uma doença que lentamente tomava conta de seu corpo, distorcendo-lhe os dedos, tornando sua pele um papel encerado, secando-lhe os olhos e a boca, dificultando cada vez mais sua capacidade de engolir. Quanto à sua carreira – a despeito de anos e anos na universidade como reconhecida autoridade em folclore romeno e do fato de ser o subchefe do Departamento de História –, fora brutalmente despedido. Ah, sim! Alegaram que sua avançada debilidade o impedia de cumprir seus deveres, mas papai sabia que a verdadeira razão era o fato de ele ser judeu. Fora mandado embora como um objeto inútil.

E agora estava assim: a saúde piorando, afastado de seu trabalho de pesquisa da história romena, que ele tanto amava, e arrancado de sua casa. E acima e além de tudo estava a certeza de que os motores destinados à destruição de sua raça tinham sido construídos e já operavam com implacável eficiência em outros países. Dentro de pouco tempo seria a vez da Romênia.

Evidentemente ele está amargurado!, pensou ela. *E tem todo o direito de estar!*

E eu também. É a minha raça, a minha herança, que eles também desejam destruir. E logo depois, sem dúvida, a minha vida.

Não, não a sua vida. Isso não poderia acontecer. Ela não poderia aceitar. No entanto eles haviam destruído qualquer esperança de que ela pudesse ser algo mais que uma simples secretária e uma enfermeira de seu pai. A súbita recusa de seu editor era suficiente prova disso.

Magda sentiu um peso no peito. Aprendera à própria custa, desde a morte de sua mãe 11 anos antes, o problema da mulher neste mundo. Se casa, a vida é dura; se não casa, é mais dura ainda, pois não terá ninguém em que se amparar, ninguém que fique a seu lado. Era quase impossível que qualquer mulher com alguma ambição, fora dos cuidados do lar, fosse levada a sério. Se fosse casada, deveria ficar em casa; se não fosse, então havia algo errado com ela. E se se tratasse de uma judia...

Ela passou os olhos rapidamente pelo banco onde estavam os dois guardas. Por que não me é permitido desejar que minha passagem pelo mundo fique assinalada? Não um grande marco... um pequeno arranhão já serviria. Meu livro de canções... Ele nunca seria famoso nem popular, mas talvez um dia, daqui a cem anos, alguém encontrasse um exemplar e tocasse uma das canções. E, quando terminasse, fecharia o livro e veria meu nome na capa... E eu de certo modo ainda estaria viva. Alguém ficaria sabendo que Magda Cuza existira.

Suspirou. Não iria desistir. Pelo menos por enquanto. As coisas iam mal e provavelmente ainda ficariam piores. Mas nem tudo estava acabado. E nunca estará enquanto houver um fio de esperança.

Ela sabia, porém, que não bastava ter esperança. Era preciso alguma coisa mais, algo que ela ignorava o que fosse. Mas a esperança era o ponto de partida.

O trem passou por um acampamento onde carroças pintadas com cores vivas estavam dispostas em torno de uma fogueira. Os estudos de papai sobre o folclore romeno levaram-no a simpatizar com os ciganos e, consequentemente, a explorar o filão de sua tradição oral.

– Olhe! – disse ela, com esperança de que aquela cena levantasse o ânimo do pai. – Ciganos.

– Estou vendo – replicou ele, sem entusiasmo. – Diga-lhes adeus, porque estão tão condenados quanto nós.

– Pare com isso, papai!

– É verdade. Os ciganos romenos estão sob um pesadelo autoritário e, por causa disso, serão também eliminados. Eles são alegres, gostam de reunir-se para cantar e sonhar. A mentalidade fascista não tolera essas coisas. O lugar de nascimento de um cigano era o pedaço da terra que, no momento, estivesse sob a carroça de seus pais; não possuem endereço nem emprego permanente. Sequer usam um nome com razoável frequência, porque possuem três: um público, para o *gadjé*, outro para ser utilizado entre os membros de sua tribo e um terceiro, secreto, murmurado a seu ouvido, no nascimento, por sua mãe, para confundir o Demônio, se este vier procurá-lo. Para a mentalidade fascista eles são objeto de desprezo.

– Talvez – disse Magda. – Mas e nós? Por que somos também desprezados?

Ele deixou afinal de olhar para a janela.

– Não sei. Acho que ninguém sabe. Somos bons cidadãos em qualquer país onde estivermos. Trabalhadores, incentivamos o comércio e pagamos nossos impostos. Talvez seja a nossa sina, mas realmente não sei – acrescentou, sacudindo a cabeça. – Tentei descobrir a causa disso, mas não consegui, como não consegui saber a razão desta viagem forçada ao Passo Dinu. A única coisa interessante que há por lá é o fortim, mas este somente despertaria interesse de pessoas como você e eu, nunca dos alemães.

Recostou-se no assento e fechou os olhos. Pouco depois, estava dormitando, ressonando suavemente. Dormiu durante boa parte do percurso em meio às chaminés e tanques de Ploiesti, tendo acordado ligeiramente ao chegarem a Floresti; depois adormeceu novamente. Magda passou todo o tempo procurando imaginar o que os esperava e qual a razão de os alemães os terem mandado levar para o Passo Dinu.

Enquanto as planícies desfilavam através da janela, Magda acariciou seu sonho favorito, um no qual ela era casada com um homem inteligente, formoso e amado. Teriam uma grande fortuna, mas não a utilizariam em coisas como joias ou roupas finas, que para Magda não significavam mais que um capricho, e ela não via razão nem utilidade em possuí-las. O dinheiro serviria para comprar livros e antiguidades. Morariam em uma casa que se assemelhasse a um museu, repleta de objetos de valor apenas para eles. E essa casa ficaria longe da cidade, num lugar onde ninguém soubesse que eles eram judeus ou que pelo menos não se importasse com isso. O marido seria um professor brilhante, e ela própria uma musicista mundialmente conhecida e respeitada por seus trabalhos. Papai teria a seu dispor os melhores médicos e enfermeiros, permitindo que ela tivesse tempo para se dedicar à sua música.

Um sorriso amargo perpassou levemente pelos lábios de Magda. Uma bela fantasia – era tudo o que aquilo poderia significar. Além disso, tarde demais para ela. Já completava 31 anos, tendo passado da idade em que um homem de posição a consideraria digna de ser sua esposa e mãe de seus filhos. O que lhe restava agora era apenas ser a amante de alguém. E isso, naturalmente, ela não aceitaria.

Certa vez, uns 12 anos atrás, houve alguém... Mihail... um aluno de papai. A atração foi mútua. Alguma coisa resultaria daquilo, mas então mamãe morreu e Magda teve de dedicar-se a papai – dedicar-se a tal ponto que Mihail foi posto de lado. Ela não tivera escolha. Papai ficara traumatizado demais pela morte da esposa e coube a Magda ajudá-lo a recobrar as forças.

Magda acariciou o fino aro de ouro no dedo anular de sua mão direita. Era uma lembrança de sua mãe. Como tudo teria sido diferente se ela não tivesse morrido!

De vez em quando Magda pensava em Mihail. Ele se casara e tinha agora três filhos. Magda tinha apenas papai.

Tudo mudara com a morte de mamãe. Magda não saberia explicar como acontecera, mas a verdade era que papai se tornara o centro de sua vida. Embora ela vivesse então cercada de homens, nunca prestava atenção neles. Seus galanteios e tentativas eram como gotas de água numa estatueta de vidro, jamais absorvidas e que deixavam apenas, quando evaporadas, um círculo embaciado.

Os anos decorridos desde a morte da mãe, ela os passara indecisa entre a vontade de ser alguém de renome e o desejo de gozar todas as coisas que as mulheres desfrutam normalmente. E agora era tarde demais. Realmente, não havia mais nada que ela pudesse esperar – e isso ela percebia cada dia mais claramente.

E no entanto tudo poderia ter sido tão diferente, tão melhor! Se mamãe não tivesse morrido!... Se papai não tivesse adoecido... Se ela não tivesse nascido judia... Esta hipótese não poderia ser do conhecimento de papai. Ficaria furioso – e arrasado – se soubesse que ela pensava assim. Mas era a verdade. Se eles não fossem judeus, não estariam agora naquele trem; papai seria ainda professor na universidade e o futuro não se apresentaria como um abismo escancarado, negro, medonho e sem saída.

As planícies aos poucos eram substituídas pelas colinas e as rampas começavam a surgir. O sol se punha por trás dos Alpes enquanto o trem subia a última encosta para a Campina. Ao passarem pelas chaminés da pequena refinaria de Steaua, Magda ajudou o pai a vestir o suéter Depois, apertou mais o lenço sobre os cabelos e foi buscar a cadeira de rodas que ficara num compartimento no fundo do vagão. O mais jovem dos dois Guardas de Ferro seguiu atrás dela. Magda sentira os olhos dele durante toda a viagem, fixos nas dobras de sua saia, tentando adivinhar a silhueta de seu corpo. E quanto mais o trem se afastava de Bucareste, mais insistente se tornavam seus olhares.

Quando Magda se inclinou sobre a cadeira, para acomodar a almofada do assento, sentiu as mãos dele agarrarem suas nádegas por cima do grosso tecido da saia. Os dedos de sua mão direita começaram a forçar a passagem entre as coxas dela. Com uma sensação de repulsa e nojo, ela endireitou o corpo e voltou-se para o guarda, apertando as mãos para não arranhar-lhe o rosto.

– Pensei que você iria gostar disto – disse ele, aproximando-se mais e passando um braço em torno da cintura dela. – Você até que não é má para uma judia, e posso garantir-lhe que sou bastante homem.

Magda olhou para ele. Estava longe de ser *bastante homem*. Deveria ter no máximo uns 20 anos, provavelmente 18, e seu lábio superior estava coberto por uma penugem que tentava ser um bigode, mas parecendo mais um resto de poeira. Encostou-se fortemente contra ela, empurrando-a para a porta.

– O próximo vagão é o de bagagens. Vamos para lá.

Magda conservou seu rosto totalmente impassível.

– Não.

– Ande! – exclamou ele, dando-lhe um empurrão.

Enquanto decidia o que fazer, Magda tinha de resistir ao temor e revolta que aquelas mãos despertavam nela. Precisava dizer alguma coisa, mas não queria desafiá-lo, fazer com que ele se sentisse capaz de dominá-la.

– Você não pode arranjar uma garota que tenha desejos por você? – perguntou ela, sem tirar os olhos dos dele.

– É claro que posso.

– Então por que você quer violentar uma que não sente esses desejos?

– Você me agradecerá quando tivermos acabado.

– Mesmo forçada?

Ele enfrentou o olhar dela por um momento, depois baixou a cabeça. Magda não sabia o que iria acontecer e se preparou para uma barulhenta exibição de gritos e pontapés se ele continuasse a querer levá-la para o vagão de bagagens.

O trem se sacudiu e rangeu quando o maquinista começou a aplicar os freios. Estavam chegando ao entroncamento de Campina.

– Agora não há mais tempo – disse ele, olhando pela janela e vendo que a estação se aproximava. – Foi uma pena.

Salva. Magda não disse uma palavra. Sua vontade era gritar de alegria.

O jovem soldado da Guarda de Ferro endireitou o corpo e apontou para a janela.

– Estou certo de que você me acharia um amante mais carinhoso, comparado com um desses.

Magda curvou-se e olhou pela vidraça. Viu quatro homens fardados de preto, em pé na plataforma da estação, e sentiu-se desfalecer. Já ouvira o suficiente a respeito da SS alemã para reconhecer seus membros quando pusesse os olhos neles.

12

Karaburun, Turquia
Terça-feira, 29 de abril
18h02

O homem ruivo permaneceu em pé junto à amurada, sentindo o calor dos últimos raios do sol que projetavam sua sombra mar adentro. O Mar Negro. Um nome estranho. Era azul e parecia um oceano. Em torno dele casas de alvenaria de dois pavimentos se amontoavam à beira da água, com seus telhados vermelhos como que imitando a cor do sol.

Não fora difícil arranjar um bote. Embora a pescaria ali parecesse próspera, os pescadores continuavam pobres, por mais peixes que colhessem em suas redes. Passavam a vida inteira trabalhando apenas para o sustento.

Desta vez não se tratava de uma lancha moderna e rápida de contrabandistas, mas de um velho barco de pesca de sardinha. Não era bem o que ele queria, mas fora o melhor que encontrara.

A lancha do contrabandista levara-o até perto de Silivri, a oeste de Constantinopla – não, agora chamavam-na de Istambul, não era mesmo? Ele se lembrava de que o atual regime mudara o nome uns dez anos antes. Tinha de acostumar-se, mas os hábitos antigos não são facilmente esquecidos.

Ele atracara o bote, saltara para a praia levando sobre o braço a caixa comprida, depois empurrara a lancha para o Mar de Mármara, onde ela ficaria à deriva, com o cadáver de seu proprietário a bordo, até ser encontrada por algum pescador ou por um navio de qualquer governo que estivesse pleiteando a posse daquele trecho de água.

De lá, fora uma viagem de mais de 30 quilômetros pelas campinas levemente onduladas da Turquia europeia. Comprar um cavalo na costa sul fora tão fácil quanto alugar um barco no norte. Com os governos caindo a torto e a direito, e sem ninguém que garantisse que o dinheiro em circulação não seria no dia seguinte papel sem valor, a simples visão de uma moeda de ouro bastava para abrir qualquer porta.

E assim ele estava agora nas margens do Mar Negro, tamborilando na caixa a seus pés e esperando que o velho navio no qual deveria embarcar acabasse de abastecer-se. Conseguiu resistir à tentação de falar com o proprietário e oferecer-lhe uma gratificação para que se apressasse. Parecia-lhe inútil. Sabia não haver meios de fazer com que essa gente trabalhasse mais depressa. Aquele era seu ritmo, muito mais lento do que poderia desejar.

Seriam 400 quilômetros para o norte até o delta do Danúbio, e depois uns 300 para oeste, por terra, até o Passo Dinu. Se não fosse aquela maldita guerra, ele teria alugado um avião e já estaria lá há muito tempo.

O que acontecera? Uma batalha no passo? O rádio não dera qualquer notícia de luta na Romênia. Não importa. Alguma coisa estava errada. E ele pensara que tudo fora providenciado em caráter permanente...

Seus lábios se torceram. Permanentemente? Ele era a melhor pessoa para saber o quanto era raro que qualquer coisa fosse permanente.

Mas ainda havia uma chance de que os acontecimentos não tivessem atingido o ponto além do qual não há retorno.

13

O fortim
Terça-feira, 29 de abril
17h52

— Não vê que ele está exausto? – reclamou Magda, agora que seu temor desaparecera para ser substituído pela cólera e por um selvagem instinto protetor.

– Pouco me importa se ele vai exalar seu último suspiro – disse o oficial da SS que chamavam de major Kaempffer. – Quero apenas que ele me diga tudo o que sabe a respeito do fortim.

O percurso de Campina para o fortim fora um pesadelo. Eles haviam sido brutalmente atirados sobre os bancos de um caminhão de transporte de tropa, vigiados por um par de soldados, enquanto outros dois se encarregavam da direção do veículo. Papai os identificara como *einsatzkommandos* e resumidamente explicou a Magda de que maneira eles agiam. Mesmo sem a explicação ela já os achara repulsivos, tratando os dois passageiros como se fossem bagagem. Nenhum dos quatro homens falava romeno, substituindo as palavras por empurrões e estocadas com o cano dos fuzis. Todavia, Magda logo percebeu que havia alguma coisa sob aquela brutalidade – uma preocupação. Eles pareciam contentes por estarem fora do Passo Dinu por algum tempo, e relutantes por terem de regressar.

A viagem fora especialmente penosa para seu pai, que mal podia sentar-se em um dos bancos laterais do caminhão. O veículo sacudia e jogava violentamente em cada curva da estrada que não fora construída para aquela espécie de trânsito. Cada solavanco era uma agonia para Papai. A Magda restava apenas contemplar impotente o pai, que contraía a fisionomia e cerrava os dentes quando a dor era mais forte. Finalmente, o caminhão teve de parar numa ponte, aguardando a passagem de uma carroça. Magda ajudou o pai a passar do banco para sua cadeira de rodas, sem ver o que ocorria do lado de fora do caminhão, mas sabendo que, enquanto o motorista buzinava impacientemente, ela poderia arriscar a transferência. Depois disso, bastava segurar a cadeira de rodas, evitando que ela rolasse para trás quando o veículo retomasse a marcha. Os dois guardas limitaram-se a observar os esforços da moça, sem o menor gesto para ajudá-la. Quando o caminhão chegou afinal ao fortim, pai e filha estavam igualmente exaustos.

O fortim... Como havia mudado! De longe, até chegarem à ponte, pareceu-lhes, à luz do crepúsculo, que nada se alterara, mas tão logo entraram no pátio, Magda sentiu que havia uma aura de mal-estar, uma alteração no próprio ar, tornando o ambiente pesado e provocando calafrios no pescoço e nos ombros.

Papai sentiu a mesma coisa, pois Magda o viu erguer a cabeça e olhar em torno, como que tentando identificar a sensação.

Os alemães pareciam estar com muita pressa. Havia dois tipos de soldados, uns fardados de preto, outros de cinza. Dois destes abriram a parte traseira do caminhão, logo que ele parou, e começaram a fazer sinais para que os viajantes descessem:

– *Schnell! Schnell!*

Magda respondeu-lhes em alemão, idioma que compreendia e falava razoavelmente bem.

– Ele não pode caminhar! – que era verdade no momento, pois papai estava à beira do colapso físico.

Os dois soldados de uniforme cinza não hesitaram em saltar para o interior do veículo e retirar o velho sentado em sua cadeira; entretanto,

Magda fez questão de empurrá-la para atravessar o pátio. As sombras começaram a envolvê-la enquanto ela seguia atrás dos soldados.

– Algo de errado aconteceu aqui, papai – murmurou ela em seu ouvido. – Não tem essa impressão?

Um lento aceno de cabeça, concordando, foi sua única resposta.

Magda levou a cadeira até o pavimento térreo da torre. Dois oficiais alemães estavam lá, esperando pelos visitantes, um de uniforme cinza, outro de preto, ambos em pé junto a uma mesa tosca, iluminada por uma única lâmpada pendente do teto.

A noite mal tinha começado.

– Antes de tudo – disse papai, falando fluentemente em alemão ao responder ao pedido de informações do major Kaempffer –, esta estrutura não é propriamente um fortim. Fortim, ou reduto, como era chamado nesta região, era o abrigo final no interior de um castelo, o último local onde o castelão resistia com sua família e auxiliares. Esta construção – acrescentou, fazendo um gesto largo com as mãos – é diferente. Não sei como os senhores a chamam. É demasiadamente bem construída para ser um simples posto de vigilância e, ao mesmo tempo, pequena demais para proteger um orgulhoso senhor feudal. Sempre foi chamada de fortim, provavelmente por falta de um nome melhor. É o que suponho.

– Pouco me importa o que você *supõe*! – replicou o major brutalmente. – O que me interessa é o que você *sabe*! A história do fortim, as lendas ligadas a ele, tudo!

– O senhor não pode esperar até amanhã? – perguntou Magda. – Meu pai nem pode pensar direito, de tão cansado. Talvez pela manhã...

– Não! Precisamos saber *esta noite*!

Magda desviou o olhar do major de cabelos louros para o outro oficial, um capitão moreno chamado Woermann, que ainda não dissera uma única palavra. Fitando os olhos deles, ela teve a mesma impressão que lhe haviam dado todos os soldados alemães que encontrara, desde que deixara o trem. O sintoma comum que a impressionara parecia-lhe agora claro. Aqueles homens estavam com medo. Tanto oficiais como soldados se achavam igualmente apavorados.

– Especificamente sobre o quê? – perguntou papai.

O capitão Woermann finalmente se fez ouvir.

– Professor Cuza, durante a semana que passamos aqui, oito homens foram assassinados.

O major olhou reprovadoramente para o capitão, mas este prosseguiu falando, não tendo notado a reprovação do outro ou simplesmente ignorando-a.

– Um morto por noite, exceto ontem, quando duas gargantas foram estraçalhadas.

Uma resposta pareceu formar-se nos lábios de papai. Magda desejou que ele não dissesse nada capaz de irritar os alemães. Ele, porém, estava bem ciente disso.

– Não tenho quaisquer ligações políticas e desconheço a existência de algum grupo de guerrilheiros nesta zona. Não sei como ajudá-los.

– Não achamos que haja motivos políticos no caso – disse o capitão.

– Então o que ou quem pode ser?

A resposta pareceu ser quase fisicamente dolorosa para o capitão Woermann.

– Nós nem mesmo estamos certos de que se trata de alguém.

As palavras ficaram pairando no ar por um momento, depois Magda notou que a boca de seu pai tomava uma forma oval, os dentes salientes, antes de esboçar um sorriso amargo. Seu rosto ficou parecido com o de um morto.

– Os senhores acham que o sobrenatural está agindo aqui? Alguns de seus homens foram mortos e, como o assassino não foi encontrado e os senhores não querem admitir que um guerrilheiro romeno possa estar levando vantagem, apelam para o sobrenatural. Se realmente desejam minha...

– *Cale essa boca, judeu!* – disse o major da SS, com a fúria estampada no rosto e avançando um passo. – A única razão de você estar aqui e a única coisa que impede que você e sua filha sejam imediatamente fuzilados é o fato de que você percorreu esta região detalhadamente e é um profundo conhecedor de seu folclore. O tempo que lhe resta de vida depende de sua capacidade de nos ser útil. Até agora você nada disse que me convença de que não perdi meu tempo em trazê-lo aqui!

Magda viu que o sorriso do pai desaparecera quando olhou para ela, depois para o major. A ameaça à filha produzira um grande efeito.

– Farei o que puder – disse ele gravemente –, mas antes o senhor deve contar-me tudo o que aconteceu aqui. Talvez me ocorra alguma explicação mais realística.

– Para seu bem, é bom quem seja assim.

O capitão Woermann contou a história dos dois soldados que haviam entrado na cela da muralha e encontrado uma cruz de ouro e prata, em vez de bronze e níquel, da caverna que ligava ao que parecia ser uma cela sem aberturas, do desabamento da parede do corredor e do afundamento de parte do chão no subsolo, e, finalmente, do que acontecera ao soldado Lutz e aos outros. O capitão falou também sobre a absoluta escuridão em que ficou mergulhado o parapeito, duas noites atrás, e os dois homens da SS que, não se sabe como, caminharam até o quarto do major Kaempffer depois de terem suas gargantas cortadas.

A história gelou o sangue nas veias de Magda. Em outras circunstâncias, teria achado graça de tanta imaginação, mas o ambiente do fortim naquela noite e a gravidade das fisionomias dos dois oficiais alemães não permitiam dúvidas. E enquanto o capitão falava, ela se lembrou, com um arrepio, que seu sonho de viajar para o norte ocorrera justamente na noite em que o primeiro homem morrera.

Agora, porém, não era ocasião para pensar nisso. Havia papai, que necessitava de cuidados. Observara-lhe o rosto enquanto ele ouvia, e vira como a fadiga que parecia mortal desaparecia aos poucos ante o relato de uma nova morte ou de outro acontecimento anormal. Quando o capitão Woermann acabou de falar, papai se transformara de um velho doente, preso a uma cadeira de rodas, no professor Theodor Cuza, um especialista desafiado em seu próprio campo. Houve uma longa pausa antes que ele respondesse.

– A hipótese óbvia no caso é que algo foi libertado daquele pequeno quarto na muralha quando o primeiro soldado penetrou nele. Tanto quanto sei, jamais houve uma única morte no fortim. Mas também nunca nenhuma tropa estrangeira acampou nele. Eu teria atribuído as mortes à ação de patriotas – ele acentuou a palavra – romenos, não fossem os acontecimentos das duas últimas noites. Não há uma explicação natural que eu conheça para a maneira como a luz se apagou na muralha nem para a movimentação de cadáveres ensanguentados. Assim, talvez convenha pesquisarmos fora do natural.

– É por isso que você está aqui, judeu – disse o major.

– A solução mais simples é irem embora.

– Isso está fora de cogitação!

Papai registrou a veemência da ressalva.

– Não acredito em vampiros, senhores – disse ele, provocando em Magda um olhar de espanto, pois ela sabia que a declaração não era inteiramente verdadeira. – Pelo menos não acredito mais. Nem em lobisomens ou fantasmas. Todavia, sempre acreditei que havia algo especial no que diz respeito ao fortim. Há muito ele vem sendo um enigma. É de todo original em sua arquitetura, contudo não existe registro sobre quem o construiu. E, embora mantido em perfeitas condições de conservação, ninguém reclama sua posse. Não existe em parte alguma qualquer documento de propriedade. Sei disso porque passei anos tentando descobrir quem o construiu e quem o mantém.

– Estamos pesquisando isso agora – disse o major Kaempffer.

– O senhor quer dizer que entrou em contato com o Banco Mediterrâneo de Zurique? Não perca seu tempo. Já estive lá. O dinheiro provém de um fundo criado no século passado, quando o banco foi fundado; as despesas para a manutenção do fortim correm por conta dos juros do dinheiro depositado. E creio que antes disso eram pagas por uma conta similar em um banco diferente, talvez de outro país... Os registros contábeis antigamente deixavam muito a desejar. A realidade, porém, é que não há qualquer pista da pessoa ou pessoas que abriram a conta; o dinheiro será mantido e os juros serão pagos *in perpetuum*.

O major Kaempffer deu um murro na mesa.

– Que inferno! Para que nos serve você?

– Eu sou tudo que o senhor tem, *herr* major. Mas deixe-me acrescentar isto: há cerca de três anos cheguei a sugerir ao governo romeno, então sob o rei Carol, que declarasse o fortim patrimônio nacional e tomasse posse dele. Tinha esperança de que essa nacionalização revelaria os proprietários, se eles ainda existissem. Entretanto, a sugestão não foi aceita. O Passo Dinu era considerado demasiadamente remoto e inacessível. Ademais, como não havia qualquer fato histórico romeno especificamente ligado ao fortim, este não podia ser oficialmente considerado patrimônio nacional. E finalmente, e mais importante ainda, a nacionalização exigia verbas do governo para a manutenção do fortim. Por que gastar tais recursos quando o dinheiro privado estava atendendo à manutenção de maneira cabal? É claro que eu não tive como contestar tais argumentos. E então, senhores, eu desisti. Minha saúde, tendo piorado, obrigou-me a ficar em Bucareste. Eu tive de contentar-me com o fato de ter esgotado todas as fontes de pesquisas, tornando-me a maior autoridade viva no que diz respeito ao fortim, conhecendo-o melhor que qualquer outra pessoa; o que, afinal, corresponde a absolutamente nada.

Magda chegou a irritar-se com o constante uso do pronome *eu* por parte de seu pai. Ela fizera a maior parte do trabalho para ele e sabia igualmente tudo o que se referia ao fortim. Entretanto, nada disse. Não ficava bem contradizer o pai na presença de estranhos.

– E o que me diz disto? – perguntou o capitão Woermann, apontando para uma pilha de pergaminhos e livros com capas de couro em um canto do quarto.

– Livros? – estranhou papai, franzindo a testa.

– Começamos a demolir o fortim – explicou o major Kaempffer. – Aquilo que procuramos em breve não terá mais onde esconder-se. Vamos acabar tendo cada uma das pedras daqui expostas à luz do dia. E *então*, onde essa coisa irá se meter?

– Um bom plano – comentou papai, encolhendo os ombros –, desde que não provoque a libertação de algo pior.

Magda notara que ele virara a cabeça, como que por acaso, na direção da pilha de livros; registrara também a espantada reação de Kaempffer – aquela possibilidade nunca ocorrera ao major.

– Mas onde os senhores acharam estes livros? – perguntou papai. – Nunca houve uma biblioteca no fortim, e os habitantes da vila mal sabem assinar seus nomes.

– Em um buraco existente numa das paredes demolidas – explicou o capitão.

– Veja o que são aqueles livros – disse papai dirigindo-se à filha.

Magda encaminhou-se para o canto onde estavam os livros e ajoelhou-se junto à pilha, grata por aquela oportunidade de descansar por uns minutos. A cadeira de rodas de papai era o único assento existente no quarto e ninguém se oferecera para apanhar uma cadeira para a moça. Ela olhou para a pilha e sentiu o cheiro tão conhecido de papel velho – gostava de livros e daquele cheiro. Havia talvez uma dúzia de livros, alguns em mau estado, e um em forma de pergaminho. Magda folheou-os lentamente, descansando o maior tempo possível. Por fim, levantou-se, apanhando um volume ao acaso. O título era em inglês: *The Book of Eibon*, o que a espantou. Não podia ser... era uma brincadeira! Olhou para os outros, traduzindo os títulos escritos em diferentes idiomas, e mostrando-se cada vez mais admirada e inquieta. Eram originais! Ergueu-se novamente e recuou, quase tropeçando com a rapidez do movimento.

– O que houve? – perguntou papai ao ver-lhe a fisionomia alterada.

– Esses livros! – exclamou ela, incapaz de esconder seu espanto. – Nunca se soube que tivessem sido publicados!

Papai rodou sua cadeira mais para perto da mesa.

– Traga-os aqui.

Magda abaixou-se e apanhou dois deles. Um era *De Vermis Mysteriis*, de Ludwig Prinn; o outro, *Cultes des Goules*, de Comte d'Erlette. Ambos pesavam bastante, e a pele de Magda se arrepiava só em tocá-los. A curiosidade dos dois oficiais fora despertada de tal maneira que eles também se debruçaram sobre a pilha e colocaram o restante dos livros sobre a mesa.

Tremendo de excitação, que aumentava à medida que cada volume era posto sobre a mesa, papai resmungava qualquer coisa antes de pronunciar em voz alta os títulos que ia lendo.

– *The Pnakotic Manuscripts*, em forma de pergaminho! A tradução de DuNord de *The Book of Eibon*! *The Seven Cryptical Books of Hsan*!

E este aqui: *Unaussprechlichen Kulten*, de von Juntz! Estes livros não têm preço! Universalmente confiscados e proibidos através dos tempos, tiveram tantos exemplares queimados que apenas rumores de seus títulos permaneceram. Chegou até a haver dúvidas quanto à existência de alguns deles. Mas aqui estão eles, talvez os únicos exemplares restantes!

– Papai, é possível que eles tenham sido proibidos por uma razão justa – disse Magda, apreensiva com o brilho que se acendera nos olhos dele.

Os livros se dedicavam à descrição de ritos condenados e de contatos com forças que agiam além da razão e da sanidade. Era profundamente perigoso saber que eles existiam de fato, que eles e seus autores eram mais que sinistros rumores. Isso abalava a estrutura de qualquer convicção.

– Talvez você tenha razão – replicou papai, sem levantar os olhos. Havia tirado a capa de couro das luvas, com o auxílio dos dentes, e estava colocando uma dedeira de borracha em seu indicador direito, ainda envolto em algodão. Ajustando seus óculos bifocais, começou a manusear os livros. – Mas isso ocorreu em outra época. Estamos no século XX. Não posso imaginar que haja alguma coisa nestes livros que não possamos enfrentar agora.

– O que poderia ser tão terrivelmente assustador? – perguntou Woermann, apanhando um exemplar de *Unaussprechlichen Kulten*, com capa de couro e fecho de metal. – Veja. – Este é em alemão.

Abriu o fecho e folheou algumas páginas, detendo-se finalmente no meio e lendo.

Magda esteve prestes a preveni-lo, mas deteve-se. Nada devia àqueles alemães. Viu o rosto do capitão empalidecer e a garganta emitir sons estranhos enquanto fechava o livro violentamente.

– Que espécie de espírito doentio teria sido responsável por esta coisa? É... é uma... – Não conseguia encontrar palavras que expressassem o que sentia.

– O que o senhor encontrou aí? – perguntou papai, desviando os olhos de um livro cujo título ainda não anunciara. – Ah, é a obra de von Juntz. Foi publicada inicialmente em Düsseldorf, no ano de 1839, por conta do autor. Uma edição extremamente pequena, talvez apenas uns 12 exemplares... – Interrompeu-se, como se algum fato novo o tivesse perturbado.

– Algo errado? – perguntou Kaempffer, que se mantivera afastado da mesa, demonstrando pouca curiosidade.

– Sim. O fortim data do século XV... estou certo disso. Estes livros foram escritos antes, todos eles, menos o de von Juntz. Isso significa que nos meados do século passado, possivelmente depois, alguém visitou o fortim e guardou o livro junto com os outros.

– Não vejo como esse jogo de datas nos pode ser de utilidade agora – disse Kaempffer. – Não serve para evitar o sacrifício, esta noite, de mais um de nossos homens – e sorriu, quando a ideia lhe ocorreu –, ou talvez mesmo de você ou de sua filha.

– Apesar de tudo, o fato traz uma nova luz para o problema – replicou papai. – Esses livros foram condenados através dos tempos como diabólicos. Não estou de acordo. Minha tese é de que eles não são diabólicos, mas se *referem* ao demônio. O que tenho no momento em minhas mãos é especialmente temido: o *Al Azif*, no original árabe.

Magda ouviu seu próprio grito de espanto.

– Oh, não!

Aquele era o pior de todos.

– Sim! Não conheço muito o árabe, mas sou capaz de traduzir o título do livro e o nome do poeta que o escreveu – insistiu papai, desviando seu olhar de Magda para Kaempffer. – A resposta a seu problema bem pode encontrar-se dentro das páginas destes livros. Começarei a lê-los esta noite. Antes disso, porém, desejo ver os corpos.

– Por quê? – foi a vez de o capitão Woermann perguntar. Ele já se recobrara do choque que lhe causara o livro de von Juntz.

– Desejo ver os ferimentos e verificar se há aspectos ritualísticos em suas mortes.

– Posso levá-lo até lá imediatamente – ofereceu-se o major, chamando dois de seus *einsatzkommandos* como escolta.

Magda não queria ir – não tinha a menor vontade de ver soldados mortos –, mas temia ficar esperando sozinha o retorno do pai. Preferiu então agarrar o encosto da cadeira de rodas e empurrá-la na direção das escadas do porão. Ao chegarem ao topo, os dois soldados afastaram-na, obedecendo às ordens do major, e carregaram a cadeira escada abaixo. Magda começou a sentir frio, já arrependida por ter ido.

– E o que me diz destas cruzes, professor? – perguntou o capitão Woermann, enquanto caminhavam pelo corredor, com Magda empurrando novamente a cadeira. – O que significam elas?

– Não sei. Não há qualquer lenda a respeito delas na região, exceto a suspeita de que o fortim foi construído por um papa. Entretanto, o século XV assinalou um período de crise para o Sacro Império Romano, e o fortim está situado numa região que se manteve sob constante ameaça dos turcos otomanos. Por isso, a hipótese da origem papal é absurda.

– E os turcos? Não teriam sido eles os construtores?

– Impossível – replicou papai, sacudindo a cabeça. – Não é o estilo de arquitetura deles, e as cruzes não constituem um símbolo turco.

– Mas o que dizem a respeito do *tipo* de cruz?

O capitão parecia estar muito interessado no fortim, e Magda respondeu antes que o pai o fizesse. O mistério das cruzes fora, durante anos, objeto de pesquisas especiais por parte dela.

– Ninguém sabe explicar. Meu pai e eu procuramos em inúmeros volumes de história cristã, romana e eslávica, mas em nenhuma parte encontramos uma cruz semelhante a estas. Se tivéssemos achado um precedente histórico deste tipo de cruz, possivelmente teríamos ligado o estilo ao fortim. Mas nada conseguimos. Elas são tão excepcionais quanto a estrutura que as abriga.

Poderia ter continuado – o que a livraria de pensar no que veria no porão –, mas o capitão não pareceu dedicar-lhe muita atenção. Talvez fosse porque haviam chegado perto da brecha na parede, mas Magda sentiu que a causa verdadeira era ser ela a fonte de informação. Afinal, não passava de uma mulher. Magda deu um suspiro e permaneceu em silêncio. Já passara por situações semelhantes e conhecia bem seus indícios. Os homens alemães aparentemente tinham muito em comum com os homens romenos. Ficou imaginando se todos os homens seriam assim.

— Mais uma pergunta — disse o capitão a papai. — Por que, em sua opinião, não há um único pássaro aqui no fortim?

— Para falar a verdade, nunca havia reparado nisso.

Magda também se deu conta de que jamais vira um pássaro, em todas as suas visitas, sem que essa ausência lhe tivesse provocado estranheza... até agora.

O entulho junto à parede desmoronada fora cuidadosamente empilhado. Ao guiar a cadeira de rodas de papai por entre os montes de cascalho, Magda sentiu um sopro gelado vindo do buraco no chão, do outro lado da parede. Apanhou as luvas de couro que se achavam no bolso do encosto da cadeira de rodas.

— É melhor colocá-las novamente — disse ela, parando a cadeira e abrindo a luva esquerda, para que ele pudesse enfiar a mão.

— Mas ele já *está de luvas*! — reclamou Kaempffer, impaciente com a demora.

— As mãos dele são muito sensíveis ao frio — explicou Magda, preparando a luva da mão direita. — É uma das consequências de sua doença.

— E qual *é a doença*? — perguntou Woermann.

— É chamada esclerodermia — replicou Magda, percebendo que a informação de nada adiantara.

— Nunca ouvi falar nessa doença antes de ser atacado por ela — disse papai, ajustando as luvas. — Na verdade, os dois primeiros médicos que me examinaram não acertaram o diagnóstico. Não vou entrar em detalhes, bastando dizer que os efeitos não se fazem sentir apenas nas mãos.

— Mas o que o senhor sente nelas? — perguntou Woermann.

— Qualquer queda súbita de temperatura altera drasticamente a circulação em meus dedos; eles perdem temporariamente seu suprimento sanguíneo. Preveniram-me de que, se eu não tomar as devidas precauções, eles podem gangrenar, tendo de ser amputados. Por isso uso as luvas dia e noite durante todo o ano, exceto nos meses mais quentes do verão. Uso-as até para dormir. Estou pronto para prosseguir – acrescentou, percebendo que esperavam por ele.

Magda teve um calafrio ao sentir o ar que subia do porão.

– Penso que está frio demais para você lá embaixo, papai.

– Você não vai querer que os corpos sejam trazidos até aqui para que seu pai possa vê-los – disse Kaempffer.

Fez um sinal para os dois soldados da SS, os quais novamente levantaram a cadeira e a carregaram, com seu frágil ocupante, através do buraco na parede. O capitão Woermann apanhou um lampião de querosene e, depois de o acender, colocou-se à frente do grupo. O major Kaempffer, com outro lampião, fechava a retaguarda. Relutantemente, Magda incluiu-se na coluna, logo atrás de seu pai, temendo que um dos soldados que o carregavam pudesse escorregar nos degraus úmidos e caísse. Somente quando as rodas da cadeira assentaram no solo empoeirado do porão ela se tranquilizou.

Um dos soldados começou a empurrar a cadeira atrás dos dois oficiais, no momento em que eles se encaminharam na direção dos oito vultos cobertos por lençóis e estirados no chão 10 metros adiante. Magda deteve-se, esperando sob uma lâmpada. Não tinha estômago para tanto.

Notou que o capitão Woermann parecia perturbado, ao passar junto dos corpos. Por mais de uma vez, inclinou-se e esticou os lençóis, ajustando-os melhor em torno dos vultos imóveis. Um porão... Ela e papai haviam visitado o fortim inúmeras vezes ao longo dos anos e nunca imaginaram que existisse ali um porão. Esfregou os braços cobertos pelas mangas do casaco de lã, tentando gerar algum calor. O frio era insuportável.

Olhou em torno de si, apreensiva, procurando sinais de ratos na escuridão. A casa para a qual ela e o pai tiveram de mudar-se em Bucareste, depois de expulsos da que ocupavam perto da universidade, era infestada de ratos no porão. Magda sabia que sua reação era exagerada, mas não podia dominar a repugnância que os ratos lhe provocavam, pela maneira como se moviam, por suas caudas nuas arrastando-se atrás deles... Sentia-se nauseada.

Entretanto não viu os pequenos vultos correndo. Mais tranquila, acompanhou os movimentos do capitão, levantando os lençóis um por um, a fim de expor a cabeça e os ombros de cada homem morto. Não podia ouvir o tema da conversa, mas se sentia aliviada por não estar vendo o que os dois oficiais estavam mostrando a seu pai.

Finalmente, todos voltaram em direção à escada. A voz de papai foi-se tornando inteligível à medida que ele se aproximava.

– ...e realmente não posso afirmar que haja algo de ritualístico nos ferimentos. Com exceção do homem decapitado, todas as mortes parecem ter resultado simplesmente do corte dos principais vasos no pescoço. Não há sinais de dentadas, de animal ou humanas, mas certamente os ferimentos não são obra de qualquer instrumento cortante. Aquelas gargantas foram arrancadas *selvagemente*, de uma maneira que não posso explicar.

Como papai podia ser tão profissional a respeito daquelas coisas?

A voz do major Kaempffer soou áspera e ameaçadora:

– Mais uma vez você conseguiu falar muito sem dizer nada!

– O senhor me forneceu muito pouco material para examinar. Não existe algo mais?

O major afastou-se sem se dignar responder. O capitão Woermann, porém, estalou os dedos.

– As palavras na parede! Escritas com sangue, em um idioma que ninguém entende.

– Quero vê-las! – exclamou papai, os olhos brilhando.

Mais uma vez a cadeira foi levantada, e mais uma vez Magda se movimentou, fazendo o caminho de volta para o pátio. Novamente ela se encarregou de empurrar o pai atrás dos alemães enquanto eles se dirigiam para a parte de trás do fortim. Em pouco tempo todos estavam no fim de um corredor sem saída olhando para as letras vermelho-escuras rabiscadas na parede.

Os traços, Magda notou, variavam em espessura, mas todos pareciam ter sido feitos por um dedo humano. Sentiu um calafrio ao ver o que estava escrito. Reconheceu o idioma e sentiu-se capaz de fazer a tradução, se sua mente pudesse concentrar-se nas palavras e não no que o autor usara como tinta.

ТЪЖИК ОСТАВИТЕ НАЏЬ АДМЪ

— O SENHOR TEM ideia do que isso quer dizer? — perguntou Woermann.
— Sim — disse papai, contemplando hipnotizado o que tinha à sua frente.
— E então? — falou Kaempffer.

Magda percebeu que ele odiava estar dependendo de um judeu e, sobretudo, que aquele judeu o estava fazendo esperar. Desejou que o pai fosse mais prudente em suas provocações.

— A frase diz: *Estrangeiros, ide embora!* Está na forma imperativa.
— Ele falava como que mecanicamente. Alguma coisa mais naquelas palavras o perturbava.

Kaempffer bateu com a palma da mão no cabo da pistola.
— Ah! Então os assassinos *têm* uma motivação política!
— Talvez, mas este aviso ou pedido, como queira chamá-lo, está perfeitamente redigido em eslavônico antigo, uma língua morta. Tão morta quanto o latim. E aquelas letras são desenhadas da maneira idêntica às que eram escritas na época. Conheço bem o assunto. Vi muitos manuscritos.

Agora que papai identificara a inscrição, Magda podia fixar-se nas palavras. Concluiu que sabia por que elas eram tão perturbadoras.

— O assassino que procuram, senhores — disse papai — ou é um professor muito erudito ou está congelado há mais de meio milênio!

14

— Parece que perdemos nosso tempo — disse o major Kaempffer, acendendo um cigarro, já de volta ao pátio. Os quatro se encontravam agora no pavimento térreo da torre.

No centro do quarto, Magda se apoiava, cansada, no espaldar da cadeira de rodas. Percebera que havia uma espécie de guerra surda entre Woermann e Kaempffer, mas não podia entender as regras ou motivações dos contendores. De uma coisa, porém, estava certa: a vida de papai e a dela dependeriam do resultado daquela disputa.

– Não concordo – disse o capitão Woermann, encostado à parede, os braços cruzados sobre o peito. – A meu ver já sabemos bem mais do que sabíamos esta manhã. Não muito, mas pelo menos há um progresso... coisa que não havíamos conseguido até agora.

– Mas não é o bastante! – retrucou Kaempffer. – Nem perto disso.

– Muito bem. E como não dispomos de outras fontes de informação, penso que devemos abandonar o fortim imediatamente.

Kaempffer não replicou. Continuou fumando e andando de um lado para o outro do quarto.

Papai pigarreou, chamando atenção para o que iria dizer.

– Fique fora disso, judeu!

– Vamos ouvir o que ele tem a dizer. Foi para ouvi-lo que o mandamos buscar, não foi?

Aos poucos ia-se tornando muito claro para Magda que havia uma profunda hostilidade entre os dois oficiais. Sabia que papai também o notara e certamente tentaria tirar proveito da situação.

– Talvez eu possa ajudar – disse ele, apontando para a pilha de livros sobre a mesa. – Como já tive oportunidade de dizer, a resposta para o problema dos senhores está nesses livros. Se for assim, sou a única pessoa que, com o auxílio de minha filha, poderá descobri-la. Se desejarem, tentarei.

Kaempffer deixou de andar e olhou para Woermann.

– Acho que vale a pena – disse Woermann. – Não tenho ideia melhor. Você tem?

Kaempffer atirou a ponta do cigarro no chão e a esmagou com o pé.

– Três dias, judeu. Você dispõe de três dias para nos dar uma informação útil – concordou ele, atravessando o quarto apressadamente e saindo, deixando a porta aberta atrás de si.

O capitão Woermann desencostou-se da parede e encaminhou-se para a porta, as mãos cruzadas nas costas.

— Direi ao meu sargento que providencie um par de sacos de dormir para o senhor e sua filha — disse ele, olhando para o corpo frágil de papai. — Lamento não dispor de camas.

— Nós nos arranjaremos, capitão. Obrigado.

— Lenha — pediu Magda. — Precisamos de alguma coisa para fazer uma pequena fogueira.

— Não faz tanto frio assim durante a noite — disse Woermann balançando a cabeça.

— É que as mãos de meu pai... Se não estiverem bem aquecidas, ele não conseguirá sequer virar as páginas.

— Pedirei ao sargento que veja o que pode fazer — respondeu o oficial com um suspiro. — Talvez alguns pedaços de madeira. — Continuou a caminhar para a porta, mas voltou-se ainda uma vez. — Deixem-me dizer uma coisa a vocês dois. O major os tratará com a mesma indiferença com que esmagou aquela ponta do cigarro que havia acabado de fumar. Tem suas razões pessoais para desejar uma solução rápida para este problema e eu tenho as minhas: não quero perder mais nenhum de meus homens. Descubram um meio de passarmos pelo menos uma noite sem que morra alguém e terão provado quanto valem. E, se conseguirem resolver este mistério, tentarei mandá-los de volta para Bucareste e mantê-los em segurança lá.

— Então talvez não consiga — disse Magda, olhando firmemente para o rosto do oficial. Ele estava realmente dando-lhes uma esperança?

A fisionomia do capitão Woermann tornou-se mais sombria e suas palavras foram o eco das de Magda:

— Então talvez não consiga.

DEPOIS DE ORDENAR que levassem lenha para os quartos no pavimento térreo, Woermann parou um momento para pensar. A princípio considerara a dupla que viera de Bucareste como dois pobres-diabos — uma moça presa ao pai, o pai preso a uma cadeira de rodas. Entretanto, à medida que os observava e os ouvia falar, passou a notar uma força interior em cada um deles, o que era bom, pois ambos iriam necessitar de nervos de aço para enfrentar aquela situação. Se homens bem armados não eram capazes de se defender ali, que esperanças poderiam ter uma mulher indefesa e um homem aleijado?

De repente, sentiu que estava sendo observado. Não saberia dizer como o notara, mas se já era desagradável a sensação de ser objeto de vigilância, mesmo nos ambientes mais agradáveis, ali, com o conhecimento do que vinha acontecendo durante aquela semana, o mal-estar era enervante.

Woermann foi verificar os degraus da escada que se encurvava para a direita. Ninguém. Dirigiu-se então para o arco que abria para o pátio. Todas as luzes estavam acesas e as sentinelas montavam guarda aos pares.

De novo a sensação de estar sendo vigiado.

Encaminhou-se então para a escada, tentando livrar-se daquela impressão; talvez se ele saísse dali, ela desaparecesse. Na verdade, tão logo alcançou o pavimento de seu quarto, a sensação se evaporou.

Todavia, continuava com ele o temor subjacente que dominava cada noite no fortim – a certeza de que antes do amanhecer alguém iria morrer tragicamente.

O MAJOR KAEMPFFER estava parado na porta da seção traseira do fortim. Viu quando Woermann se deteve por um momento na entrada do arco da torre, depois começou a subir os degraus. Kaempffer conteve um impulso de ir atrás dele – atravessar o pátio, subir ao terceiro pavimento da torre e bater na porta de Woermann.

Não queria ficar sozinho naquela noite. Às suas costas estava a escada que conduzia a seus próprios aposentos, o local onde justamente na noite anterior dois homens mortos haviam entrado e caído sobre ele. Estremecia ante a simples ideia de voltar para lá.

Woermann era a única pessoa que poderia ajudá-lo naquela noite. Na qualidade de oficial, Kaempffer estava impossibilitado de procurar a companhia dos soldados, e certamente não iria juntar-se aos dois judeus.

Woermann era a solução. Tratava-se de um colega e seria normal que um procurasse a companhia do outro. Kaempffer decidiu-se e começou a atravessar o pátio, mas deu apenas alguns passos.

Woermann certamente não o deixaria entrar, quanto mais sentar-se e beber com ele um copo de *schnapps*. Woermann desprezava a SS, o Partido e quem quer que estivesse associado com um deles. Por quê? Kaempffer achava que Woermann, um ariano puro, não devia tomar aquela atitude. Nada tinha a temer da SS. Por que, então, odiá-la daquela maneira?

Kaempffer voltou sobre os próprios passos e penetrou de novo na estrutura traseira do fortim. Não poderia haver relações amigáveis com Woermann. Era um homem por demais teimoso e de mentalidade tacanha, incapaz de aceitar as realidades da Nova Ordem. Estava condenado. Quanto mais Kaempffer se afastasse dele, melhor.

Apesar de tudo... Kaempffer precisava de um amigo naquela noite. E não havia um único.

Hesitantemente, com o coração batendo mais depressa, começou a subir devagar os degraus para seus aposentos, imaginando que tipo de novo horror esperava por ele.

O FOGO SERVIRA não apenas para aquecer o quarto, mas também para lhe dar mais luz, um clarão confortador que a lâmpada não era capaz de igualar. Magda arrumara um dos sacos de dormir junto à lareira para seu pai, mas ele não parecia interessado. Há muito tempo, nos últimos anos, ela não o via tão excitado, tão animado. Mês após mês a doença lhe roera as forças, deixando-o cada dia mais fatigado, reduzindo o número de horas em que ficava acordado, reagindo contra o sono que aumentava sempre.

Agora, porém, parecia um novo homem, folheando ansiosamente os livros que tinha à sua frente. Magda sabia que aquilo não poderia durar. Em breve a doença dele exigiria repouso. Estava sendo gasto o pouco que restava de uma energia que não se renovava.

Apesar disso, Magda hesitava em insistir para que o pai repousasse. Ultimamente, ele perdera o interesse por tudo, passando os dias sentado em frente à janela, olhando a rua e nada vendo. Os médicos – quando ela conseguia que um deles o examinasse – diziam que era melancolia, um estado de espírito comum na doença. Nada havia a fazer. Receitavam-lhe aspirina, para aliviar as dores constantes, e codeína – quando acessível – para o terrível sofrimento nas juntas.

Ele tinha sido uma espécie de morto-vivo, mas agora estava mostrando sinais de reação. Magda não tinha o direito de refreá-la. Enquanto o observava, notou que ele fechara o *De Vermis Mysteriis*, retirara os óculos e esfregava os olhos com a mão envolta em algodão. Talvez fosse a oportunidade para pedir-lhe que pusesse de lado aqueles terríveis livros e descansasse um pouco.

– Por que não lhes expõe sua teoria? – perguntou ela.

– O quê? – replicou ele, levantando os olhos. – Que teoria?

– Você disse a eles que realmente não acredita em vampiros, mas isso não é de todo verdadeiro, a menos que tenha finalmente desistido daquela sua teoria.

– Não, ainda acredito que possa ter havido um verdadeiro vampiro, apenas um, responsável pela origem de todas as lendas romenas. Há sólidas pistas históricas, mas nenhuma prova. E sem uma prova concreta eu não poderia publicar minha tese. Por essa mesma razão, preferi não falar a respeito disso com os alemães.

– Por quê? Eles não são eruditos.

– Tem razão, mas até agora eles acham que sou um velho professor que lhes pode ser útil. Se eu lhes expuser minha teoria, pensarão que não passo de um judeu caduco e inútil. E não existe ninguém com menos possibilidade de sobreviver que um judeu inútil no meio de nazistas. Entendeu?

Magda apressou-se em concordar, meneando a cabeça. Não era nesse rumo que ela desejava que a conversa se desenrolasse.

– Mas a respeito da teoria? Você acha que o fortim poderia ter abrigado...

– Um vampiro? – Papai encolheu os ombros quase imperceptivelmente. – Quem pode dizer o que vem a ser realmente um vampiro? Há muitas lendas a respeito deles, mas quem pode dizer onde a realidade deixa de existir, admitindo que haja *alguma* realidade nisso, e o mito começa? Entretanto, há tantas lendas sobre vampiros na Transilvânia e na Morávia que alguma coisa deve ter dado origem a elas. No fundo, toda história extravagante tem um fundo de verdade.

– Os olhos dele brilhavam na máscara inexpressiva de seu rosto, enquanto fazia uma pausa. – É claro que não lhe preciso dizer que alguma coisa estranha está acontecendo aqui. Estes livros representam prova bastante de que este lugar tem alguma ligação com o sobrenatural. E aquelas palavras escritas na parede... se são obra de um demente ou o sinal de que estamos enfrentando um *moroi*, aquele que não morre, é o que temos de descobrir.

– O que você acha que seja? – insistiu ela, como que buscando alguma forma de convicção. Reagia à ideia de que existisse ainda algo que deveria estar morto. Jamais dera a essas lendas o menor crédito, e muitas vezes achara que o pai estava travando uma espécie de jogo intelectual ao falar sobre o assunto. Agora, porém...

– Não sei dizer bem o que deva ser, mas *sinto* que estamos à beira de uma resposta. Não é racional... algo que eu possa explicar. Mas um pressentimento... Sei que você também tem.

Magda concordou silenciosamente, apenas com um movimento de cabeça. Oh, sim! Ela também sentia isso.

Papai esfregava os olhos novamente.

– Não posso ler mais, Magda.

– Então venha deitar-se – disse ela, esquecendo sua inquietação e dirigindo-se ao encontro do pai. – Vou ajudá-lo a deitar-se.

– Espere um momento. Ainda estou muito agitado para dormir. Toque um pouco para mim.

– Mas papai...

– Você trouxe seu bandolim. Sei que trouxe.

– Papai, você sabe que não lhe vai fazer bem.

– Por favor.

– Está bem – concordou ela com um sorriso. Nunca foi capaz de recusar-lhe qualquer coisa por muito tempo.

Havia colocado o bandolim no fundo da mala, antes de partir. Fora certamente um reflexo. Costumava levar o instrumento para onde quer que fosse. A música sempre desempenhara papel central em sua vida e, desde que papai perdera seu cargo na universidade, tornara-se a fonte principal do sustento de ambos. Ela passara a lecionar música depois que se mudaram para o pequeno apartamento, recebendo jovens estudantes para lições de bandolim ou indo à casa deles para ensinar piano. Ela e papai tinham sido obrigados, antes de se mudarem, a vender o piano por falta de espaço.

Magda sentou-se na cadeira que lhe haviam trazido juntamente com a lenha e os sacos de dormir, e começou a afinar o instrumento. Quando se sentiu satisfeita, iniciou uma variada mistura de sons que aprendera com os ciganos, produzindo ritmo e melodia. O tema era também dos ciganos, uma melodia tipicamente trágica de amor não correspondido, provocando a morte de um coração ferido. Ao terminar a segunda parte e retomar a primeira, olhou para o pai.

Ele estava recostado na cadeira, os olhos cerrados, os retorcidos dedos de sua mão esquerda apertando as cordas de um imaginário violino através das luvas, a mão direita empunhando um arco também imaginário, fazendo o único movimento que suas juntas permitiam. Ele fora, no seu tempo, um bom violinista e muitas vezes tocara aquela canção em dueto com a filha, ela fazendo o contraponto dos acordes chorosos *molto rubato* que ele arrancava do violino.

Embora suas faces estivessem secas, ele estava chorando.

– Oh, papai, eu não deveria ter tocado esta canção! – exclamou ela, recriminando-se por haver esquecido aquele detalhe. Sabendo tantas canções, fora escolher justamente a que mais o fazia lembrar sua incapacidade para tocar.

Levantou-se para ir até junto dele, mas se deteve. O quarto não parecia estar tão iluminado como momentos antes.

– Está bem, Magda. Pelo menos posso lembrar-me de toda a melodia que tocamos juntos... melhor até do que nunca. Ainda posso ouvir, no fundo da memória, o som de meu violino. Por favor, toque mais um pouco – pediu ele, os olhos ainda cerrados atrás dos óculos.

Magda, porém, não se moveu. Sentiu que o quarto era invadido por uma onda de frio e procurou a origem daquela corrente de ar. Seria imaginação ou a luz estava realmente rareando?

Papai abriu os olhos e percebeu a preocupação no rosto da filha.

– O que há, Magda?

– O fogo está se apagando!

As chamas não se extinguiam em meio à fumaça e fagulhas; simplesmente se retraíam para o interior dos toros de madeira carbonizados. À medida que se apagavam, o mesmo acontecia com a lâmpada pendurada no teto. O quarto foi ficando cada vez mais negro, mergulhado numa escuridão que era mais que a simples ausência de luz, parecendo uma coisa física. À escuridão juntou-se um frio penetrante e um odor, um cheiro acre que lembrava imagens de putrefação, de túmulos violados.

– O que está acontecendo?
– Ele está chegando, Magda! Fique junto de mim!

Instintivamente, ela se aproximou do pai, procurando protegê-lo ao mesmo tempo que se sentia protegida ao lado dele. Trêmula, aninhou-se ao pé da cadeira, apertando-lhe os dedos retorcidos.

– Que vamos fazer? – perguntou ela, não sabendo por que falava quase num sussurro.

– Não sei – papai também estava tremendo.

As sombras se adensaram à medida que o fogo morria e a lâmpada se apagava com as últimas chamas. As paredes haviam desaparecido, mergulhadas em impenetrável escuridão. Somente o brilho de uma brasa, um mortiço raio de luz e sanidade permitia que eles se mantivessem lúcidos.

Não estavam sozinhos. Algo se movia na escuridão, aproximando-se silenciosamente. Algo sujo e faminto.

Um vento súbito começou a soprar, passando rapidamente de uma brisa para uma ventania violenta, varrendo o quarto, embora a porta e as venezianas estivessem completamente fechadas.

Magda lutava para livrar-se do terror que se apossara dela. Soltou as mãos do pai. Não podia ver a porta, mas recordava-se de que ela ficava no lado oposto ao da lareira. Açoitada pelo vento gelado, passou para a frente da cadeira de rodas e começou a empurrá-la para trás, para onde deveria estar a porta. Se ao menos pudesse chegar ao pátio, talvez pudesse salvar-se. Como, não sabia dizer, mas permanecer naquele quarto era como entrar numa fila e esperar que a morte os chamasse pelo nome.

A cadeira começou a rolar. Magda empurrou-a quase 2 metros em direção à porta quando sentiu que não podia dar mais um único passo. O pânico se apossou dela. Alguma coisa estava impedindo que a cadeira se movesse. Não se tratava de uma parede invisível, maciça, impenetrável, mas alguém ou alguma coisa que, na escuridão, segurava o encosto, tornando inúteis todos os esforços para deslocá-la.

Por um instante, em meio às trevas que a envolviam, Magda teve a impressão de que havia um rosto pálido olhando para ela. Em seguida, desapareceu.

Seu coração batia de modo descompassado, e suas mãos estavam tão úmidas que escorregavam nos braços de carvalho da cadeira. Aquilo não poderia estar acontecendo! Só podia ser uma alucinação! Nada daquilo era real... era o que sua mente lhe dizia. Mas seu corpo *acreditava* que era real! Olhou para o rosto do pai e viu que seu terror refletia o que estava estampado no dela.

– Não pare! – gritou ele.

– Não consigo mover a cadeira!

Ele tentou girar o pescoço para ver o que os estava bloqueando, mas suas juntas não lhe permitiram. Voltou-se para a filha.

– Depressa! Para junto do fogo!

Magda mudou a direção de seus esforços, recuando e puxando a cadeira. Quando esta começou a rolar em sua direção, sentiu que algo lhe agarrava o braço como se fosse uma tenaz de gelo.

Um grito morreu em sua garganta, mal se ouvindo um fraco gemido. O frio em seu braço causava-lhe uma dor insuportável, subindo até o ombro e parecendo abrir caminho até o coração. Conseguiu olhar e viu a mão que segurava seu braço, junto ao cotovelo. Os dedos eram longos e grossos; pelos curtos cobriam as costas da mão, subindo ao longo dos dedos até à raiz das unhas longas e escuras. O punho parecia dissolver-se na escuridão.

As sensações que esse contato produziram nela, apesar do tecido do casaco e da blusa, eram indescritivelmente repulsivas, enchendo-a de repugnância e horror. Ela passou a mão sobre o ombro, procurando bater em alguma coisa. Nada encontrando, soltou a cadeira de rodas e lutou para libertar-se, gemendo apavorada. Seus sapatos escorregavam no chão, e quanto mais ela lutava para libertar-se mais seus esforços eram inúteis. Não conseguiu sequer tocar na mão que a segurava.

Então a escuridão começou a alterar-se, clareando. Uma forma oval, esbranquiçada, apareceu perto dela. Era um rosto, um rosto de pesadelo.

A testa era larga e uma longa cabeleira negra caía em grossas mechas sobre cada uma das faces, como serpentes mortas presas ao crânio pelos dentes. A pele opaca, as faces encovadas, o nariz adunco, os lábios repuxados, deixando à mostra os dentes amarelados, longos e quase caninos, completavam um rosto em que os olhos brilhavam intensamente e deixavam Magda mais imóvel do que a mão gelada que a segurava pelo braço, tornando-a incapaz de gritar e de tentar uma desesperada reação.

Aqueles olhos! Grandes e redondos, frios e cristalinos, as pupilas nada mais que negros buracos incrivelmente irreais, com um negrume de céu noturno que jamais tivesse sido azulado pelo sol ou acariciado pelo brilho da lua e das estrelas. As íris em torno das pupilas eram igualmente negras, dilatando-se enquanto ela as observava, alargando os dois buracos, empurrando-a para o domínio da loucura.

...a loucura. A loucura era tão atraente, segura, serena, isolada. Seria tão agradável atravessar e submergir naqueles poços escuros... tão bom...

Não!

Magda lutou contra a tentação, lutou para livrar-se dela. Mas... por que lutar? A vida nada mais era que doença e miséria, uma luta que terminaria em derrota. O que conseguiria? Nada que realmente valesse a pena. Por que se preocupar?

Sentiu um súbito impulso, quase irresistível, atraindo-a para aqueles olhos. Havia ali uma promessa de prazer para ela, um prazer mais que meramente sexual, atendendo a todos os seus desejos. Ela se sentiu atraída por aqueles dois buracos escuros. Seria tão fácil mergulhar neles...

Havia qualquer coisa dentro dela que se recusava a ceder, insistindo para que lutasse contra a tentação, mas esta era tão forte e ela estava tão cansada... E, afinal, para que lutar?

Um som... uma música... e contudo não propriamente uma música. Um som no fundo de sua mente, ainda não melancólico, desarmônico, uma cacofonia delirante que matraqueava e estremecia, abrindo fendas nas últimas resistências de sua vontade. O mundo em torno dela – todas as coisas – começou a desaparecer, deixando apenas aqueles olhos... nada mais que aqueles olhos...

...ela vacilou, prestes a ceder para sempre...

...então ouviu a voz de papai.

Magda agarrou-se àquele som como se fosse uma corda à qual pudesse pendurar-se. Papai não estava chamando por ela, nem mesmo falava em romeno, mas era sua voz, a única coisa familiar naquele caos que a cercava.

Os olhos se desviaram. Magda estava livre. A mão que a segurava soltou-a.

Ela permaneceu ofegante, transpirando, fraca, confusa, a ventania sacudindo-lhe a saia e o lenço que lhe amarrava os cabelos, dificultando-lhe a respiração. E seu terror aumentou, pois os olhos voltavam-se agora para seu pai. Ele era tão fraco!

Entretanto, papai não deixou de enfrentar aquele olhar e falou novamente, como fizera antes, num idioma desconhecido para ela. Magda viu que o horrível sorriso no rosto pálido desaparecia, enquanto os lábios se tornavam uma fina linha reta. Os olhos se estreitaram, não eram mais que pequenas fendas, como se a mente que os comandava estivesse considerando as palavras de papai, pesando-lhes as consequências.

Magda continuava observando aquele rosto, incapaz de fazer alguma coisa. Viu a linha que formava os lábios encrespar-se levemente nas extremidades. Depois, um aceno de cabeça, não mais que um leve movimento. Uma decisão.

O vento extinguiu-se como se nunca tivesse existido, e o rosto desapareceu na escuridão.

Tudo estava calmo.

Sem uma palavra, Magda e o pai permaneceram olhando um para o outro no centro do quarto, enquanto o frio e a escuridão lentamente se dissipavam. Uma acha de lenha na lareira rachou ao meio, produzindo um ruído semelhante ao de um tiro de fuzil, e Magda sentiu seus joelhos dobrarem com o susto. Caiu para a frente, mas por sorte conseguiu agarrar-se ao encosto da cadeira para não ir ao chão.

– Você está bem? – perguntou papai, sem olhar para ela. Estava massageando os dedos por cima das luvas.

– Vou ficar boa já – disse ela, com o pensamento voltado para o que acabara de sofrer. – O que foi isso? Meu Deus, *o que foi isso?*

Mas papai não estava escutando.

– Eles foram embora. Não pude saber nada deles.

Lentamente, começou a tirar as luvas dos dedos.

O esforço dele reanimou-a. Ela endireitou o corpo e começou a empurrar a cadeira para perto do fogo, que crepitava novamente. Estava exausta com o esforço e o choque, mas isso agora parecia ter importância secundária. *E quanto a mim? Por que devo vir sempre em segundo lugar? Por que sempre tenho de ser forte?* Uma vez... apenas uma única vez... ela gostaria de ser capaz de fraquejar e ter alguém que zelasse por ela. Procurou afastar tais pensamentos. Aquilo não era maneira de uma filha raciocinar quando o pai precisava dela.

– Não deixe que os dedos esfriem, papai. Não há água quente, de modo que dependeremos do fogo para mantê-los aquecidos.

À luz incerta das chamas Magda viu que as mãos dele apresentavam uma palidez de morte, tão brancas como as daquela... coisa. Os dedos de papai eram cheios de nós, com a pele grossa e áspera, e unhas curvas e estriadas. Havia pequenas depressões na ponta de cada dedo, cicatrizes deixadas pelas minúsculas áreas de gangrena curada. Eram agora as mãos de um estranho. Magda ainda se recordava do tempo em que aquelas mãos eram graciosas, dotadas de longos dedos afilados. As mãos de um professor. De um músico. Tinham sido coisas vivas. Agora não passavam de mumificadas caricaturas de vida.

Magda teria de aquecê-las, mas não muito rapidamente. Em casa, quando moravam em Bucareste, conservava sempre uma chaleira de água quente no fogão, durante os meses de inverno, para tais eventualidades. Os médicos chamavam isso de fenômeno de Raynaud; qualquer queda súbita de temperatura provocava espasmos constritores nos vasos sanguíneos das mãos de papai. A nicotina tinha efeito similar e, por isso, ele fora proibido de fumar seus estimados charutos. Se os tecidos ficassem privados de oxigênio por muito tempo ou com muita frequência, a gangrena se apossava deles. Até então ele tivera sorte. Quando a gangrena surgira, as áreas afetadas tinham sido muito pequenas e ele conseguira dominá-la. Mas nem sempre seria assim.

Ela ficou observando enquanto a pai expunha as mãos ao fogo, virando-as para cima e para baixo contra o calor, movimentando-as até o máximo permitido por suas juntas endurecidas. Ela sabia que papai não podia sentir nada nelas agora – estavam muito geladas e dormentes. Mas, tão logo a circulação voltasse, ele iria sofrer à medida que os dedos começassem a latejar e a arder como se estivessem sobre brasas.

– Olhe o que eles fizeram com você! – disse ela com raiva, vendo os dedos mudarem do branco para o azul.

Papai levantou os olhos, admirado.

– Já estive bem pior.

– Eu sei, mas não devia ter acontecido. O que eles estão tentando fazer conosco?

– Eles?

– Os nazistas! Estão brincando conosco! Testando nossa coragem! Não sei bem o que foi que aconteceu aqui... foi tudo muito realístico, mas não era real! Não podia ter sido! Eles nos hipnotizaram, utilizaram drogas, abaixaram as luzes...

– Foi real, Magda – disse papai com voz calma, confirmando o que ela suspeitava no fundo da alma e que tanto queria que ele negasse. – Tão real quanto estes livros proibidos. Eu sei...

A respiração dele acelerou-se subitamente por entre seus dentes, enquanto o sangue começava a correr dentro dos dedos, dando-lhes uma cor vermelho-escura. Os tecidos, privados de irrigação, reagiam agora, ao se livrarem de suas toxinas acumuladas. Magda já presenciara tantas vezes aquela situação que quase sentia em si mesma a dor que ela provocava.

Quando o sofrimento baixou para um nível suportável, ele continuou, as palavras pronunciadas aos arrancos.

– Falei com ele em antigo eslavônico... disse-lhe que os inimigos dele não éramos nós... pedi-lhe que nos deixasse em paz... e ele foi embora.

Fez uma careta de dor, depois olhou para Magda com olhos rútilos e brilhantes. Sua voz era rouca e lenta.

– É ele, Magda. Tenho certeza. É *ele*!

Magda nada respondeu. Ela também tinha certeza.

15

O fortim
Quarta-feira, 30 de abril
6h22

O capitão Woermann tentara passar a noite em claro, mas não conseguira. Sentara-se junto à janela que dava para o pátio, com sua Luger ao alcance da mão, embora duvidasse que uma parabélum de 9 mm fosse de alguma utilidade contra quem quer que estivesse assombrando o fortim. Tantas noites sem dormir, com raros cochilos durante o dia, haviam acabado com sua resistência.

Acordou de repente, desorientado. Por um momento, pensou estar de volta a Rathenow, com Helga na cozinha preparando ovos com salsichas e os rapazes já acordados e tirando leite das vacas. Mas fora apenas um sonho.

Quando notou que o dia já clareava, saltou da cadeira. A noite passara e ele ainda estava vivo. Sobrevivera mais uma noite. Sua alegria não durou muito, pois sabia que alguma outra pessoa teria sido sacrificada. Em algum lugar do fortim haveria certamente um corpo todo ensanguentado, aguardando ser descoberto.

Guardou a Luger no coldre, atravessou o quarto e se dirigiu para a escada. Estava tudo calmo. Desceu os degraus esfregando os olhos e massageando o rosto ainda não barbeado para sentir-se desperto. Ao chegar ao pavimento térreo, a porta dos aposentos dos judeus se abriu e Magda saiu apressadamente.

Ela não chegou a vê-lo. Levava nas mãos uma chaleira e sua fisionomia denotava aflição. Absorta em seus pensamentos, entrou no pátio e dobrou à direita, na direção das escadas do porão, completamente alheia à presença de Woermann. Parecia saber exatamente para onde ia, o que o impressionou até se lembrar de que ela já estivera no fortim inúmeras vezes. Ela conhecia a localização das cisternas e sabia que encontraria água fresca.

Woermann entrou também no pátio e ficou observando os movimentos da moça. Havia um toque etéreo na cena: uma mulher pisando aquele chão empedrado ao clarear do dia, cercada por paredes cinzentas incrustadas de cruzes metálicas, um resto de cerração ainda rente ao solo, cobrindo-lhe os passos. Tudo como num sonho. Ela dava a impressão de ser uma mulher elegante sob aquelas camadas de saias. Havia um requebro natural em seus quadris quando ela caminhava, uma graça não explorada que instintivamente chamou a atenção do macho que havia nele. Um rosto bonito, também, especialmente devido aos grandes olhos castanhos. Se ao menos ela soltasse os cabelos, desamarrando aquele lenço, poderia mostrar-se bela.

Em outra ocasião, em outro lugar, ela correria sério perigo em situação similar: cinco esquadras de soldados ávidos de mulheres. Mas aqueles soldados tinham outras preocupações a enfrentar – temiam a escuridão e a morte que infalivelmente a acompanhava.

Woermann estava a ponto de segui-la até o porão, a fim de certificar-se de que ela procurava apenas apanhar água na cisterna, quando avistou o sargento Oster correndo em sua direção.

– Capitão! Capitão!

Woermann suspirou resignadamente e preparou-se para ouvir as más notícias.

– Quem perdemos?

– Ninguém – exclamou o sargento, agitando a lista de nomes. – Verifiquei um por um e todos estão vivos e bem!

Woermann teve receio de participar daquela euforia – já fora enganado uma vez na semana anterior –, mas permitiu-se um fio de esperança.

– Tem certeza? Certeza absoluta?

– Sim, senhor. Todos, exceto o major, é claro. E os dois judeus.

– Woermann olhou para a seção de trás do fortim, onde se situava a janela de Kaempffer. Será que ele...?

– Eu tinha deixado os oficiais para verificar no fim – explicou Oster, como que se desculpando.

Woermann meneou a cabeça, sem prestar-lhe muita atenção. Será que ele?... Poderia Erich Kaempffer ter sido a vítima daquela noite? Seria demais esperar que fosse. Woermann nunca imaginara que pudesse vir a odiar outro ser humano com a mesma intensidade com que passara a odiar Kaempffer desde a véspera.

Foi com ansiosa expectativa que começou a caminhar na direção da parte traseira do fortim. Se Kaempffer estivesse morto, não apenas o mundo se tornaria melhor, mas também ele voltaria a ser o oficial mais graduado e retiraria seus homens do fortim antes do meio-dia. Os *einsatzkommandos* poderiam ir também ou ficar para trás, morrendo, até que chegasse outro oficial da SS. Woermann não tinha dúvida de que eles o acompanhariam quando o destacamento partisse.

Se, porém, Kaempffer estivesse vivo, seria uma decepção, mas com um aspecto positivo: pela primeira vez desde que chegaram, passara-se uma noite sem que um soldado alemão morresse, o que era ótimo. Levantaria o moral de maneira incalculável. Talvez até significasse uma leve esperança de que havia desaparecido aquele manto da morte que os envolvera como uma mortalha.

Quando Woermann atravessou o pátio, o sargento que seguia atrás dele, perguntou:

– O senhor acha que os judeus são responsáveis?

– Responsáveis pelo quê?

– Por não ter morrido ninguém esta noite.

Woermann deteve-se e correu o olhar entre Oster e a janela de Kaempffer, situada quase acima da cabeça deles. O sargento aparentemente não tinha dúvida de que Kaempffer estivesse vivo.

– Por que você pensa assim dos judeus, sargento? O que poderiam ter feito?

Oster franziu a testa.

– Não sei. Os homens – os *nossos* homens – pelo menos acreditam que foi por causa deles. Afinal, perdemos alguém em cada noite, exceto na que passou. E foi ontem que os judeus chegaram. Talvez tenham descoberto alguma coisa naqueles livros que achamos.

– Talvez – replicou Woermann, continuando a caminhar para a seção traseira do fortim e subindo a escada para o segundo pavimento.

Interessante, mas improvável. O velho judeu e sua filha não poderiam obter um resultado assim tão rapidamente. Velho judeu... Estava começando a falar como Kaempffer! Terrível.

Woermann estava ofegante ao atingir os aposentos de Kaempffer. Salsichas demais, disse a si mesmo. Muitas horas passadas sentado e pintando, em vez de caminhar bastante e queimar calorias. Quando ia bater na porta de Kaempffer, ela se abriu e o próprio major apareceu.

– Ah, Klaus! – disse ele asperamente. – Bem me pareceu que havia alguém aqui. – Ajustou o cinturão preto de seu talabarte de oficial, cruzado sobre o peito, e certificou-se de que o coldre estava bem preso. Satisfeito, saiu para o corredor.

– É um prazer ver que você está tão bem – disse Woermann.

Kaempffer, atingido pela insinceridade da observação, olhou para o capitão, depois para o sargento.

– Bem, sargento, quem foi desta vez?

– Como disse, senhor?

– O morto! Quem morreu na noite passada? Um dos meus ou dos seus? Quero que o judeu e sua filha vejam o corpo e quero também...

– Desculpe, senhor – interrompeu Oster –, mas ninguém morreu esta noite.

Kaempffer franziu a testa e voltou-se para Woermann.

– Ninguém? Mesmo?

– Se o sargento afirmou, é o suficiente para mim.

– Então conseguimos! – exclamou, dando um soco na palma da mão e se aprumando todo. – Nós conseguimos!

– Nós? Pode dizer-me, caro major, o que foi que *nós* fizemos?

– Ora, varamos uma noite sem uma única morte! Bem que lhe disse que se nos mantivéssemos firmes, poderíamos derrotar essa coisa!

– Realmente você disse isso – replicou Woermann, escolhendo cuidadosamente as palavras. Aquilo o estava divertindo. – Mas me conte direitinho: o que foi que produziu o desejado efeito? Qual foi exatamente a medida que nos protegeu a noite passada? Quero estar bem a par disso, de maneira que possa repeti-la hoje novamente.

O entusiasmo de Kaempffer desvaneceu-se tão rapidamente quanto surgira.

– Vamos falar com aquele judeu – disse ele, passando por Woermann e Oster, e dirigindo-se para a escada.

– Pensei que você já tivesse pensado nisso há mais tempo – ironizou Woermann, acompanhando o major mais lentamente.

Ao entrarem no pátio, Woermann teve a impressão de ouvir o leve som de uma voz feminina procedente do porão. Não conseguiu entender as palavras, mas percebeu que havia aflição nelas. Os sons se tornaram mais altos, mais agudos. A mulher estava agora gritando desesperadamente.

Woermann correu para a entrada do porão. A filha do professor estava lá – ele se lembrou então que o nome dela era Magda –, encurralada no ângulo formado pela escada e pela parede. Seu casaco fora rasgado, assim como a blusa e o sutiã, tudo arrancado de um dos ombros, deixando exposto o globo branco de um seio. Um *einsatzkommando* estava com o rosto afundado naquele seio, enquanto ela se debatia, batendo inutilmente com os punhos e os pés no atacante.

Woermann ficou um instante imobilizado pela surpresa, depois se lançou escada abaixo. Tão empenhado estava o soldado com o seio de Magda que nem ouviu a aproximação de Woermann. Com os dentes cerrados, o capitão deu-lhe um pontapé com toda a força que pôde e sentiu certo prazer em bater pelo menos em um daqueles tipos desprezíveis. Com dificuldade resistiu à vontade de continuar batendo.

O soldado da SS gemeu de dor e endireitou o corpo, pronto para agir contra quem lhe desferira o golpe. Ao ver que se tratava de um oficial, seus olhos enfurecidos revelaram a indecisão sobre se deveria reagir.

Por uma fração de segundo Woermann chegou a desejar que houvesse reação. Ao menor sinal, sua mão estava pronta a puxar a Luger. Nunca imaginou que um dia se visse obrigado a atirar em um soldado alemão, mas, no fundo, sentiu que gostaria de matar aquele homem, de dar vazão, através dele, a toda a sua revolta contra o que estavam fazendo de sua pátria, de seu exército, de sua carreira.

O soldado recuou. Woermann sentiu-se aliviado.

O que acontecera com ele? Nunca, até então, sentira tanto ódio. Matara em combate, a distância e em corpo a corpo, mas jamais com ódio. Era uma sensação desagradável, incômoda, como se uma pessoa estranha tivesse se instalado em sua residência sem ser convidado e ele não encontrasse meios de obrigá-la a sair dali.

Quando o soldado se afastou, alisando o uniforme preto, Woermann olhou para Magda. Ela havia recomposto suas roupas e estava se pondo em pé. E, sem que ninguém esperasse, deu meia-volta e bateu com a palma da mão no rosto de seu agressor com tal força que a cabeça dele foi jogada para trás, fazendo-o recuar até o último degrau da escada. E ele só não caiu de costas porque se apoiou na parede de pedra.

Ela exclamou qualquer coisa em romeno – o tom de sua voz e a expressão de seu rosto traduziam o que as palavras não conseguiam exprimir, apanhou sua chaleira e retirou-se, passando por Woermann sem sequer olhar para ele.

Woermann precisou de toda a sua circunspecção prussiana para evitar aplaudir a moça. Voltou-se então para o soldado, que ficara constrangedoramente sem saber se mantinha posição de sentido na presença de um oficial ou se reagia à bofetada da moça.

Moça... por que Woermann pensava nela como uma moça? Era talvez uns 12 anos mais jovem que ele, mas certamente uma década mais velha que seu filho Kurt, e ele considerava Kurt um homem. Talvez fosse por causa de certa inocência, certo ar de frescor – algo que deveria ser preservado, protegido...

– Qual é o seu nome, soldado?
– Soldado Leeb, senhor. *Einsatzkommandos*.

– Você tem o costume de atacar mulheres quando em serviço?

Silêncio.

– O que acabei de ver faz parte das atribuições que lhe deram aqui no porão?

– Ela é apenas uma judia, senhor.

O tom de voz dava ideia de que aquele detalhe era suficiente para explicar o que ele tivesse feito contra ela.

– Você não respondeu à minha pergunta, soldado! – Woermann estava a ponto de perder o controle. – Atacar mulheres é parte de suas funções?

– Não, senhor – respondeu o soldado, mas a réplica foi ao mesmo tempo relutante e provocadora.

Woermann deu um passo à frente e retirou a Schmeisser do ombro do soldado Leeb.

– Você está detido em seu alojamento...

– Mas, senhor...

Woermann notou que o apelo não era dirigido a ele, mas a alguém que estava uns degraus mais acima, atrás dele. Não precisou voltar-se para saber de quem se tratava, de modo que prosseguiu sem a menor hesitação.

– ... por haver abandonado seu posto. O sargento Oster providenciará uma disciplina adequada. – Deteve-se e olhou para o topo da escada, diretamente nos olhos de Kaempffer. – A menos, naturalmente, que o major já tenha se decidido por uma punição.

Oficialmente, Kaempffer tinha o direito de interferir, uma vez que cada um dos dois oficiais tinha comando independente, segundo hierarquias diferentes, e Kaempffer estava ali por ordem do Alto Comando, ao qual todos estavam subordinados. Era também mais graduado. Entretanto, Kaempffer nada podia fazer. Relevar a falta do soldado Leeb seria apoiar a indisciplina. Nenhum oficial seria capaz disso. Kaempffer encontrava-se numa encruzilhada. Woermann, percebendo a situação, tratou de explorá-la.

O major falou rispidamente.

– Leve esse homem, sargento. Falarei com ele mais tarde.

Woermann atirou a Schmeisser para Oster, que empurrou o abatido soldado escada acima.

– Da próxima vez – reclamou Kaempffer, quando o sargento e o soldado ficaram fora do alcance de sua voz –, não se meta a punir nem a dar ordens a meus homens. O comandante deles não é você, sou eu!

Woermann começou a subir a escada. Quando chegou ao degrau em que Kaempffer estava, virou-se para ele.

– *Então mantenha-os presos em suas coleiras!*

O major empalideceu, surpreendido pela repentina explosão.

– Escute, *herr* oficial da SS – continuou Woermann, deixando que toda a sua raiva e frustração aflorassem –, e escute bem. Não sei de que maneira poderei meter isto em sua cabeça. Tentarei utilizar a razão, mas receio que você seja imune a qualquer tipo de raciocínio. Assim, apelarei para o seu instinto de autopreservação; ambos sabemos quanto ele é desenvolvido em você. Veja bem: ninguém morreu esta noite, e a única diferença, relativamente às demais noites, foi a presença dos dois judeus de Bucareste. *Deve* haver uma conexão. Por conseguinte, se não houver outra razão para explicar a interrupção das mortes e uma maneira de acabar com elas, é preciso que você mantenha seus animais afastados da moça e do pai!

Não esperou a resposta de Kaempffer, receando ter de agredi-lo se não se afastasse imediatamente. Ao dirigir-se para a torre, ouviu os passos de Kaempffer atrás dele. Bateu à porta dos aposentos do pavimento térreo, mas não esperou resposta para entrar. A cortesia estava sendo violada, mas ele pretendia manter uma indisputada posição de autoridade aos olhos daqueles dois civis.

O professor limitou-se a levantar os olhos quando os dois alemães entraram. Estava sozinho no quarto da frente, bebendo água em um pequeno copo, ainda sentado em sua cadeira de rodas junto à mesa coberta de livros, da mesma maneira como o haviam deixado na noite anterior. Woermann teve a impressão de que o professor não saíra dali durante todo o tempo. Seu olhar desviou-se dos livros e ficou parado. Viera-lhe à lembrança um trecho que lera em um dos livros durante a noite... a respeito da preparação de sacrifícios para alguma divindade cujo nome era uma impronunciável sequência de consoantes. Estremecia, mesmo agora, ao recordar o que deveria ser sacrificado e como o sacrifício era preparado. Ninguém seria capaz de ler aquela descrição sem se sentir mal...

Woermann correu os olhos pelo quarto. A moça não estava lá – provavelmente encontrava-se no quarto vizinho. Este aposento parecia menor que o quarto dele, dois pavimentos acima... talvez fosse apenas uma impressão criada pela pilha de livros e pela bagagem.

– Será o que aconteceu esta manhã um exemplo do que nos espera se desejarmos beber água? – perguntou o professor desdenhosamente. – E minha filha, será ela assaltada cada vez que sair do quarto?

– Quanto a isso já foram tomadas providências – replicou Woermann. – O soldado será punido. – Ao ver que Kaempffer o escutava, postado na outra extremidade do quarto, acrescentou: – Posso assegurar-lhe de que isso não voltará a acontecer.

– Espero que não – disse Cuza. – Já é tarefa difícil tentar descobrir qualquer informação útil nestes textos, mesmo trabalhando sob as melhores condições. Mas se esse esforço é feito sob a ameaça de ofensas físicas a qualquer momento... o espírito se rebela.

– É melhor *não* se rebelar, judeu! – exclamou Kaempffer. – Procure proceder como lhe foi dito.

– É impossível tentar concentrar-me nestes textos se eu estiver preocupado com a segurança de minha filha. Não é uma coisa muito difícil de compreender.

Woermann teve a impressão de que o professor estava tentando fazer-lhe um apelo, mas não imaginava o que pudesse ser.

– Receio que isso seja inevitável – disse ele, dirigindo-se a Cuza. – Ela é a única mulher existente no que corresponde essencialmente a uma base militar. Não estou menos aborrecido que o senhor. Não deveria haver uma mulher aqui. A menos... – Ocorrera-lhe uma ideia. Fitou Kaempffer. – Nós a alojaremos na estalagem. Ela poderá levar consigo alguns livros e estudá-los, vindo aqui trocar ideias com o pai.

– Nada disso! – exclamou Kaempffer. – Ela continuará aqui, onde poderemos ficar de olho nela. E agora – acrescentou, aproximando-se de Cuza – estou interessado em saber o que você andou lendo que nos manteve todos vivos!

– Não estou entendendo...

– Ninguém morreu na noite passada – esclareceu Woermann. Ele esperou por uma reação na fisionomia do professor, mas era difícil, senão impossível, discernir uma mudança de expressão naquele rosto enrugado. No entanto, pensou ter visto os olhos se alargarem quase imperceptivelmente de surpresa.

– Magda! – chamou. – Venha cá!

A porta do outro quarto se abriu e a moça apareceu. Parecia recobrada do incidente nos degraus do porão, mas Woermann percebeu que a mão dela tremia, apoiada no trinco da porta.

– O que é, papai?

– Não houve mortes na noite passada! – exclamou Cuza. – Deve ter sido uma daquelas magias que estive lendo!

– Na noite passada? – A expressão da moça traía um instante de confusão e alguma coisa mais: uma recordação do pavor que a dominara na noite anterior. Trocou olhares com o pai e pareceu ter havido um sinal entre ambos, alegrando o rosto da moça.

– Maravilhoso! Que magia teria sido?

Magia? – pensou Woermann. Na semana anterior teria rido de uma conversa assim – aquilo cheirava a crença em feitiçaria, em magia negra –, mas agora aceitaria qualquer explicação por ter havido uma noite sem mortes. Qualquer uma.

– Deixe-me ver essa magia – disse Kaempffer, interessado.

– Pois não – replicou Cuza, apanhando um grosso volume. – Este é o *De Vermis Mysteriis*, de Ludwig Prinn. Está escrito em latim. Conhece essa língua, major?

Um aperto dos lábios de Kaempffer foi a única resposta.

– É uma pena – lamentou o professor. – Deixe-me traduzir para...

– Você está mentindo para mim, não está, judeu? – perguntou Kaempffer em tom ameaçador.

Cuza, porém, não era de intimidar-se facilmente, e Woermann admirou-o pela coragem.

– A resposta está aqui! – exclamou o professor, apontando para a pilha de livros à sua frente. – A noite passada é a prova disso. Ainda não sei que fantasma assombra o fortim, mas com um pouco de tempo, de tranquilidade, sem interrupções, estou certo de que descobrirei. Agora, bom dia, senhores!

Ajustou suas grossas lentes e olhou o livro mais de perto. Woermann escondeu um sorriso ante a raiva impotente de Kaempffer e falou antes que o major pudesse dizer alguma grosseria.

– Acho que temos o maior interesse em deixar que o professor cumpra a missão que o trouxe aqui, não é verdade, major?

Kaempffer cruzou as mãos nas costas e dirigiu-se para a porta. Antes de sair, Woermann lançou um último olhar para o professor e sua filha. Aqueles dois estavam escondendo alguma coisa. Se era a respeito do fortim ou da entidade assassina que percorria seus corredores à noite, ele não saberia dizer. Aliás, isso agora não interessava. Desde que seus homens deixassem de ser assassinados à noite, Woermann não se preocuparia com o segredo do professor e de sua filha. Talvez não quisesse saber nunca. Todavia, se as mortes recomeçassem, ele exigiria uma completa explicação.

O PROFESSOR CUZA largou o livro tão logo a porta se fechou atrás do capitão e começou a esfregar os dedos de suas mãos um por um, pacientemente.

As horas da manhã eram as piores, quando todo o corpo lhe doía, especialmente as mãos. Cada junta era como uma dobradiça enferrujada da porta de uma cabana abandonada, protestando sob a forma de dor ou de rangido ao mais leve movimento, recusando-se teimosamente a mudar de posição. Todas as suas juntas doíam. Acordar, levantar, passar para a cadeira de rodas – seus movimentos de todos os dias – representava uma sequência de dores nos quadris, nos joelhos, nos punhos, nos cotovelos e nos ombros. Somente por volta do meio-dia, depois de dois comprimidos de aspirina, um de cada vez, e de quando em quando um pouco de codeína, quando havia, a dor em seus tecidos conectivos passava a ser tolerável. Ele já não considerava seu corpo como um conjunto de ossos, carne e sangue, mas uma peça de mecanismo de relojoaria deixada ao relento e agora irreparavelmente avariada.

E havia ainda a boca seca que tanto o incomodava. Os médicos diziam que "não era incomum os pacientes de esclerodermia experimentarem uma substancial diminuição do volume das secreções salivares". Eles falavam como se fosse uma coisa trivial, mas não havia nada mais incômodo do que viver com a língua sempre seca como gesso de Paris. A solução era ter um copo de água sempre ao alcance da mão; se deixasse de molhar a boca de vez em quando, sua voz começava a soar como o arrastar de velhos sapatos sobre solo arenoso.

Engolir também era um sacrifício. Até a água passava com dificuldade em sua garganta. Quanto aos alimentos, era obrigado a mastigar tudo até que os músculos da mandíbula se cansassem e, depois, ficava torcendo para que a porção engolida não ficasse presa a meio caminho de seu estômago.

Aquilo não era vida, e mais de uma vez ele considerara a conveniência de acabar com tanto sacrifício. Entretanto, nunca tentara. Talvez porque lhe faltasse coragem, ou então porque a possuísse com força suficiente para enfrentar a vida como ela lhe era oferecida. Ele não saberia dizer qual a verdadeira razão.

– Você está bem, papai?

Olhou para a filha. Magda estava em pé junto à lareira, os braços cruzados sobre o peito, ainda trêmula. Não era de frio. O professor sabia que ela ficara muito abalada pela visita que recebera na noite anterior e que talvez nem tivesse dormido, como acontecera com ele. E, depois de tudo aquilo, ser agredida a menos de 10 metros de seu próprio alojamento...

Selvagens! O que ele não daria para vê-los todos mortos, não apenas aqueles que estavam no fortim, mas cada nazista que manchasse o solo da Romênia, atravessando sua fronteira! E também os que viviam na Alemanha. Desejava que houvesse um meio de exterminá-los todos, antes que eles o exterminassem. Mas o que poderia fazer? Um pobre professor aleijado, que aparentava ter o dobro de sua verdadeira idade, que sequer era capaz de defender a própria filha – o que poderia fazer?

Nada. Queria gritar, quebrar alguma coisa, derrubar paredes como fizera Sansão. Queria chorar, e ultimamente chorara muitas vezes, apesar da falta de lágrimas. Aquilo não era próprio de um homem, mas, afinal, já não lhe restava muita coisa de um ser humano normal.

– Estou bem, Magda – respondeu ele. – Nem melhor nem pior que de costume. É você que me preocupa. Este não é um lugar para uma mulher.

– Bem sei – replicou ela com um suspiro. – Mas não há maneira de sairmos daqui sem que eles o permitam.

– A filha devotada de sempre – comentou ele, com um enorme sentimento de gratidão. Magda era dedicada e leal, com grande força de vontade e noção de dever. Ele se perguntava a si mesmo o que havia feito para merecê-la. – Eu não estava falando a respeito de *nós*, mas apenas de *você*. Quero que deixe o fortim logo ao escurecer.

– Não tenho muita prática em escalar muralhas, papai – disse ela com um sorriso cansado. – E também não pretendo seduzir o guarda do portão. Não sei como sair daqui.

– A rota de fuga está bem embaixo de seus pés. Lembra-se?

Os olhos dela se arregalaram.

– É mesmo! Tinha me esquecido completamente.

– Como é possível isso? Foi você mesma quem a descobriu.

Acontecera por ocasião da última visita que haviam feito ao fortim. O professor ainda podia caminhar, mas necessitava de duas bengalas para compensar a fraqueza de suas pernas. Incapaz de fazê-lo pessoalmente, ele pedira a Magda que fosse até a garganta procurar um marco junto ao fortim, ou talvez uma pedra com alguma inscrição... um indício qualquer que conduzisse à identificação dos construtores da obra. Magda não encontrou o que procurava, mas teve a atenção despertada por uma grande pedra lisa bem na base da torre; quando se apoiou nela, a pedra se deslocou, girando para a esquerda. A luz do sol, penetrando pela abertura, revelou um lance de escadas que conduzia para cima.

Apesar dos protestos do pai, ela insistira em explorar a base da torre, na esperança de encontrar no interior alguma informação útil, mas havia apenas uns degraus em espiral, que terminavam no que parecia ser um nicho no teto da base. Na verdade, porém, tratava-se de uma parede que dividia os dois quartos que eles agora ocupavam. No fundo do nicho Magda descobriu outra pedra que – embora parecendo idêntica às demais que formavam a parede – cedeu à pressão e girou, abrindo espaço para a entrada no maior dos dois quartos e permitindo a ligação direta com a parte exterior da torre.

Na ocasião, Cuza não atribuiu grande importância a essa entrada – os castelos ou fortes tinham sempre uma rota secreta de fuga. Agora iria servir para que Magda alcançasse a liberdade.

– Quero que você utilize essa saída tão logo escureça, atravesse a garganta e se dirija para leste. Quando chegar ao Danúbio, siga até o Mar Negro e daí vá para a Turquia ou...

– Sem você?

– É claro que sem mim!

– Então tire isso da cabeça, papai! Onde *você* ficar, *eu* ficarei.

– Magda, estou exigindo, como seu pai, que você me obedeça!

– Desculpe, mas não o abandonarei. Seria incapaz de continuar vivendo se o fizesse!

Por mais que se sentisse lisonjeado por tal decisão, o professor queria que seu plano fosse cumprido. Estava claro que, desta vez, uma ordem sua não seria obedecida. Decidiu, então, implorar. Ao longo dos anos ele se acostumara a depender dela. De um jeito ou de outro, amedrontando-a ou incutindo-lhe um sentimento de culpa, ele geralmente conseguia que a filha cumprisse todas as suas ordens. Por vezes, chegava a arrepender-se pela maneira como dominava a vida dela, mas afinal era sua filha, e ele, além de pai, necessitava de auxílio. Agora, porém, que chegara a vez de libertá-la, ela se negava a salvar-se.

– Por favor, Magda. É a última coisa que lhe pede um velho condenado à morte, que irá para o túmulo sorrindo se souber que você está livre dos nazistas.

– E eu sabendo que o deixei no meio deles?! Nunca!

– Por favor, escute-me. Você pode levar o *Al Azif*. Sei que é volumoso, mas provavelmente o último exemplar que existe em qualquer idioma. Não há um país neste mundo que não pague por esse exemplar um preço capaz de permitir que você viva confortavelmente até o fim de seus dias.

– Não, papai – disse ela, com uma determinação na voz que ele jamais ouvira.

Magda afastou-se e encaminhou-se para o outro quarto, fechando a porta atrás de si.

"Eu a eduquei tão bem", pensou ele, "vivemos sempre tão agarrados um ao outro que não consigo afastá-la nem mesmo para o bem dela. Será por isso que ela jamais se casou? Por minha causa?"

Cuza enxugou os olhos úmidos com os dedos forrados de algodão enquanto relembrava o passado. Desde a puberdade Magda sempre fora objeto de constante atenção masculina. Algo nela atraía diferentes tipos de homens e de diferentes modos; raramente algum deles se mostrava insensível a isso. Provavelmente ela teria se casado e seria mãe várias vezes – e ele, avô – se sua mãe não tivesse morrido de repente 11 anos antes. Magda, então com apenas 20, alterara completamente sua vida, passando a exercer as funções de secretária, companheira, associada e, agora, enfermeira. Os homens que a cortejavam dificilmente tinham oportunidade de vê-la. Aos poucos Magda fora se recolhendo dentro de uma concha. Cuza conhecia bem cada um dos pontos sensíveis dessa concha... e podia penetrar nela a seu bel-prazer. Para todas as demais pessoas ela era completamente fechada.

Naquele momento, porém, havia preocupações de outra ordem. O futuro de Magda se apresentava ameaçador, a menos que ela fugisse do fortim. Além disso, havia a aparição que eles tinham enfrentado na noite anterior. Cuza estava certo de que ela retornaria e não queria que Magda estivesse presente nessa ocasião. Havia algo naqueles olhos medonhos que gelava o coração do professor. Aquela atração indescritível... Ele queria que Magda estivesse longe esta noite.

Entretanto, mais que qualquer outra coisa, ele queria estar ali pessoalmente, esperando a visita. Seria o momento de uma existência – de uma dúzia de existências – encontrar-se de verdade face a face com um mito, com um fantasma que, durante séculos, foi utilizado para assustar crianças. E adultos também. Documentar sua existência! Precisava falar com aquele fantasma outra vez, induzi-lo a responder... Tinha de descobrir quais, entre os mitos, eram verdadeiros e quais eram falsos.

A simples ideia do encontro fez com que seu coração ficasse mais acelerado. Apesar de tudo, ele não se sentia amedrontado. Conhecia a língua em que aquele ser se exprimia e tinha chegado a falar com ele na noite anterior. Fora compreendido e não sofrera qualquer agressão. Havia a possibilidade de um entendimento entre ambos, algum ponto de ideias comuns. O professor, com certeza, não tinha em mente deter ou causar dano àquele ser – Theodor Cuza não era um inimigo de qualquer coisa que reduzisse os efetivos do Exército alemão.

Olhou para a mesa atulhada de livros. Estava certo de que não encontraria neles qualquer coisa que o prejudicasse. Compreendia agora por que aqueles velhos livros haviam sido escondidos: eram execráveis. Entretanto, eram também úteis como auxiliares na pequena peça que ele estava preparando para aqueles dois oficiais alemães rivais. Sentia-se obrigado a permanecer no fortim até que soubesse tudo a respeito do estranho ser que morava lá. Depois, os alemães podiam castigá-lo à vontade.

Magda, porém... Magda tinha de ser posta a salvo, a fim de que ele não tivesse sua atenção desviada. Ela não partiria por sua própria vontade... mas não haveria uma possibilidade de forçá-la? O capitão Woermann talvez fosse a solução. Ele não parecia muito satisfeito por ter de abrigar uma mulher no fortim. Sim... se Woermann pudesse ser instigado...

Cuza se sentia envergonhado pelo que iria fazer.

– Magda! – chamou ele. – Magda!

Ela abriu a porta e ficou parada.

– Espero que não vá insistir para que eu deixe o fortim, porque...

– Não é o fortim, mas apenas o quarto. Estou com fome e os alemães disseram que poderíamos utilizar a cozinha deles.

– Vieram trazer alguma comida?

– Não, e estou certo de que não virão. Você terá de ir buscá-la.

– Atravessar o pátio? – perguntou ela, desconfiada. – Você quer que eu vá lá fora depois de tudo o que aconteceu?

– Tenho certeza de que o fato não se repetirá – replicou o professor, odiando-se por ter de mentir para a filha, mas era o único recurso. – Os soldados já foram advertidos pelos oficias. E, além disso, você não terá de descer a escada de nenhum porão escuro. Estará sempre à vista de todos.

– Mas a maneira como eles olham para mim...

– Entendo, mas precisamos comer.

Houve uma longa pausa enquanto Magda fixava os olhos nos do pai. Então ela concordou.

– É, acho que precisamos.

Abotoou o suéter até ao pescoço, atravessou o quarto e saiu sem dizer mais nada.

Cuza sentiu a garganta contrair-se quando a porta se fechou atrás dela. Magda era corajosa e acreditava nele – um sentimento que ele estava traindo. Entretanto, não se arrependia. Sabia o que a esperava lá fora, mas conscientemente a mandara para o sacrifício, inventando a história da alimentação.

Não tinha a menor vontade de comer.

16

Delta do Danúbio, Romênia Oriental
Quarta-feira, 30 de abril
10h35

A terra estava à vista novamente.

Dezesseis horas enervantes, cada uma parecendo um dia interminável, haviam felizmente chegado ao fim. O homem ruivo, em pé na proa batida pelo vento, olhou para a linha da costa. O pesqueiro tinha se arrastado através de todo o Mar Negro a uma velocidade constante, até mesmo boa, mas considerada exasperantemente lenta para a impaciência do único passageiro. Por sorte, ele não fora detido por nenhum dos dois barcos militares de patrulha, um russo e um romeno, com os quais havia cruzado. Se isso tivesse acontecido, poderia revelar-se uma desgraça.

Logo à frente abria-se em leque de canais o delta por onde o Danúbio desemboca no Mar Negro. A praia era verde e pantanosa, pontilhada de inúmeras enseadas. Atracar não seria problema, mas subir através dos pântanos para margens mais altas e secas exigiria muito tempo. E ele não podia perder um minuto!

Era preciso achar outra solução.

O homem ruivo olhou por cima do ombro para o velho turco que manejava o leme, depois voltou a estudar o delta. O pesqueiro não exigia grande calado – podia deslocar-se tranquilamente em pouco mais de um metro de água. Havia uma possibilidade: enveredar por um daqueles estreitos canais que constituíam o delta até alcançar o próprio Danúbio, depois rumar para o oeste ao longo do rio até determinado ponto, por exemplo, logo a leste de Galati. Teriam de navegar contra a corrente, mas mesmo assim seria mais rápido que andar a pé, patinhando através de quilômetros de terreno pantanoso.

Abriu um dos bolsos de seu cinturão de dinheiro e tirou duas moedas de 50 pesos. O peso de ambas correspondia a cerca de duas onças e meia de ouro. Dirigindo-se ao turco, fez a proposta no próprio idioma deste:

– Kiamil! Duas moedas mais se você subir o rio!

O pescador olhou para as moedas e se manteve em silêncio, mordendo o lábio inferior. Já tinha em seu bolso ouro bastante para tornar-se o homem mais rico da vila. Por uns tempos, pelo menos. Sabia que nada dura eternamente, e em breve teria de voltar ao trabalho depois de remendar as redes. Aquelas duas moedas adicionais poderiam prolongar bastante seu merecido descanso. Quem poderia calcular quantos dias seriam necessários no mar, quantos ferimentos nas mãos, quantos esforços de músculos já envelhecendo, quantas redadas entregues na fábrica de conservas para ganhar uma quantia equivalente àquela?

O homem ruivo observava a fisionomia de Kiamil enquanto este pesava os riscos e as vantagens da proposta. E, enquanto observava, ele próprio também calculava os riscos: teriam de viajar de dia, nunca se afastando muito da costa por causa da estreiteza do canal ao longo de quase todo o percurso, em águas romenas, a bordo de um barco turco.

Era uma temeridade. Mesmo que, por um milagre, alcançassem a margem de Galati sem serem detidos, Kiamil não poderia esperar que tal milagre se repetisse quando fizesse a viagem de volta. Seria apanhado, seu barco apreendido e ele posto na cadeia. Inversamente, havia pequeno risco para o homem ruivo. Se fossem interceptados e levados para um porto, ele acharia um meio de escapar e prosseguir em sua viagem. Kiamil, porém, no mínimo perderia seu barco. Possivelmente até sua vida.

Não seria justo. Nem valia a pena. Nem era decente. O homem ruivo recolheu as moedas justamente quando o turco estendia a mão para apanhá-las.

– Esqueça a proposta, Kiamil. Acho melhor mantermos o acordo inicial. Encoste em qualquer lugar.

O velho turco concordou com um movimento de cabeça, a fisionomia revelando mais alívio que decepção. A visão das moedas de ouro por pouco não fez dele um tolo ambicioso.

Quando o barco rumou para a terra, o homem ruivo colocou no ombro o embrulho do cobertor que continha todos os seus pertences e, embaixo do braço, a caixa comprida e chata que trouxera consigo. Kiamil levou o barco até junto de um banco de areia, coberto de pedaços de raízes e ramos apodrecidos. O homem ruivo trepou na amurada e saltou para terra. Depois, voltou-se e acenou para Kiamil. O turco acenou para ele e começou a recuar o barco, afastando-se da margem.

– Kiamil – gritou ele. – Tome!

O passageiro atirou para o barco as duas moedas de ouro, uma de cada vez. A mão calosa do turco apanhou-as sucessivamente no ar.

Ouvindo sonoros e profundos agradecimentos em nome de Maomé e de tudo o que é sagrado no islamismo, o homem ruivo iniciou sua caminhada. Nuvens de insetos, cobras venenosas e trechos traiçoeiros de areia movediça se apresentariam à sua frente; encontraria também, possivelmente, unidades da Guarda de Ferro. Isso tudo não o deteria, mas talvez lhe retardasse a viagem. Como ameaças à sua vida, todos esses perigos eram insignificantes comparados com o que ele sabia que o aguardava a um dia de marcha para oeste, no Passo Dinu.

17

O fortim
Quarta-feira, 30 de abril
16h47

Woermann estava debruçado em sua janela e observava os homens no pátio. Na véspera eles conversavam em grupos nos quais os uniformes pretos se misturavam com os cinzentos. Agora, porém, uma linha invisível separava os *einsatzkommandos* dos homens do exército regular.

Até então haviam enfrentado um inimigo comum, que matava sem considerar a cor do uniforme. Noite passada, contudo, o inimigo não havia agido, e nesta tarde estavam todos se sentindo vitoriosos, cada lado se dizendo responsável pela noite em segurança. Era uma rivalidade natural. Os *einsatzkommandos* se consideravam uma tropa de elite, especialistas da SS agindo em situações peculiares. Os homens do exército regular, por sua vez, viam-se como os verdadeiros soldados; embora temessem o que o uniforme negro da SS representava, achavam que os *einsatzkommandos* não passavam de policiais endeusados.

A desunião começara a manifestar-se na hora da refeição da manhã. Tudo vinha correndo normalmente até que a moça apareceu. Houve alguns empurrões e cotoveladas, cada um querendo ficar mais perto de Magda, enquanto ela enchia a bandeja para si e para o pai. Não chegou de fato a haver um incidente, mas o simples aparecimento da moça no refeitório começou a dividir os dois grupos.

Os homens da SS automaticamente admitiram que, em se tratando de uma judia, eles tinham o direito de fazer com ela o que lhes aprouvesse. Os do exército achavam que ninguém tinha direitos adquiridos a respeito da moça. Ela era bonita. Por mais que tentasse esconder os cabelos sob o velho lenço e disfarçar a beleza do corpo cobrindo-o com pesadas roupas, não conseguia ocultar sua feminilidade, que resistia a todos os esforços para passar despercebida, revelando-se na delicadeza de sua pele, na suavidade da linha da garganta, na curva dos lábios, no brilho dos olhos castanhos. No que lhes dizia respeito, os soldados do exército achavam que cada um devia tratar de conquistá-la – ressalvando, naturalmente, que os *verdadeiros* combatentes deveriam ter preferência.

Woermann nada percebera na ocasião, mas não tardaram a aparecer os sinais da quebra do sentimento de solidariedade que prevalecera até o dia anterior.

À hora do almoço repetiram-se os empurrões quando a moça entrou na fila. Dois soldados escorregaram e caíram no chão durante a disputa, fazendo com que Woermann mandasse o sargento intervir antes que o conflito se agravasse. A essa altura Magda já havia apanhado sua comida e partido.

Pouco depois do almoço ela apareceu, procurando por ele. Disse-lhe que o pai necessitava de uma cruz ou um crucifixo, para suas pesquisas em um dos manuscritos. Poderia o capitão emprestar-lhe uma? Woermann atendeu o pedido, entregando uma pequena cruz de prata pertencente a um dos soldados mortos.

E agora os homens de folga estavam sentados no pátio, enquanto os restantes trabalhavam na demolição da parte traseira do fortim. Woermann estava preocupado em descobrir meios de evitar novas rixas por ocasião do jantar. Talvez a melhor solução fosse escalar alguém para encher a bandeja em cada refeição, levando-a para o velho e a filha na torre. Quanto menos a moça fosse vista, melhor.

Sua atenção foi despertada por um movimento logo abaixo de sua janela. Era Magda, hesitante a princípio, depois resolutamente, com o queixo levantado, caminhando para a entrada do porão com um balde na mão. Os homens a acompanharam inicialmente com os olhos, depois levantando-se, surgindo de todos os cantos do pátio na direção dela, como bolhas de sabão redemoinhando na boca de um cano de esgoto.

Quando ela voltou do porão com seu balde de água, os homens estavam à sua espera, em um compacto semicírculo, empurrando uns aos outros, em busca de um lugar melhor para vê-la de perto. Eles gritavam seu nome, dificultando-lhe a passagem. Um dos *einsatzkommandos* postou-se de maneira a impedi-la de avançar, mas foi atirado para trás por um soldado do exército, que agarrou o balde com exagerada mesura e começou a caminhar à frente dela, fingindo-se de criado. Porém, o homem da SS que fora empurrado, agarrou a alça do balde, virando-o e derramando a água sobre as pernas e as botas do soldado que o carregava.

Ante as risadas dos de uniforme preto, o soldado do exército ficou rubro de cólera. Woermann percebeu o que iria acontecer, mas, do lugar onde se encontrava, no terceiro pavimento da torre, estava impossibilitado de fazer qualquer coisa. Viu quando o soldado de uniforme cinza jogou o balde com toda a força contra a cabeça do homem da SS que lhe molhara as pernas; então, correu escada abaixo o mais rapidamente que pôde.

Ao chegar ao pavimento térreo, viu a porta dos aposentos dos judeus fechar-se logo após a passagem de Magda, e, quando entrou no pátio, a briga já se havia generalizado. O oficial teve de disparar sua pistola duas vezes para chamar a atenção dos contendores, e o combate somente cessou ante a ameaça de Woermann de atirar contra o primeiro que fizesse um movimento.

A moça tinha de ir embora.

DEPOIS QUE TUDO se acalmou, Woermann deixou seus homens com o sargento Oster e se dirigiu diretamente para o pavimento térreo da torre. Enquanto Kaempffer estivesse ocupado, colocando seus homens em forma, Woermann aproveitaria a oportunidade para tirar a moça do fortim. Se pudesse alcançar a ponte e chegar à estalagem antes que Kaempffer se desse conta do que estava acontecendo, haveria uma boa probabilidade de libertá-la.

Desta vez não perdeu tempo em bater à porta – abriu-a e entrou.
– *Fräulein* Cuza!
O professor estava sentado à mesa, mas não havia sinais da moça.
– O que deseja o senhor com minha filha?
Woermann ignorou a pergunta e tornou a chamar:
– *Fräulein* Cuza!
– O que deseja? – perguntou ela, saindo do segundo quarto, ainda com a fisionomia alterada.
– Desejo que arrume sua mala e se mude para a estalagem. Dispõe de apenas dois minutos, nada mais.
– E meu pai? Não posso deixá-lo!
– Dou-lhe dois minutos para partir, com ou sem mala!

Ele não podia mostrar hesitação e torceu para que seu rosto se mostrasse implacável. Não desejava separar a moça de seu pai – o professor obviamente precisava de cuidados e era evidente a devoção da filha –, mas os homens sob seu comando mereciam o máximo de sua atenção e a moça era motivo de indisciplina. O pai tinha de continuar no fortim; a filha deveria ir para a estalagem. Qualquer outro argumento seria inoportuno.

Woermann percebeu o olhar de apelo que dirigiu ao pai, como que pedindo que ele interviesse, mas o velho permaneceu em silêncio. A moça deu um longo suspiro e voltou para seu quarto.

– Agora temos apenas um minuto e meio – disse Woermann.
– Um minuto e meio para quê? – disse uma voz atrás dele. Era Kaempffer.

Sufocando uma praga e preparando-se para uma discussão, Woermann enfrentou o oficial da SS.

– Seu senso de oportunidade continua admirável, major. Eu estava dizendo a *fräulein* Cuza que arrumasse sua mala e se mudasse para a estalagem.

Kaempffer abriu a porta para replicar, mas foi interrompido pelo professor.

– Eu o proíbo de fazer isso! – exclamou com sua voz estridente.
– Não permitirei que mande minha filha embora!

Os olhos de Kaempffer se estreitaram ante a intervenção do professor. O próprio Woermann não pôde ocultar sua surpresa, sem compreender a causa daquela explosão.

— Você *proíbe*, é, velho judeu? — disse Kaempffer com voz irritada, aproximando-se do professor. — *Você* proíbe? Deixe-me dizer-lhe uma coisa: aqui você não proíbe coisa alguma! *Nada*!

O velho baixou a cabeça em sinal de resignação.

Satisfeito com o resultado de sua demonstração de autoridade, Kaempffer voltou-se para Woermann.

— Providencie para que ela saia imediatamente. É uma fonte de aborrecimentos.

Pasmo e surpreso, Woermann observou enquanto Kaempffer saía, tão abruptamente como havia entrado. Depois, olhou para Cuza, cuja cabeça não estava mais abaixada e que agora parecia muito resignado.

— Por que o senhor não protestou antes da chegada do major? — perguntou-lhe Woermann. — Tive a impressão de que o senhor concordara com a ideia de retirar sua filha do fortim.

— Talvez, mas mudei de opinião.

— Foi o que vi... e de uma maneira muito clara, no momento mais propício. O senhor costuma manipular as pessoas desse modo?

— Meu caro capitão — disse Cuza, em tom grave —, ninguém presta muita atenção a um aleijado. As pessoas veem o corpo, arruinado por um acidente ou por uma enfermidade, e automaticamente acham que a mente também foi atingida. "Ele não pode andar; logo, não tem nada de útil, de inteligente ou de interessante para dizer." Assim, um aleijado como eu aprende logo a maneira de fazer com que os outros apresentem uma ideia que ele já teve, e que essa apresentação ocorra de modo tal que fiquem pensando que são realmente os responsáveis pela referida ideia. Isso não é manipular... apenas uma forma de persuadir.

Quando Magda reapareceu, agora com a maleta na mão, Woermann compreendeu, um tanto vexado, mas talvez com um toque de admiração, que ele também fora manipulado — ou *persuadido* — para fazer o que o professor quisera. Percebia agora a razão de Magda ter ido tantas vezes ao refeitório e ao porão. A constatação, porém, não o aborreceu muito. Seus próprios instintos já o haviam prevenido do perigo de haver uma mulher no fortim.

– Vou deixá-la na estalagem em completa liberdade – disse ele a Magda. – Estou certo de que compreende que, se você fugir, não será bom para seu pai. Confiarei em sua lealdade e devoção para com ele.

Não acrescentou que enfrentaria um motim se tivesse de decidir quais soldados fariam a guarda na estalagem. Além da vantagem de ficarem afastados do fortim, havia a da proximidade de uma jovem atraente, alargando assim a brecha já existente entre os dois contingentes. Não lhe restava outra escolha senão confiar nela.

Pai e filha se entreolharam.

– Não tenha receio, capitão – disse Magda, sem deixar de olhar para o pai. – Não tenho intenção de fugir e abandoná-lo.

Woermann notou que as mãos do professor se contraíram, parecendo duas garras.

– É melhor você levar isto – disse ele, indicando um dos livros, o que tinha como título *Al Azif*. – Estude-o esta noite, a fim de que possamos discuti-lo amanhã.

Havia um traço de bom humor no sorriso dela.

– Sabe que não leio arábico, papai – ponderou Magda, apanhando outro volume menor. – Prefiro levar este.

Pai e filha trocaram olhares novamente por cima da mesa. Surgira um choque de vontades e Woermann julgou ter uma ideia da causa do conflito.

De repente Magda contornou a mesa e foi beijar o pai no rosto. Acariciou-lhe os ralos cabelos brancos, depois endireitou-se e fitou Woermann diretamente nos olhos.

– Cuide de meu pai, capitão. Por favor. Ele é tudo que eu tenho.

Woermann ouviu a própria voz antes que pudesse pensar na resposta:

– Não se preocupe. Estarei atento.

Praguejou intimamente contra si mesmo. Não deveria ter falado assim. Procedera contra todo o seu treinamento de oficial, toda a sua formação prussiana. Mas havia aquele apelo nos olhos dela, fazendo com que prometesse o que ela pedia. Não tinha filha, mas, se tivesse, haveria de querer que ela cuidasse dele da maneira como aquela moça cuidava do pai.

Não... não precisava preocupar-se com a possibilidade de ela fugir. O pai, entretanto... era muito astuto, exigindo constante atenção. Woermann prometeu a si mesmo nunca aceitar sem muita reflexão qualquer ideia apresentada por aqueles dois.

O HOMEM RUIVO conduziu sua montaria pelas colinas, em direção à entrada sudeste do Passo Dinu, sem dar muita atenção, em sua pressa, aos campos verdejantes por onde passava. Quando o sol começou a esconder-se, as colinas passaram a tornar-se mais íngremes e rochosas, aproximando-se umas das outras e tornando a estrada de tal maneira estreita que não tardou em reduzir-se a uma simples pista de 4 metros de largura. Uma vez atravessada a apertada passagem à sua frente, ele estaria em pleno Passo Dinu. A partir daí a viagem seria fácil, mesmo à noite. Ele conhecia bem o caminho.

O homem já se congratulava intimamente por não ter encontrado as numerosas patrulhas militares que vigiavam a área quando avistou dois soldados que lhe bloqueavam o caminho de fuzis em punho e baionetas caladas. Parando sua montaria diante dos soldados, decidiu rapidamente como deveria comportar-se. Não queria criar problemas, de modo que agiria com humildade e cortesia.

— Onde vai com tanta pressa, pastor de cabras?

Fora o mais velho dos soldados que fizera a pergunta. Ostentava um espesso bigode e tinha as faces encovadas. O mais moço riu da expressão *pastor de cabras*. Aparentemente, tinha algum significado pejorativo para eles.

— Atravessar o desfiladeiro para chegar à vila. Meu pai está doente. Por favor, deixem-me passar.

— Uma coisa de cada vez. Até onde você pretende ir?

— Até o fortim.

— Fortim? Nunca ouvi falar dele. Onde fica?

Aquilo resolvia uma das dúvidas do homem ruivo. Se o fortim estivesse envolvido em uma ação militar, aqueles homens pelo menos teriam ouvido alguma referência.

– Por que vocês me fizeram parar? – perguntou ele, tentando mostrar-se surpreso. – Há alguma coisa errada?

– Não compete a tipos como você interrogar elementos da Guarda de Ferro – replicou o de bigode. – Desmonte e se aproxime, para que possamos vê-lo melhor.

Então eles não eram propriamente soldados; eram membros da Guarda de Ferro. Conseguir passar estava se apresentando mais difícil do que parecera a princípio.

O homem ruivo apeou de sua montaria e ficou silenciosamente esperando que os soldados o revistassem.

– Você não é daqui – disse o bigodudo. – Mostre seus documentos.

Era a exigência que o homem ruivo mais temera durante toda a viagem.

– Não os tenho comigo, senhor – replicou, no tom mais cortês possível. – Parti tão apressadamente que nem me lembrei de apanhá-los. Voltarei para buscá-los, se o senhor quiser.

Os soldados se entreolharam. Um viajante sem documentos deixava de ter qualquer direito; o não cumprimento da lei permitia que ele fosse tratado da maneira que os soldados julgassem melhor.

– Sem *documentos*? – exclamou o de bigode, colocando o fuzil em posição. À medida que ia falando, acentuava suas palavras com estocadas nas costelas do homem ruivo. – *Como* poderemos *saber* se você *não* está levando *armas* para os *camponeses* nas *colinas*?

O homem ruivo recuou, gemendo, fingindo que as estocadas lhe causavam uma dor bem maior que a que realmente sentia; absorver os golpes estoicamente só serviria para aumentar a violência do agressor.

São sempre os mesmos, pensou ele. Qualquer que seja a época ou o local, qualquer que seja o nome que o poder dá a si mesmo, seus sequazes continuam os mesmos.

O bigodudo recuou um passo e apontou o fuzil para o homem ruivo.

– Reviste-o! – ordenou a seu colega mais moço.

O jovem pendurou o fuzil no ombro e começou a apalpar a roupa do viajante, detendo-se ao sentir o cinturão com o dinheiro. Com movimentos bruscos, abriu a camisa e retirou-o. Quando viram as moedas de ouro, os dois guardas entreolharam-se.

— De onde você *roubou* isto? — perguntou o mais velho, novamente batendo com a coronha do fuzil nas costelas do homem ruivo.

— Essas moedas são minhas. É tudo o que tenho, mas podem ficar com elas se me deixarem passar. — Estava falando a verdade. Não precisava mais do dinheiro.

— Ora, é claro que ficaremos com elas, mas primeiro vamos ver o que mais você carrega — acrescentou o bigodudo, apontando para a caixa amarrada no lado direito da sela. — Abra isso — disse ele ao companheiro.

O homem ruivo julgou então que já havia tolerado o máximo que lhe era possível. Não deixaria que abrissem a caixa.

— Não toquem nela! — exclamou.

Os guardas devem ter percebido a ameaça naquele tom de voz e se detiveram, olhando para o viajante. O mais velho mordeu os lábios, furioso, e avançou para bater com o fuzil uma vez mais.

— O que você pensa que...

Embora os movimentos parecessem cuidadosamente planejados, na verdade não passavam de puro reflexo. Quando o guarda lançou seu fuzil, o homem ruivo habilmente o arrancou das mãos dele. Enquanto o bigodudo olhava espantado para as mãos vazias, o homem ruivo quebrou-lhe o queixo, batendo com a coronha da arma; o que faltava para esmagar a laringe era um golpe seco contra a garganta desguarnecida. Voltando-se, viu o outro soldado carregando seu fuzil. Utilizando então a baioneta calada, o ruivo mergulhou-a até o cabo no peito do adversário. Com um suspiro, o soldado caiu, já morto.

O homem olhou a cena calmamente. O guarda mais velho ainda estava vivo, mas agonizante. Tinha as costas arqueadas e o rosto tornava-se azul, com as mãos na garganta, tentava em vão conseguir a entrada de ar em seus pulmões.

Como já acontecera, quando matara o barqueiro Carlos, o homem ruivo não se alterou. Nenhum sentimento de triunfo ou de pesar. Não podia admitir que o mundo se tornasse mais pobre com a morte de dois membros da Guarda de Ferro. Além disso sabia que, se não tivesse agido prontamente, ele é que estaria agora no chão, ferido ou morto.

Ao recolocar o cinturão, viu que o bigodudo estava tão imóvel quanto seu companheiro. Escondeu os dois corpos e os fuzis entre as rochas da encosta norte e retomou seu galope em direção ao fortim.

MAGDA CAMINHAVA dentro de seu quarto na estalagem, nervosa, esfregando as mãos e parando cada vez que passava pela janela para dar uma olhadela no fortim. A noite estava escura, com nuvens altas se deslocando do sul, e não havia lua.

A escuridão a atemorizava.... a escuridão e o fato de estar sozinha. Já nem se lembrava mais da última vez em que se encontrara tão só. Não era próprio para uma moça hospedar-se numa estalagem sem alguém da família. Era confortador saber que Lídia, a mulher de Iuliu, morava ali, mas ela não seria de grande utilidade se o vulto que aparecera no fortim decidisse atravessar a garganta e viesse a seu encontro.

Da janela de seu quarto ela podia avistar diretamente o fortim; aquele era o único quarto com janela voltada para o norte, por isso o escolhera. Não houvera nenhum problema para ser atendida – ela era a única hóspede.

Iuliu fora muito atencioso, quase servil, o que a deixou intrigada. Ele sempre fora cortês, por ocasião de estadas anteriores, mas de um modo comum. Agora, porém, ele claramente a adulava.

Do lugar onde estava Magda podia identificar a janela iluminada, no pavimento térreo da torre, onde seu pai deveria estar sentado. Não havia qualquer sinal de movimento, o que significava que ele estava sozinho. Ficara furiosa ao perceber a maneira como ele agira para tirá-la do fortim, mas, à medida que as horas passavam, a revolta se transformava em preocupação. Como se arranjaria sem ela?

Voltou-se e, de costas para a janela, correu os olhos pelas quatro paredes dentro das quais estava confinada. O quarto era pequeno: um armário estreito, uma cômoda com um espelho apoiado em cima, um banco de três pés e um largo leito de colchão macio. Sobre ele repousava o bandolim, esquecido desde a chegada. Também o livro, *Cultes des*

Goules, não fora sequer olhado e permanecia em uma das gavetas da cômoda. Magda não pretendia estudá-lo; apenas o apanhara ao acaso.

Precisava sair um pouco. Apagou duas das velas, deixando a terceira acesa. Não queria que o quarto ficasse totalmente às escuras. Depois do ocorrido na noite anterior, passara a temer a escuridão.

Uma escada de madeira encerada conduziu-a ao pavimento térreo. Ela encontrou o estalajadeiro sentado e encurvado no alpendre da frente da casa, falquejando um pedaço de madeira desanimadamente.

– Alguma coisa errada, Iuliu?

O som de sua voz fez com que ele levantasse a cabeça. Depois de encará-la por um momento, Iuliu retornou ao falquejo.

– E seu pai? Está passando bem?

– No momento, sim. Por quê?

Iuliu pôs de lado o canivete e cobriu os olhos com as mãos. As palavras foram pronunciadas numa torrente:

– Vocês dois estão aqui por minha causa. Estou muito envergonhado... Não consegui resistir. Eles queriam saber tudo a respeito do fortim e eu não sabia como responder às perguntas que faziam. Então me lembrei de seu pai, que conhece o assunto melhor que ninguém. Eu ignorava que ele estivesse tão doente e nunca pensei que fossem trazê-la também. Mas não pude evitar isso! Eles começaram a me torturar!

Magda experimentou um breve sentimento de revolta. Iuliu não tinha o direito de mencionar o nome de papai aos alemães! Depois, porém, admitiu que, se submetida às mesmas ameaças, certamente procederia da mesma forma. Agora, pelo menos, ficara sabendo por que papai fora chamado e, ao mesmo tempo, tinha uma explicação para as deferências exageradas de Iuliu.

O arrependimento do estalajadeiro comoveu-a, quando ele perguntou emocionado:

– A senhora me odeia?

Magda inclinou-se e pôs a mão em seu ombro.

– Não. Você não teve intenção de nos fazer mal.

– Espero que tudo acabe bem – disse ele, colocando a mão sobre a da moça.

– Eu também.

Magda afastou-se lentamente, caminhando na direção do desfiladeiro, o silêncio quebrado apenas pelo ruído das pedras que rolavam ao serem pisadas ecoando no ar úmido. Parou junto a um pequeno bosque à direita da ponte e se encolheu dentro do casaco. A noite estava muito escura, além de fria e úmida; mas o frio que ela sentia ia mais fundo que o provocado por uma simples queda da temperatura. Atrás dela, a estalagem era uma sombra escura; do outro lado da ponte, estava o fortim, com as luzes acesas em várias de suas janelas. A cerração subia do fundo do desfiladeiro, enchendo a garganta e envolvendo o fortim. O clarão das lâmpadas do pátio filtrava-se através da névoa fina, formando uma nuvem fosforescente. O fortim parecia um desajeitado navio de luxo, à deriva num mar fantasmagórico de nevoeiro.

O medo se apossou de Magda enquanto ela fitava o fortim.

A noite passada... Considerando os incidentes do dia, não fora difícil para ela evitar as recordações daquela noite. Agora, porém, em meio à escuridão, tudo lhe voltou à lembrança – aqueles olhos terríveis, o aperto gelado em seu braço. Passou a mão sobre o ponto, junto ao cotovelo, onde fora agarrada. Ainda estava lá a marca roxa na pele. O local parecia sem vida e ela não conseguira ativar-lhe a circulação. Nada contara a papai, mas ali estava a prova de que ela não sonhara. O pesadelo fora uma realidade. Um tipo de criatura que ela tanto desejara que fosse fantasia materializara-se e estava lá, naquela construção de pedras. E papai também. Ela sabia que agora mesmo ele estava esperando o encontro, embora não lhe tivesse confessado. Papai desejava ser visitado novamente, e ela não estaria lá para ajudá-lo. Aquela coisa poupara-os na noite passada, mas poderia papai contar com a mesma sorte em duas noites consecutivas?

E se a visita não se realizasse? Se a coisa atravessasse o desfiladeiro e viesse ao encontro dela? Magda não podia suportar sequer a ideia de outra cena igual à da noite anterior.

Era tudo tão irreal! O vulto não passava de uma ficção!

Entretanto, na noite passada...

O ruído de ferraduras batendo nas pedras interrompeu seus pensamentos. Magda firmou o olhar e divisou um cavaleiro que passava em frente à estalagem a todo galope, dirigindo-se para a ponte, como se fosse tomar o fortim de assalto. No último momento, porém, cavalo e cavaleiro se imobilizaram, agora bem visíveis pelo clarão que vinha do forte, no outro lado do desfiladeiro. A moça notou uma caixa comprida e chata, amarrada no lado direito da sela. O cavaleiro desmontou, deu alguns passos sobre a ponte e parou.

Magda agachou-se atrás de uma moita e ficou observando a maneira como o homem estudava o fortim. Ela não saberia dizer por que razão decidira manter-se escondida, mas os acontecimentos dos últimos dias haviam feito com que ela desconfiasse de qualquer pessoa que não conhecesse.

O homem era alto, esguio, com a cabeça descoberta, o cabelo ruivo agitado pelo vento, a respiração ofegante mas controlada. Magda podia ver a cabeça dele mover-se, acompanhando o deslocamento das sentinelas nas muralhas do fortim. Parecia contá-las. Sua atitude era de tensão, como se estivesse se contendo para não avançar contra os portões fechados na outra extremidade da ponte. Ele parecia frustrado, surpreso e irritado.

Durante longos minutos o homem permaneceu imóvel. Magda começou a sentir as pernas doloridas por estar agachada tanto tempo, mas não ousava mover-se. Por fim, o homem se dirigiu de volta para seu cavalo, sempre olhando cuidadosamente para os dois lados do desfiladeiro. De repente, parou, olhando diretamente para o ponto em que Magda se encontrava. Ela suspendeu a respiração e as batidas de seu coração aceleraram-se.

– Você aí! – exclamou o homem. – Venha cá! – O tom de sua voz era de comando, com um sotaque que denunciava o uso de algum dialeto.

Magda não se moveu. Como foi possível que ele a visse através da escuridão e da moita?

– Saia daí ou irei buscá-la!

Magda encontrou uma pesada pedra ao alcance de sua mão direita. Agarrando-a com força, levantou-se rapidamente e avançou. Iria tentar suas chances em campo aberto. Não permitiria que aquele homem nem qualquer outro abusasse dela sem luta. Já sofrera o suficiente naquele dia.

— Por que estava escondida ali?

— Porque não sei quem é você — replicou Magda, esforçando-se para que sua voz fosse firme e desafiadora.

— Uma boa razão — comentou ele, sacudindo levemente a cabeça.

Magda podia perceber a tensão que o dominava, mas sentia que não era por causa dela. Aquilo a tranquilizou um pouco.

O homem apontou para o fortim.

— O que está havendo ali? Quem iluminou o fortim, como se ele fosse uma atração para turistas?

— Soldados alemães.

— Bem me pareceu que aqueles capacetes eram alemães. Mas por que aqui?

— Não sei. E acho que eles também não sabem.

A moça ficou a observá-lo, enquanto ele, sem tirar os olhos do fortim, murmurava algo que soou como "Tolos!". Mas ela não tinha certeza. O homem parecia estar muito longe dali, dando a impressão de que nem tomava conhecimento da presença dela, como se a única coisa que o preocupava fosse o fortim. Magda diminuiu a força com que apertava a pedra, mas sem soltá-la. Ainda não.

— Por que está tão interessado? — perguntou ela.

O homem ruivo olhou-a com ar grave.

— Sou apenas um turista. Já estive aqui uma vez e pensei em parar junto ao fortim em meu caminho pelas montanhas.

Ela logo percebeu que era mentira. Nenhum turista galoparia à noite pelo Passo Dinu na velocidade com que ele chegara. A menos que fosse doido.

Magda recuou um passo e começou a caminhar em direção à estalagem. Receava ficar ali no escuro em companhia de um homem que mentia daquele jeito.

— Para onde você vai?

— Para o meu quarto. Está muito frio aqui.

— Eu a acompanharei.

Inquieta, Magda apressou o passo.

— Não se incomode. Sei o caminho. Obrigada.

Ele pareceu não tê-la ouvido ou pelo menos resolveu ignorar o que ela dissera. Foi buscar seu cavalo e veio juntar-se a ela, puxando o animal pela rédea. À frente deles a estalagem parecia uma grande caixa de dois pavimentos. Magda podia ver a luz fraca da vela que deixara acesa em seu quarto.

– Pode soltar essa pedra – disse ele. – Não vai precisar dela.

Magda procurou esconder sua surpresa. Aquele homem enxergava no escuro?

– Soltarei quando julgar oportuno.

Ele exalava um cheiro azedo, mistura de suor de homem e de cavalo, que a desagradava. Apertou o passo, a fim de deixá-lo para trás.

Ele não se esforçou para alcançá-la.

Ao chegar à estalagem, Magda soltou a pedra e entrou. À sua direita, a pequena sala de jantar estava escura e vazia; à esquerda, Iuliu, debruçado sobre a mesa que servia como balcão de recepção, preparava-se para apagar o candeeiro.

– É melhor esperar um pouco – disse a moça, passando rapidamente por ele. – Acho que você vai ter outro hóspede.

– Esta noite? – estranhou Iuliu, com os olhos brilhando.

– Imediatamente.

Radiante, ele abriu o livro de registros e destampou o tinteiro. A estalagem pertencia à família de Iuliu há gerações. Diziam que fora construída para abrigar os operários que ergueram o fortim. Não era mais que uma pequena casa de dois pavimentos e estava longe de ser um bom emprego de capital; o número de viajantes que se hospedavam na estalagem, ao longo de um ano, era ridiculamente baixo. O andar térreo, porém, servia como residência para a família e havia sempre a possibilidade de alguém aparecer. A maior parte da minguada renda de Iuliu vinha da comissão que ele recebia como intermediário para pagamento dos homens que trabalhavam no fortim. O restante provinha da lã das cabras de que seu filho cuida – aquelas que não eram sacrificadas para que a família pusesse um pouco de carne na mesa e algum tecido sobre o corpo.

Dois dos três quartos da estalagem alugados ao mesmo tempo – um sucesso!

Magda subiu depressa para o alto da escada, mas não entrou logo em seu quarto. Parou para escutar o que o estrangeiro diria a Iuliu. Sua curiosidade surpreendeu-a, pois achara o homem extremamente repugnante. Além de malcheiroso e de aparência imunda, havia nele um traço de arrogância e condescendência que ela considerava igualmente ofensivo.

Por que, então, estava ali, à espreita? Não costumava fazer aquilo.

Ouviu um ruído pesado de passos no alpendre, e depois na sala, assinalando a entrada dele. Sua voz ecoou escada acima.

– Ah, é o estalajadeiro? Ótimo! Ainda está acordado. Providencie para que alguém cuide de meu cavalo e ponha-o no estábulo por uns dias. Foi minha segunda montaria hoje, e galopamos um bocado. Quero que ele seja escovado ainda esta noite, está ouvindo?

– Sim... sim, senhor – balbuciou Iuliu com voz rouca e assustada.

– Você pode encarregar-se disso?

– Sim. Chamarei meu sobrinho imediatamente.

– E quero um quarto para mim.

– Temos dois vagos. Faça o favor de assinar.

Houve uma pausa.

– Dê-me o quarto que fica bem aqui em cima, o do lado norte.

– Ah, desculpe, mas o senhor assinou apenas o sobrenome. "Glenn" não é o bastante – explicou Iuliu com voz trêmula.

– Há alguém chamado Glenn hospedado aqui?

– Não.

– E há aqui na vila alguma família com o sobrenome Glenn?

– Não, mas...

– Então o sobrenome é suficiente.

– Muito bem, senhor. Entretanto, devo informá-lo de que o quarto do lado norte está ocupado. O senhor ficará com o de leste.

– Seja ele quem for, diga-lhe para trocar de quarto. Pagarei um preço extra.

– Mas não se trata de um homem, senhor. É uma moça, e não creio que ela concorde em mudar-se.

"Como você é inteligente, Iuliu", pensou Magda.

– Vá falar com ela! – Era uma ordem, num tom que não admitia hesitação.

Ao ouvir o ruído dos pés de Iuliu se arrastando na direção da escada, Magda entrou no seu quarto e esperou. A atitude do estrangeiro deixara-a furiosa. E que teria ele feito para assustar Iuliu daquela maneira?

Abriu a porta à primeira batida e encarou o pobre estalajadeiro, cujas mãos nervosamente torciam o peitilho da camisa, o rosto pálido e molhado de suor até no bigode. Estava apavorado.

– Por favor, *domnisoara* Cuza – implorou ele –, há um homem lá embaixo que quer este quarto. Poderia ter a bondade de mudar-se, deixando-o para ele? Por favor!

Era como um gemido, um apelo dramático. Magda ficou com pena dele, mas estava disposta a não sair de seu quarto.

– De jeito nenhum! – exclamou ela, começando a fechar a porta, que Iuliu segurou com a mão.

– Mas é preciso!

– A resposta é *não*, Iuliu. E não adianta insistir.

– Então poderia... poderia a senhora falar com ele? Por favor!

– Por que está com tanto medo? Quem é ele?

– Não o conheço. Mas não pense que eu... – Sua voz tremeu. – Pode fazer-me o favor de falar com ele por mim?

Iuliu estava realmente tremendo de medo. O primeiro impulso de Magda foi deixar que o estalajadeiro resolvesse seus problemas, mas depois achou que teria certo prazer em comunicar àquele sujeito arrogante que não mudaria de quarto. Em dois dias seguidos não tivera voz nas decisões que tomavam a seu respeito. Aquela pequena resistência era uma espécie de bem-vinda compensação.

– É claro que falarei com ele.

Passou por Iuliu e desceu a escada. O homem estava esperando, impassível, calmamente apoiado na caixa comprida que havia tirado da sela onde estava amarrada. Pela primeira vez ela pôde vê-lo bem, à luz do candeeiro, e reconsiderou sua impressão inicial. Sim, ele estava sujo e cheirava mal, mas seus traços eram firmes, o nariz reto, as maçãs do rosto salientes. Notou que seus cabelos eram realmente vermelhos como uma chama escura, um pouco longos e despenteados, talvez, mas isso, como o cheiro, podia ser consequência de uma longa e estafante jornada. Os olhos dele envolveram-na por um instante, impressionando-a pelo tom azul e pela luminosidade. A única nota destoante em sua aparência era a cor morena de sua pele – que não afinava com a dos cabelos e a dos olhos.

– Imaginei que fosse você.
– Vou ficar com meu quarto.
– Preciso dele.
– Por enquanto ainda é meu. Estará à sua disposição quando eu partir.

Ele deu um passo na direção da moça.

– É importante que eu tenha vista para o norte. Eu...
– Também tenho minhas razões para querer vigiar o fortim – disse ela, revelando que sabia das intenções dele e dispensando-o de mentir. – Sei que tem as suas, mas as minhas são de grande importância pessoal. Não me mudarei.

Os olhos dele faiscaram de repente e Magda receou haver ultrapassado os limites de sua arrogância. Mas ele se acalmou também de repente e deu um passo para trás, com um meio sorriso no canto dos lábios.

– Vê-se logo que você não é daqui desta região.
– Bucareste.
– Bem me pareceu.

Magda detectou um relâmpago nos olhos dele, qualquer sinal significando respeito. Mas deveria ser engano. Por que iria mostrar-se cortês se estava sendo impedido por ela de obter o que queria?

– Não gostaria de reconsiderar?
– Não.
– Bem – disse ele, resignado –, ficarei então voltado para leste. Estalajadeiro! Leve-me ao meu quarto.

Iuliu desceu apressadamente a escada, tropeçando nos degraus.

– Imediatamente, senhor. O quarto fica à direita, no topo da escada, e está pronto. Eu levo isto... – acrescentou, tentando agarrar a caixa, mas Glenn afastou-o bruscamente.

— Pode deixar comigo, mas há um embrulho, feito com um cobertor, preso à parte traseira de minha sela. Precisarei dele — disse, dirigindo-se para a escada. — E não se esqueça de cuidar de meu cavalo! É um animal forte e de confiança.

Com um rápido olhar para Magda — um olhar que despertou nela uma sensação desconhecida mas não desagradável —, o homem ruivo subiu os degraus de dois em dois.

— E prepare um banho imediatamente!

— Sim, senhor — disse Iuliu, voltando-se para Magda e tomando-lhe as mãos. — Muito obrigado — murmurou rapidamente, ainda assustado, porém mais confiante. Depois, correu para onde estava o cavalo.

Magda permaneceu no meio da sala por um momento, relembrando a estranha série de acontecimentos daquela noite. Tinham ocorrido fatos incompreensíveis ali na estalagem, mas não podia pensar neles agora, enquanto não compreendesse os que, muito mais preocupantes, aconteciam no fortim.

O fortim! Ela se esquecera de papai! Correu escada acima, passou em frente à porta fechada do quarto de Glenn, e, entrando no seu, dirigiu-se para a janela. Lá longe, no fortim, a luz no quarto de papai continuava brilhando.

Magda, com um suspiro de alívio, recostou-se na cama. Uma cama... uma verdadeira cama! Talvez tudo acabasse correndo bem naquela noite. Sorriu para si mesma. Não, aquilo não poderia continuar assim. Alguma coisa tinha de acontecer. Fechou os olhos contra a luz da vela, em cima da cômoda, cujo brilho era duplicado pelo espelho atrás dela. Sentia-se cansada. Se pudesse, ao menos por alguns minutos, descansar os olhos, ficaria melhor... pensaria em coisas boas, tais como licença para papai regressar a Bucareste com ela, escapando dos alemães e daquela horrenda aparição...

O ruído de passos no saguão desviou seu pensamento do fortim. Devia ser aquele homem, Glenn, descendo para o banheiro. Pelo menos ele não continuaria cheirando como antes. Mas por que ela se importava com aquilo? Ele demonstrara preocupação com o estado de seu cavalo, o que podia significar um sinal de bondade. Ou de um homem prático. Tinha Glenn de fato dito que aquele cavalo era o segundo que ele montara naquele dia? Seria alguém capaz de cavalgar dois cavalos até cansá-los daquela maneira? E por que Iuliu se mostrava tão aterrorizado na presença do novo hóspede? O estalajadeiro parecia já conhecer Glenn; entretanto, não sabia seu nome até o momento de assinar o registro de hóspedes. Não fazia sentido.

Aliás, nada mais fazia sentido... Os pensamentos dela foram se apagando...

O ruído de uma porta que se fechava acordou-a sobressaltada. Não era a de seu quarto. Devia ser no de Glenn. Ouviu-se um estalo na escada. Magda sentou-se na cama e olhou para a vela, que já se reduzira à metade desde a última vez que a vira. Pulou para a janela. A luz no quarto de seu pai continuava acesa.

Não havia ruídos vindos de baixo, mas ela podia distinguir a forma escura de um homem caminhando na direção da ponte. Seus movimentos eram os de um felino. *Silenciosos*. Estava certa de que era Glenn. Enquanto Magda observava, ele se ocultou nas moitas à direita da ponte e ficou imóvel, precisamente no lugar onde ela estivera antes. A cerração tomara conta do desfiladeiro e alcançava os pés dele. Como uma sentinela, Glenn vigiava o fortim.

Magda sentiu uma súbita revolta. Que estava ele fazendo ali? Aquele lugar era *dela*. Ele não tinha direito de ocupá-lo. Desejou ter suficiente coragem para ir até lá e dizer-lhe que se retirasse. Não que o temesse, mas ele se movia muito rapidamente, com determinação. Por certo era um homem perigoso. Contudo, sentia Magda, não para ela, e sim para os outros. Talvez para aqueles alemães no fortim. E isso não fazia dele uma espécie de aliado? Mesmo assim, não podia ir sozinha a seu encontro, no escuro, e dizer-lhe que fosse embora e a deixasse encarregar-se da vigília.

No entanto, ela podia observá-lo. Podia postar-se atrás dele e descobrir o que significava aquela vigilância sobre a janela de papai. Talvez ficasse sabendo por que Glenn estava ali. Era este raciocínio que a aborrecia à medida que ela descia a escada, atravessava o alpendre e saía para a estrada, escondendo-se atrás de uma grande rocha, não muito longe de Glenn. Ele jamais saberia que ela estava ali.

– Veio reclamar seu posto de observação?

Magda teve um sobressalto ao ouvir a pergunta, pois ele sequer olhara para trás.

– Como soube que eu estava aqui?

– Estive ouvindo seus passos desde que saiu da estalagem. Você é realmente muito desajeitada.

De novo a mesma pretensiosa autossuficiência.

Ele se voltou e fez-lhe sinal para que se aproximasse.

– Gostaria de saber por que, na sua opinião, os alemães mantêm o fortim iluminado desse jeito a noite inteira! Eles não dormem?

Ela hesitou, mas afinal acedeu ao convite. Ficaria em pé junto às moitas, mas não muito perto dele. Ao aproximar-se, sentiu que ele já não cheirava mal.

– Parece que têm medo da escuridão – disse ela.

– Com medo da escuridão – repetiu ele num tom debochado. Não parecia ter ficado surpreso com a explicação. – Por quê?

– Por causa de um vampiro, é o que eles pensam.

Na meia-luz que se filtrava do fortim, através da cerração, Magda viu as sobrancelhas dele se contraírem.

– Ah! Foi o que lhe disseram? Você conhece alguém de lá?

– Estive pessoalmente no fortim e meu pai ainda se encontra lá. Veja – acrescentou, apontando para a janela no pavimento térreo. – É aquela ali, a mais iluminada. – Como ela desejava que ele estivesse bem!

– Mas por que alguém iria acreditar que há um vampiro por aí?

– Oito homens mortos, todos eles soldados alemães, com as gargantas arrancadas.

Os lábios dele formavam uma linha reta.

– Ainda assim.... um vampiro?

– Há também o caso de dois cadáveres que caminharam. Um vampiro parece ser a única explicação para tudo o que tem acontecido por lá. E depois do que eu vi...

– *Você o viu?* – perguntou Glenn, voltando-se e encarando-a, aflito por uma confirmação.

Magda recuou um passo.

– Vi.

– E com o que se parece ele?

– Por que quer saber? – Glenn começava a assustá-la. Suas palavras pareciam martelá-la à medida que ele inclinava mais o corpo.

– Conte-me! Ele era moreno? Pálido? Bonito? Feio? O quê?

– Eu.... eu nem mesmo estou certa de que possa lembrar-me exatamente. Tudo o que sei é que parecia insano e... satânico, se é que isso faz algum sentido para você.

Glenn endireitou o corpo.

– Sim, explica muita coisa, mas não quero incomodá-la – desculpou-se ele, fazendo uma pequena pausa. – E quanto aos olhos?

Magda sentiu um aperto na garganta.

– Como sabia que havia algo estranho nos olhos dele?

– Nada sei a respeito de seus olhos – contestou ele rapidamente –, mas costuma dizer-se que são as janelas da alma.

– Se isso for verdade – disse ela, baixando o tom da voz –, aquela alma é um abismo sem fundo.

Nenhum deles falou durante algum tempo, pondo-se ambos a observar o fortim em silêncio. Magda perguntava a si mesma sobre o que Glenn estaria pensando. Finalmente ele perguntou:

– Mais uma coisa: sabe como tudo começou?

– Meu pai e eu não estávamos lá, mas ouvimos dizer que o primeiro homem morreu quando, juntamente com um amigo, fez um buraco na parede do porão.

Ela viu que ele fazia uma careta e fechava os olhos, como se sentisse alguma dor. Do mesmo modo como acontecera horas antes, os lábios dele formaram a palavra "tolos" sem que se ouvisse qualquer som.

Glenn abriu os olhos e subitamente apontou para o fortim:

– O que está acontecendo no quarto de seu pai?

Magda olhou, mas a princípio nada viu. Depois o terror se apossou dela. A luz estava se apagando. Sem hesitar, começou a correr na direção da ponte, mas Glenn a segurou pelo braço e a puxou para trás.

– Não faça tolices! – ordenou com voz rouca no ouvido dela. – As sentinelas atirarão em você! E, se por acaso suspenderem o fogo, jamais a deixarão entrar. Não há nada que você possa fazer!

Magda não lhe deu ouvidos. Freneticamente, sem dizer uma palavra, procurou libertar-se. Precisava ir, ficar ao lado do pai. Glenn, entretanto, era forte e se recusou a soltá-la. Os dedos dele se afundaram em seus braços e, quanto mais ela se debatia, mais fortemente ele a segurava.

Finalmente, as palavras dele a convenceram: não poderia chegar até onde estava papai. Nada havia que ela pudesse fazer.

Em meio a um silêncio sepulcral, Magda viu a luz do quarto do pai extinguir-se lentamente, até apagar-se de todo.

18

O fortim
Quinta-feira, 1º de maio
2h17

Theodor Cuza esperara paciente e ansiosamente, sabendo – ignorando por que sabia – que o vulto que viera na noite anterior voltaria outra vez. O professor lhe falara na língua antiga. Ele voltaria. Naquela noite.

O restante era completamente incerto. Cuza poderia desvendar segredos procurados por eruditos durante séculos, ou talvez não chegasse a ver a luz da manhã seguinte. Estremeceu, tanto de ansiedade pela expectativa como pelo medo do desconhecido.

Estava tudo pronto. Sentou-se à mesa, os velhos livros cuidadosamente empilhados à sua esquerda, e, à direita, uma pequena caixa contendo os tradicionais amuletos contra vampiros; à sua frente, o costumeiro copo de água. A única luz era a que provinha da lâmpada pendurada diretamente sobre sua cabeça, e o único som era o de sua própria respiração.

De repente, percebeu que não estava sozinho.

Antes que pudesse dizer qualquer coisa, sentiu que havia uma presença maléfica, fora de seu campo de visão, de sua capacidade de descrevê-la. Simplesmente *estava lá*. E então começou a escuridão. Desta vez, porém, havia diferenças. Na noite anterior, o ar do quarto fora afetado, soprando em todas as direções. Agora, o professor percebia uma agitação lenta, insidiosa, passando pelas paredes, fechando-se sobre ele.

Cuza apoiou suas mãos enluvadas sobre a mesa, para evitar que tremessem. O coração batia-lhe com tanta força que parecia que seu peito iria rebentar. Tinha chegado o momento!

As paredes haviam desaparecido. A escuridão o envolvera em uma abóboda negra que apagara o clarão da lâmpada; nenhuma réstia de luz se escoava além da extremidade da mesa. Fazia frio, mas não tanto como na noite anterior, e não havia vento.

– Onde está você? – perguntou em eslavônico antigo.

Nenhuma resposta. Todavia, na escuridão, além do ponto onde a luz não alcançava, sentia que um vulto estava em pé e aguardava o momento.

– Apareça, por favor!

Houve uma longa pausa, até que uma voz arrastada se fez ouvir de dentro da escuridão.

– Posso expressar-me numa forma mais moderna de nossa língua. – As palavras derivavam de uma versão do dialeto dácio-romeno falado naquela região ao tempo em que o fortim fora construído.

A escuridão na extremidade da pequena peça começou a recuar. Um vulto tomou forma nas trevas. Cuza imediatamente reconheceu o rosto e os olhos da última noite; depois, o resto do vulto se tornou visível. Um gigante com mais de 2 metros de altura, de ombros largos, estava à sua frente, com ar desafiador, as pernas abertas, as mãos nos quadris. Uma capa comprida, tão negra quanto seu cabelo e seus olhos, estava presa a seu pescoço com um fecho de ouro. Por baixo dela, Cuza podia ver uma folgada blusa vermelha, possivelmente de seda, e calções pretos também folgados, que se assemelhavam a culotes, metidos dentro de botas de couro marrom, com os canos até aos joelhos.

Era a imagem de um antigo poder decadente e cruel.

– Como conseguiu aprender nossa língua antiga? – perguntou o gigante.

Cuza não pôde evitar que sua voz gaguejasse.

– Eu... eu a estudei durante anos, muitos anos. – Sentiu que seu raciocínio se embotara, gelado. Todas as coisas que pensara em dizer, as perguntas que, durante toda a tarde, planejara fazer, tinham desaparecido de sua mente. Desesperadamente, expressou o primeiro pensamento que lhe veio à cabeça.

– Cheguei a pensar que você viria em traje de gala.

As grossas sobrancelhas, muito juntas, se contraíram.

– Não sei o que quer dizer "traje de gala".

Cuza se repreendeu mentalmente, pensando como um simples romance, escrito meio século atrás por um inglês, fora capaz de alterar a percepção do que era um mito essencialmente romeno. Inclinou-se para a frente em sua cadeira de rodas.

– Quem é você?

– Sou o Visconde Radu Molasar. Esta região da Valáquia era toda minha.

Estava dizendo que fora um senhor feudal em seu tempo.

– Um boiardo?

– Sim, um dos poucos que ficaram com Vlad, o que chamavam de *Tepes*, o Empalador, até seu fim, nos arredores de Bucareste.

Mesmo esperando uma resposta assim, Cuza estava espantado.

– Mas isso foi em 1476! Há quase cinco séculos! Você é assim tão velho?

– Eu estava lá.

– E onde tem estado, desde o século XV?

– Aqui.

– Mas por quê? – O temor de Cuza ia desaparecendo à medida que falava, substituído por uma intensa excitação que fazia sua mente mais ativa. Queria saber tudo, agora!

– Eu estava sendo perseguido.

– Pelos turcos?

Os olhos de Molasar se entrefecharam, deixando aparecer somente o profundo negror de suas pupilas.

– Não. Por outros... uns loucos que me perseguiriam por todo o mundo para destruir-me. Eu sabia que seria incapaz de continuar fugindo eternamente – acrescentou com um sorriso, revelando longos dentes, afilados e levemente amarelados, nenhum especialmente aguçado, mas todos parecendo muito fortes –, de modo que decidi iludi-los. Construí este fortim, tomei providências para sua manutenção e escondi-me.

– Você é... – Havia uma pergunta que Cuza, desde o início, estava ansioso para fazer, mas não se atrevera; agora não podia mais conter-se. – Você é dos não mortos?

Novamente, aquele sorriso frio, quase debochado.

– Não morto? Nosferatu? *Moroi*? Talvez...

– Mas como conseguiu...

Molasar agitou a mão no ar.

– *Chega*! Pare com essas perguntas aborrecidas! Não estou aqui para respondê-las. Você é um compatriota meu e há invasores em meus domínios. Por que está com eles? Traiu a Valáquia?

– Não! – Cuza sentiu que o temor que desaparecera na excitação do diálogo estava voltando e tomando conta dele à medida que a atitude de Molasar se tornava feroz. – Trouxeram-me contra minha vontade.

– *Por quê*? – A pergunta era como uma punhalada.

– Eles achavam que eu seria capaz de descobrir o que estava matando os soldados. E parece que descobri mesmo... não é verdade?

– Sim, descobriu – disse Molasar, modificando novamente sua atitude e sorrindo outra vez. – Eu precisava deles para restaurar minhas forças, depois de um repouso tão longo. E irei precisar de todos eles até atingir de novo o auge de meus poderes.

– Mas você não pode fazer isso! – repreendeu Cuza, sem refletir.

Molasar explodiu outra vez.

– *Nunca* me diga o que devo ou não devo fazer em meus domínios! E muito menos quando sou vítima de invasores! Providenciei para que nenhum turco jamais pusesse os pés neste lugar enquanto eu estivesse desaparecido. E agora sou despertado para ver meu fortim ocupado por alemães!

Ele estava espumando de raiva, caminhando de um lado para o outro, sacudindo os punhos furiosamente para enfatizar as palavras.

Cuza aproveitou a oportunidade para destampar a caixa que estava à sua direita e tirar um pedaço de espelho quebrado, que Magda lhe dera naquela manhã. Enquanto Molasar esbravejava, furioso, Cuza girou o espelho, procurando refletir nele a imagem do visitante. Olhando para sua esquerda, o professor situou Molasar junto à pilha de livros na extremidade da mesa, mas ao procurar o reflexo viu apenas os livros.

O vulto de Molasar não se refletia!

De repente, o espelho foi arrancado das mãos de Cuza.

– Continua curioso? – perguntou, olhando-se no espelho. – Sim. As lendas são verdadeiras. Não me reflito. Há muitos anos é assim. O que mais você tem nessa caixa?

– Alho – replicou Cuza, pondo a mão na caixa e tirando um dente de alho. – Dizem que protege contra os não mortos.

Molasar estendeu a mão aberta. Havia pelos crescendo no centro dela.

– Dê-me isso.

Cuza obedeceu e Molasar pôs o dente de alho na boca e tirou um pedaço, jogando o resto fora.

– Adoro alho.

– E prata? – perguntou Cuza, mostrando um broche que Magda deixara com ele.

Molasar não hesitou em apanhar a joia e esfregá-la nas mãos.

– Eu não poderia ter sido um boiardo se tivesse medo de prata! – Agora, ele parecia estar se divertindo.

– E isto – prosseguiu Cuza, retirando o último objeto que estava na caixa. – Dizem que é o mais poderoso amuleto contra vampiros. – Ao falar, montou a cruz que o capitão Woermann emprestara a Magda.

Com um rugido, como se estivesse sendo asfixiado, Molasar recuou e desviou o olhar.

— Esconda isso!

— A cruz lhe faz mal? – perguntou Cuza, perplexo, ao ver Molasar encolher-se amedrontado. – Mas por quê? Qual o...

— *ESCONDA ISSO!*

Cuza obedeceu imediatamente, amassando a beira da caixa de papelão ao apertar a tampa o mais que pôde para esconder o terrível objeto.

Molasar só faltou saltar sobre ele, rilhando os dentes e pronunciando raivosamente as palavras.

— Julguei que poderia ter um aliado em você contra os invasores, mas estou vendo que são todos iguais!

— Mas também quero que eles vão embora – disse Cuza, aterrorizado, afundando-se no assento da cadeira de rodas. – Mais do que você!

— Se isso fosse verdade, você nunca traria essa coisa abominável aqui para dentro do quarto. E muito menos a mostraria a mim!

— Mas eu não sabia! Pensei que fosse mais uma lenda falsa como nos casos do alho e da prata! – Precisava convencê-lo.

— Pode ser – disse Molasar depois de uma pausa, virando-se e começando a caminhar rumo à escuridão, já mais calmo. – Mas tenho minhas dúvidas, aleijado!

— Não vá, por favor!

Molasar parou na escuridão e voltou-se para Cuza, antes de desaparecer sem uma palavra.

— Estou do seu lado, Molasar! – gritou Cuza, esforçando-se para que o visitante não fosse embora justamente quando havia tantas perguntas sem respostas. – Por favor, acredite!

Viam-se apenas os dois pontinhos luminosos dos olhos de Molasar. O resto de seu vulto sumira na escuridão. De repente um dedo surgiu nas trevas, apontando para Cuza.

— Vou vigiar você, aleijado. Se achar que merece minha confiança, conversaremos outra vez. Entretanto, se você trair nosso povo, será o fim de seus dias.

O dedo desapareceu; depois, os olhos. Contudo, as palavras permaneceram, como que suspensas no ar. A escuridão foi gradualmente recuando, infiltrando-se nas paredes. Dentro em pouco tudo voltou ao normal. O resto do dente de alho atirado no chão era a única prova da visita de Molasar.

Durante longo tempo Cuza permaneceu imóvel. Então notou como sua língua estava grossa e mais seca que de costume. Apanhou o copo de água e sorveu um gole – ato instintivo que fazia sem prestar atenção. Engoliu com a dificuldade de sempre, depois puxou a caixa mais para perto. Apoiou a mão sobre a tampa, por um momento, antes de abri-la. Sua mente entorpecida se recusava a enfrentar o que estava lá dentro, mas sabia que, finalmente, teria de fazê-lo. Cerrando os dentes, levantou a tampa, tirou a cruz e a colocou à sua frente sobre a mesa.

Apenas um pequeno objeto. De prata. Algum trabalho de ourivesaria nas extremidades do braço vertical e do transversal. Nenhum corpo pregado nela. Tão somente uma cruz. Mesmo que não tivesse outro significado, era um símbolo da desumanidade do homem em relação ao próprio homem.

Seguindo tradições milenares e apoiado em sua própria fé, que representava parte tão importante em sua vida diária e em sua cultura, Cuza sempre considerara o uso de cruzes um costume primitivo, um sinal certo de imaturidade em uma religião. Mas a cristandade era um ramo relativamente recente do judaísmo. Precisava de tempo. O que Molasar dissera a respeito da cruz? Uma coisa *abominável*. Não, não era isso: pelo menos não para Cuza. Grotesca, talvez, mas nunca abominável.

Agora, porém, ela adquiria um novo significado, como acontecera com tantas outras coisas. As paredes pareciam apertar-se sobre Cuza enquanto ele contemplava a pequena cruz, concentrando nela toda a sua atenção. As cruzes, afinal, se assemelhavam aos amuletos utilizados pelos povos primitivos para afugentar espíritos malignos. Os europeus orientais, especialmente os ciganos, tinham numerosos fetiches, de alho a ícones. Ele havia incluído a cruz não vendo razão para supor que despertasse maior consideração que os demais objetos.

Entretanto, Molasar ficara horrorizado, não podendo sequer olhar para a cruz. A tradição lhe atribuía poderes sobre demônios e vampiros porque ela era tida como o símbolo do triunfo final do bem sobre o mal. Cuza sempre defendera a tese de que, se existissem não mortos e a cruz tivesse poderes sobre eles, tudo seria devido à fé inata da pessoa que estivesse com o símbolo, e não por causa do símbolo em si.

Agora, porém, tivera a prova de que estava errado.

Molasar era o mal. Não havia dúvida: qualquer entidade que deixa um rastro de cadáveres atrás de si a fim de continuar sua existência é fatalmente um mal. Ora, quando Cuza mostrou a cruz, Molasar se apavorou. Cuza não acreditava no poder da cruz, mas era inegável que ela tinha ascendência sobre Molasar.

Logo, deveria ser a cruz que tinha o poder, e não quem a carregasse.

Suas mãos tremeram. Sentiu-se atordoado e sem rumo ao tentar analisar todas as implicações. Elas eram assustadoras.

19

O fortim
Quinta-feira, 1º de maio
6h40

Duas noites seguidas sem uma única morte. Woermann sentiu-se tomado de uma espécie de júbilo cauteloso enquanto afivelava seu cinturão. Havia dormido toda a noite, sem sobressaltos, e estava bem mais tranquilo naquela manhã.

O fortim não se mostrava mais animado. Havia ainda no ar aquela indefinível sensação de uma presença maligna. Não, ele é que tinha mudado. Por alguma razão achava que agora havia uma forte probabilidade de voltar vivo para sua casa em Rathenow. Durante algum tempo duvidara seriamente da possibilidade. Entretanto, depois do substancioso café da manhã que fora servido em seu quarto, e sendo informado de que o número de seus homens era, naquela manhã, o mesmo da noite anterior, tudo o mais lhe pareceu possível – inclusive a partida de Erich Kaempffer e seus sequazes uniformizados.

Até mesmo o quadro que estava pintando deixou de preocupá-lo. A sombra à esquerda da janela ainda se parecia com um corpo pendurado, mas aquilo não o irritava mais como acontecera quando Kaempffer mostrara pela primeira vez a semelhança.

Desceu as escadas da torre e chegou ao pavimento térreo a tempo de encontrar Kaempffer dirigindo-se do pátio para os aposentos do professor, parecendo mais confiante do que de costume e, como sempre, sem muita razão.

— Bom dia, caro major! – cumprimentou Woermann alegremente, sentindo que poderia evitar, naquela manhã, qualquer demonstração de má vontade, considerando a iminência da partida de Kaempffer. Entretanto, uma pontada irônica não faria mal. – Vejo que tivemos a mesma ideia: você veio apresentar seus mais profundos agradecimentos ao professor Cuza pelas vidas alemãs que ele novamente salvou.

— Não há provas de que ele tenha feito semelhante coisa! – replicou Kaempffer. Seu bom humor logo desapareceu. – Ademais, *ele* não pensa assim!

— Todavia, o fato de as mortes terem cessado com sua chegada é bastante sugestivo, fazendo crer numa relação de causa e efeito, não acha?

— Simples coincidência! Nada mais!

— Então o que veio fazer aqui?

Kaempffer hesitou por uns instantes.

— Interrogar o judeu a respeito do que ele descobriu naqueles livros, é claro.

— É claro.

Os dois entraram no primeiro quarto, Kaempffer à frente. Encontraram Cuza ajoelhado sobre seu saco de dormir estendido no chão.

Não estava rezando. Tentava passar para a cadeira de rodas. Depois de um rápido olhar na direção dos visitantes, tornou a concentrar-se inteiramente no que estava fazendo.

O primeiro impulso de Woermann foi de ajudar o velho, vendo que suas mãos pareciam incapazes de firmar-se nos braços da cadeira e que os músculos eram fracos demais para suspendê-lo. Entretanto, Cuza não pedira ajuda nem mesmo com os olhos. Tornava-se evidente que era um motivo de orgulho para ele completar aquela tarefa sem auxílio de ninguém. Woermann percebeu que, além da filha, o velho aleijado pouco mais tinha do que pudesse orgulhar-se. E ele não lhe roubaria aquela pequena façanha.

Cuza parecia saber o que estava fazendo. Enquanto Woermann o observava ao lado de Kaempffer – o major estava evidentemente apreciando o espetáculo –, Cuza apoiou o encosto da cadeira na parede junto à lareira e, com o rosto contraído de dor, apelou para seus enfraquecidos músculos, forçando as juntas emperradas. Finalmente, com um suspiro e o suor correndo-lhe pelas faces, deslizou para a cadeira e deixou-se afundar no assento, ofegante e exausto. Ainda precisou mexer-se, apoiado nos braços e deslocando as nádegas para trás, até sentir-se bem acomodado, mas o pior já passara.

– O que desejam de mim? – perguntou, depois de retomar o fôlego.

Desaparecera aquele ar grave e francamente cortês que lhe caracterizara a conduta desde sua chegada ao fortim; desaparecera também a constante repetição da palavra "senhor", sempre usada ao falar com os oficiais. Agora havia muito sofrimento e muita exaustão impedindo que ele se desse ao luxo do sarcasmo.

– O que aprendeu esta noite, judeu? – perguntou Kaempffer.

Cuza remexeu-se no assento e recostou-se na cadeira. Cerrou os olhos por instantes, depois tornou a abri-los, procurando fixá-los em Kaempffer. Devia ficar quase cego sem os óculos.

– Nada de importante. Entretanto, há provas de que o fortim foi construído no século XV por um boiardo que foi contemporâneo de Vlad Tepes.

– Só isso? Dois dias de estudo e é esse o resultado?

– *Um* dia, major – corrigiu o professor, e Woermann percebeu o antigo traço de ironia na resposta. – Um dia e duas noites, o que não é muito tempo, considerando que as fontes estão escritas na língua original.

– Não estou disposto a ouvir escusas, judeu. Quero resultados!

– E já os obteve? – A resposta parecia ser importante para Cuza.

Kaempffer empertigou-se para responder.

– Houve duas noites consecutivas sem que se registrasse uma só morte, mas não creio que você tenha tido qualquer coisa a ver com isso. – Girou o tronco e encarou Woermann. – Acho que terminei minha missão aqui. Contudo, apenas como medida de segurança, ficarei mais uma noite antes de retomar minha viagem.

– Ah! Mais uma noite em sua companhia! – exclamou Woermann, apelando para o que lhe restava do bom humor daquela manhã. – Nossa disputa acabou.

Ele era capaz de enfrentar tudo por mais uma noite tranquila – até mesmo Kaempffer.

– Não vejo necessidade de sua permanência aqui, *herr* major – disse Cuza, visivelmente sincero. – Estou certo de que outros países necessitam muito mais de seus serviços.

Kaempffer não pôde esconder um sorriso.

– Não estou deixando seu amado país, judeu. Seguirei daqui para Ploiesti.

– Ploiesti? Por que Ploiesti?

– Você saberá em breve. Deverei partir amanhã de manhã bem cedo – acrescentou, dirigindo-se a Woermann.

– Abrirei pessoalmente os portões para você.

Kaempffer respondeu com um olhar irado, depois saiu abruptamente do quarto, sob o olhar irônico de Woermann. O capitão sentia que nada fora solucionado, que as mortes tinham sido apenas interrompidas e poderiam recomeçar naquela noite ou na seguinte. Era apenas um breve hiato, uma moratória. Nada fora descoberto, nenhuma providência tomada. Entretanto, não quis revelar suas dúvidas a

Kaempffer. Desejava que ele deixasse o fortim, e o desejo era tão intenso quanto o do major de ir embora. Nada diria que pudesse retardar sua partida.

— O que ele quis dizer a respeito de Ploiesti? — perguntou Cuza depois que a porta se fechou.

— O senhor não gostaria de saber — replicou Woermann, desviando o olhar do rosto contrariado de Cuza e fixando-o na cruz de prata que emprestara na véspera à filha do professor e que agora estava sobre a mesa, junto aos óculos.

— Por favor, capitão, o que esse homem vai fazer em Ploiesti?

Woermann ignorou a pergunta. O professor já tinha problemas mais que suficientes. De nada adiantaria dizer-lhe que estava para surgir o equivalente romeno de Auschwitz.

— O senhor pode ver sua filha hoje, se quiser. Mas terá de ir a seu encontro. Ela não poderá vir aqui.

Esticou o braço e apanhou a cruz.

— Isto lhe foi de alguma utilidade?

Cuza olhou por um instante para o pequeno objeto de prata, depois respondeu rispidamente:

— Não. Não serviu para nada.

— Posso levá-la de volta?

— O quê? Não... não! Ainda poderá ser útil. Deixe-a onde está.

A súbita veemência na voz de Cuza surpreendeu Woermann. O professor parecia apresentar uma sutil mudança em relação ao dia anterior, menos seguro de si mesmo. Woermann não atinava com o motivo, mas sentia que acontecera algum fato novo.

Recolocou a cruz sobre a mesa e dirigiu-se para a porta. Tinha também muitas coisas com que se preocupar sobre o mesmo assunto que perturbava o professor. Se realmente Kaempffer fosse embora, Woermann teria de decidir o que faria em seguida. Deveria ficar ou partir? Uma coisa era certa: providenciaria o transporte dos corpos para a Alemanha. Os mortos já tinham esperado muito tempo. Sem Kaempffer para importuná-lo, poderia decidir como melhor lhe aprouvesse.

Preocupado com seus próprios problemas, saiu do quarto sem ao menos despedir-se. Ao fechar a porta atrás de si, notou que Cuza havia rolado sua cadeira para junto da mesa e colocara os óculos. Tinha a cruz nas mãos e olhava para ela fixamente.

PELO MENOS ele estava vivo.

Magda aguardou impacientemente até que uma das sentinelas fosse avisar o pai. Eles já a tinham feito esperar uma boa hora antes de abrirem os portões. A moça chegara logo ao amanhecer, mas suas batidas foram ignoradas. Uma noite sem dormir deixara-a irritada e exausta. Mas pelo menos ele estava vivo.

Os olhos de Magda percorreram o pátio. Tudo quieto. Havia montículos de entulho junto à parte de trás, oriundos do trabalho de derrubada das paredes, mas ninguém estava trabalhando, certamente porque aquela era a hora da refeição matinal. Por que estavam demorando tanto? Deviam ter deixado que ela fosse diretamente ao encontro do pai.

Embora contra a vontade dela, seus pensamentos vagueavam. Pensava em Glenn. Ele lhe salvara a vida na noite passada. Se não fosse a intervenção dele, puxando-a para trás, as sentinelas alemãs a teriam fuzilado. Felizmente ele fora forte o bastante para segurá-la até que ela se acalmasse. Magda não podia esquecer o que sentira quando se viu apertada contra o peito dele. Nenhum homem jamais fizera aquilo... jamais estivera tão perto para fazê-lo. A recordação daquele momento era boa, despertando nela algo que agora se recusava a retornar à antiga quietude.

Tentou concentrar-se no fortim e em papai, esforçando-se para que seus pensamentos se desviassem de Glenn...

Ele fora atencioso com ela, acalmando-a, convencendo-a a voltar para o quarto e ficar vigiando pela janela. Não havia nada a fazer à beira do desfiladeiro. Ela se sentira completamente desamparada, e ele compreendera. E, quando a deixou à porta do quarto, havia uma expressão particular nos olhos dele: tristeza, e algo mais. Culpa? Mas por que iria ele sentir-se culpado?

Magda notou uma diferença no momento em que transpôs o portão de entrada. Toda a luz e calor da manhã pareciam ter desaparecido, como se ela tivesse saído de uma casa aquecida e penetrado numa gelada noite de inverno. Recuou instintivamente e o frio desapareceu tão logo ela pisou na ponte, como se houvesse um especial conjunto de regras dentro do fortim. Os soldados pareciam não notar a diferença, mas ela vinha de fora e podia descrever aquilo.

Papai apareceu em sua cadeira de rodas empurrada por um constrangido soldado, visivelmente embaraçado com a tarefa. Tão logo ela viu o rosto do pai, percebeu que havia algo errado. Qualquer coisa terrível devia ter acontecido naquela noite. Desejou correr ao encontro dele, mas sabia que as sentinelas a impediriam de passar. O soldado empurrou a cadeira até o portão, deixando-a depois rolar na direção de Magda. Sem esperar mais, ela correu e puxou o pai para a ponte. Quando estavam a meio caminho, sem que ele tivesse dito uma palavra, nem sequer bom-dia, a moça sentiu que deveria quebrar o silêncio.

– O que houve, papai?

– Nada e tudo.

– Ele veio esta noite?

– Espere até chegarmos mais perto da estalagem e contarei tudo. Não convém falar aqui, alguém pode ouvir.

Ansiosa para saber o que havia perturbado tanto seu pai, Magda apressou o passo, empurrando a cadeira para a parte de trás da estalagem, onde o sol da manhã brilhava intensamente sobre a grama e batia em cheio na parede branca da casa.

Colocando a cadeira voltada para o norte, de maneira que o sol aquecesse papai sem ofuscá-lo, ela ajoelhou-se a seu lado e tomou-lhe carinhosamente as mãos enluvadas. Ele não apresentava boa aparência; estava pior que de costume, o que a preocupava bastante. Deviam voltar para Bucareste. Aquele esforço era demasiado para ele.

– O que aconteceu, papai? Conte-me tudo. Ele voltou de novo, não foi?

Sua voz era fria quando ele falou, e seus olhos, em vez de se fixarem nela, não se desviaram do fortim.

– Está agradável aqui, não apenas para o corpo, mas também para a alma. Nenhuma alma resistiria se permanecesse lá por muito tempo.

– Papai...

– Seu nome é Molasar, e ele afirma que foi um boiardo leal a Vlad Tepes.

– Mas então – disse Magda com voz entrecortada –, ele está com 500 anos de idade!

– É mais velho, estou certo disso, mas não permitiu que eu lhe fizesse todas as perguntas que desejava. Ele tem seus próprios objetivos e o principal deles é impedir a entrada de estranhos no fortim.

– Inclusive você.

– Não necessariamente. Tive a impressão de que ele me considera um compatriota romeno, um "valaquiano", e não me pareceu ter ficado muito aborrecido com minha presença. Mas quanto aos alemães... O fato de eles estarem em seu fortim o deixou quase louco de raiva. Você devia ter visto a cara dele quando tocamos no assunto.

– O fortim é *dele*?

– Exatamente. Molasar construiu-o para proteger-se depois que Vlad foi morto.

Ainda hesitando, Magda fez a mais importante das perguntas:

– Ele é um vampiro?

– Acredito que sim – replicou papai, olhando para a filha e sacudindo a cabeça. – Pelo menos ele representa aquilo que a palavra *vampiro* passará a significar de agora em diante. Tenho sérias dúvidas quanto ao fato de que muitas das velhas tradições comprovem ser verdadeiras. Teremos de rever o significado da palavra, não mais em termos de folclore, mas em termos de Molasar. Há *tantas* coisas – acrescentou ele, fechando os olhos – que terão de ser redefinidas!

Com esforço, Magda dominou o primeiro sentimento de repulsa que lhe despertou a ideia da existência de vampiros e tentou rever e analisar a situação objetivamente, despertando a faceta erudita, tão longamente treinada, de sua personalidade.

– Então ele foi um boiardo de Vlad Tepes? Talvez possamos traçar-lhe as origens.

Papai estava contemplando o fortim novamente.

– Talvez sim, talvez não. Houve centenas de boiardos associados com Vlad ao longo de seus três reinados, alguns amigos, outros hostis...

Ele empalou alguns de seus opositores. Você pode imaginar como devem ser caóticos e fragmentados os documentos daquele período, pois, se os turcos não estavam invadindo a Valáquia, outros povos o faziam. Mesmo se encontrássemos provas de que houve um Molasar contemporâneo de Vlad, o que provaria isso?

– Nada, acho. – Ela procurou rememorar seus extensos estudos sobre a história daquela região. Um boiardo leal a Vlad Tepes...

Magda sempre considerara Vlad uma mancha sangrenta da história romena. Filho de Vlad Dracul, o Dragão, o príncipe Vlad era conhecido como Vlad Drácula – Filho do Dragão. Contudo, passara a ser chamado de Vlad Tepes, que significava Vlad o Empalador, em razão de seu método favorito de tratar os prisioneiros de guerra, os súditos desleais, os boiardos traidores e, praticamente, quem quer que discordasse dele. Magda se lembrava de um desenho representando o Dia de São Bartolomeu de Vlad – o massacre em Amlas –, quando 30 mil cidadãos foram empalados em longos postes de madeira fincados em seguida no chão; os prisioneiros eram atravessados pelo poste e suspensos no ar até a morte. Ocasionalmente, havia uma finalidade estratégica para justificar a empalação: em 1460, o espetáculo de 20 mil cadáveres de turcos empalados, apodrecendo ao sol nos arredores de Targoviste, de tal maneira horrorizou um exército invasor turco que os soldados recuaram e deixaram o reino de Vlad em paz por algum tempo.

– Imagine! – comentou ela. – Ser leal a Vlad Tepes.

– Não se esqueça de que o mundo era então muito diferente – disse papai. – Vlad era um produto de seu tempo e Molasar também. Vlad ainda é, em algumas regiões, considerado herói nacional: era o flagelo da Valáquia, mas também seu grande defensor contra os turcos.

– Estou certa de que este Molasar não encontrou nada de repugnante na conduta de Vlad – disse Magda, sentindo-se nauseada só em pensar naqueles homens, mulheres e crianças empalados e condenados a morrer lentamente. – Provavelmente achava que era um bom divertimento.

– Quem pode dizer? Mas pode suspeitar-se por que um dos não mortos gravitava em torno de alguém como Vlad: nunca faltavam vítimas. A sede podia ser saciada nos agonizantes e ninguém jamais imaginaria que as vítimas tivessem morrido de outra causa que não fosse a empalação. Não havendo mortes inexplicáveis, capazes de provocar dúvidas, ele podia banquetear-se à vontade, sem levantar suspeitas.

– Nem por isso ele deixa de ser um monstro – sussurrou Magda.

– Como pode você julgá-lo, Magda? Somente seus pares seriam capazes de fazê-lo. Quais foram os pares de Molasar? Você se dá conta do que significa a existência dele? Não vê quantas coisas ela altera? Quantos conceitos que admitíamos como verdadeiros não serão desprezados como lixo inútil?

Magda concordou com um lento aceno de cabeça, sentindo que a descoberta havia aumentado o peso de suas preocupações.

– Tem razão. Uma forma de imortalidade.

– Mais do que isso! Muito mais! É como uma nova forma de vida, um novo modo de existência! Não... Não é bem isso. Realmente é um *velho* modo... porém novo no que concerne ao conhecimento histórico e científico. E, ultrapassando o racional, considere as implicações espirituais – acrescentou com voz vacilante. – Elas são... arrasadoras.

– Mas como tudo isso pode ser verdade? *Como?* – perguntou ela, inteiramente confusa.

– Não sei. Há tanta coisa para aprender e estivemos tão pouco tempo juntos! Ele se alimenta com o sangue vivo... quanto a isso não pode haver dúvida, a julgar pelo que vi nos cadáveres dos soldados. Todos foram sugados pelo pescoço. Ontem comprovei que a imagem dele *não* se reflete no espelho, o que demonstra ser verdadeira esta parte da lenda tradicional dos vampiros. Entretanto são falsas as relativas à repulsa ao alho e à prata. Ele parece ser uma criatura da noite... somente aparece e ataca à noite. Contudo, duvido muito que passe as horas do dia dormindo em algo melodramático como um esquife.

– Um vampiro – comentou Magda em um sussurro. – Sentada aqui, com o sol brilhando sobre minha cabeça, isso me parece tão ridículo, tão...

– Você achou ridículo quando, duas noites atrás, ele sugou a luz de nosso quarto? Foi ridículo o aperto que ele deu em seu braço?

Magda levantou-se, esfregando o local acima de seu cotovelo direito; curiosa por saber se as marcas ainda estavam lá, afastou-se um pouco e arregaçou a manga do vestido. Sim... ainda permaneciam... riscos longos, de uma cor acinzentada de cadáver. Ao descer a manga, percebeu que os riscos tinham começado a desaparecer, que a pele retomava sua cor rosada e saudável sob a luz direta do sol. Enquanto observava, a mancha sumiu de todo.

Sentindo-se subitamente fraca, Magda cambaleou e teve de apoiar-se no encosto da cadeira de rodas. Esforçando-se para esconder sua perturbação, manteve-se atrás do pai. Mas não precisava ter se preocupado – ele estava novamente de olhos fixos no fortim, sem ter notado que ela se afastara.

– Ele está em algum lugar lá dentro – dizia o professor – esperando que caia a noite. Preciso falar com ele de novo.

– Trata-se realmente de um vampiro, papai? Será que ele foi mesmo um boiardo quinhentos anos atrás? Como poderemos saber que tudo não passa de um truque? Ele é capaz de provar o que diz?

– Provar? – disse ele com um quê de raiva na voz. – Por que teria ele necessidade de provar alguma coisa? O que lhe importa se acreditamos ou não no que ele diz? Tem seus próprios problemas e acha que lhe poderei ser útil. "Um aliado contra os invasores", foi o que ele disse.

– Você não deve ajudá-lo!

– E por que não? Se ele necessita de um aliado contra os alemães que invadiram seu fortim, poderei colocar-me à sua disposição, embora não veja em que lhe possa ser útil. Foi por isso que nada contei aos alemães.

Magda desconfiou que não era somente aos alemães que o pai sonegara informações; ela também não ficara sabendo de tudo. Ele não costumava agir assim.

– Papai, você não está falando sério!

– Molasar e eu temos um inimigo comum, não temos?

– No momento, talvez. Mas e depois?

Ele ignorou a pergunta.

– Não posso deixar de considerar que ele pode ser de grande utilidade em meu trabalho. Poderei aprender muita coisa com ele.

Preciso falar com ele outra vez. É indispensável! – insistiu, desviando o olhar do fortim. – Tanta coisa mudou de um momento para o outro... Tenho de rever uma porção de conceitos...

Magda tentou inutilmente compreender suas intenções.

– Qual o motivo de tanta preocupação, papai? Durante anos você achou que poderia haver algo de verdadeiro no mito dos vampiros. Chegou mesmo a enfrentar o ridículo. Agora que tem provas, parece contrariado. Deveria sentir-se eufórico.

– Você não está compreendendo? Pratiquei um exercício intelectual. Agrada-me trabalhar essa ideia, valer-me dela como autoestímulo e provocar todas aquelas mentes emperradas do departamento de história!

– Era mais do que isso, não negue.

– Está bem... mas nunca pensei que tal criatura ainda existisse. Nem, muito menos, que me coubesse a sorte de encontrá-la frente a frente! E jamais considerei – acrescentou baixando a voz – a possibilidade de que ele pudesse de fato temer...

Magda esperou que ele terminasse, mas o professor ficou em silêncio, sua mão direita procurando algo no bolso do casaco.

– Temer o quê, papai? Do que ele tem medo?

Cuza, porém, não estava prestando atenção ao que dizia a filha. Seus olhos tinham se fixado outra vez no fortim, enquanto a mão vasculhava o bolso.

– Ele é sem dúvida um ente maligno, Magda. Um parasita com poderes sobrenaturais que se alimenta de sangue humano. Um malefício em carne e osso. Mal que se tornou tangível. Se é isso mesmo, onde ele se esconde?

– Sobre o que você está falando? – estranhou Magda, pois os pensamentos do pai eram assustadores. – O que está dizendo não faz sentido!

Ele tirou a mão do bolso e mostrou à filha um objeto.

– *Isto!* É sobre isto que estou falando!

Era a cruz de prata que a moça pedira de empréstimo ao capitão. O que papai queria dizer? Por que ele a olhava daquela maneira, com os olhos tão brilhantes?

– Não compreendo.
– Molasar ficou apavorado ao vê-la!
O que papai estava achando de tão extraordinário?
– E daí? Por tradição um vampiro deve ser...
– *Por tradição!* Isso não é tradição, é realidade! E ele ficou *apavorado*! Quase desapareceu do quarto! *Uma cruz!*

Súbito, Magda percebeu o que tão dolorosamente vinha perturbando papai naquela manhã.
– *Ah!* Agora você compreende, não é? – disse ele, inclinando a cabeça com um pequeno sorriso triste.

Pobre papai! Ter passado toda a noite com aquele problema – lamentou Magda sem comentar, mas também sem aceitar o sentido do que acabara de ouvir.
– Mas você não pode realmente pretender...
– Não se pode ignorar um fato, Magda – disse ele, levantando a cruz e expondo ao sol a superfície brilhante do pequeno objeto de prata. – É parte de nossa crença, de *nossa* tradição, que Cristo não foi o Messias. Que o Messias ainda está por vir. Que Cristo foi apenas um homem e que seus discípulos eram pessoas bondosas mas ignorantes. Se isso for verdade... – acrescentou, olhando hipnotizado para a cruz. – Se isso for verdade... Se Cristo foi tão somente um homem, então por que uma cruz, instrumento de sua morte, iria apavorar tanto um vampiro? Por quê?
– Papai, você está forçando conclusões. É preciso que haja outros argumentos.
– Estou convencido de que há. Mas preste atenção no que lhe digo. Esses argumentos têm estado conosco todo o tempo, nas lendas, nos livros, nos filmes baseados no folclore. Entretanto, qual de nós lhes deu atenção? O vampiro tem medo da cruz. Por quê? Porque ela é o símbolo da salvação humana. Percebe o que isso significa? Essa ideia nunca me passou pela cabeça antes desta noite.

Será isso possível? – perguntou Magda a si mesma enquanto o pai fazia uma pausa. – *Será realmente possível?*

Papai retomou sua exposição em tom sombrio.

– Se uma criatura como Molasar acha o símbolo da cristandade tão repulsivo, a conclusão lógica é que Cristo deve ter sido mais que um simples homem. E se isso for verdade, então nosso povo, nossas tradições, nossas crenças durante dois mil anos, têm sido todos mal-orientados. O Messias já veio e não o reconhecemos!

– Você não pode dizer isso! Recuso-me a acreditar em suas conclusões! Deve *haver* outra explicação!

– Você não estava lá. Você não viu o pavor no rosto dele quando lhe mostrei a cruz. Não presenciou como ele tremeu aterrorizado e se encolheu todo até que eu recolocasse a cruz na caixa. *Ela tem poder sobre ele!*

Devia ser verdade. O fato conflitava com os mais arraigados dogmas que Magda aprendera. Contudo, se papai dissera, se ele vira, então devia ser verdade. Ela tentou fazer algum comentário, dizer uma palavra de apoio, mas limitou-se a murmurar:

– Papai.

– Não se preocupe, menina. Não estou a ponto de jogar fora a minha Torá nem pretendo recolher-me a um mosteiro. Minha fé é profunda, mas isso exige reflexão, você não acha? Levanta a suspeita de que podemos estar errados... que todos perdemos um barco que partiu há quase vinte séculos.

O pai estava tentando tornar a questão clara para ela, mas Magda percebia que ele próprio se sentia confuso.

Sentou-se na grama para pensar. Ao virar-se, percebeu um movimento na janela da estalagem, acima do local onde estavam. Algo avermelhado. Magda cerrou os punhos, furiosa, ao verificar que a janela era a do quarto de Glenn. Ele devia ter ouvido tudo.

Magda ficou de prontidão, durante alguns minutos, na esperança de surpreendê-lo, porém nada mais viu. Já estava prestes a desistir quando uma voz a surpreendeu:

– Bom dia!

Era Glenn, vindo do canto sul da estalagem, trazendo uma pequena banqueta em cada mão.

– Quem é? – perguntou o pai, impossibilitado de virar sua cadeira para ver quem tinha falado atrás dele.

– Uma pessoa que conheci ontem. Seu nome é Glenn. O quarto dele fica em frente ao meu.

Glenn sorriu alegremente para Magda, ao aproximar-se dela e parando diante da cadeira de papai. Sua altura fazia com que ele se destacasse como se fosse um gigante. Trajava calças de lã, botas de alpinista e uma camisa larga aberta no pescoço. Colocou as banquetas sobre a grama e estendeu a mão a papai.

– E bom dia também para o senhor. Já conhecia sua filha.

– Theodor Cuza – replicou papai, meio hesitante, com mal-disfarçadas suspeitas. Depositou sua mão enluvada e retorcida na de Glenn. Seguiu-se algo parecido com um aperto de mão, depois Glenn indicou uma das banquetas para Magda.

– Trouxe-lhe esta. A grama ainda está muito úmida para sentar-se nela.

Magda levantou-se do chão.

– Obrigada. Prefiro ficar de pé – replicou com toda a arrogância de que foi capaz. Estava ressentida por ele ter escutado a conversa e principalmente por ter-se intrometido naquele encontro de pai e filha.
– Estávamos de partida.

Quando Magda se aproximou do encosto da cadeira, para movimentá-la, Glenn colocou delicadamente a mão no braço dela.

– Por favor, não vá ainda. Acordei com o som de duas vozes embaixo de minha janela, falando sobre o fortim e também referindo-se a um vampiro. Vamos discutir um pouco esse assunto, se permitem – acrescentou com um sorriso.

Magda não encontrou palavras para responder, furiosa com a ousadia da intromissão e do pretexto para agarrar-lhe o braço. Todavia, não repeliu sua mão. Aquele contato lhe era agradável.

Papai, entretanto, nada tinha que o tolhesse:

– O senhor não deve mencionar a ninguém uma só palavra do que acabou de ouvir! Isso poderá custar nossas vidas!

– Não tenha a menor preocupação quanto a isso – replicou Glenn, deixando de sorrir. – Os alemães e eu nada temos a dizer-nos. Não vai sentar-se? – perguntou, dirigindo-se a Magda. – Trouxe esta banqueta para você.

Ela olhou para o pai.

– Papai?

– Parece que não temos muita escolha – concordou ele, inclinando a cabeça, resignado.

Glenn retirou a mão quando Magda foi sentar-se, surpresa por sentir um pequeno vazio indefinido. Glenn puxou a outra banqueta e sentou-se também.

– Magda me falou, na noite passada, a respeito do vampiro do fortim – disse ele –, mas não fiquei sabendo qual o seu nome.

– Molasar – respondeu papai.

– Molasar – repetiu Glenn lentamente, destacando as sílabas e com uma expressão de perplexidade. – Mo...la...sar... – Súbito, seu rosto iluminou-se, como se tivesse resolvido um quebra-cabeça. – Sim... Molasar. Um nome estranho, o senhor não acha?

– Não muito comum, mas não necessariamente estranho.

– E isso aí? – perguntou Glenn, apontando para a cruz ainda apertada entre os dedos retorcidos de Cuza. – Pareceu-me ouvir que Molasar se apavorou ao vê-la.

– Isso mesmo.

Magda notou que papai não estava disposto a fornecer detalhes.

– O senhor é judeu, não é, professor?

Uma inclinação de cabeça, indicando concordância.

– É costume dos judeus terem cruzes consigo?

– Minha filha pediu esta emprestada para mim, por causa de uma experiência que eu queria fazer.

Glenn voltou-se para Magda:

– Como a conseguiu?

– Pedi-a a um dos oficiais no fortim – Aonde conduziria tudo aquilo?

– Era dele mesmo?

– Não. Disse-me que pertencia a um dos soldados mortos – esclareceu Magda, começando a perceber o raciocínio que ele estava seguindo.

– É estranho – comentou Glenn, voltando sua atenção para papai – que esta cruz não tenha salvo o soldado que a possuía. O lógico seria pensar que uma criatura temerosa da cruz não escolhesse aquela vítima e se satisfizesse com outra, desprotegida de, como vamos chamar isso?, amuleto.

– Talvez a cruz estivesse escondida embaixo da camisa – disse papai. – Ou no bolso. Ou talvez mesmo guardada no quarto.

– Talvez, talvez – replicou Glenn com um sorriso.

– Nós não pensamos nisso, papai – disse Magda, ansiosa para apoiar qualquer ideia que contribuísse para animar o espírito do pai.

– É preciso pesquisar todas as pistas – ponderou Glenn. – É preciso pesquisar sempre tudo. Chega a ser uma ousadia minha recomendar isso a um professor.

– Como sabe que sou professor? – estranhou Cuza, com um brilho nos olhos. – Foi minha filha quem lhe contou?

– Não. Soube por Iuliu. Mas há algo mais que o senhor deixou de considerar e que é tão óbvio que ambos se sentirão encabulados quando eu disser o que é.

– Faça-nos então encabular – desafiou Magda. – *Por favor*.

– Está bem. Por que um vampiro iria ter medo de cruzes, se mora em um fortim cujas paredes estão guarnecidas de centenas delas? Pode explicar isso?

Magda olhou para o pai e surpreendeu-se ao vê-lo olhando também para ela.

– Bem... – desculpou-se papai, com um sorriso embaraçado. – Estive tantas vezes no fortim e me preocupei tanto com sua origem que nem prestei atenção nas cruzes!

– Isso é muito natural. Eu mesmo estive aqui algumas vezes e as cruzes me pareceram fazer parte do conjunto. Mas a pergunta continua: por que uma criatura que tem tanto horror a cruzes vive cercado delas? – perguntou Glenn, levantando-se e colocando a banqueta no ombro. – E agora acho que vou pedir a Lídia o meu café e deixar que pai e filha descubram a resposta, se é que há uma.

– Qual é o seu interesse nisso? – perguntou papai. – O que está fazendo aqui?

– Apenas viajando – respondeu Glenn. – Gosto desta região e visito-a regularmente.

– Parece que o senhor dispensa ao fortim mais que uma simples curiosidade e que tem profundos conhecimentos a respeito dele.

– Estou certo de que o senhor o conhece muito melhor que eu.

– Gostaria de saber de que modo poderei evitar que meu pai volte para lá esta noite – disse Magda.

– Devo voltar, minha querida. *Preciso* enfrentar Molasar outra vez.

Magda esfregou as mãos, que tinham ficado geladas ante a ideia de papai retornar ao fortim.

– Tudo o que desejo é que você não seja encontrado com a garganta estraçalhada, como aconteceu com os outros.

– Há coisas piores que podem acontecer a um homem – interveio Glenn.

Surpreendida pela alteração no tom da voz dele, Magda encarou-o e percebeu que toda a alegria e despreocupação haviam desaparecido de seu rosto. Glenn olhava fixamente para papai. Aquele quadro durou apenas uns segundos, depois ele sorriu de novo.

– O café me espera. Conto vê-los novamente enquanto estivermos por aqui. Mas permitam-me mais uma coisa antes que eu me retire.

Encaminhou-se para trás da cadeira de rodas e a girou num arco de 180 graus.

– Por que está fazendo isso? – perguntou papai enquanto Magda se levantava de um salto.

– Apenas proporcionando-lhe uma mudança de paisagem, professor. O fortim não passa, afinal de contas, de uma vista melancólica. O dia está bonito demais para se estar olhando um panorama triste – acrescentou, indicando o desfiladeiro. – Olhe para o sul e para o leste, e não para o norte. Com sua simplicidade, esta região é uma das mais bonitas do mundo. Veja como a grama é verde, como as flores silvestres estão desabrochando. Esqueça o fortim por um momento.

Durante um breve instante os olhares dele e de Magda se cruzaram; depois ele se retirou por trás da estalagem, a banqueta sobre o ombro.

– Um tipo estranho esse, não acha? – observou papai com ironia.

– Sim, sem dúvida.

Ainda que o achasse estranho, Magda sentia gratidão para com ele. Por alguma razão que só ele conhecia, Glenn intrometera-se na conversa deles e lhe emprestara outro rumo, distraindo papai, levantando-lhe o ânimo, mas deixando-lhes também uma interrogação. Fizera tudo aquilo habilmente, com inegável eficiência. Mas por quê? Que interesse poderia ele ter a respeito dos íntimos tormentos de um judeu aleijado, vindo de Bucareste?

– A verdade é que ele levantou algumas questões – prosseguiu papai. – Excelentes questões. Como elas não me ocorreram?

– Nem a mim!

– Naturalmente – procurou justificar-se o professor –, ele não está sob o duro impacto de um encontro pessoal com uma criatura considerada até agora simples produto de uma imaginação doentia. É mais fácil para ele ser objetivo. A propósito, como você o conheceu?

– Ontem à noite, quando eu estava vigiando a janela de seu quarto no fortim...

– Você não deve se afligir dessa maneira. Até parece que não fui eu que criei você, e sim você a mim!

Magda ignorou a interrupção:

– ...ele chegou a galope, como se fosse tomar o fortim de assalto, parando apenas quando viu as luzes e os alemães.

Papai pareceu não dar muita importância ao relato e mudou de assunto.

– Por falar em alemães, é melhor eu ir tratando de regressar, antes que venham buscar-me. Prefiro voltar para o fortim voluntariamente do que sob a ponta de uma baioneta.

– Não haveria um jeito de...

– Fugir! É claro! Basta que você empurre a minha cadeira pela estrada até Campina! Ou talvez você me ajude a montar no lombo de um cavalo – o que, certamente, tornará a viagem mais fácil. – O tom de sua voz se tornava cada vez mais irritado à medida que falava. – Ou, melhor que tudo, por que você não vai pedir àquele major da SS que nos empreste um de seus caminhões, dizendo que é apenas por uma tarde? Estou certo de que ele concordará.

— Não há necessidade de falar comigo desse jeito — disse ela, ferida pelo sarcasmo do pai.

— Também não há necessidade de você torturar-se com a esperança de uma fuga para nós dois. Esses alemães não são tolos. Sabem que não posso fugir e que você não fugirá sem mim, por mais que eu desejasse. Não fosse isso, pelo menos um de nós estaria livre.

— Ainda que *pudesse* sair, você voltaria ao fortim, não é verdade, papai? — disse Magda, começando a compreender a atitude do pai. — Você *deseja* voltar para lá.

O professor evitou os olhos da filha.

— Estamos presos e sinto que devo aproveitar a oportunidade de uma vida inteira. Se a deixasse escapar, eu seria um traidor de todo o meu trabalho.

— Mesmo que um avião pousasse aqui agora e o piloto nos convidasse para embarcarmos, você não aceitaria, não é?

— *Preciso* vê-lo outra vez, Magda! Preciso perguntar-lhe a respeito daquelas cruzes nas paredes! Como ele se tornou o que é. Sobretudo, preciso saber por que ele tem pavor da cruz. Se não conseguir... serei capaz de enlouquecer!

Nenhum dos dois falou durante alguns minutos. Longos minutos. Magda sentia que o silêncio alargava o fosso entre eles. Isso nunca acontecera antes. Sempre trocavam ideias. Agora, porém, parecia que o professor não queria discussões, mas simplesmente retornar ao fortim, para ver Molasar.

— Leve-me de volta — foi tudo o que ele disse, e o silêncio retornou, insuportável.

— Fique um pouco mais. Você já esteve bastante tempo no fortim. Acho que isso está lhe fazendo mal.

— Sinto-me perfeitamente bem, Magda. E direi quando achar que minha permanência no fortim se prolongou demais. E agora você vai levar-me de volta ou terei de esperar, sentado aqui, que os nazistas venham me buscar?

Mordendo os lábios em desespero e frustração, Magda colocou-se atrás da cadeira e começou a empurrá-la na direção do fortim.

20

Ele estava sentado um pouco afastado da janela, de maneira a poder ouvir a conversa embaixo, sem ser visto por Magda no caso de ela levantar os olhos. Fora descuidado da vez anterior. Ansioso para ouvi-la melhor, debruçara-se no peitoril. Quando Magda inesperadamente olhou para cima, ele não teve tempo de recuar. Decidira então que seria melhor uma abordagem direta e descera para conversar com eles.

Agora parecia que cessara completamente a conversa. Ao ouvir o ruído das rodas da cadeira do professor, inclinou-se para a frente e divisou os dois se afastando. Magda parecia calma enquanto empurrava a cadeira apesar da revolta que, imaginava ele, estaria dominando seu espírito. Esticou o pescoço para um último olhar quando os dois dobraram a esquina da estalagem e desapareceu de vista.

Obedecendo a um impulso súbito, ele correu para a porta, atravessou o corredor em três largas passadas, entrou no quarto de Magda e se dirigiu diretamente para a janela. Ela estava atravessando a ponte, com a cadeira de rodas à sua frente.

Era um prazer vê-la caminhar.

Glenn se interessara por Magda desde o primeiro encontro no desfiladeiro, quando ela o enfrentara com arrogante calma, apertando na mão uma pedra. Depois, quando ela viera a seu encontro na sala da estalagem para comunicar que não lhe cederia o quarto, ele vira pela primeira vez, à luz do candeeiro, o brilho de seus olhos e sentiu uma emoção desconhecida. Olhos de um castanho profundo, as faces rosadas... Gostou do jeito com que ela o olhou e achou maravilhoso o seu sorriso. Magda sorrira apenas uma vez na presença dele, enrugando os cantos dos olhos e revelando dentes brancos e parelhos. E o cabelo... Os pequenos cachos que percebera sob o lenço eram de um castanho lustroso... Ela deveria usá-lo solto, em vez de escondê-lo.

Mas a atração era mais do que física. Aquela moça provinha de boa cepa. Glenn ficou a contemplá-la enquanto ela alcançava a entrada do fortim e entregava a cadeira para o guarda. O portão tornou a fechar-se e Magda ficou sozinha na extremidade da ponte. Quando a moça se voltou e iniciou a caminhada de regresso, ele se recolheu para o fundo do quarto, de modo a não ser visível pela janela, mas sem deixar de observá-la.

Olhar para ela! Vê-la afastar-se do fortim. Ela sente que cada par de olhos na muralha estão fixos nela; que naquele momento não há quem, em pensamento, não a tenha despido e violado. Entretanto, caminha com o queixo erguido, seu andar nem apressado nem provocador – perfeitamente tranquila, como se estivesse fazendo uma entrega de rotina e rumasse à seguinte. Apesar disso, quanta revolta dentro dela!

Glenn não podia dominar sua admiração silenciosa. Aprendera ao longo dos anos a esconder seus sentimentos sob uma capa de calma impenetrável. Era como se uma concha o mantivesse isolado, imune a qualquer contato íntimo, reduzindo suas probabilidades de conduta impulsiva e permitindo-lhe uma apreciação clara, serena e desapaixonada de tudo e de todos em torno dele, mesmo em meio à maior confusão.

Percebeu que Magda era uma das raras pessoas com poder de penetrar em sua concha, de provocar turbulências em sua calma. Sentia-se atraído por ela e devotava-lhe respeito – algo que raramente concedia a outra pessoa.

Apesar de tudo, não lhe sobrava tempo para devaneios. Precisava manter-se a distância. Entretanto... há muitos anos não convivia com uma mulher, e Magda despertara nele sentimentos que julgava adormecidos para sempre. Era bom relembrá-los. Magda conseguira iludir a guarda dele e Glenn sentia que também estava iludindo a dela. Seria formidável se...

Não! Você não pode desviar-se de sua missão! Não tem tempo para distrair-se. Agora, não. Em qualquer outra ocasião sim, mas não agora. Somente um tolo...

Apesar de tudo...

Suspirou, resignado. Era melhor guardar seus sentimentos novamente, antes que perdesse o controle da situação. De outro modo, o resultado poderia ser desastroso. Para ambos.

Ela já estava chegando à estalagem. Glenn deixou o quarto, fechando cuidadosamente a porta, e voltou para o seu. Atirou-se na cama e se deixou ficar imóvel, com as mãos na nuca, esperando o ruído dos passos na escada. Ela, porém, não subiu.

PARA SUA SURPRESA, Magda deu-se conta de que, quanto mais se aproximava da estalagem, menos pensava no pai e mais em Glenn. Um sentimento de culpa a dominou. Deixara o pai aleijado, sozinho, cercado de nazistas e tendo de enfrentar um vampiro naquela noite. Apesar de tudo, seus pensamentos se concentravam em um estranho. Fazendo a volta por trás da estalagem, ela experimentava uma estranha sensação e sentia o pulso mais acelerado ao pensar nele.

Falta de alimentação, pensou ela. Ainda não comera nada naquela manhã.

Não havia ninguém atrás da estalagem. A banqueta que Glenn trouxera para ela ali estava, vazia e isolada, banhada pelo sol. Olhou para a janela dele. Também não havia ninguém.

Magda apanhou a banqueta e levou-a para a parte da frente, dizendo para si mesma que o que sentia não era desapontamento, mas simplesmente fome.

Lembrou-se de que Glenn havia dito que iria tomar seu café da manhã. Talvez ele ainda estivesse na sala. Apressou o passo. Sim, o que ela tinha era fome.

Entrou na sala e viu Iuliu sentado no recanto onde eram servidas as refeições, à sua direita. Ele cortara uma grande fatia de queijo e estava bebendo leite de cabra. O estalajadeiro parecia comer pelo menos seis vezes por dia.

Estava sozinho.

— *Domnisoara* Cuza! — chamou ele. — Aceita um pedaço de queijo?

Magda aceitou com um movimento de cabeça e sentou-se. Não tinha tanta fome como imaginara, mas precisava se alimentar para continuar vivendo. Além disso, havia algumas perguntas que precisava fazer a Iuliu.

– Seu novo hóspede – disse ela, em tom distraído, servindo-se de uma fatia de queijo branco – deve ter tomado o café da manhã no quarto.

– O café da manhã? – estranhou Iuliu. – Ele não costuma fazer as refeições aqui. Muitos viajantes trazem sua própria comida consigo.

Magda surpreendeu-se. Por que então Glenn dissera que iria pedir que Lídia lhe servisse o café? Uma desculpa para retirar-se?

– Diga-me uma coisa, Iuliu. Você parece ter-se acalmado depois do que houve ontem à noite. Por que ficou tão assustado quando Glenn chegou?

– Não foi nada.

– Iuliu, você estava tremendo de pavor. Gostaria de saber por que, principalmente considerando que meu quarto fica em frente ao dele. Tenho o direito de saber se você o acha perigoso.

O estalajadeiro concentrou-se em cortar sua fatia de queijo.

– A senhora vai dizer que sou um bobo.

– Não, não vou.

– Está bem – disse ele em tom conspirador, deixando a faca sobre a mesa. – Quando eu era criança, meu pai dirigia a estalagem e, como eu, pagava os trabalhadores do fortim. Houve uma ocasião em que não chegou o ouro destinado às despesas. Parece que fora roubado, e meu pai não pôde pagar todos os salários. O fato se repetiu no mês seguinte: parte do dinheiro desapareceu. Então certa noite chegou um estranho e começou a bater em meu pai, socando-o e arremessando-o pela sala como se ele fosse feito de palha e dizendo-lhe que entregasse o dinheiro. "Entregue o dinheiro! Entregue o dinheiro!" – Iuliu inflou suas já amplas bochechas. – Meu pai, envergonha-me dizê-lo, entregou o dinheiro. Ele pegara uma parte dele e a escondera. O estranho estava furioso. Nunca tinha visto alguém com tanta raiva. Ele começou a bater e a dar pontapés em meu pai de novo, deixando-o com os dois braços quebrados.

– Mas o que isso tem a ver com...

– A senhora deve entender – prosseguiu Iuliu inclinando-se para a frente e baixando ainda mais o tom de voz – que meu pai era um homem honesto e que o início do século foi uma época muito ruim aqui na região. Papai reservara apenas um pouquinho do ouro a fim de que tivéssemos o que comer durante o inverno seguinte, e tinha a intenção de pagar o empréstimo quando as coisas melhorassem. Foi a única ação desonesta que ele praticou em toda a sua vida...

– Iuliu! – exclamou Magda, interrompendo aquela torrente de palavras. – O que isso tem a ver com o novo hóspede?

– Eles parecem ser a *mesma* pessoa, *domnisoara*. Eu tinha apenas 10 anos na época, mas me lembro do homem que bateu em meu pai. Nunca mais o esquecerei. Ele tinha o cabelo vermelho e era igualzinho a este homem. Acontece – acrescentou com uma risadinha – que o primeiro tinha talvez uns 30 anos, tal como este de agora, e o fato se passou há mais de 40. E à luz do lampião, ontem à noite, eu... eu pensei que ele viera para me bater também.

Magda ergueu as sobrancelhas, interrogativamente, e Iuliu se apressou em explicar.

– Não que esteja faltando ouro agora, claro. É que os trabalhadores estão proibidos de entrar no fortim para fazer seu serviço e eu continuo a pagá-los da mesma maneira. Ninguém poderá dizer que guardei o ouro para mim. Nunca!

– É claro que não, Iuliu – disse Magda, levantando-se e apanhando mais uma fatia de queijo. – Acho que vou para o quarto repousar um pouco.

Iuliu sorriu e assentiu com a cabeça.

– O jantar será servido às seis.

Magda subiu as escadas rapidamente, mas, sem querer, diminuiu o passo ao cruzar pela porta de Glenn, olhando de soslaio e imaginando o que ele estaria fazendo, ou mesmo se estava lá dentro.

O quarto dela estava abafado, levando-a a deixar a porta aberta a fim de canalizar a brisa que vinha da janela. O jarro de porcelana sobre a cômoda estava cheio. Magda derramou um pouco de água fresca na bacia e molhou o rosto. Sentia-se exausta, mas tinha certeza de que dormir seria impossível... Pensamentos demais enchiam-lhe a cabeça, impedindo-a de descansar alguns minutos.

Um forte pipilar de passarinhos levou-a até a janela. Em meio aos densos ramos da árvore que crescera junto à parede norte da estalagem havia um ninho. Ela podia ver quatro filhotes – cujas cabecinhas se resumiam aos olhos e aos bicos escancarados – que esticavam os pescoços magros para receberem o alimento que a mãe lhes trazia. Magda nada sabia a respeito de pássaros. Aquele era cinzento, com manchas pretas nas asas. Se ela estivesse em sua casa em Bucareste, talvez ficasse contemplando a cena. Mas, com todas as coisas que vinham acontecendo, não tinha a menor disposição para apreciar aquilo.

Tensa, inquieta, vagou pelo pequeno quarto. Verificou a lanterna que havia trazido. Ainda funcionava. Ótimo. Precisaria dela naquela noite. Quando vinha retornando do fortim chegara a uma decisão.

Seus olhos pousaram no bandolim encostado a um canto perto da janela. Ela o apanhou, sentou-se na cama e começou a tocar. A princípio por tentativas, afinando o instrumento aos primeiros acordes, foi aos poucos relaxando os nervos e tocando com gosto, passando de uma canção folclórica para outra. Como acontece com tantos amadores eficientes, ela adquiriu uma forma de arrebatamento com seu bandolim, os olhos fixos num ponto do espaço, as mãos se movimentando pelo tato, a voz murmurando em surdina as palavras de cada canção. A tensão cedeu, substituída por uma tranquilidade interior. Ela continuou tocando, esquecida do passar das horas.

Um leve ruído em sua porta trouxe-a de volta à realidade. Era Glenn.

– Você toca muito bem – disse ele, sem entrar.

Ela ficou alegre por ver que era ele, alegre porque sorria para ela, e alegre também pelo prazer que demonstrara em ouvi-la.

Magda sorriu timidamente.

– Não tão bem como devia se estudasse mais.

– Talvez. Mas a variedade de seu repertório é maravilhosa. Conheço apenas uma pessoa capaz de tocar tantas canções com tal precisão.

– Quem é?

– Eu.

Lá estava novamente a pretensão. Ou quem sabe ele queria apenas divertir-se à custa dela? Magda decidiu pagar para ver. Indicou-lhe o bandolim.

– Então mostre.

Sorrindo, Glenn entrou no quarto, puxou uma banqueta para junto da cama, sentou-se e apanhou o bandolim. Depois de dedilhar as cordas, ajustando a afinação, começou a tocar. Magda escutava estupefata. Um homem daquele tamanho, com mãos tão grandes, tocava nas cordas com incrível delicadeza. Estava evidentemente procurando provar o que dissera, tocando muitas das mesmas canções, porém em estilo mais complexo.

Magda estudou-o. Gostava da maneira como sua camisa azul se esticava ao longo dos ombros. As mangas estavam arregaçadas até os cotovelos e, enquanto ele tocava, os músculos e os tendões se movimentavam sob a pele de seus braços. Havia cicatrizes naqueles braços, desde os pulsos até onde as mangas da camisa permitiam ver. Teve vontade de perguntar-lhe a respeito de tantas cicatrizes, mas desistiu, achando que seria uma indagação muito pessoal. Entretanto, não seria demais procurar saber onde ele aprendera aquelas canções.

– A última canção que você tocou estava errada – disse-lhe Magda.

– Qual?

– Eu a chamo "The Bricklayer's Lady". Bem sei que a letra varia conforme o local, mas a melodia é sempre a mesma.

– Nem sempre – contestou Glenn. – Foi deste modo que ela foi originalmente tocada.

– Como pode ter tanta certeza? – Aquela irritante pretensão outra vez.

– Porque a *lauter* da vila que me ensinou a canção já era velha quando nos conhecemos, e ela morreu há muitos anos.

– Que vila? – perguntou Magda, sentindo uma indignação crescente. Aquela área pertencia à sua especialidade. Quem era ele para corrigi-la?

– Kranich... perto de Suceava.

– Ah... na Moldávia. Isso pode explicar a diferença. – Quando levantou a cabeça, surpreendeu os olhos dele fixos nela.

– Sente-se solitária com a ausência de seu pai?

Magda pensou sobre aquilo. A princípio sentira falta do pai e não sabia o que fazer sem ele. Naquele momento, porém, achava-se muito contente por estar sentada ali com Glenn, ouvindo-o tocar e, sim, até discutindo com ele. Ela jamais o teria convidado a ficar em seu quarto, mesmo com a porta aberta; entretanto tudo acontecera naturalmente e ela, sentindo-se segura, deleitava-se com os olhares dele, sobretudo com aqueles olhos azuis, embora fosse evidente a preocupação dele em impedir que eles revelassem muita coisa.

– Sim e não – respondeu ela afinal.

– Uma resposta honesta – comentou ele, rindo. – Ou melhor, duas respostas.

Um silêncio cresceu entre ambos, e Magda deu-se conta de que Glenn era verdadeiramente um homem, um homem grande e ossudo, com a pele esticada sobre seus ossos. Havia em torno dele uma aura de *masculinidade*, algo que ela jamais notara em qualquer outro homem. Não sentira isso na noite anterior nem pela manhã, mas agora, naquele pequeno quarto, a presença dele parecia encher todos os espaços. Isso a agradava, fazendo com que ela se sentisse estranha e diferente. Uma sensação primitiva. Ouvira falar de magnetismo animal... Seria isso o que estava agora experimentando na presença dele? Ou era por que ele parecia ter tanta vida? Ele irradiava vitalidade.

– Você é casada? – perguntou Glenn, olhando para o anel de ouro no dedo anular da mão direita de Magda: a aliança que fora de sua mãe.

– Não.

– Tem um amante, então?

– Claro que não.

– Por que não?

– Porque... – Magda hesitou. Não ousaria dizer-lhe que, a não ser em seus sonhos, ela descartara qualquer possibilidade de viver com um homem. Todos os que lhe tinham agradado, nos últimos anos, eram casados; quanto aos solteiros, parece que queriam continuar assim, por motivos de foro íntimo ou porque nenhuma mulher suficientemente digna os aceitara. Mas sem dúvida todos os homens que conhecera não passavam de anões insignificantes se comparados com o que se encontrava agora sentado à sua frente. – Porque já passei da idade em que essas coisas têm alguma importância! – respondeu ela finalmente.

– Você é apenas uma criança!
– E quanto a você? É casado?
– Não agora.
– Já foi?
– Algumas vezes.
– Toque mais uma canção! – pediu Magda, exasperada. Glenn parecia preferir caçoar dela do que dar-lhe respostas sérias.

Passado algum tempo, a música foi de novo interrompida e a conversa recomeçou, abrangendo uma série de tópicos, sempre, porém, relacionados com ela. Magda se surpreendeu falando a respeito de tudo o que a interessava, a começar pela música e pelos ciganos e o folclore rural romeno, fontes da música que ela tanto amava, e sobre suas esperanças, sonhos e opiniões. As palavras a princípio soaram vacilantes, mas logo passaram a fluir com entusiasmo, encorajadas pela atenção de Glenn. Era uma das raras vezes na vida de Magda em que ela tomava a iniciativa dos assuntos. E Glenn *escutava*. Parecia sinceramente interessado em tudo o que ela dizia, ao contrário de tantos outros homens que fingem escutar, à espera da primeira oportunidade para tomarem conta da conversa. Glenn insistia em não falar de si mesmo, devolvendo o assunto para ela.

As horas se escoaram, até que as sombras começaram a envolver a estalagem. Magda bocejou.

– Desculpe-me – disse ela. – Acho que estou tornando-me importuna, falando tanto de mim. Vamos falar de você. Onde nasceu?

– Cresci viajando por toda a Europa ocidental – replicou ele, sacudindo os ombros. – Acho que posso considerar-me britânico.

– Você fala romeno excepcionalmente bem, quase como um nativo.

– É que tenho visitado o país inúmeras vezes, chegando a morar uns tempos com famílias romenas.

– Mas, sendo um súdito britânico, não está correndo perigo em vir à Romênia nesta época? Especialmente com os nazistas tão próximos?

– Na verdade – explicou Glenn, depois de hesitar por um momento –, não tenho cidadania definida. Possuo documentos de vários países, provando minha nacionalidade, mas nenhum é verdadeiro. Nestas montanhas não se necessita de tais papéis.

Um homem sem nacionalidade? Magda nunca ouvira falar de algo assim. A que país ele devia ser leal?

– Tenha cuidado. Não há muitos romenos de cabelos ruivos.

– É verdade – replicou ele com um sorriso, passando a mão pela cabeleira. – Mas os alemães estão no fortim e a Guarda de Ferro não se aventura nas montanhas sem um motivo muito forte. Procurarei não aparecer enquanto estiver por aqui, o que espero que não se prolongue por muito tempo.

Magda sentiu-se decepcionada. Teria muito prazer em sabê-lo por perto.

– Quanto tempo? – Sentiu que fizera a pergunta de maneira muito ansiosa, mas não pôde evitá-la. Queria saber.

– O tempo suficiente para uma última visita antes que a Alemanha e a Romênia declarem guerra à Rússia.

– Isso não pode ser!

– É inevitável. E não vai demorar – acrescentou ele, levantando-se.

– Aonde vai?

– Vou deixá-la descansar. Está precisando.

Glenn inclinou-se e colocou o bandolim nas mãos dela. Por um momento, seus dedos se tocaram e Magda teve uma sensação, como se um choque elétrico a sacudisse, fazendo com que ela estremecesse dos pés à cabeça. Entretanto, ela não retirou a mão... Oh, não!... Isso faria com que a sensação desaparecesse, que cessasse o delicioso calor que lhe percorria o corpo todo, descendo-lhe pelas pernas.

Ela percebeu que Glenn sentira algo, também, a seu modo.

Então ele rompeu o contato e se dirigiu para a porta. A sensação interrompeu-se, deixando-a um tanto enfraquecida. Gostaria de deter

Glenn, agarrar sua mão, pedir-lhe para ficar. Entretanto, não podia imaginar-se fazendo uma coisa daquelas, e ficou chocada por sua imaginação ter ido tão longe. A incerteza também a dominava. Tais emoções e conflitos eram novidade para ela. Como poderia controlá-los?

Quando a porta se fechou atrás dele, Magda sentiu que o encantamento desaparecera, substituído por uma sensação de vazio. Permaneceu imóvel por alguns instantes, depois disse a si mesma que provavelmente aquela fora a melhor solução – ela ter ficado sozinha. Precisava dormir, descansar, para mais tarde estar bem alerta.

Decidira não deixar que papai enfrentasse sozinho Molasar naquela noite.

21

O fortim
Quinta-feira, 1º de maio
17h22

O capitão Woermann estava sentado em seu quarto, sozinho. Observara as sombras envolverem lentamente o fortim até o sol desaparecer. Sua intranquilidade crescera com as sombras, embora não devesse ser assim. Afinal, já tinham se passado duas noites consecutivas sem que se registrasse uma morte, e não havia razão para que o quadro se alterasse. Todavia, restava uma sensação de mau agouro.

O moral dos homens se elevava enormemente. Eles começavam a agir e a sentir-se novamente vitoriosos. Woermann percebia isso em seus olhos e rostos. Tinham sido ameaçados, alguns haviam morrido, mas eles persistiram e mantinham ainda a posse do fortim. Sem a presença da moça e sem que nenhum outro de seus camaradas fosse assassinado, estabeleceu-se uma trégua tácita entre os homens de uniforme cinza e os de preto. Não se misturavam, mas havia um novo sentimento de camaradagem – todos tinham triunfado. Woermann, porém, sentia-se incapaz de participar daquele otimismo.

Olhou para o quadro que estava pintando. Perdera todo o entusiasmo para continuar trabalhando nele e não tinha vontade de iniciar outro. Sequer se animava a preparar a tinta e corrigir a sombra que parecia representar um enforcado. Toda a sua atenção se concentrava agora naquela sombra. Cada vez que olhava para o quadro ela parecia-lhe mais nítida. O vulto estava mais escuro, a forma da cabeça mostrava-se mais definida. O oficial estremeceu e desviou o olhar. Tolices...

Não... não tolices de todo. Havia ainda qualquer coisa repulsiva em curso no fortim. Não houvera mortes nas duas noites anteriores, mas o fortim não mudara. O mal não desaparecera; estava apenas... descansando. Descansando? Seria essa a palavra exata? Não, realmente. Contendo-se, talvez, pois com certeza não havia ido embora. As paredes ainda pareciam pressioná-lo, o ar continuava pesado e repleto de ameaças. Os homens podiam dar tapinhas amigos nas costas uns dos outros, conversar animadamente, mas Woermann continuava apreensivo. Bastava-lhe olhar para seu quadro inacabado para sentir, com absoluta certeza, que as mortes seriam retomadas, que estava havendo apenas uma pausa que poderia durar alguns dias ou acabar naquela mesma noite. Nada fora superado nem afastado. A morte ainda estava ali, esperando, pronta a agir de novo quando julgasse oportuno.

Retesou o corpo para sustar um calafrio. Alguma coisa aconteceria em breve. Sentia isso na medula de sua espinha.

Mais uma noite... deem-me apenas mais uma noite.

Se a morte esperasse até a manhã seguinte, Kaempffer partiria para Ploiesti. Depois disso, Woermann podia restabelecer suas normas sem a interferência da SS. E retirar seus homens do fortim imediatamente, se tudo começasse outra vez.

Kaempffer... o que estaria o inefável Erich planejando? Não aparecera durante toda a tarde.

O SS-*STURMBANNFÜHRER* KAEMPFFER estava debruçado sobre o mapa do entroncamento ferroviário de Ploiesti, aberto sobre sua cama. A luz do sol enfraquecia rapidamente e seus olhos doíam de tanto examinar os finos traçados das linhas que se entrecruzavam. Era melhor suspender o trabalho do que continuá-lo sob a fraca iluminação proporcionada pelas lâmpadas elétricas.

Endireitando o corpo, esfregou os olhos. Afinal, o dia não fora perdido de todo. O novo mapa do entroncamento ferroviário fornecer-lhe-á algumas informações úteis. Ele começaria por eliminar a autoridade dos romenos. Todos os detalhes relativos à construção do novo campo seriam determinados por ele, inclusive a escolha do local. Julgou ter encontrado um que satisfazia suas exigências. Havia uma série de antigos armazéns na extremidade oriental do entroncamento. Se aqueles grandes depósitos não estivessem em uso nem destinados a alguma importante utilização, poderiam servir como sede do campo de Ploiesti. Cercas de arame farpado seriam levantadas em questão de dias e depois a Guarda de Ferro se encarregaria de recrutar os judeus.

Kaempffer estava ansioso para começar. Deixaria que a Guarda de Ferro reunisse os primeiros "hóspedes" segundo o critério que achassem melhor enquanto ele supervisionava a instalação do campo. Uma vez que isso estivesse encaminhado, ele poderia dispor de mais tempo para ensinar aos romenos os eficientes métodos da SS para punir os indesejáveis.

Ao dobrar o mapa seus pensamentos se fixaram nos imensos benefícios que poderiam ser proporcionados pelo campo e nas precauções a tomar para que a maioria desses benefícios ficasse com ele. Recolher desde logo os anéis, os relógios e as joias dos prisioneiros; os dentes de ouro e as cabeleiras das mulheres poderiam ser arrecadados depois. Os comandantes na Alemanha e na Polônia estavam todos ficando ricos. Kaempffer não via motivo para que ele fosse uma exceção.

E ainda haveria mais. Num futuro próximo, depois que ele conseguisse fazer o campo funcionar como um mecanismo bem lubrificado, surgiriam certamente oportunidades para ceder alguns dos prisioneiros mais fortes para trabalharem na indústria romena. Era uma prática já adotada em outros campos, e muito lucrativa. Ele poderia muito bem emprestar um grande número de prisioneiros, em especial porque a Operação Barbarossa estava para ser desencadeada. O Exército romeno iria invadir a Rússia, juntamente com a Wehrmacht, reduzindo em muito a força de trabalho do país. Sim, as fábricas estariam necessitando de trabalhadores. O salário deles iria, naturalmente, para o bolso do comandante do campo.

Ele conhecia os truques. Aprendera-os com Hess em Auschwitz. Não era todos os dias que um homem tinha uma oportunidade como aquela de servir seu país, melhorar o equilíbrio genético da raça humana e ficar rico – tudo ao mesmo tempo. Era um homem de sorte...

A não ser por aquele desgraçado fortim. Afinal, o problema parecia estar agora sob controle. Se tudo continuasse assim, ele partiria na manhã seguinte e informaria seu êxito a Berlim. O relatório deveria parecer adequado:

Ele chegara e perdera dois homens na primeira noite, antes que pudesse assumir a contraofensiva; depois desta, não houve mais mortes. (Seria vago a respeito da maneira como detivera as mortes, mas bastante claro relativamente ao responsável pelo mérito.) Após três noites sem mortes, partira. Missão cumprida. Se as mortes recomeçassem após sua partida, a culpa seria daquele incompetente, Woermann. Mas, a essa altura, Kaempffer já estaria completamente empenhado na instalação do Campo de Ploiesti. Eles mandariam qualquer outro para socorrer Woermann.

A BATIDA DE LÍDIA na porta, anunciando o jantar, arrancou Magda de seu sono. Com as mãos em concha, jogou um pouco de água fresca no rosto, sentindo-se bem acordada, embora sem apetite. Seu estômago estava tão embrulhado que seria impossível ingerir qualquer alimento.

Debruçou-se na janela. Havia ainda no céu traços de luz, mas ninguém no desfiladeiro. A noite já começara a envolver o fortim, porém as lâmpadas do pátio ainda não tinham sido acesas. Havia aqui e ali janelas iluminadas, como olhos no escuro. A de papai era uma delas, mas ainda não participava da cena que Glenn denominara, na primeira noite, "atração barata para turista".

Perguntou a si mesma se Glenn se encontraria agora lá embaixo, à mesa de jantar. Estaria pensando nela? Acaso esperando por ela? Ou teria preferido fazer sua refeição sozinho? Não importava. Ela não poderia, sob qualquer circunstância, deixar que ele a visse. Um olhar nos olhos dela e ele descobriria sua intenção e poderia tentar impedi-la de realizar o que planejara.

Magda procurou fixar sua atenção no fortim. Por que estava pensando em Glenn? Ele, evidentemente, poderia tomar conta de si. O dever dela era preocupar-se com papai e com sua missão desta noite – não com Glenn.

Contudo, seus pensamentos persistiam em voltar-se para Glenn. Chegara a sonhar com ele durante a sesta. Não se lembrava dos detalhes, mas a impressão que lhe ficou tinha algo de carinhoso e mesmo de erótico. O que estava acontecendo com ela? Nunca, em momento algum, reagira daquela maneira em relação a outro homem. Houve ocasiões, durante sua adolescência, em que fora cortejada e se sentira atraída por dois ou três jovens, mas não passou disso. Até mesmo Mihail... Tinham sido mais íntimos, porém ela nunca sentiu desejo por ele.

Era esse o ponto: Magda percebeu, chocada, que desejava Glenn, que o queria perto dela, fazendo-a sentir...

Aquilo era um absurdo! Estava se comportando como uma garota do interior, toda nervosa após seu primeiro encontro com o jovem bem-falante recém-chegado da cidade grande. Não, ela não podia permitir-se um relacionamento com Glenn nem com qualquer outro homem, pelo menos enquanto papai não soubesse arranjar-se sozinho e sobretudo enquanto ele estivesse preso no fortim, ameaçado pelos alemães e por aquela *coisa*. Papai vinha em primeiro lugar. Ele não contava com mais ninguém, e ela não o abandonaria.

Ah, mas Glenn!... Se ao menos houvesse mais homens como ele. Glenn fizera com que ela se sentisse importante, como se o fato de ser apreciada por ele a tornasse mais valiosa. Podia conversar com ele sem ficar com a impressão de estar falando com personagens de livros mal escritos.

Já eram mais de 10 horas quando Magda deixou a estalagem. De sua janela vira Glenn descer em direção ao desfiladeiro e postar-se junto da moita à beira da garganta. Depois de certificar-se de que ele se instalara em seu posto, amarrou um lenço na cabeça, pegou a lanterna e deixou o quarto. Não encontrou ninguém em seu caminho e mergulhou na noite escura.

Magda não se dirigiu para a ponte. Em vez disso, atravessou a passagem e caminhou no sentido das altas montanhas, descobrindo a pista na escuridão. Não poderia utilizar a lanterna enquanto não estivesse no interior do fortim; se a acendesse ali ou no desfiladeiro, se arriscaria a ser vista por uma das sentinelas na muralha. Levantou a gola do casaco e enfiou a lanterna no cós da saia, sentindo o frio do metal contra a pele.

Sabia exatamente aonde deveria ir. Na interseção da garganta com a parede ocidental do desfiladeiro havia um montão de pedras roladas, pedaços de rocha descidos das montanhas e ali depositados ao longo do tempo. A subida não era difícil e podia-se passar por cima do entulho, conforme ela verificara anos antes, quando fizera sua primeira visita à procura da inexistente pedra fundamental. Ela atravessara aquela elevação inúmeras vezes, mas sempre à luz do dia. Naquela noite, porém, teria de enfrentar a escuridão e a névoa. Não havia sequer um pouco de luar, uma vez que no quarto minguante a lua só surgiria depois da meia-noite. A empreitada seria arriscada, mas Magda estava certa de que conseguiria levá-la a cabo.

Alcançou a encosta da montanha, onde a garganta era interrompida por um corte quase vertical. O montão de entulho formava uma espécie de meio cone, com a base no fundo do desfiladeiro, cerca de 20 metros abaixo, e o vértice terminando dois passos além do ponto onde ela se encontrava.

Cerrando os dentes e respirando fundo uma, duas vezes, Magda começou a descer, movendo-se devagar e cautelosamente, testando cada ponto de apoio antes de dar novo passo, sempre encostada na rocha. Não tinha pressa. Havia tempo de sobra. Precaução era a palavra de ordem. Precaução e silêncio. Bastava um passo em falso para que ela deslizasse encosta abaixo. As pontas de rocha no caminho espedaçariam seu corpo antes que ela chegasse ao fundo do vale. E, mesmo que sobrevivesse à queda, as rochas deslocadas chamariam a atenção das sentinelas na muralha. Era preciso o máximo cuidado.

Magda progredia sem problemas, evitando, durante todo o tempo, pensar que Molasar talvez estivesse esperando por ela lá embaixo. Houve apenas um momento angustiante. Foi depois que ela começou a caminhar debaixo da suave ondulação da bruma: por um momento faltou-lhe onde pisar. Agarrou-se a uma saliência na rocha, com as duas pernas balouçando sobre o precipício, incapaz de encontrar um ponto de apoio. Era como se o globo terrestre tivesse desaparecido, deixando-a sozinha, pendurada para sempre numa ponta de rocha. Ela, porém, conseguindo dominar o pânico, deslocou-se para a esquerda até que seus pés encontraram o procurado ponto de apoio.

O resto da descida foi mais fácil. Magda alcançou incólume a base do entulho. Contudo, havia mais um trecho de terreno difícil pela frente. O fundo da garganta, nunca percorrido por ninguém, era um amontoado de pedaços de rocha, raízes de árvores e galhos que lhe dificultavam a caminhada, obrigando-a a mover-se com lentidão e com o maior cuidado. As pedras eram escorregadias e traiçoeiras, capazes de provocar uma queda violenta ao primeiro passo em falso. Magda quase não enxergava nada, cega pela cerração, mas continuava avançando. Depois de uma eternidade, passou seu primeiro ponto de referência: uma indistinta e escura faixa de sombra acima de sua cabeça. Estava sob a ponte. A base da torre devia estar à sua frente, um pouco à esquerda.

Magda sabia que quase atingira o ponto desejado quando, súbito, sentiu que seu pé esquerdo afundara em água gelada até o tornozelo. Rapidamente recuou para tirar os sapatos e as meias grossas, erguendo a saia acima dos joelhos. Depois, encheu-se de coragem, cerrou os dentes e entrou na água, a respiração mais acelerada, enquanto o frio lhe picava os pés e as pernas, causando-lhe dor e gelando-a até os ossos. Apesar de tudo, continuou avançando, lentamente mas com determinação, vencendo a tentação de subir para a margem, que a livraria do frio. Apressar-se poderia significar ruído, e ruído, a possibilidade de ser descoberta.

Ela já avançara cerca de 4 metros dentro da água quando se deu conta de que terminara a travessia. Seus pés estavam dormentes.

Tiritando de frio, sentou-se numa rocha e massageou os dedos até restabelecer a circulação; depois, calçou novamente as meias e os sapatos.

Com mais alguns passos alcançou a base de granito sobre a qual fora construído o fortim. Sua superfície enrugada servia como pista até a base da torre que se debruçava sobre o precipício. Nesse ponto ela sentiu as paredes lisas e os ângulos retos dos blocos reveladores da mão do homem.

Depois de orientar-se, identificou o enorme bloco que procurava e empurrou-o. Com o ruído de um suspiro e um rangido quase inaudível, a pedra girou para dentro. Um retângulo escuro, como uma boca escancarada, aguardava Magda. Sem hesitar, ela tirou a lanterna da cintura e penetrou no buraco.

Quando ela entrou, a sensação do mal atingiu-a como se tivesse sido golpeada, e gotas de suor inundaram-lhe o rosto, despertando-lhe uma vontade de recuar através da abertura e mergulhar novamente na cerração. Seu sentimento de incerteza era muito pior do que quando ela e papai tinham passado pelo portão na noite de terça-feira, e pior, também, do que naquela mesma manhã, quando ela tentara chegar ao fortim. Será que ela se tornara mais sensível àquele poder maligno, ou fora este que ficara mais forte?

ELE FLUTUAVA lenta e languidamente, sem destino, nos mais fundos recessos da caverna embaixo do porão do fortim, deslocando-se de uma sombra para outra, como uma parte da escuridão, conservando a forma humana mas não sujeito às suas características essenciais.

Parou, sentindo uma nova vida que não estivera ali um momento antes. Alguém entrara no fortim. Depois de um instante de concentração, reconheceu a presença da filha do aleijado, aquela que ele agarrara duas noites atrás – uma moça tão dotada de vigor e bondade que seu sempre insaciável apetite transformou-se rapidamente em voraz necessidade. Ficara furioso quando os alemães a deixaram sair do fortim.

Agora ela estava de volta.

Começou a flutuar novamente através da escuridão, mas já não se sentia mais lânguido e sem destino.

MAGDA PERMANECEU imóvel na densa escuridão, trêmula e indecisa. A poeira e as partículas de mofo, deslocadas com sua entrada, irritavam-lhe a garganta e as narinas, sufocando-a. Precisava sair. Aquela era uma aventura tola. O que poderia ela fazer para ajudar papai contra um não morto? O que ela realmente esperava realizar quando resolvera ir até ali? Heroísmos tolos como aquele já tinham provocado a morte de várias pessoas. O que ela pensava ser, afinal? O que a fizera pensar...

Pare!

Um grito mental interrompeu-lhe os pensamentos aterrorizados. Ela estava raciocinando como uma derrotista. Não era de seu feitio. Ela *podia* fazer alguma coisa por papai! Não sabia exatamente o que seria, mas pelo menos estaria ao lado dele para dar-lhe apoio moral. Não desistiria.

Sua intenção original fora dirigir-se para o bloco móvel atrás de si, mas já não conseguia fazê-lo girar. Seria um motivo de tranquilidade se pudesse contar com uma rota de fuga, caso necessitasse.

Achou que agora poderia usar a lanterna e acendeu-a. O facho luminoso furou a escuridão, revelando a parte inferior de uma longa escada de pedra que subia em espiral até a superfície interna na base da torre. Magda ainda tentou dirigir o facho para cima, mas a luz foi completamente dominada pela escuridão.

Não lhe restava outra escolha senão subir a escada.

Depois do arriscado percurso através da garganta coberta pela cerração, uma escada, mesmo de pedra, representava um luxo. Iluminando cada degrau à medida que subia, ela se assegurava de que iria pisar no lugar certo. Tudo estava silencioso no imenso, escuro cilindro de pedra, exceto quanto ao eco de seus passos – e assim continuou até que ela tivesse completado duas das três voltas que constituíam a escada.

Então ela sentiu uma corrente de ar, vinda do lado direito, e ouviu um ruído estranho.

Magda permaneceu imóvel, gelada pelo fluxo de ar frio, prestando atenção num suave, muito distante, ruído de algo que estava sendo raspado. Era irregular no ritmo e no som, mas persistente. Rapidamente, dirigiu a luz da lanterna para a direita e viu uma estreita abertura, de quase 2 metros de altura, na pedra. Nas vezes em que passara por ali, em explorações anteriores, ela notara a abertura sem lhe dar maior atenção. Nunca sentira qualquer corrente de ar vindo através dela nem ouvira o menor ruído lá dentro.

Orientando o facho de luz na direção da fenda, Magda perscrutou dentro da escuridão, esperando e ao mesmo tempo não esperando descobrir a causa daquele ruído.

Contanto que não sejam ratos. Deus queira que não haja ratos.

Ali dentro Magda nada viu, exceto um extenso e vazio trecho de chão coberto de poeira. O ruído parecia vir do fundo da cavidade. À direita, distante 15 metros, percebeu uma réstia de luz. Para ter certeza, apagou a lanterna; realmente era uma luz, embora fraca, que vinha de cima. Magda procurou orientar-se na escuridão e achou o contorno de uma escada.

De repente deu-se conta do local onde se encontrava. Posicionada a leste, ela estava olhando para dentro do porão, o que significava que a luz à sua direita vinha de uma fenda no solo do porão. Precisamente duas noites antes ela estivera no início daqueles degraus, enquanto papai... examinava os cadáveres.

Se os degraus estavam à sua direita, então à esquerda deviam jazer os oito alemães mortos. Mas aquele ruído persistia, chegando a seus ouvidos como se viesse do término distante do porão – se é que ele tinha um fim.

Dominando um calafrio, orientou novamente o facho da lanterna e continuou a subir. Havia ainda um lanço a vencer. Projetou a luz mais para cima, onde os degraus desapareciam num nicho escuro na extremidade do teto. Isso a deixou mais animada, por saber que esse teto correspondia ao solo do primeiro pavimento da torre, o pavimento em que se encontrava papai. E o nicho se situava justamente na parede que dividia seus quartos.

Magda completou rapidamente a subida e preparou-se para agir. Encostou a orelha na grande pedra à direita, que tinha seus gonzos em posição semelhante à do bloco de entrada 20 metros abaixo. Não ouviu qualquer ruído. Mesmo assim, ainda esperou um pouco mais. Nenhum som de vozes nem de passos. Papai estava sozinho.

Empurrou a pedra, certa de que ela giraria facilmente, mas nada conseguiu. Apoiou então o corpo contra ela e tentou novamente, com toda a força. O bloco continuava imóvel. Irritada, sentindo-se presa numa estreita caverna, Magda não atinava com o que pudesse ter acontecido. Cinco anos antes, ela movera aquela pedra com a maior facilidade. Teriam feito alguma obra no fortim, ao longo desses anos, prejudicando o delicado equilíbrio dos gonzos?

Teve a ideia de bater levemente com o cabo da lanterna na pedra, com a esperança de que o ruído alertasse papai de sua presença. Mas de que adiantaria? Ele certamente não poderia ajudá-la a mover a pedra. Além disso o ruído poderia propagar-se, chamando a atenção das sentinelas ou de um dos oficiais. Não, não deveria fazer isso.

Entretanto, precisava entrar naquele quarto! Empurrou novamente, desta vez apoiando as costas contra a pedra e os pés na parede oposta, utilizando toda a sua força. Nada conseguiu.

Enquanto persistia em suas frustradas tentativas, ocorreu-lhe que talvez houvesse outro caminho... pelo porão. Se não encontrasse guardas ali, talvez pudesse chegar ao pátio e, se as luzes ainda estivessem apagadas, haveria uma possibilidade de ela atravessar sem ser vista o curto espaço até a torre e o quarto de papai. Mas tantos *ses*... Entretanto, se encontrasse seu caminho bloqueado, poderia regressar ao ponto de partida.

Rapidamente, Magda desceu até a fenda na parede. A fria corrente de ar ainda soprava com a mesma intensidade e se ouvia o mesmo ruído estranho. Continuou caminhando até a escada que a levaria ao porão, encaminhando-se para a luz que vinha de cima. Com o auxílio do facho da lanterna, evitou desviar-se para a esquerda, onde sabia que estavam os cadáveres.

À medida que descia mais para dentro do porão, seus movimentos iam se tornando mais difíceis. A vontade, o sentimento do dever, o amor a seu pai – tudo o que havia de mais nobre em sua consciência – a impeliam para a frente. Entretanto, alguma coisa emperrava seus passos, retardando-lhe a progressão. Uma parte primitiva de seu cérebro estava se rebelando, querendo que ela voltasse.

Mas ela prosseguiu, desprezando os avisos. Não deixaria que a detivessem... embora a maneira como as sombras pareciam mover-se, deslocando-se e volteando em torno dela, fosse apavorante e desanimadora. *Uma ilusão de ótica*, disse a si mesma. Se continuasse avançando sentiria-se melhor.

Magda já estava alcançando o início da escada quando viu que algo se movia no primeiro degrau. Ao focalizar a luz da lanterna, mal pôde conter um grito.

Um rato!

Estava encolhido no degrau, com seu corpo gordo parcialmente enrolado na cauda, lambendo as patas. A repugnância tomou conta dela. Teve vontade de vomitar. Sabia ser-lhe impossível dar mais um passo com aquela coisa ali. O rato levantou a cabeça, olhou para ela e desapareceu na escuridão. Magda não esperou que ele mudasse de ideia e voltasse. Subiu correndo metade dos degraus, depois parou e prestou atenção, aguardando que seu estômago se acalmasse.

Tudo estava em silêncio lá em cima, não se ouvia o som de vozes, de alguém tossindo ou caminhando. Apenas o mesmo ruído estranho continuava, persistente, mais forte agora que ela estava no porão, mas ainda muito distante no recesso da caverna. Magda tentou entender o que seria aquilo. Não conseguia imaginar o que poderia ser, nem queria tentar saber.

Ainda uma vez girou o facho de luz da lanterna em torno de si, para certificar-se de que não havia mais ratos. Depois, retomou a subida, lenta e cuidadosamente, em completo silêncio. Perto do topo examinou detidamente o buraco no solo. Do outro lado da parede fendida à sua direita passava o corredor central do porão, iluminado com uma série de lâmpadas e aparentemente deserto. Mais três degraus conduziram-na ao nível do chão, e outros três levaram-na até junto da parede arruinada. De novo ela procurou ouvir o som dos passos das sentinelas. Não tendo ouvido nada, espiou o corredor: estava deserto.

Faltava agora a parte realmente perigosa. Precisava percorrer todo o corredor até alcançar os degraus que a levariam até o pátio. E então subiria aqueles dois pequenos lanços. E, depois disso...

Uma coisa de cada vez – disse Magda para si mesma. – *Primeiro, o corredor. Vencer essa etapa antes de preocupar-se com a escada.*

Esperou um pouco, temerosa de enfrentar o brilho das lâmpadas. Até então andara sempre no escuro. Expor-se àquelas luzes seria como apresentar-se nua, ao meio-dia, no centro de Bucareste. Entretanto, a outra única opção seria desistir e voltar.

Caminhou para a frente, sob as lâmpadas do corredor, procurando andar rápida e silenciosamente. Estava quase alcançando a escada quando ouviu alguém descendo. Era uma hipótese que ela tinha previsto, de modo que não hesitou em esconder-se no quarto mais próximo.

Logo que passou pela porta, ficou gelada. Não vira ninguém, não ouvira qualquer ruído, não fora tocada, mas sabia que não estava sozinha. Precisava *sair*! Mas aquilo iria expô-la à vista de quem estava descendo a escada. Súbito, algo se agitou na escuridão atrás dela e um braço a segurou pelo pescoço.

– O que temos aqui? – disse uma voz em alemão. Havia uma sentinela no quarto! O soldado arrastou-a de volta para o corredor. – Ora, ora! Vamos sair para a luz e dar uma olhada em você!

O coração de Magda bateu mais apressadamente enquanto procurava distinguir a cor do uniforme do soldado. Se fosse cinza, talvez houvesse uma chance, ainda que pequena. Se, porém, fosse preta...

Era preta. E havia outro *einsatzkommando* correndo ao encontro deles.

– É a garota judia! – disse o primeiro. Estava sem capacete e seus olhos revelavam que ele despertara de repente. Devia estar cochilando no quarto quando ela entrou.

– Como ela conseguiu entrar? – perguntou o segundo ao aproximar-se.

Magda desejou sumir ante o olhar dos dois soldados.

– Não sei – respondeu o primeiro, soltando-a e empurrando-a na direção da escada que subia para o pátio –, mas acho melhor levá-la ao major.

Virou-se para entrar no quarto e colocar novamente o capacete. Nesse momento o segundo soldado da SS colocou-se ao lado dela. Magda agiu sem pensar. Deu um empurrão no primeiro soldado, atirando-o para dentro do quarto, e voltou correndo na direção da abertura na parede. *Não* queria ver a cara daquele major. Se conseguisse chegar até lá embaixo, teria uma chance de fugir, pois somente ela conhecia o caminho.

A parte de trás de seu couro cabeludo pareceu pegar fogo de repente e seus pés quase deixaram o chão quando o segundo soldado lhe arrancou o lenço da cabeça, puxando-lhe violentamente os cabelos. Mas ele não se contentou com isso e, enquanto lágrimas de dor corriam dos olhos da moça, puxou-a para si segurando-a ainda pelos cabelos; então colocou uma mão entre seus seios e imobilizou-a contra a parede.

Magda sentiu-se sufocada e quase perdeu os sentidos ante o choque violento da cabeça e dos ombros contra a pedra. Os momentos seguintes foram uma sucessão confusa de vozes:

– Você não a matou, não é?
– *Ela vai voltar a si.*
– *Não sabe qual é o seu lugar, aquela ali.*
– *Talvez ninguém tenha tido tempo para ensiná-la de maneira adequada.*

Houve uma breve pausa. Finalmente um dos soldados disse:
– Vamos lá.

Ainda tonta, as pernas sem forças, a visão toldada, Magda sentiu-se arrastada pelos braços ao longo do chão frio do corredor e, depois de uma curva, colocada sob a luz direta de uma lâmpada. Percebeu então que estava em um dos quartos. Mas por quê? Quando eles lhe soltaram os braços, ouviu a porta fechar-se, o quarto escurecer e os dois caírem sobre ela, cada qual mais desajeitado, um tentando puxar-lhe a saia para baixo enquanto o outro procurava levantá-la acima da cintura para tirar-lhe a calcinha.

Ela queria gritar, mas não tinha voz; queria debater-se, mas seus braços e pernas pesavam como chumbo; deveria estar terrivelmente apavorada, mas tudo lhe parecia distante e como num sonho. Por cima dos ombros de seus agressores ela podia distinguir o contorno iluminado da porta que dava para o corredor. Se pudesse sair por ali!

Então o contorno da porta se alterou, como se uma sombra tivesse passado por ela. Magda sentiu que havia alguém do outro lado. Súbito, ouviu-se um violento estrondo e a porta foi arrebentada, espalhando pedaços de madeira para todos os lados. Um vulto másculo apareceu no vão da porta, mal deixando penetrar a claridade das lâmpadas.

Glenn! – pensou ela a princípio, mas logo a esperança se desvaneceu, ante a onda de frio e malignidade vinda da entrada da porta.

Os assustados alemães soltaram gritos de terror quando saíram rolando de cima dela. O vulto parecia avolumar-se à medida que saltava para a frente. Magda sentiu-se chutada e empurrada quando os dois soldados se abaixaram para apanhar os fuzis que haviam posto de lado. Entretanto, não foram suficientemente rápidos. O recém-chegado se aproximou deles com impressionante velocidade e, inclinando-se, agarrou cada soldado pela garganta e os levantou no ar.

Magda começou a compreender o que estava acontecendo à medida que o pavor tomava conta dela. Era Molasar que estava à sua frente, um vulto enorme e escuro, destacado pela luz que vinha do corredor, tendo no lugar dos olhos dois pontos de fogo e, em cada mão, um *einsatzkommando* esperneando e gritando. Os soldados foram mantidos assim até que seus movimentos se reduziram. Depois, quando seus roncos abafados e angustiantes cessaram, ambos ficaram, lassos, pendurados nas extremidades dos braços de Molasar. Em seguida, este sacudiu-os tão violentamente que Magda pôde ouvir os ossos e as cartilagens de seus pescoços se estraçalharem. Molasar então atirou os dois corpos para um canto escuro e desapareceu.

Vencendo seu pavor e sua fraqueza, Magda conseguiu ficar de gatinhas. Ainda não estava em condições de se pôr de pé. Precisava de mais alguns minutos até que suas pernas fossem capazes de sustentá-la.

Ouviu então um som – um ruído sibilante, como um furacão, provocando-lhe ânsias de vômito. O sopro obrigou-a a levantar-se e, depois que ela se encostou contra a parede, atirou-a na direção da luz do corredor.

Ela precisava sair dali! Dominada pelo indescritível horror provocado pela cena que ocorrera no quarto que acabara de deixar, parou por um momento de pensar no pai. O corredor parecia mover-se como uma onda enquanto, cambaleando, ela se dirigia para a parede fendida, fazendo um esforço para recobrar a consciência. Conseguiu chegar até a abertura sem cair, mas, ao atravessá-la, percebeu um movimento atrás de si.

Molasar vinha vindo, com longas passadas que o deixavam cada vez mais perto dela, a capa ondeando às suas costas, os olhos fuzilando, os lábios e o queixo manchados de sangue.

Com um pequeno grito, Magda passou pela abertura e correu em direção à escada que dava para o porão. Não havia a mais remota possibilidade de correr mais rápido que Molasar, mas ela se recusava a desistir. Sentindo que ele chegava cada vez mais perto, não se animava a olhar para trás. Em vez disso, correu para a escada.

Ao tocar no chão, o salto de seu sapato escorregou na lama e ela começou a cair. Braços fortes, gelados como a noite, seguraram-na por trás, um em torno da cintura e o outro abaixo dos joelhos. Ela abriu a boca para gritar todo o seu pavor, mas a voz tinha desaparecido. Sentiu-se levantada e carregada para baixo. Depois de um olhar rápido e horrorizado às linhas angulares do rosto pálido de Molasar, salpicado de sangue, com seus longos cabelos desgrenhados, a loucura estampada nos olhos, Magda foi carregada para dentro do porão, fora do alcance da luz, nada mais podendo ver no corredor completamente escuro, mas percebendo que Molasar a levava na direção da base da torre. Ela ainda tentou debater-se, mas seus esforços foram facilmente dominados. Por fim desistiu de reagir, reservando suas forças para o caso de surgir uma oportunidade de escapar.

Como da vez anterior, Magda sentia qualquer parte de seu corpo tocada por ele imediatamente gelada, apesar de toda a roupa que vestia. E havia ainda aquele cheiro nauseabundo de algo velho e podre. Embora ele não parecesse fisicamente sujo, dava uma impressão de imundície.

Molasar carregou-a através da abertura na base da torre.

– Para onde...? – Antes que o terror a dominasse de todo, conseguiu pronunciar as primeiras palavras de sua pergunta.

Não houve resposta.

Magda começara a tiritar desde que eles atravessaram o porão; agora, na escada, seus dentes batiam. O contato com Molasar parecia sugar todo o calor de seu corpo.

Embora a escuridão fosse completa, Molasar subia dois degraus de cada vez com facilidade e segurança. Depois de uma volta completa pela superfície interna da base da torre, ele se deteve. Magda sentiu a pressão dos lados do nicho no teto, ouviu a pedra ranger ao deslocar-se e então a luz atingiu-lhe o rosto.

– Magda!

Era a voz de papai. Enquanto procurava ajustar suas pupilas ao clarão da luz, Magda sentiu-se colocada em pé e libertada. Esticou a mão na direção da voz e reconheceu o encosto da cadeira de rodas de papai. Agarrou-o com toda a força, como um náufrago se agarra a uma prancha flutuando.

– O que está você fazendo aqui? – perguntou ele, com voz rouca.

– Os soldados... – foi tudo o que ela conseguiu dizer. Com a visão já ajustada, viu papai olhando para ela, espantado.

– Eles a raptaram?

– Não – respondeu ela, sacudindo a cabeça. – Vim pela entrada secreta.

– Mas por que você foi fazer uma coisa tão absurda?

– Para que você não tivesse de enfrentá-lo sozinho – explicou Magda, sem fazer qualquer gesto em direção a Molasar. Sua referência era evidente.

O quarto escurecera bastante depois de sua chegada. Ela sabia que Molasar devia estar imóvel em algum lugar atrás dela, na sombra, junto à pedra giratória, mas não tinha coragem de olhar na direção dele.

Magda prosseguiu em seu relato:

– Dois soldados da SS me descobriram e me levaram para um quarto. Eles iam me...

– E o que aconteceu? – perguntou papai, os olhos arregalados.

– Fui... – começou ela, olhando rapidamente para a sombra, sobre o ombro – salva.

Papai continuava com os olhos fixos na filha, não mais revelando preocupação, mas outro sentimento – descrença.

– Por Molasar?

Magda assentiu com um movimento de cabeça e finalmente encontrou coragem para voltar o rosto e encarar Molasar.

– Ele matou os dois.

Magda procurou-o com o olhar. Ele permanecia na sombra, junto à abertura na parede, envolto pela escuridão – uma figura de pesadelo, o rosto apenas perceptível, mas os olhos brilhando. O sangue desaparecera de suas faces, como se tivesse sido absorvido pela pele, em vez de limpo. Magda estremeceu.

– Você estragou tudo! – exclamou papai, irritado. – Quando forem encontrados novos cadáveres, serei objeto de toda a fúria do major. E você é a culpada!

– Vim para ficar perto de você – desculpou-se Magda, magoada. Por que papai estava tão irritado com ela?

– Não lhe pedi para vir! Não queria que você estivesse aqui e continuo não querendo!

– Papai, por favor!

Ele apontou um dedo retorcido para a abertura.

– Vá embora, Magda! Tenho muito a fazer e pouco tempo. Os nazistas não demorarão a chegar aqui, perguntando-me por que mais dois de seus homens estão mortos e eu não saberei o que responder. E preciso falar com Molasar antes que eles cheguem!

– Papai...

– Vá embora!

Magda permaneceu imóvel, olhando para o pai. Como era possível que ele lhe falasse daquela maneira? Ela tinha vontade de chorar, queria implorar, convencê-lo a mudar de ideia, mas não podia. Sentia-se incapaz de desobedecê-lo, ainda mais na presença de Molasar.

Tratava-se de seu pai e, embora estivesse sendo profundamente injusto, não deveria ser contrariado.

Magda voltou-se e, passando apressada pelo impassível Molasar, dirigiu-se para a abertura. A pedra girou assim que ela saiu, e viu-se novamente no escuro. Procurou na cintura sua lanterna. Não estava ali. Provavelmente caíra no caminho.

Magda tinha duas opções: retornar ao quarto de papai e pedir-lhe uma vela ou um candeeiro, ou então descer no escuro. Depois de alguns segundos de hesitação, escolheu a segunda opção. Não podia enfrentar papai novamente naquela noite. Ele a magoara mais do que em qualquer outra ocasião. Uma mudança se operara nele. Parecia ter perdido sua bondade, a gentileza que sempre fora parte de seu modo de agir. Mandara-a embora como se fosse uma pessoa estranha. E sequer se preocupara em saber se ela dispunha de luz para iluminar-lhe o caminho!

Magda reprimiu um soluço. Ela *não* iria chorar! Entretanto, o que mais poderia fazer? Sentiu-se desamparada. Pior ainda: traída.

A única coisa que lhe restava fazer era deixar o fortim. Começou a descer a escada, confiando apenas no tato. Não enxergava nada, mas sabia que, se mantivesse sua mão esquerda apoiada na parede e experimentasse cada degrau antes de abandonar o anterior, poderia chegar lá embaixo sem cair no vazio.

Quando completou a primeira espiral, esperou ouvir aquele ruído estranho através da abertura que dava para o porão. Contudo, nada ouviu desta vez. Pelo contrário, havia um som diferente vindo do fundo da escuridão, mais alto, mais próximo, mais pesado. Diminuiu os passos até que sua mão esquerda fez deslizar a pedra da parede e foi colhida pela corrente de ar frio que soprava pela abertura. O novo ruído agora era mais forte.

Era um som rascante, como se alguma coisa estivesse sendo arrastada, o som de um andar trôpego que lhe arrepiava os nervos e lhe secava a língua a ponto de grudá-la no céu da boca. Não deviam ser ratos... O ruído era forte demais. Parecia originar-se da parte mais funda da escuridão, à esquerda. Mais para a direita, uma réstia de luz se filtrava pela parte de cima, onde se situava o porão, mas não alcançava a área de onde o som partia. Magda também não desejava ver o que havia ali.

Às apalpadelas, atravessou a abertura e, por alguns instantes, não encontrou qualquer apoio do outro lado. Foi então que sua mão tocou a pedra fria, maravilhosamente sólida, e ela pôde continuar descendo, agora mais rapidamente, o coração aos pulos, a respiração ofegante. Se algo estava vindo em seu encalço, ela deveria atingir a parte externa do fortim antes que seu perseguidor chegasse à escada.

Continuou descendo sem parar, olhando de quando em vez por cima do ombro num gesto instintivo e completamente inútil de tentar enxergar na escuridão. Um retângulo indistinto apareceu ante seus olhos quando ela alcançou o solo; correu então na direção dele, atravessou-o e saiu para o nevoeiro lá fora. Fazendo a pedra girar, fechou a abertura e encostou-se nela com um suspiro de alívio.

Depois de recobrar a calma, Magda deu-se conta de que não se livrara da maligna atmosfera do fortim só porque saíra do interior dele. Pela manhã, a opressão que lá dominava desapareceria no lado de fora; agora, porém, se estendia além de suas muralhas. Começou a andar, cambaleando na escuridão. Somente quando chegou ao arroio sentiu que escapara ao envolvimento do mal.

De repente, ouviu uma série de gritos e o nevoeiro se tornou mais claro. Todas as luzes no fortim haviam sido acesas. Alguém devia ter encontrado os dois novos cadáveres.

Magda continuou a afastar-se dali. As novas luzes não representavam perigo, pois a claridade não a alcançava – apenas se filtrava através da névoa, como a luz do sol vista do fundo de um lago escuro. A claridade, que era absorvida pelo nevoeiro e que o embranquecia, fazia com que ela ficasse mais oculta que revelada. Magda entrou descuidadamente no arroio, desta vez sem se preocupar em tirar os sapatos e as meias – queria afastar-se para longe do fortim o mais depressa possível. A sombra da ponte passou por cima de sua cabeça e logo depois ela atingiu a base do entulho. Após um breve descanso, para recuperar o fôlego, começou a subir até ficar acima do nível do nevoeiro que enchia quase por completo a garganta. Agora pouco faltava para chegar ao topo. Mais alguns segundos e estaria livre de qualquer perigo.

Engatinhando, procurou vencer a última etapa. Súbito, topou com uma moita, seu pé enroscou-se em uma raiz e ela caiu de bruços, ferindo o joelho em uma pedra. Puxando o joelho contra o peito, começou a chorar, com profundos soluços desproporcionais à dor. Era a angústia provocada por papai e também o alívio por ter conseguido sair do fortim – uma reação derivada de tudo o que tinha visto e ouvido lá, de tudo o que lhe haviam feito, ou quase.

– Você esteve no fortim.

Era Glenn. Não havia outra pessoa que ela mais desejasse encontrar naquele momento. Enxugando apressadamente as lágrimas na manga, tentou levantar-se. Seu joelho ferido provocou uma dor aguda que lhe subiu pela coxa, e Magda só não caiu porque Glenn a amparou.

– Você está machucada? – perguntou com voz suave.

– Apenas um arranhão.

Tentou dar um passo, mas a perna se recusou a suportar seu peso. Sem pronunciar uma palavra, Glenn tomou-a nos braços e começou a caminhar em direção à estalagem.

Pela segunda vez naquela noite ela era assim carregada. Agora, porém, muita coisa mudara. Os braços de Glenn representavam um cálido santuário, fazendo esquecer toda a sensação de frio deixada pelo toque de Molasar. Ao apoiar-se em Glenn, ela sentiu desaparecer todo o temor que a dominara. Mas como havia ele surgido atrás dela sem que ela pressentisse? Ou teria ele permanecido ali, parado o tempo todo, à sua espera?

Magda repousou a cabeça no ombro dele, sentindo-se segura e em paz. *Se ao menos eu pudesse ficar assim para sempre.*

Glenn carregou-a sem esforço através da porta dianteira da estalagem, atravessou o salão de entrada vazio, subiu a escada e abriu a porta do quarto dela. Após colocá-la delicadamente na beira da cama, ajoelhou-se a seus pés.

— Deixe-me examinar esse joelho.

Magda hesitou a princípio, depois levantou a saia acima do joelho esquerdo, cobrindo o direito e apertando o resto do grosso tecido em torno das coxas. No fundo de sua mente ela achava que não deveria estar sentada ali, em sua cama, expondo a perna a um homem que mal conhecia. Entretanto...

A meia de lã azul-marinho estava rasgada, deixando ver um arranhão vermelho na rótula. O local já inchara. Glenn levantou-se e foi até a cômoda, apanhando uma toalha que molhou na água do jarro e colocou sobre seu joelho.

— Isto deve ajudar.

— O que houve de errado no fortim? — perguntou ela, olhando para os cabelos vermelhos de Glenn, tentando ignorar, e no entanto deleitando-se com o calor que lhe subira pela coxa a partir do ponto em que a mão dele a tocara ao colocar a toalha.

— Você esteve lá esta noite — disse ele, encarando-a com ar grave. — Por que não me conta?

— Estive lá, sim, mas não sei explicar, ou melhor, talvez não possa aceitar o que está acontecendo. Estou certa de que o despertar de Molasar alterou o fortim. Eu gostava muito daquele lugar. Hoje tenho-lhe horror. Existe ali alguma *coisa errada*. Não é necessário vê-la nem tocá-la para sentir sua presença do mesmo modo que muitas vezes não se precisa olhar para fora para saber que vai chover. É como se o ar estivesse impregnado, penetrando através de nossos poros.

— Que espécie de "coisa errada" você sente em Molasar?

— Ele é maligno. Sei que isso é vago, mas quero dizer *mal*. Inerentemente maligno. Um monstruoso, antigo mal que se apoia na morte, que valoriza tudo o que é nocivo à vida, que odeia e teme tudo o que respeitamos. — Fez uma pausa, constrangida pela intensidade de suas palavras. — É isso que eu acho. A explicação tem algum sentido para você?

Glenn encarou-a de perto por um longo momento antes de responder.

— Você deve ser extremamente sensível para sofrer desse modo.

— Entretanto...

— Entretanto o quê?

— Entretanto esta noite Molasar salvou-me das mãos de dois seres humanos que deveriam ter sido, por todos os motivos, meus aliados contra ele.

As pupilas dos olhos azuis de Glenn se dilataram.

— Você foi *salva* por Molasar?

— Fui. Ele matou dois soldados alemães – a lembrança daquilo a estremeceu – de maneira horrível... mas não me causou qualquer dano. Estranho, não acha?

— Muito. – Deixando a toalha úmida sobre o ferimento, Glenn retirou a mão de seu joelho e passou-a pela cabeleira vermelha. Magda desejou que aquela mão voltasse para onde estivera, mas Glenn parecia preocupado. – Você conseguiu fugir dele?

— Não. Ele me levou até meu pai – esclareceu Magda, notando que Glenn não gostara da resposta, mas concordara com um movimento de cabeça como se a aceitasse. – E houve algo mais.

— A respeito de Molasar?

— Não. Algo mais no fortim. No porão... algo que se movia, que se arrastava por ali. Talvez fosse essa a causa do ruído rascante que ouvi.

— Ruído rascante – repetiu Glenn em voz baixa.

— Como uma coisa que se arrastasse arranhando... vindo bem lá do fundo do porão.

Sem dizer uma palavra, Glenn levantou-se e se dirigiu para a janela, onde permaneceu imóvel, contemplando o fortim.

— Conte-me tudo o que lhe aconteceu esta noite, desde o momento em que você entrou no fortim até sair. Não poupe detalhes.

Magda relatou tudo o que pôde lembrar até o instante em que Molasar a depositou no quarto de papai. Então, sua voz se apagou.

— O que ouve?

— Nada.

— Como estava seu pai? – perguntou Glenn. – Estava bem?

A mágoa apertou-lhe a garganta.

– Sim, estava bem. – A despeito de seu esforçado sorriso, as lágrimas lhe inundaram os olhos e começaram a rolar-lhe pelas faces. Por mais que tentasse detê-las, não conseguia. – Ele me mandou embora... Queria ficar sozinho com Molasar. Pode compreender isso? Depois de tudo que passei para chegar até lá, ele me mandou voltar.

A angústia de sua voz deve ter desviado a preocupação de Glenn, que deixou a janela e voltou-se para ela.

– Papai não se impressionou por eu ter sido agredida e quase violada por dois nazistas brutais... Sequer perguntou se eu estava ferida! Toda a sua preocupação era no sentido de eu não reduzir o precioso tempo de seu encontro com Molasar. Sou sua filha, mas ele acha mais importante conversar com... com aquela criatura!

Glenn aproximou-se do leito e sentou-se ao lado dela, passando-lhe o braço pelos ombros e puxando-a carinhosamente para si.

– Seu pai está sob uma terrível pressão. Não deve esquecer isso.

– E *ele* não deve esquecer que é meu pai!

– Tem razão – disse ele suavemente. – Não deve. – Recostou-se na cama, e, com delicadeza, puxou Magda pelos ombros. – Assim. Fique tranquila e feche os olhos. Vai se sentir melhor.

Com o coração na garganta, Magda deixou que Glenn a acomodasse junto dele. Esqueceu a dor no joelho ao levantar os pés do chão e girar o corpo para deitar-se de lado, encarando-o. Os dois ficaram estendidos juntos na cama estreita, Glenn com o braço debaixo dela, Magda com a cabeça em seu ombro, os corpos quase se tocando. Com a mão esquerda apoiada no peito de Glenn, Magda não mais se lembrou de papai nem da mágoa que ele lhe causara, sentindo apenas as ondas de desejo que se agitavam dentro dela. Nunca estivera assim, deitada ao lado de um homem. Era assustador e maravilhoso. A aura de masculinidade dele envolvia-a, deixando-a entontecida. Estremecia ao sentir o contato dele em qualquer parte do corpo, como se choques elétricos lhe atravessassem a roupa... a roupa que a estava sufocando.

Sem poder resistir, levantou a cabeça e beijou-o nos lábios. Ele correspondeu ardentemente por um instante, depois recuou.

– Magda...

Ela viu nos olhos dele uma mistura de desejo, hesitação e surpresa. Estava também surpreendida, talvez até mais do que ele. Não houvera premeditação naquele beijo; apenas uma necessidade despertada de repente, queimando-a em sua intensidade. O corpo dela reagiu de acordo com um desejo próprio e ela não tentara contrariá-lo. Talvez aquele momento nunca mais se repetisse. Teria de acontecer agora. Ela queria dizer a Glenn que desejava fazer amor com ele, mas não conseguia.

– Algum dia, Magda – disse Glenn, como se estivesse lendo os pensamentos dela e trazendo, terno, a cabeça dela de volta para seu ombro. – Algum dia, mas não agora. Não esta noite.

Afagou-lhe os cabelos e pediu-lhe que dormisse. Estranhamente, a promessa a satisfez. O calor do desejo abrandou e, com ele, todas as emoções da noite. Até a mágoa pela atitude do pai e a preocupação com o que ele estava fazendo foram se apagando. Ocasionais reminiscências de temores sofridos ainda feriam a superfície de sua calma crescente, mas tornavam-se cada vez menores e mais espaçadas. Interrogações a respeito de Glenn passavam-lhe pela mente: quem era ele, afinal? E era correto ou pelo menos próprio que ela permitisse aquela intimidade?

Glenn... ele parecia saber mais a respeito do fortim e de Molasar do que admitia. Ela dera por si conversando com ele acerca daquela construção como se lhe fosse tão intimamente familiar como era para ela. Por que ele não demonstrara surpresa a respeito da entrada secreta na base da torre, nem quanto à abertura, no poço da escada, que dava para o porão, quando Magda fizera referências a esses detalhes tidos como desconhecidos? Para ela havia apenas uma resposta a essas interrogações: ele sabia de tudo.

Mas eram dúvidas sem consistência. Se ela descobrira, anos atrás, a entrada secreta da torre, não havia razão para que ele não pudesse também ter feito a mesma descoberta. O que importava agora era que, pela primeira vez naquela noite, ela se sentia completamente segura, confortável e desejada.

Adormeceu serenamente.

22

Tão logo o bloco de pedra girou, fechando a abertura por onde Magda passara, Cuza voltou-se para Molasar e viu que aquelas pupilas de um negrume sem fundo, mergulhadas na sombra, já estavam fixas em sua direção. Até então o professor aguardara o momento de interrogar Molasar, de desfazer as contradições que, durante a manhã, haviam sido apontadas por aquele singular estrangeiro de cabelo ruivo. Mas Molasar aparecera trazendo Magda em seus braços.

– Por que você fez isso? – perguntou Cuza, sentado em sua cadeira de rodas.

Molasar continuava a olhar para ele, sem nada dizer.

– *Por quê?* – insistiu Cuza. – Pensei que ela não fosse mais que outro tentador petisco para você!

– Está provocando minha paciência, aleijado! – O rosto de Molasar ia ficando mais pálido à medida que ele falava. – Não poderia ficar indiferente, hoje, ao ver dois alemães atacarem e violarem uma mulher de meu país, do mesmo modo como não suportei, quinhentos anos atrás, ver os turcos fazerem a mesma coisa. Foi por isso que me aliei a Vlad Tepes! Esta noite, porém, os alemães foram mais longe do que qualquer turco jamais teria ousado: tentaram cometer seu crime dentro das paredes do meu fortim! – Abruptamente, acalmou-se e chegou a sorrir. – Para falar a verdade, gostei de acabar com aqueles tipos miseráveis.

– Como estou certo de que você gostou de sua aliança com Vlad.

– Sua satisfação em empalar abriu-me amplas oportunidades para saciar minhas necessidades sem despertar atenção de ninguém. Vlad acabou por confiar em mim. Ultimamente, eu era um dos raros boiardos com quem ele realmente podia contar.

– Não o compreendo.

– Nem eu espero que compreenda. Você não tem capacidade para tanto. Estou além de seus conhecimentos.

Cuza tentou desfazer a confusão que emaranhava seus pensamentos. Tantas contradições... Nada se apresentava como deveria ser. E, dominando tudo, lá estava o inegável conhecimento de que ele devia a segurança da filha, talvez mesmo sua vida, a um não morto.

– Apesar de tudo, estou em débito com você.

Molasar não fez qualquer comentário.

Cuza hesitou, mas acabou por formular a pergunta que mais desejava fazer:

– Há outros como você?

– Você quer dizer não mortos? *Moroi?* Costumava haver, mas agora não sei. Desde que despertei tenho sentido tanta relutância da parte dos vivos em aceitar minha existência que devo presumir que todos foram mortos ao longo destes quinhentos anos.

– E todos os outros tinham tanto pavor da cruz?

Molasar enrijeceu o corpo.

– Você não ficou com ela, ficou? Quero avisá-lo de que...

– Está bem guardada. Não entendo, porém, por que a teme. – Cuza apontou para as paredes. – Você está cercado de cruzes de bronze e níquel, milhares delas, e no entanto foi tomado de pânico à vista de uma pequena cruz de prata que estava comigo noite passada.

Molasar aproximou-se de uma das cruzes e colocou a mão sobre ela.

– Estas são apenas um artifício. Reparou como o braço horizontal está numa posição alta? É tão alto que o conjunto nem parece uma cruz. Tal configuração não produz efeitos maléficos sobre mim. Tenho milhares delas nas paredes do fortim para iludir perseguidores quando estou escondido. Eles não poderiam conceber que alguém de minha espécie fosse esconder-se numa construção ornamentada com *cruzes*. E, como você ficará sabendo se eu decidir conceder-lhe minha confiança, esta configuração especial tem um significado muito importante para mim.

Cuza tinha ansiosamente esperado descobrir uma pista no pavor de Molasar diante da cruz, mas sua esperança estava definhando e morrendo. Sentiu-se imensamente desanimado. Precisava pensar! Sobretudo, precisava que Molasar continuasse falando, que não fosse embora, pelo menos naquele momento.

– Quem eram *eles*? Quem o estava perseguindo?
– O nome *Glaeken* significa alguma coisa para você?
– Não.
– Não mesmo? – insistiu Molasar, aproximando-se mais.
– Asseguro-lhe que jamais ouvi esse nome. Por que ele seria tão importante?
– Então talvez eles tenham ido embora – murmurou Molasar, mais para si mesmo do que para Cuza.
– Por favor, explique-me. Quem ou o que era Glaeken?
– A Glaeken era uma seita de fanáticos que teve início como um ramo da Igreja na Idade Média. Seus membros defendiam a ortodoxia e eram a princípio subordinados diretamente ao papa. Mais tarde, porém, tornaram-se independentes. Procuraram infiltrar-se em todas as fontes de poder, colocar sob seu controle todas as famílias reais, a fim de submeterem o mundo a um comando integral, com uma única religião e um só governo.
– Impossível! Considero-me uma autoridade em história da Europa, especialmente a desta região, e jamais ouvi falar em tal seita!
Molasar aproximou-se ainda mais e mostrou os dentes.
– Você tem o topete de chamar-me de mentiroso dentro das paredes de meu fortim? *Imbecil!* Que sabe você de história? Que sabia a respeito de mim, dos de minha espécie, antes que eu mesmo tivesse revelado algo? Que leu sobre a história do fortim? *Nada!* A Glaeken era uma irmandade secreta. As famílias reais nunca ouviram falar dela e, se algum dia a Igreja soube de sua existência, jamais admitiu isso.
Cuza virou o rosto para fugir do hálito pestilento de Molasar.
– E como foi que *você* soube da existência da seita?
– Em determinada época, acontecia no mundo pouca coisa de que os *moroi* não tomassem conhecimento. E quando soubemos dos planos da Glaeken decidimos agir. Os *moroi* – acrescentou ele, com evidente orgulho – enfrentaram a Glaeken durante séculos. Era claro que a consecução dos objetivos dela seria danosa para nós, e assim repetidamente solapamos seus planos tirando a vida de quem quer que, no poder, se filiasse à seita.

Molasar começou a vagar pelo quarto.

– Inicialmente a Glaeken sequer sabia que existíamos. Porém, tão logo tomou conhecimento de nós moveu-nos uma guerra total. Um por um meus irmãos *moroi* passaram a ser de fato mortos. Quando percebi que o cerco se fechava em torno de mim, construí este fortim e me escondi dentro dele, determinado a vencer a Glaeken e anular seus planos de domínio do mundo. Parece que enfim fui bem-sucedido.

– Muito engenhoso – disse Cuza. – Você se cerca de falsas cruzes e fica hibernando. Mas eu preciso perguntar, e você, por favor, me responda: por que tem medo da cruz?

– Não posso falar sobre isso.

– Mas você tem que me dizer! O Messias... era Jesus Cristo...?

– *Não!* – exclamou Molasar, cambaleando e encostando-se à parede, incapacitado de falar.

– O que houve?

Molasar fitou Cuza com olhar penetrante.

– Se você não fosse meu compatriota, arrancaria sua língua agora mesmo!

Até por ouvir o nome de Cristo ele se descontrola! – pensou Cuza.

– Mas eu nunca...

– Jamais pronuncie esse nome outra vez. Se você quiser que eu o ajude, nunca mais diga esse nome.

– Mas é apenas uma palavra.

– *Nunca mais!* – repetiu Molasar, retomando sua autoridade. – Está avisado. Se insistir, seu corpo irá lá para baixo, juntar-se aos dos alemães.

Cuza sentiu que estava perdendo terreno. Precisava tentar alguma coisa.

– O que acha destas palavras: *Yitgadal veyitkadash shemei raba bealma divera chireutei, veyamlich...*

– O que quer dizer esse amontoado de sons? – perguntou Molasar. – Uma espécie de cantochão? Palavras mágicas? Você está tentando se livrar de mim? Aliou-se aos alemães?

– Não! – foi tudo o que Cuza pôde dizer antes que sua voz se apagasse. Sua mente parecia ter sofrido um golpe. Agarrou-se aos braços de sua cadeira com as mãos aleijadas, sob a impressão de que o quarto iria girar e derrubá-lo. Era um pesadelo! Aquela criatura da Idade Média se apavorava à vista da cruz e à menção do nome de Jesus Cristo. Todavia, as palavras do Kaddish – a oração hebraica para os mortos – eram apenas um amontoado de sílabas sem significação. Não podia ser! E contudo era.

Molasar continuava falando, ignorando a penosa confusão que se processava no espírito de seu interlocutor. Cuza tentava entender o que ele dizia. Talvez fosse crucial para a sobrevivência de Magda, e dele próprio.

– Meu poder está voltando lenta mas ininterruptamente. Sinto que dentro em pouco, duas noites no máximo, estarei em condições de livrar meu fortim de todos estes intrusos.

Cuza tentou assimilar o sentido das palavras: *poder... duas noites no máximo... livrar meu fortim...* Entretanto, outras palavras continuavam soando em sua mente, num meio-tom persistente... *Yitgadal veyitkadash shemei...* bloqueando seu raciocínio.

Ouviu-se então o ruído de pesadas botas nos degraus da escada da torre e o eco de vozes humanas, tomadas de pavor, soando no pátio; ao mesmo tempo, a única lâmpada do quarto começou a tornar-se mortiça, indicando uma interrupção no suprimento de energia.

Molasar mostrou os dentes com um sorriso voraz.

– Parece que encontraram seus dois camaradas...

– E logo virão aqui, para porem a culpa em mim – disse Cuza, arrancado de seu torpor pela nova situação de alarme.

– Você é um homem inteligente – disse Molasar, caminhando na direção da parede e dando um leve empurrão no bloco móvel, que girou imediatamente. – Use a cabeça.

Cuza o viu inclinar-se e desaparecer na sombra profunda da abertura, desejando ter podido ir com ele. Depois que o bloco voltou para seu lugar, Cuza aproximou a cadeira da mesa e debruçou-se sobre o *Al Azif*, fingindo que o estudava. Na verdade esperava, temeroso.

Não foi uma longa espera. Kaempffer entrou com violência no quarto.

– Judeu! – exclamou o major, apontando um dedo acusador para Cuza e tomando uma atitude arrogante que ele sem dúvida considerava prova de seu poder. – Você fracassou, judeu! Eu deveria contar com isso!

Cuza limitou-se a continuar imóvel, olhando para seu acusador. Que poderia responder? Não tinha a menor possibilidade de reagir. Sentia-se infeliz, angustiado e fisicamente alquebrado. Doía-lhe todo o corpo, cada osso, cada junta, cada músculo. Sua mente ficara entorpecida depois de seu encontro com Molasar. Estava incapaz de raciocinar. Embora sentisse a boca seca, não se animava a tomar mais água, pois sua bexiga ansiava por esvaziar-se à simples vista de Kaempffer. Não estava preparado para tamanha tensão. Era um professor, um intelectual, um homem de cultura. Não tinha condições de enfrentar aquele vaidoso fanfarrão que tinha o poder de vida e de morte sobre ele. Desejava ardentemente contra-atacá-lo, mas não tinha a mais remota esperança de poder fazê-lo. Valeria de fato a pena viver assim?

Que outras humilhações ele poderia suportar?

Entretanto, havia Magda. De alguma maneira restava uma esperança para ela.

Duas noites... Molasar dissera que, após mais duas noites, teria poder suficiente. Quarenta e oito horas! Cuza perguntou a si mesmo se poderia sobreviver durante tanto tempo. Sim, ele se esforçaria para durar até sábado à noite. A noite de sábado... o Sabá já teria findado... Mas o que significava agora o Sabá? Haveria *alguma coisa* que tivesse realmente importância?

– Ouviu o que eu disse, judeu? – A voz do major se elevara, forçada, até parecer um grito.

Outra voz respondeu:

– Ele nem sabe sobre o que você está falando.

O capitão havia entrado no quarto. Cuza sentiu que Woermann era um homem decente, de uma nobreza constrangida – um traço que não se espera encontrar em um oficial alemão.

– Então vai aprender logo! – Com duas largas passadas, Kaempffer ficou ao lado de Cuza e inclinou-se para a frente até que seu perfeito rosto ariano quase tocou o do professor.

— O que há de errado, major? – perguntou Cuza, fingindo ignorar o que acontecera, mas não escondendo seu verdadeiro temor. – Que foi que eu fiz?

— Você não fez *nada*, judeu! E esse é o problema. Durante duas noites você ficou sentado aqui com esses velhos livros, fazendo o papel de responsável pela súbita interrupção das mortes. Entretanto, esta noite...

— Eu nunca me... – começou Cuza a dizer, mas Kaempffer o interrompeu dando um soco na mesa.

— *Silêncio!* Esta noite mais dois de meus homens foram encontrados mortos no porão, com as gargantas estraçalhadas como as dos outros.

Cuza teve uma imagem fugaz dos dois soldados. Depois de ter visto os outros cadáveres, era fácil imaginar os ferimentos. Chegou a visualizar com certa satisfação aquelas gargantas ensanguentadas. Eles haviam tentado violar sua filha e mereceram o castigo recebido. Mereciam até pena maior. Molasar fizera justiça bebendo-lhes o sangue.

Mas agora era ele quem estava em perigo. A fúria no rosto do major não permitia dúvidas. Ou descobria uma saída ou não viveria até a noite de sábado.

— Está agora provado que não foi você o responsável pelas duas últimas noites de paz. Não há qualquer conexão entre sua chegada e as duas noites sem mortes... foi apenas uma coincidência feliz para você, que se aproveitou dela para nos fazer acreditar que tudo era obra sua. Isso comprova o que aprendi na Alemanha: jamais confie em um judeu!

— Eu nunca disse que era o responsável por...

— Você está tentando deter-me aqui, não é isso? – disse Kaempffer, entrefechando os olhos e baixando a voz a um tom ameaçador. – Está fazendo o possível para retardar o cumprimento de minha missão em Ploiesti, não é mesmo?

Cuza vacilou ante a súbita mudança de tática do major. O homem estava transtornado... tão transtornado quanto Abdul Alhazred deve ter ficado depois de escrever o *Al Azif*... que estava ali na frente deles, sobre a mesa...

O professor teve uma ideia.

– Mas major! Eu encontrei finalmente alguma coisa num dos livros!

O capitão Woermann procurou ajudar.

– Encontrou? O que você encontrou?

– Encontrou coisa nenhuma! – exclamou Kaempffer. – É mais uma mentira desse judeu, para salvar sua pele!

Você não sabe o quanto está certo, major.

– Deixe o homem falar, pelo amor de Deus! – interveio Woermann. Depois voltou-se para Cuza. – Que diz o livro? Mostre para mim.

Cuza indicou o *Al Azif*, escrito no arábico primitivo. O livro era datado do século VIII e nada tinha a ver com o fortim ou mesmo com a Romênia, justamente por isso. Mas o professor esperava que os dois alemães não soubessem disso.

A incerteza contraiu as sobrancelhas de Woermann, ao olhar para o pergaminho.

– Não sei ler essas pegadas de galinha.

– Ele está mentindo! – berrou Kaempffer.

– Este livro não mente, major – replicou Cuza, torcendo para que os alemães não conhecessem a diferença entre o turco e o arábico antigo, e prosseguiu em sua mentira. – Foi escrito por um turco que invadiu esta região antes de Maomé II. Diz ele que havia um pequeno castelo – a descrição das cruzes leva a crer que se tratava deste fortim – no qual morara um dos antigos senhores da Valáquia. A proteção do falecido senhor assegurava aos nativos da região o privilégio de dormir tranquilamente no fortim, mas se quaisquer estranhos ou invasores ousassem ultrapassar os portões de sua antiga moradia, ele os mataria à razão de um por noite, enquanto aqui permanecessem. Compreenderam? A mesma coisa que está acontecendo aqui aconteceu a uma esquadra do exército turco há cerca de meio milênio!

Cuza observou os rostos dos dois oficiais quando terminou sua exposição. Estava até admirado pela facilidade com que inventara aquela história baseado no que sabia a respeito de Molasar e da região. Havia furos na história, mas de pouca monta, com pequena probabilidade de serem notados.

Kaempffer zombou:

— Isso não passa de uma bobagem!

— Não necessariamente — interveio Woermann. — Pense um pouco: os turcos costumavam então andar por aí. E conte nossos cadáveres... com os dois de agora temos a média de um morto por noite desde que cheguei aqui em 22 de abril.

— Mesmo assim... — A voz de Kaempffer revelava que sua autoconfiança fora abalada. Olhou incrédulo para Cuza. — Então não somos os primeiros?

— Não. Pelo menos de acordo com o que diz o livro.

A história pegara! A maior mentira que Cuza pregara em toda a sua vida, inventada na hora, fora aceita! Eles não tinham ideia de que estavam sendo enganados. O professor teve vontade de rir.

— Afinal, como foi que eles resolveram o problema? — perguntou Woermann.

— Partiram.

Seguiu-se um longo silêncio à resposta simples de Cuza.

Por fim, Woermann voltou-se para Kaempffer.

— Eu já vinha dizendo a você que...

— Não *podemos* partir — interrompeu Kaempffer, com um traço de histeria na voz. — Não antes de domingo. E se você — acrescentou, dirigindo-se a Cuza — não encontrar uma resposta para este problema até esse dia, judeu, farei com que você e sua filha sigam comigo para Ploiesti!

— Mas por quê?

— Ficará sabendo quando chegar lá — disse Kaempffer; então pareceu ter encontrado uma solução melhor. — Não. Acho que vou anunciar logo. Talvez isso acelere seus esforços. Sem dúvida você já ouviu falar de Auschwitz, não? E de Buchenwald?

Cuza sentiu um frio no estômago.

— Campos de morte.

— Preferimos chamá-los de campos de *recuperação*. Os romenos não dispõem de instalações assim. Minha missão é corrigir tal deficiência. Gente de sua espécie, mais os ciganos, os franco-maçons e outras escórias humanas serão tratadas no campo que irei instalar em Ploiesti. Se você provar que é fiel a mim, tomarei providências no sentido de que sua transferência para o campo seja retardada, talvez mesmo até sua morte natural. Se, porém, você se atravessar em meu caminho, terá a honra, juntamente com sua filha, de ser nosso primeiro hóspede.

Cuza permaneceu imóvel em sua cadeira. Sentia que os lábios e a língua se moviam, mas não conseguia falar, de tão chocado e amedrontado ficara. Aquilo não era possível! Todavia, o brilho nos olhos de Kaempffer lhe reafirmava que era verdade. Por fim, conseguiu articular uma palavra:

— *Animal!*

O sorriso de Kaempffer se alargou.

— Ainda que pareça estranho, não me incomodo de ouvir essa palavra dos lábios de um judeu. É uma prova positiva de que estou cumprindo minhas obrigações. — Caminhou até a porta e retornou. — De modo que é bom estudar direitinho esses livros, judeu. Trabalhe com convicção. Descubra uma resposta. Não é apenas o seu próprio bem-estar que está em jogo, mas também o de sua filha. — Voltou-se e saiu.

Cuza olhou para Woermann como quem implora:

— Capitão...?

— Nada posso fazer, *herr* professor — replicou Woermann em voz baixa, com evidente pesar. — Apenas sugiro que o senhor estude esses livros. Já encontrou uma referência ao fortim, o que significa que pode encontrar outra. E aproveito para sugerir que aconselhe sua filha a encontrar um lugar mais seguro que a estalagem... talvez alguma residência nas montanhas.

Cuza não podia confessar ao capitão que mentira ao afirmar que encontrara uma referência ao fortim, que *não* havia esperança de que surgisse alguma. E quanto a Magda:

— Minha filha é teimosa. Continuará na estalagem.

— Esperava que me dissesse isso. Contudo, além de um conselho, nada mais posso oferecer-lhe. Não estou mais no comando do fortim. Aliás — acrescentou com um sorriso triste —, acho que nunca estive. Boa noite.

– Espere! – pediu Cuza, tirando a cruz do bolso. – Tome isto. Já não me serve para mais nada.

Woermann apanhou a pequena cruz de prata, olhou para ela por um momento e retirou-se.

Cuza, sentado em sua cadeira de rodas, sentiu-se tomado pela mais profunda depressão. Não havia qualquer possibilidade de vencer. Se Molasar parasse de matar alemães, Kaempffer seguiria para Ploiesti, a fim de dar início ao extermínio sistemático dos judeus. Se Molasar insistisse, Kaempffer destruiria o fortim e ele e Magda seriam arrastados para Ploiesti como suas primeiras vítimas. Ao pensar que Magda poderia cair nas mãos deles, compreendeu a velha expressão *um destino pior que a morte.*

Devia haver uma saída. Muito mais grave que sua própria vida e a de Magda havia a ameaça que pairava sobre centenas de milhares, talvez um milhão ou mais de seres humanos. Precisava achar um meio de deter Kaempffer, de evitar que ele cumprisse sua missão... Cuza ficara com a impressão de que o major tinha o máximo interesse em chegar a Ploiesti na segunda-feira. Ele perderia sua posição se se atrasasse? Se isso fosse verdade, os condenados teriam um período de adiamento.

E se Kaempffer *nunca* deixasse o fortim, vítima de um acidente? Mas como? De que maneira seria possível detê-lo?

Suspirou, desanimado. Não passava de um judeu aleijado no meio de soldados alemães. Necessitava de orientação, de uma resposta. E com urgência. Cruzou seus dedos retorcidos e baixou a cabeça.

Oh, Deus! Ajudai vosso humilde servo, dai-me a solução para os problemas de vossos outros servos. Ajudai-me a ajudá-los. Ensinai-me a encontrar um meio de salvá-los...

A silenciosa prece traduzia a inutilidade de seu desespero. Que poderia fazer? Quantos, dos inumeráveis milhares que estavam morrendo nas mãos dos alemães, haviam erguido seus corações e suas vozes num apelo semelhante? E onde estavam eles agora? Mortos! E o que aconteceria com ele se ficasse esperando por uma resposta às suas súplicas? Morto também. E com Magda talvez fosse pior.

Continuou imóvel, mergulhado em seu desespero.
Havia ainda Molasar.

WOERMANN PAROU por um momento do outro lado da porta do professor depois de fechá-la. Experimentara uma estranha sensação quando o velho judeu estava explicando o que descobrira naquele livro indecifrável – uma impressão de que Cuza estava falando a verdade e mentindo ao mesmo tempo. Curioso... Qual seria a intenção do professor?

Atravessou rapidamente o pátio iluminado, percebendo a expressão de ansiedade nos rostos das sentinelas. Fora bom demais para ser verdade! Duas noites sem uma baixa... com esperança de chegar a três... Agora tudo voltava à estaca zero... exceto quanto ao número de cadáveres que continuava a crescer. Dez, agora. Um por noite durante dez noites. Uma estatística apavorante. Se ao menos o matador – o *senhor valáquio* de Cuza – tivesse esperado até a noite seguinte, Kaempffer teria partido e ele poderia retirar-se com seus homens. Entretanto, com a situação que se apresentava agora, todos teriam de permanecer até o fim da semana. Faltavam as noites de sexta, sábado e domingo. A morte potencial de três pessoas. Talvez até mais.

Woermann virou à direita e percorreu a curta distância até a entrada do porão. O detalhe era a presença de dois novos corpos na caverna embaixo do porão. Decidiu verificar se eles tinham sido arrumados adequadamente. Mesmo os *einsatzkommandos* tinham direito a um mínimo de dignidade na morte.

Ao atravessar o portão olhou para o quarto onde os dois corpos foram encontrados; não apenas suas gargantas tinham sido estraçalhadas, mas também as cabeças estavam torcidas, ficando em estranha posição. O assassino havia quebrado seus pescoços por alguma razão. Era uma nova atrocidade. Agora o quarto estava vazio, com pedaços de madeira da porta esparramados pelo chão. O que teria acontecido ali? Ao serem encontradas, as armas dos dois homens revelavam que não fora disparado um único tiro. Teriam eles tentado salvar-se, fechando a porta contra o atacante? Por que ninguém ouviu seus gritos? Ou não teriam eles gritado?

Woermann apressou o passo pelo corredor central até a parede fendida e ouviu vozes que vinham da parte de baixo. Quando descia as escadas, o oficial encontrou um pequeno grupo que subia, assoprando as mãos geladas, e ordenou que os homens voltassem.

– Vamos ver se vocês fizeram um serviço correto.

Na caverna embaixo do porão a luz mortiça das lanternas e do lampião de querosene mal iluminava os dez corpos envoltos em lençóis e estendidos no chão.

– Fizemos o melhor possível, senhor – disse um dos soldados de uniforme cinza. – Alguns lençóis não tinham sido passados a ferro.

Woermann examinou o conjunto. Tudo parecia em ordem. Ele teria em breve de tomar uma decisão quanto ao destino dos corpos. Precisava transportá-los. Mas como?

Juntou as mãos, satisfeito: Kaempffer, naturalmente! O major estava planejando partir no domingo à noite, independentemente do que acontecesse. *Ele* poderia levar os corpos para Ploiesti e de lá mandá-los de avião para a Alemanha. Perfeito. E, também, conveniente...

Por acaso notou que o pé esquerdo do terceiro corpo, a partir da esquerda, aparecia fora do lençol. Ao abaixar-se para cobri-lo, viu que a bota estava suja, como se o homem tivesse sido arrastado até ali puxado pelos braços. As duas botas estavam cobertas de lama.

Woermann sentiu uma onda de raiva, mas procurou acalmar-se. O que importava aquilo? Os mortos estavam mortos. Por que fazer um escarcéu a propósito de um par de botas enlameadas? Na semana anterior aquilo mereceria uma reprimenda. Agora não passava de um detalhe sem importância. Uma ninharia. Apesar de tudo, aquelas botas sujas aborreceram-no. Não saberia dizer exatamente por quê, mas a verdade é que aquilo o aborrecera.

– Vamos embora, rapazes – disse ele, afastando-se e deixando um rastro de névoa provocado por sua respiração. Os homens o seguiram apressadamente. Estava muito frio lá embaixo.

Woermann parou ao pé da escada e olhou para trás. Os corpos mal se distinguiam, na meia-luz. Aquelas botas... O fato de elas estarem enlameadas não lhe saía da mente. Afinal subiu a escada, atrás de seus homens, até o porão.

DE SEU ALOJAMENTO na parte traseira do fortim, Kaempffer, debruçado na janela, olhava para o pátio. Vira Woermann descer para o porão e regressar, mas continuou olhando. Deveria sentir-se relativamente seguro, pelo menos durante o resto da noite. Não por causa dos guardas que o cercavam, mas porque quem matara os dois soldados já havia completado sua cota e não viria novamente.

Entretanto, seu pavor atingira o auge.

Ocorrera-lhe um pensamento particularmente horripilante. Até então todas as vítimas tinham sido escolhidas entre os soldados. Os oficiais permaneciam imunes. Por quê? Poderia ser apenas devido ao fato ocasional de o número de soldados no fortim ser bem maior que o de oficiais, na proporção de mais de vinte para um. Mas, no fundo, Kaempffer alimentava uma angustiosa suspeita de que ele e Woermann estavam sendo reservados para algo especialmente horrível.

Não saberia explicar por que pensava assim, mas não conseguia afastar essa impressão. Se ao menos pudesse desabafar com alguém – qualquer pessoa –, talvez ficasse parcialmente aliviado daquele fardo e até conseguisse dormir.

Mas não havia ninguém.

Assim, ele ficaria ali naquela janela até o amanhecer, sem coragem para fechar os olhos antes que o sol inundasse o céu com sua luz

23

O fortim
Sexta-feira, 2 de maio
7h32

Magda esperou no portão, apoiando-se, ansiosa, ora sobre um pé ora sobre o outro. Apesar da manhã ensolarada, sentia frio. A congelante e aterradora sensação provocada pela presença de algo maligno e que até então ficara confinada no fortim parecia agora expandir-se, alcançando o desfiladeiro. Na noite anterior essa sensação acompanhara-a quase até o arroio; agora de manhã, atingira-a tão logo pisou na ponte.

As altas portas de madeira tinham sido abertas para dentro e estavam apoiadas nas pedras laterais do arco de entrada, parecendo um pequeno túnel. Os olhos de Magda vagavam da entrada da torre – onde ela esperava que papai aparecesse – para a abertura escura, situada precisamente no lado oposto do pátio, que conduzia ao porão, na parte traseira do fortim. Ali, alguns soldados trabalhavam, escavando em volta das pedras. Ao contrário da véspera, quando seus movimentos eram despreocupados, hoje estavam nervosos. Os homens agiam como loucos – loucos apavorados.

Mas então por que não vão embora? Magda não podia compreender a razão de eles permanecerem ali, noite após noite, esperando que morresse mais um deles. Não fazia sentido.

Estava muito ansiosa para saber notícias de papai. O que eles lhe teriam feito, na noite anterior, depois de descobrirem os corpos dos soldados que a haviam atacado? Ao aproximar-se da ponte, assaltou-a o pensamento de que talvez o tivessem matado. Todavia, tal presságio desapareceu ante a presteza com que a sentinela atendeu seu pedido para ver o pai. E agora, depois de passada a ansiedade inicial, ela começou a devanear.

O pipilar dos famintos filhotes de passarinho, no lado de fora de sua janela, e seu joelho esquerdo ainda latejando tinham-na despertado naquela manhã. Acordara sozinha em seu leito, completamente vestida, embaixo das cobertas. Ela se revelara tão terrivelmente vulnerável na noite anterior que Glenn poderia ter-se aproveitado disso sem dificuldade. Entretanto, não o fizera, mesmo quando ela demonstrou claramente que o desejava.

Magda recriminou-se, incapaz de compreender o que havia feito, envergonhada pela lembrança de sua própria imprudência. Felizmente, Glenn a rejeitara... não, essa era uma palavra muito forte... Seria melhor dizer que deixara para outra vez. Ao relembrar aquele instante, sentiu-se satisfeita por ele a ter contido, embora, no fundo, estivesse um pouco magoada por ter sido tão facilmente recusada.

Por que deveria sentir-se magoada? Nunca achou que tivesse encantos capazes de seduzir um homem. Apesar disso, havia bem no fundo de sua mente aquela insinuação maldosa de que lhe faltava alguma coisa.

No entanto, a culpa podia não ser sua. Podia ser que ele fosse um desses homens que... que não gostam de mulher, somente de outro homem. Porém ela estava certa de que não era esse o caso. Recordava seu único beijo – mesmo agora sentia uma onda de agradável calor inundar-lhe o corpo – e recordava também o ardor com que ele o retribuíra.

De qualquer maneira, seu oferecimento não fora aceito. E se tivesse sido? Como o olharia agora? Constrangida por sua leviandade, seria forçada a evitá-lo, o que significaria privar-se da companhia dele. E ela precisava tanto dessa companhia...

A noite anterior fora um caso especial, uma combinação de circunstâncias que não se repetiria. Via agora de maneira bem clara o que acontecera: a exaustão física e emocional, a fuga recente do ataque dos soldados, a intervenção de Molasar, a recusa de papai, impedindo-a de ficar ao lado dele – tudo contribuíra para que seu controle falhasse. Não fora Magda Cuza quem estivera deitada na cama, ao lado de Glenn, na noite anterior; fora outra pessoa, alguém que ela não conhecia. Aquilo *não* se repetiria.

Pela manhã passara em frente ao quarto dele, mancando por causa do ferimento no joelho. Esteve tentada a bater à porta para agradecer-lhe a ajuda e pedir desculpas pelo que fizera. Entretanto, depois de esperar por alguns instantes sem ter ouvido qualquer ruído, receou acordá-lo.

Magda fora diretamente para o fortim, não apenas para ver se papai estava bem, mas também para dizer-lhe como ele a magoara, como não tinha o direito de tratá-la daquela maneira e como ela pretendia seguir seu conselho e deixar o Passo Dinu. Esta última parte era apenas uma ameaça, mas ela queria feri-lo de alguma maneira, à guisa de retribuição ao que ele lhe fizera, obrigá-lo a reagir, ou pelo menos a desculpar-se por sua conduta insensível. Ensaiara cuidadosamente o que iria dizer e até mesmo o tom de voz com que iria falar-lhe. Estava pronta.

E então papai apareceu na entrada da torre com sua cadeira empurrada por um soldado. Bastou olhar para seu rosto para que todo o seu ressentimento desaparecesse. O aspecto dele era impressionante. Parecia ter envelhecido vinte anos da noite para o dia. Magda não imaginava que isso fosse possível, mas a verdade é que ele se mostrava ainda mais fraco do que antes.

Como deve ter sofrido! Mais do que uma pessoa seria capaz de suportar. Perseguido por seus compatriotas, pela doença e agora pelo Exército alemão. Eu não poderia ficar também contra ele.

O soldado que o trazia naquela manhã era mais cortês que o da véspera. Parou a cadeira perto de Magda e afastou-se. Sem uma palavra, ela fez a volta e começou a empurrar o pai na direção da ponte. Ainda não haviam percorrido 5 metros quando ele levantou a mão.

– Pare aqui, Magda.

– O que há de errado? – estranhou ela, sem obedecer. Ainda sentia o mal-estar que provinha do fortim, embora papai não parecesse notá-lo.

– Não dormi um minuto esta noite.

– Eles o mantiveram acordado? – perguntou Magda, passando para a frente e agachando-se aos pés do pai. O desejo instintivo de protegê-lo afogara o ressentimento que ainda havia em seu coração. – Eles não lhe bateram, não foi?

Os olhos dele, injetados de sangue, se fixaram nos da filha.

– Eles não tocaram em mim, mas me feriram profundamente.

– Como?

O professor começou a falar no dialeto cigano que ambos conheciam.

– Preste atenção, Magda. Fiquei sabendo por que o destacamento da SS está aqui. É apenas uma parada na viagem deles para Ploiesti, onde o major vai instalar um campo de concentração... para o nosso povo.

– Oh, não! – exclamou Magda, revoltada. – Não pode ser verdade. O governo jamais consentiria que os alemães viessem e...

– *Eles já estão aqui!* Você sabe que os alemães vêm construindo fortificações em torno das refinarias de Ploiesti e que estão treinando soldados romenos para o combate. Se já fazem isso, por que não acreditar que eles pretendem ensinar os romenos a matar os judeus? Do que pude concluir, o major é formado nessa especialidade. Adora seu trabalho. Será um excelente instrutor, não tenho dúvida.

Não podia ser! Todavia, ela não dissera também que Molasar era apenas uma lenda? Em Bucareste tinham corrido histórias a respeito desses campos, sussurrados comentários sobre as atrocidades, sobre as inúmeras mortes. A princípio ninguém acreditava, mas as testemunhas passaram a suceder-se com tanta intensidade que até o judeu mais cético teve de convencer-se. Os católicos continuaram achando que tudo não passava de boatos. Não sendo diretamente ameaçados, não se interessavam em acreditar, embora tivessem também de pagar o preço da invasão.

– É um local excelente – disse papai com voz cansada e isenta de emoção. – Fácil de chegar. E se um dos inimigos dos nazistas bombardear os campos petrolíferos, o inferno resultante completará o trabalho iniciado. E quem sabe? Talvez o conhecimento da existência do campo possa até fazer com que o inimigo hesite em desencadear os bombardeios, embora isso não me pareça provável. – Fez uma pausa, exausto. Depois murmurou: – Kaempffer precisa ser detido.

Magda se levantou, não mais suportando a dor no joelho ferido.

– Você não está pensando que poderá detê-lo, está? Será morto uma dúzia de vezes antes que possa sequer fazer-lhe um arranhão!

– Preciso encontrar um jeito. Não é mais apenas sua vida que me preocupa. Agora são milhares. E todas dependendo de Kaempffer.

– Mas ainda que alguma coisa seja capaz de... detê-lo, eles mandarão outro em seu lugar!

– É verdade, mas isso exigirá tempo, e qualquer atraso só nos beneficiará. Talvez a Rússia ataque a Alemanha, ou vice-versa. Não acredito que dois insanos, como Hitler e Stalin, consigam ficar por muito tempo sem que um pule na garganta do outro. E, no conflito que se seguir, talvez o campo de Ploiesti seja esquecido.

— Mas quem poderá deter o major? — observou Magda, querendo que papai visse quanto aquilo era uma loucura.

— Talvez Molasar.

Magda não queria acreditar no que ouvira.

— Não, papai!

Ele levantou a mão enluvada.

— Agora, ouça. Molasar deu a entender que poderia utilizar-me como um aliado contra os alemães. Não sei de que modo seria capaz de ajudá-lo, mas esta noite irei descobrir. E, em troca, pedirei que ele detenha o major Kaempffer.

— Mas você não pode fazer um acordo assim com Molasar! Não pode confiar em que ele, no fim, não acabe matando *você*!

— Não dou a menor importância à minha vida. Já lhe disse que há coisas mais importantes em jogo. Além disso, percebi uma noção rudimentar de honra em Molasar. Acho que você o julga muito severamente. Reage como mulher, não como cientista. Ele é um produto de seu tempo, de um tempo em que se tinha sede de sangue. Entretanto, Molasar possui um sentimento de patriotismo que está sendo profundamente ferido pela simples presença dos alemães. Estou em condições de explorar isso. Ele nos considera como conterrâneos valáquios e tem simpatia por nós. Não foi ele que salvou você dos alemães que a atacaram ontem à noite? E ele poderia facilmente tê-la transformado numa terceira vítima. *Devemos* tentar utilizá-lo. Não temos alternativa.

Magda permaneceu imóvel na frente do pai e procurou outra opção. Mas não conseguiu encontrar nenhuma. O esquema dele, embora ela o detestasse, oferecia um vislumbre de esperança. Estaria ela sendo injusta com Molasar? Pareceria ele tão horrendo apenas por ser tão diferente dos outros e se mostrar implacável? Não seria mais uma força natural que algo conscientemente maligno? O major Kaempffer não constituía um exemplo melhor do que era de fato um ser cruel? Ela não tinha respostas. Sentia-se sem rumo.

— Não gosto disso, papai — foi tudo o que conseguiu dizer.

– Ninguém disse que você deveria gostar. Ninguém prometeu uma solução fácil... ou de modo algum uma solução para esse problema. – Tentou impedir um bocejo sem conseguir e prosseguiu com voz cansada: – E agora gostaria de voltar para meu quarto. Preciso dormir, preparar-me para o encontro desta noite. Necessitarei de toda a minha imaginação se quiser estabelecer um acordo com Molasar.

– Um trato com o demônio – murmurou Magda, com um trêmulo fio de voz. Estava mais assustada do que nunca com a situação de seu pai.

– Não, minha querida. O demônio do fortim usa um uniforme preto com um emblema de prata no quepe representando uma caveira e se intitula *sturmbannführer*.

COM RELUTÂNCIA, MAGDA retornara para o portão empurrando a cadeira de rodas e esperou que o pai desaparecesse no interior da torre. Então voltou apressada para a estalagem, em estado de completa confusão. As coisas estavam acontecendo de modo muito rápido. Até agora sua vida fora preenchida com livros e pesquisa, melodias e notas musicais pretas sobre papel branco. Não fora preparada para conspirações. Sentia-se ainda tonta, atingida pelas monstruosas implicações de tudo o que ouvira.

Confiava em que o pai soubesse o que estava fazendo. Instintivamente, ela se opusera à planejada aliança com Molasar até que percebera aquele lampejo nos olhos do pai. Um raio de esperança luzira neles, um fragmento do antigo brilho que fizera antes sua companhia tão agradável. Era uma oportunidade para ele *fazer* alguma coisa, em vez de permanecer sentado em sua cadeira de rodas esperando que fizessem as coisas para ele. Necessitava desesperadamente sentir que poderia ser de alguma utilidade para seu povo... para alguém. E ela não tinha o direito de roubar-lhe essa satisfação.

Ao aproximar-se da estalagem, Magda sentiu, por fim, que a sensação de frio do fortim desaparecera. Contornou a casa à procura de Glenn, na esperança de que ele estivesse aproveitando o sol da manhã. Não o encontrou no pátio nem na sala de jantar. Subiu a escada e parou em frente à porta de seu quarto, escutando. Mais uma vez não ouviu o menor ruído. Talvez estivesse lendo, pois não lhe parecia que ele fosse de dormir até tarde.

Magda chegou a levantar a mão para bater à porta, mas se conteve. Já o procurara em volta da casa e agora vinha a seu quarto – ele podia pensar que ela o estava perseguindo.

Regressando a seu quarto, Magda ouviu o aflito pio dos filhotes de passarinho e foi até a janela para observar o ninho. De onde estava podia ver as quatro cabecinhas se agitando, mas a mãe não aparecia. Ela torceu para que ela viesse logo – os filhotes pareciam famintos.

Magda apanhou seu bandolim, mas, depois de alguns acordes, colocou-o novamente de lado. Sentia-se impaciente. E o lamento dos filhotes agravava ainda mais sua irritação. Com súbita determinação, saiu para o corredor.

Bateu levemente por duas vezes na porta do quarto de Glenn. Nenhuma resposta, nenhum movimento no lado de dentro. Ela hesitou um instante e depois, cedendo a um impulso, tocou a maçaneta. A porta se abriu.

– Glenn?

O quarto estava vazio. Era idêntico ao dela; ela ficara naquele mesmo quarto, quando se hospedou com o pai na estalagem, por ocasião da última visita ao fortim. Entretanto, havia alguma coisa diferente. Ela examinou as paredes. Era o espelho – o espelho sobre a cômoda fora retirado. Um retângulo mais claro na parede mostrava o lugar onde estivera pendurado. Talvez tivesse sido quebrado depois daquela sua última visita e jamais fora substituído.

Magda pôs-se a caminhar pelo quarto, andando, vagarosa, em círculos. Fora ali que ele ficara e lá estava a cama ainda desarrumada, onde ele dormira. Sentiu-se excitada, imaginando o que diria se ele voltasse de repente. Como explicaria o estranho fato de haver entrado no quarto dele? Não poderia. O melhor era ir embora.

Ao retirar-se, notou que a porta do armário estava entreaberta. Alguma coisa brilhava no lado de dentro. Ela sabia que estava se arriscando, mas que mal faria uma rápida olhadela? Abriu a porta.

O espelho que deveria estar sobre a cômoda encontrava-se apoiado a um canto do armário. Por que Glenn o havia tirado? Talvez não tivesse sido ele. Era possível que o espelho houvesse caído da parede e que Iuliu ainda não o tivesse recolocado. Também havia ali algumas peças de roupa e algo mais: uma caixa comprida, quase da altura dela, estava encostada no outro canto do armário.

Curiosa, Magda se ajoelhou e passou a mão pelo couro da caixa – áspero, velho, enrugado. Ou era muito antigo ou malcuidado. Ela não conseguia imaginar o que poderia haver dentro daquela caixa. Um rápido olhar sobre o ombro assegurou-a de que o quarto continuava vazio, a porta ainda aberta e o corredor em silêncio. Bastariam uns poucos segundos para que ela soltasse os fechos da caixa, desse uma olhada no que ela continha e recolocasse tudo em seu lugar, indo embora em seguida. Precisava saber. Sentindo a deliciosa apreensão de uma criança travessa ao invadir uma área proibida da casa, forçou um dos fechos de bronze. Havia três deles, que rangeram ao serem abertos, como se houvesse areia nas dobradiças. A tampa fez o mesmo ruído ao ser levantada.

A princípio Magda não percebeu o que vinha a ser aquilo. A cor era de um azul-escuro, e o objeto, de um metal cuja espécie ela não identificava. Tinha a forma de uma cunha alongada – uma comprida peça de metal, afinando na direção da ponta e muito aguda em seus dois chanfros. Como uma espada. Era isso. Uma espada! Uma enorme espada à qual faltasse o punho. Havia apenas uma grossa cavilha na extremidade inferior, que parecia destinada a encaixar-se na ponta de um punho. Em que arma imensa e terrível aquele objeto se transformaria, quando ajustada a seu punho!

O olhar dela foi atraído pelas marcas da lâmina, toda coberta por estranhos símbolos. Não eram simplesmente desenhados na superfície azul do metal, mas *entalhados* nela. Magda correu a ponta do dedo mínimo ao longo dos entalhes. Eram runas, mas de uma espécie que ela nunca vira. Conhecia as runas germânicas e escandinavas, que remontavam à Idade Média, talvez ao século III. Estas, porém, eram mais velhas. Muito mais. Possuíam uma característica de misteriosa antiguidade que a intrigava, parecendo deslocar-se enquanto eram examinadas. Aquela lâmina *antiga*... tão antiga que Magda pôs-se a imaginar quem ou o quê a teria fabricado.

A porta do quarto foi fechada com violência.

– Encontrou o que estava procurando?

Magda pôs-se de pé rapidamente ao ouvir o ruído da porta, fazendo com que a tampa da caixa se fechasse sobre a lâmina. Voltou-se e encarou Glenn, com o coração batendo mais depressa por efeito da surpresa – e da culpa.

– Glenn, eu...

Ele parecia furioso.

– Pensei que poderia confiar em você! O que esperava encontrar aí?

– Nada... Vim aqui à sua procura. – Não compreendia a intensidade da reação dele. Por certo, tinha o direito de ficar aborrecido, mas tamanha indignação...

– Você pensou que me encontraria dentro do armário?

– Não. Eu... – Por que tentar explicar? Pareceria uma desculpa esfarrapada. Não tinha nada a fazer ali. Estava errada e não ignorava isso, sentindo-se terrivelmente constrangida por ter sido apanhada em flagrante. Entretanto, não era como se ela tivesse entrado no quarto para roubá-lo. À medida que sua indignação crescia, pela maneira como fora interpretada, aumentava também sua vontade de enfrentar a dureza do olhar dele, fitando-o com igual altivez. – Estava curiosa para saber algo mais de sua vida e vim aqui para conversarmos. Eu... eu gostei tanto de estar com você, mas sei tão pouco a seu respeito... – Sacudiu a cabeça. – Não acontecerá outra vez.

Começou a caminhar em direção à porta, pretendendo deixá-lo com seu precioso segredo, mas não andou muito. Ao passar entre Glenn e a cômoda, ele a deteve, segurando-a pelos ombros delicadamente mas com firmeza. Depois fez com que ela ficasse de frente para ele. Seus olhares se cruzaram.

– Magda...

Sem poder continuar, puxou-a contra o peito e colou os lábios nos dela, apertando-a docemente. Magda experimentou uma fugaz vontade de resistir, de debater-se, de empurrá-lo, mas tudo não passou de um mero reflexo e desapareceu antes que ela percebesse, consumida pelo calor do desejo que tomara conta dela. Passou os braços em torno do pescoço de Glenn e puxou-o também, afundada no ardor que a envolvera. A língua dele procurou a dela, deixando-a chocada ante tanta audácia – pois nunca ouvira dizer que alguém beijasse assim – e estonteando-a com o prazer que a carícia lhe provocara. As mãos de Glenn começaram a descer pelo corpo dela, acariciando-lhe as nádegas por cima da roupa, e subiram até os seios, deixando um rastro de calor por onde passavam. Depois desamarraram o lenço que cobria seus cabelos, atirando-o ao chão e passando a desabotoar-lhe o casaco de lã. Ela não o impediu. As roupas já lhe pesavam sobre o corpo e o quarto parecia estar tão quente... gostaria de tirá-las.

Houve um breve instante em que ela poderia ter detido aquilo, recuando e retirando-se. Com o casaco já aberto, uma voz distante soou em sua mente: *Serei eu mesma? O que está havendo comigo? Isto é uma loucura!* Era a voz da antiga Magda, a Magda que enfrentara o mundo desde que sua mãe morrera. Esta voz, porém, era dominada pela de outra Magda, uma estranha Magda que surgira lentamente entre as ruínas de tudo aquilo em que a antiga Magda acreditara. Uma nova Magda, despertada pela chama vital que ardia dentro do homem que naquele momento a tinha nos braços. O passado, a tradição, as conveniências – tudo havia perdido seu significado; o amanhã era um dia distante que ela poderia não chegar a ver nunca. Agora só aquele momento importava. E Glenn.

O casaco escorregou de seus ombros, depois a blusa branca. Quando os cabelos rolaram sobre suas costas e seus ombros nus, Magda sentiu um estranho calor. Glenn puxou então o sutiã, libertando-lhe os seios. Sempre com os lábios colados nos dela, ele passou de leve a ponta dos dedos sobre cada seio, detendo-se nos bicos endurecidos e traçando pequenos círculos que arrancavam dela gemidos de prazer. Afinal, os lábios dele foram baixando pela garganta de Magda até o vale entre os seios e daí para os bicos intumescidos, um de cada vez, a língua fazendo pequenos círculos úmidos sobre aqueles que os dedos dele haviam traçado. Com um pequeno grito ela agarrou-lhe a cabeça e empinou os seios contra seu rosto, estremecendo de gozo à medida que as ondas de arrebatamento começaram a pulsar no interior de sua pélvis.

Glenn levantou-a e colocou-a sobre a cama, retirando-lhe o resto das roupas, ao mesmo tempo que, com os lábios, não cessava de acariciá-la. Depois também ele se despiu inclinando-se por cima dela. As mãos de Magda começaram instintivamente a agir, correndo pelo corpo dele como se quisessem certificar-se de que tudo aquilo era real. Em seguida, ele penetrou-a e, após a primeira estocada dolorida, ela sentiu-se possuída e foi maravilhoso.

Oh, Deus! – pensava ela, enquanto os espasmos do prazer lhe percorriam o corpo todo. Então é assim? Era isso o que ela tinha perdido durante todos aqueles anos? Seria esse o ato terrível de que falavam as mulheres casadas? Não podia ser! Aquilo era maravilhoso demais! E achava que não perdera nada, porque nunca teria gozado assim com qualquer outro homem que não fosse Glenn.

Ele começou a mover-se dentro dela e Magda procurou acompanhar-lhe o ritmo. O prazer aumentou, dobrando e redobrando, até que ela teve a impressão de que sua carne se derretia. Sentia que o corpo de Glenn começava a enrijecer à medida que igualmente sentia que o inevitável ia acontecer dentro dela. E aconteceu. Com seu corpo arqueado, os calcanhares apoiados no colchão, os joelhos dobrados para cima, Magda Cuza viu o mundo intumescer, estourar e partir-se em pedaços envolto num clarão de labaredas.

Após um momento, acompanhando sua respiração ofegante, ela sentiu, através das pálpebras de seus olhos fechados, que tudo se ajustava novamente.

O resto do dia foi passado naquela estreita cama, ambos sussurrando, rindo, trocando ideias, explorando-se mutuamente. Glenn sabia de tudo e ensinou-lhe uma porção de coisas: era como se a estivesse apresentando ao próprio corpo. Ele foi paciente, gentil e carinhoso, fazendo com que ela atingisse o ápice do prazer repetidas vezes. Ele fora seu primeiro amante. Magda não lhe disse isso, nem precisava dizer. Por outro lado, ela estava longe de ser a primeira amante dele. Isto também não necessitava ser objeto de comentários nem Magda achou que tivesse importância. Todavia, sentiu que ele se mostrava por demais fogoso, como se condenado voluntariamente à abstinência por um longo tempo.

O corpo dele a fascinava. O físico masculino era *terra incógnita* para Magda. Gostaria de saber se os músculos de todos os homens eram tão rijos e tão à flor da pele. Todos os pelos de Glenn eram vermelhos, e ele tinha ainda numerosas cicatrizes no peito e no abdômen. Quando ela lhe perguntou a origem deles, ele respondeu que eram resultado de acidentes. E, para evitar novas perguntas, ele a excitou e ambos fizeram amor de novo.

Depois que o sol se escondeu por trás da montanha, eles se vestiram e foram passear, de mãos dadas, parando de vez em quando para trocarem beijos. Quando regressaram à estalagem, encontraram Lídia pondo a mesa. Magda deu-se conta de que estava faminta e assim ambos se sentaram e se serviram, ela tentando tirar os olhos de cima de Glenn e concentrar-se no jantar, satisfazendo uma fome enquanto uma outra crescia. Todo um mundo novo se abrira para ela, deixando-a ansiosa para voltar a explorá-lo.

Comeram apressadamente e pediram licença para levantar-se logo que terminaram, como crianças ansiosas por brincar antes que escurecesse. Correram da mesa para o pavimento superior, Magda na frente, rindo e puxando Glenn para o quarto *dela*. Desta vez seria em *sua* cama. Tão logo a porta se fechou atrás deles, cada um tirou a roupa do outro, jogando-a em todas as direções; depois, sempre agarrados, enroscaram-se na cama, envoltos pela escuridão.

Horas depois, muito bem aproveitadas, Magda, ainda nos braços dele, em paz consigo mesma e com o mundo de uma maneira que ela até então desconhecia – Magda descobriu que estava apaixonada. Magda Cuza, a solteirona devoradora de livros, amava. Nunca, em tempo algum, em nenhum lugar poderia ter havido outro homem como Glenn. E ele a *desejava*. Ela o amava. Ela não dissera isso, e ele também não. Magda achou que deveria esperar que ele o fizesse primeiro. Poderia demorar um pouco, mas não tinha importância. Sabia que ele pensava da mesma maneira e essa certeza bastava-lhe.

Aconchegou-se mais a ele. Aquele dia fora suficiente para encher-lhe o resto da vida. Seria muito sofrimento esperar que o dia seguinte fosse igual. Entretanto, ela torcia para que o fosse. Avidamente. Certamente jamais alguém extraíra do próprio corpo tanto prazer e tantas emoções. Ninguém. Naquela noite ela iria dormir sendo uma Magda Cuza diferente da que acordara de manhã naquela mesma cama. Parecia haver passado tanto tempo... toda uma vida. E a outra Magda lhe parecia agora uma estranha. Uma sonâmbula, nada mais. A nova Magda estava bem acordada e amando. Tudo iria correr às mil maravilhas.

Magda fechou os olhos. Chegavam-lhe aos ouvidos os pios dos filhotes de passarinho no lado de fora da janela. Seus pipilos mostravam-se mais fracos do que de manhã e pareciam ter adquirido um timbre desesperado. Mas, antes que ela pudesse imaginar o que teria acontecido, adormeceu.

ELE CONTEMPLOU o rosto de Magda na meia-luz do quarto. Sereno e inocente. O rosto de uma criança adormecida. Apertou os braços em torno dela, com medo de perdê-la.

Deveria ter mantido distância dela; sabia bem disso. Entretanto, a atração fora demasiada. Deixara que ela remexesse as cinzas de sentimentos que ele julgara mortos e desaparecidos há muito tempo, e descobrisse brasas entre os carvões apagados. E naquela manhã, no calor de sua cólera por encontrá-la revistando seu armário, os carvões se reacenderam.

Era quase como um destino. Ele vivera muito e tinha experiência bastante para acreditar que tudo estava de fato planejado para acontecer. Entretanto, havia certas coisas... inevitáveis. A diferença era sutil, contudo muito importante.

E no entanto não era correto deixá-la iludida, quando nem ele mesmo estava seguro de não ser obrigado a desaparecer. Talvez por isso mesmo tivesse sido atraído por ela. Se morresse ali, pelo menos o sabor dos lábios dela adoçaria seus últimos instantes. Não podia dar-se ao luxo de preocupar-se agora. Isso o distrairia, reduzindo suas chances de sobreviver na batalha que se aproximava. E contudo, se ele sobrevivesse, ela o aceitaria quando soubesse a verdade a seu respeito?

Puxou a coberta para cobrir os ombros nus de Magda. Não queria perdê-la. Se houvesse um meio de ficar com ela depois que tudo tivesse acabado, ele se empenharia o máximo possível para descobri-lo.

24

O fortim
Sexta-feira, 2 de maio
21h37

O capitão Woermann estava sentado em frente a seu cavalete. Decidira vencer sua resistência e pintar de novo aquela sombra que parecia um enforcado. Agora, porém, com a palheta na mão esquerda e um tubo de tinta na direita, não encontrava ânimo para fazer a correção. Era melhor deixar a sombra como estava. Não tinha importância. Afinal, não iria levar o quadro consigo. Não queria recordações daquele lugar quando fosse embora. *Se* fosse embora.

Lá fora, as luzes do fortim estavam todas acesas, as sentinelas aos pares, armadas até os dentes e prontas para atirar à mais leve provocação. A arma de Woermann estava no coldre, esquecida sobre a cama.

Ele havia concebido uma teoria própria a respeito do fortim, não que a levasse muito a sério, mas a única que se encaixava nos fatos e esclarecia a maior parte dos mistérios. O fortim tinha vida. Isso explicava por que ninguém jamais vira quem matava os homens e por que ninguém encontrava um rastro nem era capaz de descobrir o esconderijo do assassino, a despeito de todas as paredes que haviam sido derrubadas.

Um fato, porém, não se ajustava em sua explicação. Um fato capital. O fortim não demonstrara qualquer reação quando eles chegaram, pelo menos não de uma maneira que se pudesse notar. Na verdade, os pássaros pareciam evitar fazer seus ninhos ali, mas Woermann não sentira qualquer coisa *errada* até aquela primeira noite, quando a parede do porão fora perfurada. A partir de então o fortim mudara completamente. Tornara-se sedento de sangue.

Ninguém havia explorado de maneira completa a caverna embaixo do porão. Parecia não haver razões para tanto. Sentinelas estavam de guarda no momento em que um soldado fora morto acima deles, sem que percebessem qualquer movimento através da abertura no pavimento. Talvez fosse conveniente explorar mais. Quem sabe se o coração do fortim não estava enterrado naquelas cavernas. Era nelas que deveriam procurar. Não... Isso levaria uma eternidade. As cavernas poderiam estender-se por quilômetros; ademais, ninguém desejaria receber tal missão. Lá no fundo era sempre noite. E a noite se tornara uma terrível inimiga. Somente os cadáveres permaneceriam naquela escuridão.

Os cadáveres... com suas botas enlameadas e mortalhas malpostas. De vez em quando, Woermann revia aquele quadro. Como agora. E durante todo o dia, desde que inspecionara os dois últimos soldados mortos, aquelas botas sujas se atravessavam em seus pensamentos, perturbando-os, manchando-os de lama.

Aquelas botas sujas... Não sabia explicar por que a lembrança delas lhe fazia tanto mal.

Continuou sentado, com o olhar fixo na pintura.

KAEMPFFER ESTAVA sentado na beira da cama, com as pernas cruzadas, uma Schmeisser sobre os joelhos. Um tremor de frio tomou conta dele. Tentou reagir, mas não teve forças. Nunca imaginara como o terror era exaustivo.

Precisava *sair* logo dali!

Explodir o fortim no dia seguinte – era isso o que deveria fazer! Colocar as cargas e reduzi-lo a escombros depois do almoço. Assim poderia passar a noite de sábado em Ploiesti, num leito com colchão, sem se sobressaltar com qualquer ruído, com uma simples corrente de ar. Não teria mais de ficar sentado, tremendo e suando, à espera do que poderia surgir à sua porta, vindo do corredor.

Mas o dia seguinte ainda estava longe. Não ficaria bem apressar-se tanto. Não era esperado em Ploiesti antes de segunda-feira, e o normal seria que utilizasse todo o tempo disponível para resolver o problema no fortim. Explodi-lo só como último recurso, a ser considerado apenas depois que todos os demais falhassem. O Alto Comando ordenara que aquele desfiladeiro fosse vigiado, e escolhera o fortim como a melhor solução para essa vigilância. Destruí-lo teria de ser o derradeiro recurso.

Ouviu os passos cadenciados de um par de *einsatzkommandos* no corredor à frente de sua porta fechada. Toda aquela área estava bem guardada. Certificara-se disso, embora sem acreditar que houvesse a menor probabilidade de que uma rajada de tiros de uma Schmeisser fosse de fato capaz de deter o que estava causando todas aquelas mortes... Simplesmente, esperava que os guardas fossem atacados primeiro, poupando-se assim por mais uma noite. E seria melhor que aqueles guardas ficassem acordados, no cumprimento de seu dever, por mais cansados que estivessem! Ele exigira muito de seus homens durante todo o dia, derrubando a seção traseira do fortim, com ênfase especial na área em torno de seu quarto. Os soldados haviam verificado todas as paredes dentro de um raio de 15 metros a partir do local onde ele se refugiara, mas não tinham encontrado nada. Não havia passagens secretas que conduzissem a seu quarto, nem esconderijos em qualquer parte.

Kaempffer estremeceu mais uma vez.

O FRIO E A ESCURIDÃO chegaram como de costume, mas Cuza se sentia naquela noite fraco e doente demais para fazer girar sua cadeira e enfrentar Molasar. A codeína havia acabado e a dor em suas juntas tornara-se insuportável.

– Como você consegue entrar neste quarto e sair? – perguntou ele, na falta de qualquer outra coisa para dizer.

Cuza estivera vigiando a pedra giratória que permitia uma passagem para a base da torre, certo de que Molasar apareceria por ali. Entretanto, ele surgira atrás da cadeira.

– Tenho meus recursos próprios para deslocar-me, sem necessidade de portas nem de passagens secretas. São meios muito além de sua compreensão.

– Assim como muitas outras coisas – replicou Cuza, incapaz de esconder o desespero que havia em sua voz.

Fora um mau dia. Além da dor incessante, havia a triste constatação de que a esperança alimentada naquela manhã de evitar um sofrimento para seu povo não passara de uma quimera, de um sonho impraticável. Ele planejara um acordo com Molasar, uma troca de favores. Mas com que fim? Anular o major? Magda tivera razão ao argumentar que deter Kaempffer significaria apenas retardar o inevitável: a morte dele poderia até mesmo piorar a situação. Haveria por certo violentas represálias contra os judeus romenos se um oficial da SS destacado para instalar um campo de concentração fosse eliminado de maneira brutal. E a SS simplesmente enviaria outro oficial para Ploiesti, talvez dentro de uma semana ou de um mês. De que adiantaria então? Os alemães tinham tempo de sobra. Estavam vencendo todas as batalhas, conquistando um país após outro. Parecia não haver meios de detê-los. E quando por fim eles assumissem o poder em todos os países que desejassem, poderiam perseguir à vontade os objetivos de seu insano líder com base na pureza racial.

No final das contas, tudo o que um aleijado professor de história pudesse fazer não provocaria a menor diferença.

E, para piorar as coisas, havia a insistente certeza de que Molasar temia a cruz... *temia a cruz!*

Molasar deslocou-se para dentro do campo de visão do professor e ficou parado, olhando para ele. *Estranho*, pensou Cuza. *Ou mergulhei num pântano de autopiedade, que me deixa isolado, ou me acostumei com Molasar.* Naquele momento, não era vítima da sensação de inferioridade que sempre sofrera na presença de Molasar. Talvez já não se importasse mais.

– Acho que você vai morrer – disse Molasar, sem rodeios.

A brutalidade das palavras chocou o professor.

– Por suas mãos?

– Não. Pelas suas mesmo.

Será que Molasar tinha capacidade para adivinhar pensamentos? Os de Cuza haviam sido, naquela tarde, justamente nesse sentido. Pôr termo à sua vida resolveria uma série de problemas. Libertaria Magda. Sem ele para atender, a filha poderia fugir para as montanhas e escapar de Kaempffer, da Guarda de Ferro e do resto. Sim, a ideia lhe passara pela cabeça. Faltavam-lhe, porém, os meios... Os meios e a determinação.

– Talvez – replicou Cuza, evitando o olhar do outro. – E, se não for iniciativa minha, será em breve no campo de concentração do major Kaempffer.

– Campo de concentração? – estranhou Molasar, inclinando-se para a frente e colocando-se sob a luz da lâmpada, a testa franzida pela curiosidade. – Um lugar onde se reúnem pessoas que vão morrer?

– Não. Um lugar para onde eles levam os que devem ser assassinados. O major vai instalar um campo assim não muito longe daqui, mais para o sul.

– Para matar valáquios? – exclamou Molasar, furioso, mostrando os dentes afiados e longos. – Um alemão está aqui para matar *meu* povo?

– Não se trata de seu povo – ressaltou Cuza, incapaz de esconder seu desânimo. Quanto mais pensava nisso pior se sentia. – São judeus. Não são pessoas com quem você deve preocupar-se.

– Sou eu que decido o que me preocupa ou não! Mas judeus? Não há judeus na Valáquia... pelo menos não em número suficiente para despertar interesse.

– Isso era verdade quando você construiu o fortim. Mas no século seguinte nós fomos expulsos da Espanha e do restante da Europa ocidental. A maioria se instalou na Turquia, mas muitos foram para a Polônia, Hungria e Valáquia

– *Nós?* – perguntou Molasar, intrigado. – Você é judeu?

Cuza concordou com um movimento de cabeça, esperando uma explosão de antissemitismo do boiardo. Em vez disso, porém, Molasar ponderou:

– Mas é um valáquio também.

— A Valáquia formou com a Moldávia o país que agora chamamos de Romênia.

— Os nomes mudam. Você não *nasceu* aqui? E também não nasceram os outros judeus que vão ser levados para os campos de concentração?

— Sim, mas...

— Então todos eles são valáquios!

Cuza percebeu que a paciência de Molasar estava se esgotando, mas insistiu:

— Mas seus ancestrais eram imigrantes.

— E daí? Meu avô veio da Hungria. Serei eu, que nasci neste solo, menos valáquio por causa disso?

— Não, claro que não. – Era uma discussão sem sentido. Precisava terminar.

— Então esses outros judeus de que você falou estão no mesmo caso. São valáquios e, consequentemente, meus compatriotas! – arrematou Molasar, endireitando o corpo e puxando os ombros para trás. – Nenhum alemão pode invadir meu país e matar meus compatriotas!

Bem típico! Aposto que ele nunca protestou, no seu tempo, quando seus camaradas boiardos depredaram as propriedades dos camponeses valáquios. E obviamente ele também nunca se rebelou contra as empalações ordenadas por Vlad. Era admissível que a nobreza valáquia dizimasse o populacho, mas ai do estrangeiro que ousasse fazer isso!

Molasar recuara para as sombras além do cone de luz da lâmpada.

— Conte-me mais a respeito desses campos.

— Prefiro não falar sobre isso. É muito...

— *Conte-me!*

— Vou lhe dizer o que sei – replicou Cuza com um suspiro resignado. – O primeiro foi instalado em Buchenwald, ou talvez Dachau, há uns oito anos mais ou menos. Existem outros: Flossenburg, Ravensbruck, Natzweiler, Auschwitz, e mais alguns de que provavelmente nunca ouvi falar. Em breve haverá um na Romênia – na Valáquia, como você gosta de chamar –, e talvez até mais, dentro de um ano ou dois. Os campos têm uma finalidade: reunir determinadas categorias de pessoas, milhões delas, para serem torturadas, humilhadas, submetidas a trabalhos forçados e por fim exterminadas.

– Milhões?

Cuza não conseguia distinguir muito bem o tom de Molasar, mas sem dúvida ele estava tendo dificuldade de entender o que ouvia. Era agora uma sombra entre as sombras, agitando-se muito, quase freneticamente.

– Milhões – confirmou Cuza com firmeza.

– Vou matar esse major alemão!

– Isso não adiantará nada. Há milhares como ele, que virão substituí-lo. Você poderá matar alguns ou mesmo muitos, mas eles acabarão aprendendo como matar você.

– E quem os envia para cá?

– O líder é um homem chamado Hitler, que...

– Um rei? Um príncipe?

– Não – replicou Cuza, procurando a definição exata. – Acho que *voevod* é a palavra que melhor traduz a posição dele.

– Ah! Um ditador! Então vou matá-lo; assim ele não mandará ninguém!

Molasar falara de modo tão banal que Cuza teve dificuldade em apreender o real significado daquelas palavras. Quando por fim entendeu, ainda perguntou:

– O que você disse?

– O ditador Hitler. Quando tiver readquirido minha força, beberei todo o sangue dele!

Cuza sentiu-se como se tivesse passado o dia inteiro tentando emergir das profundezas de um oceano, sem esperança de chegar à tona para respirar. Com as palavras de Molasar ele chegou à superfície e respirou. Contudo, não seria difícil afundar de novo.

– Mas você não poderá fazer isso! Ele está muito bem protegido! E vive em Berlim!

Molasar aproximou-se, colocando-se mais uma vez dentro do cone de luz. Seus dentes estavam à mostra, agora numa grosseira imitação de sorriso.

— A proteção do ditador Hitler não terá mais eficiência do que as medidas tomadas por seus lacaios aqui no fortim. Por mais portas fechadas e mais homens armados que o defendam, poderei agarrá-lo quando quiser. E por mais longe que esteja, eu o alcançarei quando tiver recobrado minhas forças.

Cuza mal podia conter sua excitação. Afinal, havia uma esperança, uma esperança bem maior do que ele jamais imaginara.

— Quando será isso? Quando você poderá ir a Berlim?

— Ficarei pronto para isso amanhã à noite. Estarei então suficientemente forte, em particular depois de matar todos os invasores.

— Então fico satisfeito por eles não me terem dado atenção, quando lhes disse que a melhor coisa que tinham a fazer era evacuar o fortim.

— *Você o quê?* — perguntou ele aos berros.

Cuza não tirava os olhos das mãos de Molasar, prontas a esganá-lo, contidas apenas pela vontade de seu dono.

— Desculpe — pediu o professor, recostando-se em sua cadeira. — Pensei que fosse isso o que você queria.

— Eu quero a *vida* deles! — insistiu Molasar, mas as mãos recuaram. — Quando eu quiser outra coisa, avisarei você, e você fará exatamente o que eu mandar.

— É claro, é claro. — Cuza, além de concordar completa e verdadeiramente com isso, não estava em condições de oferecer a menor resistência. Não podia esquecer com que espécie de criatura estava lidando. Molasar não toleraria ser enganado sob qualquer pretexto; não admitia outra solução que não fosse a sua. Nada mais era aceitável ou mesmo analisável por ele.

— Está bem, pois vou precisar da ajuda de um mortal. Sempre foi assim. Como somente posso agir nas horas de escuridão, necessito de alguém que, durante o dia, possa aparecer, a fim de tomar certas providências impossíveis à noite. Foi assim que aconteceu quando construí este fortim e montei toda a engrenagem de sua manutenção até hoje. No passado utilizei-me de alguns proscritos, seres humanos com apetites diferentes dos meus, mas não mais aceitáveis por seus camaradas. Comprei os serviços deles fornecendo-lhe os meios de saciarem seus apetites. Quanto a você, porém... seu preço, acho eu, será de acordo com meus desejos. Participamos, no momento, de uma causa comum.

Cuza olhou para suas mãos aleijadas.

– Suspeito que não seja o agente de que você precisa. Há melhores do que eu.

– A tarefa que vou entregar a você, para amanhã à noite, é bem simples: um objeto muito precioso para mim deve ser retirado do fortim e escondido em lugar seguro nas montanhas. Feito isso, ficarei livre para perseguir e destruir aqueles que pretendem matar nossos compatriotas.

Cuza experimentou uma estranha sensação de desafogo, um alívio emocional ao imaginar Hitler e Himmler encolhidos de medo na frente de Molasar, e depois seus corpos estraçalhados e sem vida – ou melhor, sem cabeça – expostos na entrada de um campo de concentração vazio. Isso significaria o fim da guerra e a salvação de seu povo; não apenas os judeus romenos, mas toda a sua raça! Era a promessa de um amanhã para Magda. E mais – o desaparecimento de Antonescu e da Guarda de Ferro. Talvez até significasse sua recondução à cátedra na universidade.

Mas logo a realidade o trouxe de volta daquelas alturas, sentando-o novamente em sua cadeira de rodas. Como poderia ele tirar qualquer coisa do fortim? E de que modo a levaria para as montanhas, quando toda a sua força mal podia fazer com que a cadeira cruzasse a porta?

– Você precisa de um homem são – disse ele a Molasar, numa voz desanimada. – Um aleijado como eu é inútil para você.

Adivinhou, mais do que viu, que Molasar contornava a mesa ao lado dele. Sentiu uma leve pressão em seu ombro direito. Era a mão de Molasar. Levantou os olhos e o encarou. Ele estava sorrindo.

– Você tem muito que aprender a respeito de meus poderes.

25

O fortim
Sábado, 3 de maio
10h20

Júbilo.

Era isso o que ela sentia. Magda nunca imaginara quanto era maravilhoso acordar de manhã e encontrar-se envolvida pelos braços de alguém que amava. Que sensação de tranquilidade e de segurança! O dia que tinha pela frente apresentava-se com a perspectiva de ser ainda mais brilhante, dado que Glenn faria parte dele.

Glenn estava deitado de lado e ela também, um de frente para o outro. Ele ainda dormia e, embora Magda não quisesse acordá-lo, não pôde dominar o desejo de acariciá-lo. Cheia de ternura, passou a mão pelo ombro dele e pelas cicatrizes em seu peito coberto de pelo vermelho. Encostou a coxa nua na dele. Estava tão sensualmente morno sob as cobertas, pele contra pele, poro contra poro! O desejo começou a fazer subir a temperatura de sua pele. Que bom se ele acordasse!

Ficou observando o rosto de Glenn, à espera de um movimento. Tinha tanto o que aprender a respeito daquele homem! De onde viera ele, afinal? Como teria sido sua juventude? O que estava fazendo ali? Por que trouxera aquela enorme espada? O que havia nele de tão maravilhoso? Ela se sentia como uma colegial, excitada, ansiosa. Não se recordava de haver sido tão feliz.

Queria que papai o conhecesse. Os dois iriam entender-se maravilhosamente. Entretanto, ela não imaginava de que maneira papai iria reagir ao saber do relacionamento dela com Glenn. Ele não era judeu... Na verdade, Magda não sabia a origem dele, mas por certo não era judeu. Isso, é claro, não faria a menor diferença para ela, mas tais assuntos eram importantes para papai.

Papai...

Uma súbita sensação de culpa afogou seu nascente desejo. Enquanto ela estivera aconchegada nos braços de Glenn, feliz e em segurança entre espasmos de indizível êxtase, papai lá estava, gelado e sozinho num quarto de pedra, cercado por homens cruéis e aguardando a entrevista com uma criatura vinda do Inferno. Devia sentir-se envergonhada!

E, no entanto, por que não poderia ela desfrutar um pequeno prazer? Não abandonara papai. Ainda continuava na estalagem. Ele a expulsara do fortim na noite anterior e se recusara, na véspera, a passear no lado de fora. E agora que pensava nisso descobriu que, se papai a tivesse acompanhado até a estalagem na manhã do dia anterior, ela não teria entrado no quarto de Glenn e eles não estariam juntos agora.

É estranho como as coisas acontecem.

Entretanto, disse ela a si mesma, o que aconteceu ontem e na noite passada não alterava de forma alguma as coisas. *Eu* mudei, mas nossos propósitos continuam inalterados. Papai e eu estamos, nesta manhã, tão à mercê dos alemães como estávamos na manhã de ontem e nas anteriores. Ainda somos judeus. Eles ainda são nazistas.

Magda afastou-se de Glenn e levantou-se, carregando consigo a colcha da cama e cobrindo-se ao chegar à janela. Muita coisa mudara no comportamento dela, muitas inibições haviam simplesmente deixado de existir, como a camada de pintura de um objeto de metal submetido ao fogo; entretanto, não poderia aparecer nua na janela, em plena luz do dia.

O fortim... Podia sentir-lhe a presença antes mesmo de aproximar-se da janela. A impressão de algo maligno que sentira dentro dele espraiara-se até a vila durante a noite... como se Molasar estivesse à procura dela. No outro lado da garganta, lá estava aquela construção de pedra cinzenta, sob um céu também cinza, toldado pelas últimas remanescências do nevoeiro noturno que ainda envolviam as bases de suas muralhas. As sentinelas percorriam os parapeitos; o portão estava aberto. E havia alguém ou alguma coisa se movendo em cima da ponte, na direção da estalagem. Magda firmou o olhar, aproveitando a luz da manhã, para descobrir o que era.

Uma cadeira de rodas. E nela... papai. Mas não havia ninguém empurrando-a. Ele mesmo acionava as rodas. Com movimentos fortes, rápidos e ritmados, as mãos de papai agarravam os aros das rodas, fazendo-as girar com velocidade ao longo da ponte.

Era inacreditável, mas era o que estava vendo. E papai dirigia-se para a estalagem!

Sacudindo Glenn para que acordasse, ela começou a correr pelo quarto, juntando as peças de suas roupas e vestindo-as. Glenn levantou-se logo, rindo do nervosismo dela e ajudando-a a encontrar sua blusa. Magda não estava achando graça nenhuma naquela situação. Apressadamente terminou de se vestir e saiu correndo do quarto. Queria estar lá embaixo quando papai chegasse.

THEODOR CUZA estava desfrutando uma alegria especial naquela manhã.

Fora curado. Suas mãos estavam descobertas e expostas ao ar frio da manhã, agarrando as rodas da cadeira e fazendo-as girar sobre a ponte. Tudo isso sem dor, sem grande esforço. Pela primeira vez durante um tempo tão longo que ele não seria capaz de lembrar, Cuza despertara com a sensação de que alguém chegara às escondidas durante a noite e tornara firme cada uma de suas juntas. Seus braços moviam-se agora para a frente e para trás como pistões bem lubrificados, e sua cabeça girava para um lado e para o outro sem dificuldade ou estalidos de dor. Sua língua apresentava-se úmida... havia de novo suficiente saliva para engolir, e seu rosto descontraíra-se, e ele podia voltar a sorrir sem que as pessoas em torno dele estremecessem e se afastassem.

E era isso o que ele fazia agora – sorria como um tolo pela alegria de ser capaz de movimentar-se sozinho, de tomar fisicamente parte ativa no mundo que o cercava.

Lágrimas! Havia lágrimas em seu rosto. Chorara várias vezes desde que a doença o atacara, mas, como acontecera com a saliva, as lágrimas haviam secado. Agora seus olhos estavam úmidos e seu rosto molhado por elas. E ele chorava de alegria, sem acanhamento, enquanto rodava sua cadeira em direção à estalagem.

Cuza não sabia o que deveria esperar quando Molasar se aproximou dele na noite anterior e lhe colocou a mão sobre o ombro. Ignorava, na ocasião, o que aquilo significava, mas Molasar disse-lhe que fosse dormir e que tudo seria diferente na manhã seguinte. Adormecera logo e não tivera as repetidas interrupções do sono, durante a noite, para tomar um gole de água que acalmasse a secura da boca e da garganta. Despertara mais tarde do que de costume.

Despertar... Era esse o verbo que definia seu estado atual. Despertara, deixando de ser um morto-vivo. Logo na primeira tentativa conseguira sentar-se e em seguida levantar-se sem dores, sem apoiar-se nas paredes ou na cadeira. Ficou então sabendo que seria capaz de ajudar Molasar, e desejava ajudá-lo. Qualquer coisa que Molasar lhe mandasse fazer, ele faria com satisfação.

Tivera de enfrentar alguns momentos delicados ao deixar o fortim. Não queria deixar que alguém percebesse que ele podia andar, de modo que repetiu os movimentos de costume ao rodar a cadeira em direção ao portão. As sentinelas olharam para ele com curiosidade, mas não o detiveram; sabiam que havia permissão para aquelas visitas à filha. Felizmente, nenhum dos oficiais estava no pátio quando ele passou.

Agora, com os alemães atrás e a ponte livre à sua frente, o professor Theodor Cuza fazia girar as rodas de sua cadeira com a maior rapidez que lhe era possível. Tinha de mostrar aquilo a Magda. Ela precisava ver o que Molasar conseguira fazer por ele.

A cadeira de rodas alcançou o fim da ponte com um solavanco que quase atirou Cuza de ponta-cabeça, mas ele manteve-se rodando. Era mais difícil rodar sobre chão de barro, mas não tinha importância. Isso dava-lhe oportunidade de exercitar seus músculos, que pareciam surpreendentemente fortes depois de tantos anos de imobilidade. Depois de passar pela porta da estalagem, continuou contornando a casa até seu lado sul. Nesse lado havia apenas uma janela, no primeiro pavimento, que abria para a sala de jantar. Parou depois de passar por ela e rodou a cadeira até junto da parede. Ficava assim fora da vista tanto do fortim como da estalagem, e teria de fazer aquilo apenas mais uma vez.

Junto à parede, travou as rodas da cadeira e, apoiando-se em seus braços, pôs-se de pé, sem o auxílio de ninguém. Sozinho. Em pé. Por si mesmo. Era um homem novamente. Poderia olhar os outros de frente sem necessidade de levantar os olhos. Acabara-se aquela existência de dependente, de ser tratado como uma criança. Agora ali estava ele de pé... um homem outra vez!

– Papai!

Virou-se e deparou com Magda na esquina da casa, olhando estarrecida para ele.

– Uma linda manhã, não acha? – disse ele abrindo os braços para a filha.

Depois de uma leve hesitação, Magda precipitou-se ao seu encontro.

– Oh, papai! – disse ela numa voz que foi abafada pelas dobras do casaco de Cuza, tal a maneira com que ele a apertou contra o peito. – Você pode ficar em pé!

– E muito mais do que isso. – Afastou-se dela e começou a caminhar em torno da cadeira, a princípio apoiando-se com a mão no encosto, depois soltando-o ao certificar-se de que não precisava dele. Suas pernas estavam fortes, mais fortes até do que quando se levantara naquela manhã. Podia caminhar! Achava até que era capaz de correr, de dançar. Entusiasmado, curvou-se e rodopiou numa grotesca imitação de um passo da *abulea* cigana, quase caindo no chão. Conseguiu, porém, equilibrar-se e voltou para perto de Magda, rindo do espanto que havia em seu rosto.

– Papai, o que aconteceu? É um milagre!

Ainda ofegante em virtude das risadas e do esforço, ele tomou as mãos da filha.

– Sim, foi um milagre. Um milagre no mais verdadeiro sentido da palavra.

– Mas como...?

– Foi Molasar quem fez isto. Curou-me. Estou livre da esclerodermia... completamente. Como se nunca tivesse estado doente.

Olhou para Magda e viu como o rosto dela brilhava de alegria por ele, como suas pálpebras piscavam, tentando conter as lágrimas de felicidade. Ela estava de fato participando daquele momento. E, ao fitá-la detidamente, sentiu que havia mais alguma coisa diferente, outra alegria mais profunda que ele nunca tinha visto antes nela. Chegou a pensar em fazer-lhe uma pergunta, mas desistiu. Ficaria para mais tarde. Sentia-se agora tão bem, tão *vivo*!

Um ruído lhe chamou a atenção e ele olhou para o lado. Magda fez o mesmo. Os olhos dela brilharam ao ver quem era.

– Veja, Glenn! Não é maravilhoso? Molasar curou meu pai!

O homem de cabelo vermelho e estranha pele morena nada disse, parado na esquina da estalagem. Seus olhos de um azul pálido fixaram-se nos de Cuza, fazendo com que o professor sentisse que sua própria alma estava sendo examinada. Magda continuava falando, excitada, correndo para Glenn e puxando-o pelo braço. Parecia embriagada de tanta felicidade.

– É um milagre! Um verdadeiro milagre! Agora podemos sair daqui antes que...

– Qual o preço que o senhor pagou? – perguntou Glenn num tom grave que interrompeu a tagarelice de Magda.

Cuza ergueu a cabeça e tentou enfrentar o olhar de Glenn. Percebeu que não poderia. Não havia naqueles frios olhos azuis qualquer traço de júbilo. Apenas decepção e tristeza.

– Nada paguei. Molasar fez isso por um compatriota.

– Nada se recebe de graça. Nunca.

– Bem, ele me pediu para prestar-lhe alguns pequenos serviços, ajudá-lo em certas providências depois que ele deixar o fortim, uma vez que não lhe é possível movimentar-se durante o dia.

– O quê, especificamente?

Cuza estava ficando aborrecido com aquele interrogatório. Glenn não tinha o direito de lhe fazer perguntas, e o professor estava determinado a não dar resposta alguma.

– Ele não disse.

– É estranho, não acha? Receber pagamento por um serviço que o senhor ainda não prestou, nem mesmo concordou em prestar? O senhor sequer sabe o que lhe será exigido e no entanto já aceitou o pagamento.

– Isto não é um pagamento – replicou Cuza com renovada confiança. – O que ele fez apenas me deixa em condições de ajudá-lo. Não houve uma barganha porque não há necessidade disso. Nossa ligação resulta do fato de participarmos da mesma causa: expulsar os alemães do solo romeno e eliminar Hitler e os nazistas do mundo!

Os olhos de Glenn se arregalaram e Cuza esteve a ponto de rir da expressão de seu rosto.

– Ele lhe prometeu isso?

– Não foi uma promessa! Molasar sentiu-se motivado quando o informei a respeito dos planos de Kaempffer para instalar um campo de concentração em Ploiesti. E, ao saber que havia na Alemanha um homem chamado Hitler que estava atrás de tudo, jurou destruí-lo tão logo recobrasse todo o seu poderio e pudesse deixar o fortim. Não havia necessidade de um acordo, de uma barganha ou de um pagamento – *temos uma causa comum!*

Devia estar falando muito alto, pois notou que Magda se afastara um pouco, com um olhar de preocupação no rosto. Agarrou o braço de Glenn e apoiou-se nele. Cuza sentiu-se gelado. Tentou manter a voz calma ao perguntar:

– E o que esteve você fazendo, minha filha, desde que nos separamos ontem pela manhã?

– Eu... Bem... Estive quase todo o tempo com Glenn.

Não precisava acrescentar mais nada. Ele ficou sabendo. Sim, ela estivera com Glenn. Cuza olhou para a filha, abraçada àquele estranho com evidente intimidade, a cabeça descoberta, os cabelos agitados pelo vento. Ela estivera *com* Glenn. Esta certeza o encolerizou. Fora das vistas dele durante menos de dois dias e já se entregara àquele forasteiro. Iria acabar com *aquilo*! Mas não agora. Mais tarde. Havia muitas outras coisas importantes para serem atendidas. Tão logo ele e Molasar terminassem a missão em Berlim, esse tal de Glenn, com seus olhos acusadores, seria objeto de sua atenção também.

...Objeto de sua atenção...? O professor nem mesmo sabia o que queria significar com aquilo. Qual seria a causa de sua hostilidade em relação a Glenn?

— Mas você não percebe o que isto significa? — disse Magda, obviamente tentando acalmá-lo. — Já podemos partir, papai! Atravessamos o desfiladeiro e fugimos daqui. Você não terá de voltar para o fortim! E Glenn nos ajudará, não é verdade, Glenn?

— Claro. Mas acho bom você perguntar a seu pai se ele *quer mesmo* partir.

Miserável!, pensou Cuza, ao perceber a interrogação nos olhos aflitos de Magda. *Ele pensa que sabe tudo!*

— Papai...? — insistiu ela, mas a expressão do rosto do pai não deixava dúvidas sobre qual seria a resposta.

— Tenho de voltar — disse-lhe o pai. — Não por mim. Não tenho mais ambições. Mas por nosso povo. Por nossa cultura. Pelo mundo. Esta noite ele terá força bastante para acabar com Kaempffer e com o resto dos alemães que estão no fortim. Depois disso, terei de executar algumas tarefas simples para ele e poderemos partir sem a preocupação de nos escondermos das patrulhas. E em seguida Molasar dará cabo de Hitler!

— Ele poderá mesmo fazer isso? — perguntou Magda, revelando suas dúvidas ante as dificuldades da tarefa que o pai estava descrevendo.

— Também me fiz a mesma pergunta. Recordei então quanto ele deixou aqueles alemães apavorados, quase a ponto de atirarem uns nos outros, e a maneira como zombou deles naquele fortim durante uma semana e meia, matando-os à vontade. — Expôs ao vento as mãos nuas e constatou, com renovada admiração, que seus dedos se flexionavam e se estendiam facilmente, sem a menor dor. — E, depois de tudo o que fez por mim, concluí que há muito pouca coisa que ele não possa fazer.

— Você pode confiar nele? — perguntou Magda.

Cuza olhou espantado para a filha. Aquele Glenn aparentemente corrompera-a com seu ar desconfiado. Era um relacionamento maléfico.

— E acaso estou em condições de *não confiar*? — replicou ele, depois de uma pausa. — Minha filha, você não está vendo que isso representará para todos nós um retorno à normalidade? Nossos amigos ciganos não serão mais perseguidos, esterilizados e postos a trabalhar como escravos. Nós, judeus, não seremos expulsos de nossas casas e de nossos empregos; nossos bens deixarão de ser confiscados e desaparecerá a ameaça de extinção de nossa raça. O que mais posso fazer senão confiar em Molasar?

Magda permaneceu silenciosa. Não queria replicar, mesmo porque não tinha argumentos.

– E quanto a mim – continuou Cuza –, significará o retorno à universidade.

– Sim... as suas pesquisas – murmurou Magda, como se estivesse pensando em outra coisa.

– Minhas pesquisas foram de fato a primeira coisa em que pensei. Mas agora, que estou novamente com saúde, não vejo por que não possa pretender o cargo de reitor.

Magda olhou para ele tomada de surpresa.

– Mas você nunca aceitou participar da administração da universidade antes.

Ela tinha razão. Na realidade, aquelas funções jamais o tinham seduzido. Mas agora as coisas eram diferentes.

– Isso foi antes, mas temos de viver o dia de hoje. E se eu cooperar para que a Romênia não seja destruída pelos fascistas, você não acha que mereço algum reconhecimento?

– O senhor também cooperará para que Molasar fique solto no mundo – disse Glenn, quebrando seu prolongado silêncio. – Isso fará jus a um tipo de reconhecimento que talvez o senhor não deseje.

Cuza sentiu que os músculos de seus maxilares se retesavam. Por que aquele intrometido não ia embora?

– Ele *já* está solto! Meu papel será apenas o de ajudá-lo. Deve haver uma maneira de firmarmos uma espécie de... acordo com ele. Temos muito que aprender com um ser como Molasar, e ele tem muito a oferecer. Quem sabe que outras enfermidades supostamente *incuráveis* ele será capaz de curar? Nossa dívida para com ele já será enorme por nos livrar do nazismo. Considero uma obrigação moral descobrirmos um meio de chegar a um entendimento com ele.

– Entendimento? – estranhou Glenn. – Que compensações o senhor está pensando oferecer-lhe?

– Há uma porção delas.

– Quais, por exemplo?

– Bem... Podemos dar-lhe os nazistas que iniciaram esta guerra e instalaram os campos de concentração. Será um bom início.

– E depois? Quais serão os próximos? Não se esqueça de que Molasar não se deterá. O senhor terá de continuar assegurando-lhe a subsistência. Torno a perguntar: quais serão os próximos?

– Não admito ser interpelado dessa maneira! – exclamou Cuza, à beira de perder o controle. – Alguma coisa tem de ser feita! Se uma nação inteira se submeteu a Adolf Hitler, certamente encontraremos um meio de coexistir com Molasar!

– Não pode haver coexistência com monstros – replicou Glenn –, sejam eles nazistas ou *Nosferatu*. Com licença.

Fez meia-volta e foi-se embora. Magda continuou imóvel, quieta, vendo-o afastar-se. Cuza, por sua vez, observava a atitude da filha, sabendo que, embora não tivesse ido de fato atrás de Glenn, acompanhava-o em espírito. Perdera a filha.

Essa certeza deveria feri-lo, partir-lhe o coração. Entretanto, não sofria qualquer dor ou sentimento de perda. Apenas raiva. O único pensamento que o enfurecia era saber que sua filha lhe fora roubada.

Por que não se sentia ferido?

DEPOIS DE VER Glenn desaparecer na esquina da estalagem, Magda encarou o pai. Estudou aquele rosto enfurecido, tentando compreender o que havia em seu coração, tentando pôr em ordem seus próprios sentimentos confusos.

Papai ficara curado, e isso era maravilhoso. Mas a que preço? Ele mudara tanto, não apenas fisicamente, mas também em seu modo de pensar, até mesmo em sua personalidade. Havia um tom de arrogância em sua voz que ela nunca ouvira antes. E a defesa que fazia de Molasar era de todo injustificável. Parecia que papai fora reduzido a fragmentos e depois reconstituído com arame fino... mas faltavam algumas peças.

– E você? – perguntou ele. – Também vai fugir de mim?

Magda fixou os olhos nele, antes de responder. Era quase um estranho.

– Claro que não – respondeu, esperando que sua voz não revelasse quanto desejava estar com Glenn. – Entretanto...

– Entretanto o quê? – perguntou ele, a voz soando como uma chicotada.

– Você pensou mesmo o que significa lidar com uma criatura como Molasar?

As feições de papai, agora novamente flexíveis, se contorceram a ponto de a assustarem. Os lábios dele estavam contraídos de tanta raiva.

– *Então é isso!* O seu amante conseguiu que você se colocasse contra seu próprio pai e seu próprio povo, não foi? – exclamou ele, as palavras pronunciadas com a violência de golpes e acompanhadas de uma risada amarga. – Com que facilidade você foi dominada, minha filha! Um par de olhos azuis, um corpo musculoso, e você imediatamente volta as costas a seu povo, justamente quando ele está prestes a ser trucidado!

Magda sentiu-se como se tivesse levado uma pancada na cabeça. Não era papai quem estava falando. Nunca fora mau para ela nem para qualquer outra pessoa, e no entanto agora se mostrava capaz de tanta crueldade! Apesar de tudo, ela se recusava a deixar que ele percebesse quanto a tinha ferido.

– Minha única preocupação era você – disse ela, procurando evitar que os lábios tremessem. – Tem certeza de que *pode confiar* em Molasar?

– E você tem certeza de que *não posso*? Nunca falou com ele, nunca o ouviu nem se surpreendeu com o brilho de seus olhos quando ele se refere aos alemães que invadiram seu fortim e seu país.

– Senti seu contato – replicou Magda sentindo um calafrio, apesar do calor do sol. – Duas vezes. Não há nada que me convença de que ele se preocupa com os judeus... nem com qualquer ser.

– Também senti seu contato – disse papai levantando os braços e circulando rápido em torno da cadeira vazia. – Veja com seus próprios olhos o que esse contato fez por mim. Quanto ao fato de Molasar salvar nosso povo, não tenho ilusões. Ele pouco está ligando para os judeus em outros países; só se interessa pelos que vivem aqui. Apenas os judeus romenos. A palavra-chave é *romeno*. Ele pertenceu à nobreza desta terra, que ainda considera como *sua*. Chame isso de nacionalismo, de patriotismo, do que quiser; não tem importância. O fato é que quer expulsar os alemães daquilo que ele denomina de *solo valáquio* e pretende agir nesse sentido. Nosso povo se beneficiará disso. E estou decidido a fazer o que puder para ajudá-lo!

As palavras pareciam sinceras. Magda não podia deixar de admitir. Eram lógicas e plausíveis. Talvez fosse uma atitude nobre a que papai estava tomando. Naquele momento ele poderia fugir e salvar-se com ela; em vez disso, resolvera voltar para o fortim e tentar salvar mais do que duas vidas. Arriscava a dele em favor de um objetivo maior. Talvez fosse a decisão correta. Magda se esforçava para acreditar nesse raciocínio.

Mas não podia. O entorpecente frio da mão de Molasar a deixara incapacitada para acreditar nele. E havia algo mais: o estranho brilho nos olhos de papai. Um olhar desvairado. Corrompido...

– Quero apenas a sua segurança – foi tudo o que ela pôde dizer.

– E eu quero a *sua* – replicou ele. Magda notou uma brandura em seus olhos e sua voz. Por um momento pareceu ser o mesmo de antigamente. – E quero também que você se afaste desse Glenn. Não é boa companhia.

Ela desviou o olhar na direção do desfiladeiro. Jamais concordaria em perder Glenn.

– Ele é a melhor coisa que já me aconteceu na vida.

– Tanto assim?

Magda sentiu que a dureza retornava ao tom de voz de papai.

– Sim – respondeu com voz tímida. – Ele me fez ver que, até agora, eu não conhecia o real significado de viver.

– Que emocionante! Que melodramático! – comentou papai, a voz destilando veneno. – Mas ele não é judeu!

Magda já esperava por isso.

– Pouco me importa – replicou, enfrentando o pai. De certo modo sabia que o pai também pouco estava ligando para isso. Utilizava apenas mais uma objeção para feri-la. – Ele é um homem bom. Se sairmos daqui, eu o acompanharei, caso ele me queira.

– Depois veremos isso! – O tom era de ameaça. – Por ora espero que não discutamos mais. – Sem olhar para ela, sentou-se na cadeira.

– Papai, aonde vai?

– Leve-me de volta para o fortim!

Era demais para ela.

– Vá sozinho, como veio! – Mal tinha acabado de extravasar seu ressentimento, Magda arrependeu-se do que dissera. Nunca havia falado com o pai daquela maneira em toda a sua vida. Pior ainda: papai pareceu não ter notado ou, se notou, não deu a menor importância à reação da filha.

– Foi tolice minha ter vindo esta manhã sem ninguém me empurrando – disse ele, como se não tivesse ouvido as palavras dela. – Mas não tive paciência para esperar que você fosse me buscar. Preciso ser mais cuidadoso. Não quero que haja suspeita quanto ao meu verdadeiro estado de saúde, a fim de evitar que redobrem a vigilância sobre mim. É melhor você me levar.

Magda obedeceu, relutante e ressentida. Pela primeira vez sentiu-se satisfeita por deixá-lo no portão e voltar sozinha para a estalagem.

MATEI STEPHANESCU estava furioso. A raiva queimava-lhe o peito como ferro em brasa. Não sabia por quê. Estava sentado, tenso e rígido, na sala de sua pequena casa na extremidade sul da vila, com uma xícara de chá e um pedaço de pão sobre a mesa à sua frente. Pensava em uma porção de coisas. E sua raiva cada vez aumentava mais.

Achava que não era direito que Alexandru e seus filhos trabalhassem no fortim a vida inteira, ganhando um bom dinheiro, enquanto ele tinha de pastorear um rebanho de cabras até que elas ficassem grandes bastante para serem vendidas ou trocadas, a fim de que ele pudesse sobreviver. Até então jamais invejara Alexandru, mas naquela manhã parecia que ele e seus filhos lhe haviam roubado todo o pasto de suas cabras.

Matei lembrou-se de seus próprios filhos. Necessitava deles ali. Já com 47 anos de idade, estava ficando grisalho e com dor nas juntas. E onde andavam seus filhos? Haviam partido para Bucareste dois anos antes, em busca de melhor sorte, abandonando pai e mãe, sem lembrarem que ele ia ficando velho e precisava de ajuda. Desde então não tivera mais notícia dos rapazes. Matei tinha certeza de que, se em vez de Alexandru fosse ele o encarregado de cuidar do fortim, seus filhos estariam agora a seu lado e talvez Alexandru é que tivesse de ir para Bucareste.

Aquele era um mundo miserável que estava cada vez pior. Sua própria mulher já não se importava mais com ele e não se levantara naquela manhã. Ioan sempre se preocupara com que ele comesse bem na primeira refeição. Naquele dia, porém, acontecera alguma coisa. Ela não estava doente, mas continuara deitada, e simplesmente lhe dissera: "Arranje-se você mesmo!" E ele teve de preparar seu chá, que agora ali estava, frio e sem gosto, na xícara à sua frente. Apanhou a faca e cortou um pedaço de pão. Mas depois da primeira dentada cuspiu.

Pão velho!

Deu um murro na mesa. Não iria mais suportar aquilo. Com a faca ainda na mão, entrou no quarto de dormir e se inclinou sobre o vulto de sua mulher, ainda envolto nas cobertas.

– O pão está velho – disse ele.

– Então vá arranjar pão fresco você mesmo – foi a resposta.

– Você é uma mulher ruim! – exclamou ele, com voz rouca. Sentiu o cabo úmido da faca em sua mão. Sua cólera chegava a um grau incontrolável.

Ioan afastou as cobertas e pôs-se de joelhos na cama, as mãos nos quadris, a cabeleira negra em desalinho, o rosto ainda sonolento. A resposta dela foi igualmente enfurecida:

– E você é uma pobre imitação de homem!

Matei ficou imóvel, olhando para sua mulher, em estado de choque. Por um momento teve vontade de fugir do quarto. Não podia acreditar que Ioan dissesse uma coisa daquelas. Ela o amava. E ele a amava. Agora, porém, a vontade dele era matá-la.

O que estava acontecendo? Era como se alguma coisa no ar que eles respiravam os tivesse envenenado.

E então ele perdeu de todo o controle e, com um furor insensato, avançou de faca em punho na direção da mulher. Sentiu o impacto. Quando a lâmina afundou no corpo de Ioan, ele sentiu a resistência e ouviu-lhe o grito de terror e agonia. Depois recuou e saiu do quarto, sem sequer procurar saber onde a faca a atingira ou se ela ainda estava viva ou morta.

AO ABOTOAR sua túnica antes de descer para o refeitório, na hora do almoço, o capitão Woermann olhou pela janela e viu o professor e a filha aproximando-se do fortim pela ponte. Ficou observando o par, com uma amarga satisfação ao verificar que tomara uma decisão correta ao sugerir que a moça ficasse na estalagem e não no fortim, e que pai e filha pudessem encontrar-se e conversar livremente durante o dia. Melhorou muito a convivência dos homens com a partida da moça, que não foi mais importunada, apesar de andar sozinha. Woermann acertara quanto ao juízo que fizera dela: leal e devotada. Enquanto os observava, notou que eles pareciam envolvidos em acesa discussão.

Alguma coisa se mostrou errada aos olhos de Woermann. Olhando melhor, percebeu que as mãos do professor estavam sem luvas. Era a primeira vez, desde que ele chegara, que isso acontecia. E Cuza parecia estar ajudando a movimentar a cadeira, empurrando o aro das rodas.

Woermann sacudiu os ombros. Talvez o professor tivesse tido apenas uma melhora. Desceu a escada, afivelando o cinturão e o coldre enquanto caminhava. O pátio era uma confusão de jipes, caminhões, geradores e entulhos provocados pela derrubada das paredes. Os homens de serviço estavam no refeitório, almoçando. A impressão era que naquele dia eles não tinham trabalhado tão duramente como na véspera, o que se explicava por não ter havido, na noite anterior, morte alguma para motivá-los.

Ouviu vozes vindas do lado do portão. O professor e a filha estavam chegando, ainda discutindo, enquanto a sentinela se mantinha impassível. Woermann não precisava entender romeno para concluir que havia uma desavença entre eles. A moça parecia estar na defensiva, mas sem querer ceder. O pai dava a impressão de um tirano, explorando sua enfermidade como uma arma contra a filha.

Entretanto, ele parecia ter melhorado muito. Sua voz, em geral fraca, soava de forma enérgica. O professor certamente estava passando muito bem.

Woermann retomou sua caminhada em direção ao refeitório. Todavia, depois de um momento, retardou o passo, quando sua atenção foi atraída para a direita, onde um arco de pedra dava acesso para o porão e mais além.

Aquelas botas... aquelas malditas botas enlameadas...

Elas o perseguiam e pareciam zombar dele... Havia nelas qualquer coisa estranha. Precisava saber o que era. Agora mesmo.

Desceu a escada rapidamente e entrou no porão. Não havia necessidade de prolongar aquela incerteza. Queria apenas dar uma olhada e voltar para a luz. Apanhou um lampião que estava junto à parede derrubada e o acendeu; depois, encaminhou-se para a noite silenciosa e fria do corredor sob o porão.

Ao pé da escada havia três grandes ratos chafurdando na lama. Com nojo, Woermann sacou sua Luger, enquanto os ratos o olhavam desafiadoramente. Quando acabou de colocar uma bala na agulha e engatilhar a arma, os ratos já tinham fugido.

Ainda de pistola em punho, Woermann percorreu a fileira de cadáveres envoltos em lençóis. Não encontrou mais ratos em seu caminho. O problema das botas enlameadas havia desaparecido de sua mente. Toda a sua atenção agora estava voltada para a situação dos soldados mortos. Se aqueles ratos os atacassem, ele nunca se perdoaria por haver retardado o embarque de seus restos mortais.

Tudo parecia normal. Os lençóis estavam em seus lugares. Levantou cada um deles, a fim de verificar como estavam os rostos dos mortos, mas não havia indícios de que tivessem sido atacados. Encostou a mão num dos rostos. Gelado... gelado e rígido. Provavelmente não muito apetitoso para um rato.

Contudo, não queria descuidar-se depois que vira os ratos. Os corpos seriam despachados na manhã seguinte bem cedo. Já esperara demais. Ao voltar-se para ir embora, percebeu que a mão de um dos cadáveres aparecia fora do lençol. Woermann curvou-se para cobri-la de novo mas se deteve ao tocar nos dedos do morto.

Eles tinham sido cortados.

Maldizendo os ratos, aproximou o lampião para verificar a extensão dos danos. Um calafrio percorreu-lhe a espinha ao examinar a mão. Estava imunda, com as unhas cheias de lama e a carne de cada dedo arrancada quase até o osso.

Woermann sentiu-se mal. Já vira antes mãos como aquela. Pertenciam a um soldado que na última guerra sofrera um ferimento na cabeça e, por engano, fora dado como morto, sendo enterrado vivo. Ao voltar a si dentro de seu caixão, ele procurou abrir caminho através de uma caixa de madeira e mais de um metro de terra. Apesar de seus esforços sobre-humanos, o pobre homem não conseguiu chegar à superfície. No entanto, antes que seus pulmões cedessem, as mãos conseguiram atravessar os obstáculos.

E aquelas mãos eram iguais à que ele agora contemplava horrorizado.

Trêmulo, Woermann recuou. Não tinha coragem para ver a outra mão do soldado nem qualquer outra coisa ali.

Voltou-se e correu para a luz do sol.

Magda retornou diretamente para seu quarto, pretendendo passar algumas horas sozinha. Tinha muita coisa em que pensar e precisava de tempo. Mas não conseguia acalmar-se. Tudo no quarto lembrava Glenn e os prazeres da noite anterior. A cama ainda desfeita era uma fonte contínua de perturbação.

Aproximou-se da janela e olhou para o fortim. O mal-estar que antes sentira dentro de suas muralhas agora saturava o ar que ela respirava, frustrando-lhe as tentativas de raciocinar com coerência. O fortim lá estava, sobre sua rocha, como um estranho animal marítimo que estendesse tentáculos em todas as direções.

Ao voltar-se, teve a atenção despertada pelo ninho dos pássaros.

Os filhotes estavam estranhamente silenciosos. Depois dos pios insistentes durante todo o dia anterior e até a noite, era de admirar que agora estivessem tão quietos. Talvez já tivessem abandonado o ninho. Mas não. Seria impossível. Magda não entendia muito de pássaros, porém estava certa de que aqueles pequeninos filhotes tão cedo não teriam condições de voar.

Preocupada, puxou a banqueta para junto da janela e subiu para ver melhor o ninho. Os filhotes estavam lá, imóveis, nada mais do que um amontoado de penas, as bocas caladas e os olhos arregalados, sem vida... Olhando para eles, Magda teve uma indizível sensação de perda. Desceu da banqueta e debruçou-se na janela, intrigada. Não havia sinais de violência no ninho. Os filhotes tinham simplesmente morrido. Doença? Ou falta de comida? Teria a mãe deles sido vítima de algum gato da vila? Ou resolvera abandoná-los?

Não quis mais ficar sozinha.

Atravessou o corredor e bateu na porta do quarto de Glenn. Não tendo ouvido resposta, abriu-a e entrou. Vazio. Foi até a janela e olhou, com esperança de ver Glenn tomando sol na parte de trás da casa, mas não havia ninguém ali.

Onde estaria ele?

Desceu a escada para a sala de jantar e surpreendeu-se ao ver sobre a mesa os pratos ainda com restos de comida. Para ela Lídia sempre fora uma impecável dona de casa. À vista dos pratos, lembrou-se de que não havia tomado o café da manhã. Já estava quase na hora do almoço e sentia fome.

Magda atravessou a porta da frente e encontrou Iuliu em pé no lado de fora, com os olhos voltados para a outra extremidade da vila.

– Bom dia – disse ela. – Seria possível que o almoço me fosse servido mais cedo?

Iuliu girou seu corpanzil e olhou para ela. A expressão de seu rosto, com a barba por fazer, era de indiferença e até de hostilidade, como se não se dignasse responder ao pedido. Depois de um momento, voltou a olhar para a vila.

Magda, imitando-o, divisou um ajuntamento de pessoas em frente a uma das cabanas.

– O que aconteceu? – perguntou ela.

– Nada que possa ser do interesse de um forasteiro – replicou Iuliu em tom hostil. Depois pareceu ter mudado de opinião. – Mas talvez a senhora devesse saber. – Havia uma maliciosa intenção em seu sorriso, ao acrescentar: – Os filhos de Alexandru estiveram brigando entre si. Um está morto e o outro gravemente ferido.

– Que coisa horrível! – exclamou Magda. Ela conhecia bem Alexandru e seus filhos, tendo conversado com eles inúmeras vezes a respeito do fortim. Todos pareciam ser muito unidos. Ela ficou ainda mais chocada com a informação sobre o incidente em virtude do prazer que Iuliu parecia estar sentindo ao transmiti-la.

– Não é assim tão horrível, *domnisoara* Cuza. Alexandru e sua família há muito tempo vêm pensando que são melhores do que nós. Mereceram isso! E serve também de lição – acrescentou, entrefechando os olhos – para os forasteiros que vêm aqui pensando que são melhores que nós.

Magda recuou um passo, amedrontada pelo tom da voz de Iuliu. Ele sempre fora uma pessoa pacata. O que teria acontecido?

Saiu e deu uma volta em torno da casa. Estava precisando de Glenn mais do que nunca, mas não conseguia encontrá-lo, nem mesmo no posto de observação perto da ponte de onde vigiava o fortim.

Glenn desaparecera.

Aborrecida e desanimada, Magda voltou para a estalagem. Quando se encaminhava para a porta, avistou uma pessoa que vinha da vila, cambaleando. Era uma mulher e parecia ferida.

– Ajudem-me!

Magda quis correr ao encontro dela, mas Iuliu apareceu na porta e segurou-a pelo braço.

– Fique aqui! – ordenou ele em tom rude; depois dirigiu-se para a mulher: – Vá embora, Ioan!

– Estou ferida – exclamou ela. – Matei me deu uma facada!

Magda viu que o braço esquerdo da mulher pendia, flácido, ao longo de seu corpo, e a roupa que ela vestia – mais parecendo uma camisola – estava encharcada de sangue desde o ombro até o joelho esquerdo.

— Não traga seus problemas para cá – disse-lhe Iuliu. – Já chegam os que nós temos

A mulher continuava avançando.

— Ajudem-me, por favor!

Iuliu afastou-se da porta e apanhou uma pedra do tamanho de uma maçã.

— *Não!* – gritou Magda, segurando o braço dele.

Iuliu empurrou-a para um lado e atirou a pedra, gemendo com o esforço despendido. Felizmente para a mulher a pontaria não foi boa e a pedra passou zunindo por cima de sua cabeça. Entretanto, a intenção não deixava dúvidas. Com um soluço, ela começou a arrastar-se de volta.

— Espere! Eu a ajudarei! – disse Magda, correndo a seu encontro.

Iuliu, porém, de novo segurou Magda pelo braço e empurrou-a para dentro da sala, fazendo com que ela tropeçasse e caísse no chão.

— Cuide de sua vida! – gritou ele. – Não vou deixar que tragam problemas para dentro de minha casa! Agora vá para seu quarto e fique por lá!

— Você não pode... – começou Magda a dizer, mas Iuliu avançou para ela com os dentes à mostra e um braço levantado. Assustada, ela pôs-se em pé e dirigiu-se para a escada.

O que teria havido com Iuliu? Era uma pessoa diferente! A vila inteira parecia ter sido tomada pela violência: facadas, mortes – e ninguém para prestar a menor ajuda a um vizinho necessitado. O que estava acontecendo ali?

Ao chegar ao pavimento superior, Magda encaminhou-se logo para o quarto de Glenn. Não era provável que ele tivesse retornado sem ser visto, mas ela queria ter certeza.

Ainda vazio.

Onde *estaria* ele?

Atravessou o pequeno quarto e abriu o armário, encontrando tudo como na véspera – as roupas, a caixa com a espada sem punho, o espelho. Este deixou-a intrigada. Olhou para o lugar onde ele estivera pendurado, acima da cômoda. O prego ainda se encontrava lá. Examinou atrás da moldura e viu que o arame estava intacto, o que significava que o espelho não caíra da parede; alguém o tinha retirado. Glenn? Por que faria uma coisa dessas?

Insatisfeita, fechou o armário e deixou o quarto. As cruéis palavras de papai naquela manhã e o inexplicável desaparecimento de Glenn pareciam ter-se juntado para que ela suspeitasse de tudo. Precisava reagir. Tinha de acreditar que papai estava bem, que Glenn retornaria em breve para junto dela e que a população da vila voltaria aos pacatos hábitos de sempre.

Glenn... Aonde ele teria ido? E por quê? O dia anterior fora de completa união dos dois, e agora ela nem mesmo sabia onde ele estava. Será que apenas se aproveitara dela? Tivera seu desejo saciado e depois a abandonara? Não, não podia acreditar que fosse assim.

Ele se mostrara bastante perturbado com o que papai lhe dissera naquela manhã. A ausência de Glenn talvez tivesse alguma coisa a ver com isso. Mesmo assim ela se sentia abandonada.

À medida que o sol descia por trás das montanhas, Magda se tornava mais nervosa. Bateu mais uma vez no quarto dele. Nada. Desconsolada, voltou para seu próprio quarto e para a janela de onde avistava o fortim. Evitando olhar para o ninho silencioso, examinou atentamente as moitas ao longo da extremidade do desfiladeiro, com esperança de descobrir algum indício que pudesse levá-la até Glenn.

Foi então que percebeu um movimento numa das moitas, no lado direito da ponte. Sem olhar de novo para ter certeza, Magda correu para a escada. Tinha de ser Glenn! *Tinha* de ser!

Iuliu não estava à vista e ela pôde deixar a estalagem sem problemas. Ao aproximar-se da moita, identificou o cabelo vermelho dele entre os ramos. O coração bateu-lhe mais acelerado. Uma onda de regozijo e alívio a inundou, apesar do ressentimento pela tortura em que ele a deixara durante todo o dia.

Glenn estava apoiado numa rocha, escondido, vigiando o fortim. Ela tinha vontade de passar os braços em torno dele e rir por vê-lo em segurança; ao mesmo tempo queria reclamar por ter sido abandonada sem uma palavra.

– Onde você esteve o dia inteiro? – perguntou Magda, ao aproximar-se dele, fazendo o possível para que a voz parecesse calma.

Ele respondeu sem se virar.

– Caminhando. Tinha umas coisas em que pensar, de modo que fui dar uma caminhada pelo desfiladeiro. Uma longa caminhada.

– Senti sua falta.

– E eu a sua – replicou ele, voltando-se e estendendo o braço. – Há aqui lugar bastante para dois. – O sorriso de Glenn não era tão franco nem tão tranquilizador como ela esperava. Ele parecia estranhamente tenso e preocupado.

Magda aninhou-se sob o braço dele, apertando-lhe o corpo. Que bom... Como ela se sentia protegida por aquele braço.

– O que o está preocupando?

– Uma porção de coisas. Estas folhas, por exemplo – acrescentou, arrancando um punhado de galho mais próximo e esmagando-as na mão. – Elas estão morrendo. Caindo. E estamos em plena primavera. Além disso, os habitantes da vila...

– É o fortim, não é? – perguntou Magda.

– Parece que sim. Quanto mais tempo os alemães permanecerem lá, quanto mais destruírem o interior da estrutura, tanto mais o espírito do mal se espalhará por toda a parte. Pelo menos é o que parece.

– Pelo menos é o que parece – repetiu Magda.

– E além disso há o seu pai...

– Ele me preocupa também. Não quero que Molasar se apoie nele e depois o deixe como... – relutou em concluir a frase; sua mente se recusava a configurar a cena – fez com os outros.

– Existem coisas piores para um homem do que ter seu sangue chupado.

O tom grave da voz de Glenn a surpreendeu.

– Você fez essa mesma observação na primeira vez em que esteve com papai. E o que poderia ser pior?

– Ele perder sua personalidade.

– A si mesmo?

– Não. *Seu eu*. Seu próprio eu. O que ele é, os princípios pelos quais lutou durante toda a sua vida. Isso pode ser perdido.

– Glenn, não consigo compreender. – Não podia mesmo. Ou talvez não quisesse. Havia no olhar de Glenn uma abstração que a perturbava.

– Vamos imaginar o seguinte – disse ele. – Suponhamos que o vampiro, ou *moroi*, ou não morto, tal como consta da lenda, um espírito confinado numa sepultura durante o dia e saindo à noite para alimentar-se com o sangue dos vivos, nada mais seja que uma lenda como você sempre a considerou. E agora, por outro lado, suponha que esse mito seja o resultado de tentativas de antigos contadores de histórias que visavam conceituar algo situado além da compreensão deles; que o elemento básico da lenda do vampiro se resuma num ser que tem sede, não de algo tão simples como sangue, mas que se alimenta das fraquezas humanas, que explora a loucura e a dor, que retira sua força e seu poder da desgraça, do temor e da degradação.

Aquele tom de voz deixava Magda chocada.

– Glenn, por favor, não fale assim. Isso é terrível. Como pode alguém alimentar-se da desgraça e da dor? Você não está querendo dizer que Molasar...

– Estou apenas presumindo.

– Pois bem, está enganado – replicou ela com convicção. – Bem sei que Molasar parece mau e talvez insano, naturalmente por ser quem é. Entretanto, não chega a ser o monstro que você descreve. Não faz sentido. Antes de nossa chegada, ele salvara os habitantes da vila que o major tinha aprisionado. E não esqueça o que ele fez por mim, quando fui atacada por aqueles dois soldados. Livrou-me das garras deles – acrescentou, estremecendo ao recordar a cena. – Pode haver algo mais degradante que ser violentada por dois nazistas? Se Molasar se alimentasse da desgraça alheia, poderia ter um pequeno banquete à minha custa. Em vez disso ele interveio e matou os soldados.

– Sim, um tanto brutalmente, parece, segundo o que você me contou.

Com repugnância, Magda recordou os estertores dos soldados, o esfacelamento dos ossos de suas gargantas quando Molasar os agarrou.

– O que você acha?

– Que ele se saciou.

– Mas poderia ter-me matado também, se isso lhe desse prazer. Mas não o fez. Levou-me de volta para junto de meu pai.

– Exatamente! – exclamou Glenn, o olhar fixo nela.

Intrigada com a resposta, Magda hesitou, depois insistiu:

– E quanto a meu pai, que passou os últimos anos numa agonia quase contínua? Completamente infeliz. Agora está curado de sua esclerodermia. Como se nunca a tivesse tido! Se Molasar se nutre da desgraça humana, por que não deixou que meu pai continuasse sofrendo e fornecendo-lhe alimento? Por que cortou essa fonte de *suprimento*, curando papai?

– Sim, por quê?

– Oh, Glenn! – exclamou ela, apoiando-se nele. – Não me deixe mais assustada do que já estou! Não quero discutir com você. Já tive momentos horríveis com meu pai. Não poderei suportar uma briga com você também!

Glenn passou o braço em torno dela.

– Está bem, mas pense no seguinte: seu pai está fisicamente melhor do que nos últimos anos, mas o que aconteceu com a personalidade dele? É o mesmo homem que chegou aqui com você há quatro dias?

Aquela era uma pergunta que a importunara o dia inteiro – uma pergunta que ela não sabia como responder.

– Sim... Não... Não sei! Acho que ele está tão confuso quanto eu, mas estou certa de que saberá como proceder. Apenas sofreu um choque, eis tudo. Vendo-se de repente livre de uma moléstia supostamente incurável, que cada vez lhe limitava mais os movimentos, é natural que ficasse perturbado por algum tempo, comportando-se de maneira anormal. Mas ele há de superar essa fase. Espere e verá.

Glenn não contestou e Magda ficou contente por isso. Significava que também ele queria que a paz reinasse entre ambos. Notou que o nevoeiro já cobria o fundo do desfiladeiro e começava a crescer à medida que o sol mergulhava atrás dos picos. A noite estava chegando.

A noite. Papai dissera que Molasar expulsaria os alemães do fortim naquela noite. Isso deveria dar-lhe novas esperanças, mas de certo modo lhe parecia algo terrível e violento. Nem mesmo a sensação de segurança que lhe dava o braço de Glenn em torno dela conseguia atenuar seus receios.

– Vamos voltar para a estalagem – pediu por fim.

Glenn sacudiu a cabeça.

– Não. Preciso saber o que acontece lá.

– Talvez seja uma longa noite.

– Poderá ser a maior noite da minha vida – replicou Glenn sem olhar para ela. – Uma noite sem fim.

Magda levantou a cabeça e percebeu o terrível ar de remorso que se estampava no rosto dele. Que coisa o estaria dilacerando por dentro? Por que não dividia suas apreensões com ela?

26

– Você está pronto?

As palavras não surpreenderam Cuza. Desde que os últimos raios de sol tinham desaparecido do céu, ficara esperando a chegada de Molasar. Ao ouvir aquela voz cavernosa, levantou-se de sua cadeira de rodas, orgulhoso e grato por poder fazê-lo. Aguardara durante todo o dia que o sol se escondesse, praguejando várias vezes ante a lentidão de seu deslocamento no céu.

E agora o momento chegara. Aquela noite seria *dele* e de ninguém mais. Cuza esperara muito por isso. Era a sua vez, e ele não permitiria que alguém pretendesse roubá-la.

– Pronto! – respondeu voltando-se e deparando com Molasar junto dele, pouco visível à luz de uma simples vela sobre a mesa. Cuza desaparafusara a lâmpada pendurada do teto, achando que ficaria mais à vontade na penumbra criada pela vela. Mais de acordo com Molasar. – Graças a você, estou em condições de ser útil.

O rosto de Molasar manteve-se impassível.

– Não me custou muito destruir os efeitos provocados por sua doença. Estivesse eu mais forte e poderia tê-lo curado num instante; mas, devido ao meu enfraquecimento, precisei de uma noite inteira.

– Nenhum médico teria conseguido tanto êxito por mais que se esforçasse.

– Não foi nada – replicou Molasar, com um gesto de indiferença. – Possuo grandes poderes para provocar a morte, mas também os tenho para curar. Há sempre um equilíbrio.

O professor achou que a atitude de Molasar era anormalmente filosófica. Mas não havia tempo para filosofias naquela noite.

– O que faremos agora?

– Temos que esperar – replicou Molasar. – Ainda não está tudo pronto.

– E depois, o que vai acontecer? – perguntou Cuza, incapaz de dominar sua impaciência.

Molasar foi até a janela e ficou olhando para as montanhas escuras. Depois de uma longa pausa, falou em tom grave:

– Esta noite confiarei a você a fonte de meu poder. Você deve recebê-la, retirá-la do fortim e encontrar nestes penhascos um lugar seguro para escondê-la. Você *não* deve permitir que pessoa alguma o detenha.

Cuza sentiu-se confuso.

– A fonte de seu poder? Nunca ouvi dizer que algum não morto possuísse tal coisa.

– Porque nunca quisemos que isso fosse sabido – explicou Molasar, encarando o professor. – Meus poderes derivam dessa fonte, mas ela é também meu ponto mais vulnerável. Permite que eu exista sob esta forma, mas, se cair em mãos hostis, poderá ser usada para pôr fim a meus dias. É por isso que sempre a conservo perto de mim, onde possa protegê-la.

– Que coisa *é* essa? Onde...

– Um talismã, escondido nas profundezas da caverna embaixo do porão. Se eu tiver de sair do fortim, não posso deixá-lo aqui, desprotegido, nem arriscar-me a levá-lo comigo para a Alemanha. Por isso vou entregá-lo a alguém em quem eu possa confiar – concluiu Molasar, aproximando-se mais.

Cuza sentiu um arrepio em todo o corpo quando o negrume sem fundo das pupilas de Molasar se fixaram nele, mas procurou manter-se impassível.

— Pode confiar em mim. Esconderei seu talismã tão bem que nem mesmo uma cabra alpina será capaz de encontrá-lo. Juro!

— Jura mesmo? — insistiu Molasar, aproximando-se ainda mais. A chama da lanterna iluminou-lhe o rosto ceroso. — Será a tarefa mais importante de toda a sua vida.

— Sou capaz de executá-la... agora — disse Cuza, cerrando os punhos e sentindo força em vez de dor em seus movimentos. — Ninguém o tirará de mim.

— Não é provável que alguém tente fazer isso. Mesmo que o faça, será muito difícil que exista hoje uma pessoa que saiba como usar o talismã contra mim. Mas, por outro lado, como ele é feito de ouro e prata, pode ser encontrado e derretido...

Uma incerteza surgiu no espírito de Cuza.

— Nada pode ficar escondido para sempre.

— Para sempre não é necessário. Apenas até que eu dê cabo do ditador Hitler e de sua corte. É preciso que permaneça em lugar seguro até que eu retorne. Depois eu mesmo me encarregarei de sua proteção.

— Ele *ficará* em segurança! — prometeu Cuza, sentindo de novo sua autoconfiança. Poderia esconder o que quisesse naquelas montanhas por alguns dias. — Quando você voltar, estarei à sua espera. Hitler vencido... Que dia glorioso esse! Liberdade para a Romênia, para os judeus. E para mim... uma justificativa!

— O que quer dizer?

— Minha filha... Ela acha que não devo confiar em você.

Os olhos de Molasar se entrefecharam.

— Não é prudente discutir esse assunto com alguém, nem mesmo com sua filha.

— Ela deseja tanto quanto eu que Hitler seja vencido. Simplesmente acha difícil acreditar que você seja sincero. Ela está sendo influenciada pelo homem que, segundo penso, tornou-se seu amante.

— Que homem?

Cuza teve a impressão de que Molasar se sobressaltara, de que seu rosto pálido se tornara mais lívido.

— Não sei muita coisa a respeito dele. Chama-se Glenn e demonstra certo interesse em relação ao fortim. Entretanto...

Cuza sentiu-se bruscamente jogado para cima. Com um movimento rápido, as mãos de Molasar o tinham agarrado pelo casaco, erguendo-o no ar.

– *Descreva-me como ele é!* – As palavras soaram roucas através dos dentes cerrados.

– Ele é... é alto! – balbuciou Cuza, apavorado com a força descomunal daquelas mãos tão perto de sua garganta e aqueles afiados dentes amarelos. – Quase tão alto quanto você, e...

– E o cabelo? Qual a cor do cabelo dele?

– Vermelha.

Molasar deu-lhe um forte empurrão, atirando-o longe e fazendo com que ele rolasse e deslizasse, esfolando-se no chão. Aturdido, Cuza ouviu um som gutural escapar da garganta de Molasar, enlouquecido de raiva:

– *Glaeken!*

Cuza chocou-se contra a parede oposta do quarto e permaneceu no chão, estonteado ainda por alguns instantes. À medida que sua visão foi clareando, lentamente ele pôde reconhecer no rosto de Molasar algo que jamais esperara ver: medo.

Glaeken? – pensou Cuza, agachado, com receio de falar. Não era esse o nome da seita secreta a que Molasar se referira duas noites antes? Os fanáticos que costumavam persegui-lo? Os que o haviam levado a construir o fortim para proteger-se? Cuza ficou olhando para Molasar, que se dirigira para a janela e agora contemplava a vila com uma expressão indecifrável. Por fim, voltou-se para Cuza. Sua boca resumia-se a uma linha fina e rígida.

– Há quanto tempo ele está aqui?

– Há três dias... desde a noite de quarta-feira. – Respondeu Cuza que, sem poder conter-se, perguntou em seguida: – Por quê? O que há de errado?

Molasar não respondeu de imediato. Caminhou de um lado para o outro, preferindo a parte mais escura do quarto, não atingida pela luz da vela. Três passos para cá, três passos para lá, imerso em seus pensamentos. Afinal, parou.

— A seita Glaeken deve existir ainda – disse com voz rouca. – Eu deveria saber disso! Eles sempre foram bastante tenazes, e sua ambição de dominar o mundo era fanática demais para desaparecer. Esses nazistas de que você falou... esse tal de Hitler... tudo agora faz sentido. É claro!

Cuza achou prudente levantar-se.

— O que faz sentido?

— Os da seita Glaeken sempre preferiram trabalhar nos bastidores, utilizando movimentos populares para esconderem sua própria identidade e seus verdadeiros objetivos – explicou Molasar, ereto, os punhos cerrados. – Percebo tudo agora. O ditador Hitler e seus sequazes não são mais que outra fachada da seita. Fui um tolo! Deveria ter reconhecido os métodos dele quando você me falou a respeito dos campos de concentração. E essa cruz retorcida que os nazistas adotaram como símbolo... nada mais claro! A Glaeken foi outrora uma arma da Igreja!

— Mas Glenn...

— É um deles! Não um fantoche, como os nazistas, mas um membro do círculo mais secreto, um verdadeiro Glaeken... um de seus assassinos!

— Mas como você pode ter tanta certeza? – perguntou Cuza, sentindo um nó na garganta.

— A seita recrutou seus membros de modo uniforme: olhos azuis, pele morena, cabelo vermelho. São treinados em todos os processos de matar, incluindo nós, os não mortos. Esse homem que diz chamar-se Glenn planeja impedir que eu me afaste do meu fortim!

Cuza apoiou-se na parede, arrasado pela visão de Magda nos braços de um homem que fazia parte do verdadeiro poder que sustentava Hitler. Era fantástico demais para ser verdadeiro! E no entanto tudo parecia encaixar-se. Essa era a prova pior – tudo se encaixava. Não seria de admirar que Glenn se tivesse mostrado tão aborrecido ao ouvir o professor dizer que iria ajudar Molasar em sua cruzada para libertar o mundo de Hitler. E explicava também por que ele próprio, Cuza, havia instintivamente detestado o homem ruivo. O verdadeiro monstro não era Molasar... era Glenn! E naquele exato momento Magda devia estar com ele! Alguma providência tinha de ser tomada!

Esticou o corpo e encarou Molasar. Cuza não iria permitir-se entrar em pânico. Necessitava de respostas antes de decidir o que fazer.

– De que modo ele poderia deter você?

– Ele conhece meios... meios que foram aperfeiçoados durante séculos de conflito com os de minha espécie. Somente ele poderá utilizar meu talismã contra mim. Se conseguir se apossar dele, terá condições de me destruir!

– Destruí-lo... – Cuza sentia-se confuso. Glenn poderia arruinar tudo. Se ele destruísse Molasar, haveria mais campos de concentração, mais conquistas pelos exércitos de Hitler... a erradicação dos judeus como um povo.

– Ele precisa ser eliminado – disse Molasar. – Não posso correr o risco de deixar minha fonte de poder aqui enquanto ele estiver por perto.

– Então elimine-o – replicou Cuza. – Mate-o da mesma maneira como você matou os outros!

– Não – disse Molasar, sacudindo a cabeça. – Ainda não estou suficientemente forte para enfrentar alguém como ele... pelo menos fora destas muralhas. Sou mais poderoso aqui no fortim. Se houver uma maneira de trazê-lo para cá poderei enfrentá-lo com vantagem e então fazer com que ele nunca mais interfira nos meus atos... jamais!

– Sei como trazê-lo! – prometeu Cuza. A solução lhe ocorrera de súbito, cristalizando-se em sua mente à medida que falava. Era muito simples. – Eu me encarrego de fazê-lo *vir* aqui.

A expressão do rosto de Molasar era de dúvida, mas também de interesse.

– Trazido por quem?

– O major Kaempffer ficará muito feliz em encarregar-se disso! – Cuza ouviu a própria risada e se espantou com sua crueldade. Mas por que não rir? Não podia esconder seu contentamento por ter tido a ideia de utilizar um major da SS justamente para ajudar a livrar o mundo do nazismo.

— Por que ele concordaria em fazer isso?
— Deixe comigo.

Cuza sentou-se na cadeira de rodas e começou a rodá-la na direção da porta. Seu cérebro trabalhava de modo furioso. Teria de encontrar o jeito certo de obter a concordância do major, obrigar Kaempffer a persuadir-se de que ele próprio decidira trazer Glenn até o fortim. Com o impulso das mãos, rodou a cadeira para fora da torre e entrou no pátio.

— Guarda! Guarda! – começou a gritar. O sargento Oster acudiu logo, seguido de dois soldados. – Chamem o major. Preciso falar com ele imediatamente!

— Levarei seu recado – disse o sargento –, mas não espere que ele venha correndo.

Os dois soldados acharam graça, mas Cuza insistiu:

— Diga-lhe que descobri uma coisa importante a respeito do fortim, que exige que sejam tomadas providências ainda esta noite. Amanhã será tarde demais.

O sargento olhou para um de seus subordinados e fez um sinal com a cabeça indicando a parte traseira do fortim.

— Mexa-se! – ordenou. – E você – acrescentou, dirigindo-se para o outro –, empurre este homem, para que o major Kaempffer não tenha que caminhar muito para ouvir o que ele tem a dizer.

A cadeira de Cuza foi levada através do pátio aos solavancos, por causa dos entulhos provocados pelas paredes derrubadas. Deixado mais perto do quarto do major, o professor permaneceu sentado, rememorando o que deveria dizer. Após longos minutos, Kaempffer apareceu, sem esconder seu aborrecimento.

— O que tem você para me dizer, judeu?

— É da máxima importância, major – disse Cuza, baixando o tom de voz de maneira que Kaempffer tivesse dificuldade para ouvir. – E não devo falar muito alto.

Ao aproximar-se de Cuza, pisando com cuidado nos pedaços de tijolos espalhados pelo chão, Kaempffer continuava resmungando.

O professor, entrementes, regozijava-se por ter tido a ideia de inventar aquela cena.

Kaempffer postou-se por fim ao lado da cadeira de rodas e fez sinal para que os outros se afastassem.

– É bom que você tenha mesmo algo importante para me dizer. Se me obrigou a vir até aqui por nada...

– Estou certo de que descobri uma nova fonte de informações a respeito do fortim – disse Cuza, em tom baixo e conspiratório. – Há um forasteiro hospedado na estalagem. Encontrei-me hoje com ele. Parece muito interessado no que está acontecendo aqui... interessado *mesmo*. Fez-me uma porção de perguntas esta manhã.

– E que tenho eu com isso?

– Bem, ele fez alguns comentários que me despertaram suspeitas. Ao voltar para o fortim, fiz uma pesquisa nos livros proibidos e encontrei referências que confirmam as declarações dele.

– Que declarações?

– Elas não são importantes em si mesmas. O que *é* importante é que elas indicam que ele sabe mais a respeito do fortim do que diz. Acho que pode estar de certo modo ligado às pessoas que pagam pela manutenção do fortim. – Cuza fez uma pausa, dando tempo para que o major absorvesse aquela primeira informação. Não queria sobrecarregá-lo com muitos dados. Depois de um intervalo razoável, acrescentou: – Se eu fosse o senhor, major, convidaria esse forasteiro para vir até aqui amanhã a fim de conversar. Talvez ele tenha coisas interessantes para contar.

– Ora, judeu. Isso, se você fosse eu! Não perderei meu tempo com um sujeito qualquer, *convidando-o* para me visitar. E não vou esperar até amanhã! – Voltou-se para o sargento Oster e ordenou: – Mande que quatro de meus soldados se apresentem a mim agora mesmo! – Depois, dirigindo-se a Cuza: – Você irá junto, para termos a certeza de prender o homem certo.

Cuza mal disfarçou seu sorriso. Tudo fora tão simples, tão maquiavelicamente simples!

– OUTRA OBJEÇÃO que meu pai faz é o fato de você não ser judeu – disse Magda.

Os dois ainda estavam sentados em meio às folhas caídas, vigiando o fortim. A noite já caíra e todas as luzes estavam acesas.

— Ele tem razão.
— Qual *é* a sua religião?
— Nenhuma.
— Mas você deve ter sido criado segundo os preceitos da de seus pais.
— Talvez — replicou ele, sacudindo os ombros. — Mas isso foi há tanto tempo que já não me lembro mais.
— Como é possível esquecer uma coisa assim?
— É fácil.

Ela começou a se irritar diante da maneira como Glenn fugia às perguntas.

— Você acredita em Deus?

Ele encarou-a e esboçou um sorriso que não chegou a enternecê-la.

— Acredito em você... Não é o bastante?

Magda aconchegou-se mais nos braços dele.

— Sim. Acho que sim.

Como deveria comportar-se com um homem que era tão diferente dela mas que lhe despertava tantas emoções? Ele parecia bem-educado, até mesmo erudito, embora Magda não fosse capaz de imaginá-lo lendo um livro. Irradiava força, ainda que fosse extremamente delicado com ela.

Glenn era, na verdade, uma massa confusa de contradições. Apesar disso, Magda sentia haver encontrado nele o homem com quem gostaria de repartir sua vida. A que ela imaginava com Glenn era de todo diferente da que sonhara no passado. Nada de dias pacatos de professora em seu futuro, mas sim noites infindáveis de pernas e braços entrelaçados e ardente paixão. Se tivesse de escolher um tipo de vida depois do fortim, queria que fosse com Glenn.

Não podia compreender como aquele homem lhe despertara tanta excitação. Tudo o que desejava era estar com ele. Sempre. Dormir abraçada a ele, criar os filhos que ambos teriam e vê-lo sorrir da maneira que fizera poucos minutos antes.

Agora, porém, ele não sorria mais. Seus olhos estavam fixos no fortim. Alguma coisa o atormentava de modo terrível, roendo-o por dentro. Magda queria participar daquele tormento; confortá-lo, se possível. Entretanto, nada poderia fazer enquanto Glenn não se abrisse com ela. Talvez agora fosse o momento propício para tentar...

— Glenn — disse ela carinhosamente —, qual o motivo *verdadeiro* de você estar aqui?

Em vez de responder, ele apontou para o fortim:

— Alguma coisa está acontecendo lá.

Magda olhou. O portão principal se abrira e, iluminados pelo clarão que vinha do pátio, seis vultos apareceram na ponte, um deles numa cadeira de rodas.

— Aonde irão eles com papai? — perguntou ela sentindo-se invadida pela angústia.

— À estalagem, muito provavelmente. É a única hipótese, considerando que eles estão a pé.

— Então vêm me buscar — concluiu Magda. Não lhe ocorria outra explicação.

— Não, acho que não. Não trariam seu pai com eles se quisessem arrastá-la para dentro do fortim. Devem ter outra intenção.

Mordendo, nervosa, o lábio inferior, Magda viu o grupo deslocar-se ao longo da ponte, acima do nevoeiro que subia do arroio. Algumas lanternas iluminavam o caminho. Estavam passando a 6 metros de distância quando Magda sussurrou para Glenn:

— Vamos ficar escondidos até sabermos para onde estão indo.

— Se não a encontrarem pensarão que você fugiu... e descontarão em seu pai. Se resolverem procurá-la, sem dúvida terão êxito... estamos encurralados. Não há como se esconder. A solução é ir ao encontro deles.

— E você?

— Estarei aqui, se precisar de mim. Por enquanto, porém, acho que quanto menos eles me virem, melhor.

Com relutância, Magda levantou-se e saiu do esconderijo. Quando alcançou a estrada, o grupo já havia passado. Antes de chamá-los, Magda examinou mais detidamente a situação. Havia alguma coisa errada. Não sabia dizer o que era, mas uma sensação de perigo a dominava. O major fazia parte do grupo, que era constituído por soldados da SS. Entretanto, papai parecia ter vindo com eles por vontade própria, e até parecia conversar um pouco. Devia estar tudo bem.

– Papai?

Os soldados, inclusive o que empurrava a cadeira, viraram-se de imediato com as armas em punho. Papai falou com eles em alemão:

– Esperem! É minha filha. Deixem-me falar com ela.

Magda correu para junto dele, contornando o ameaçador quinteto de vultos em uniforme negro. Ao falar, utilizou o dialeto cigano:

– Por que o trouxeram para cá?

Ele respondeu no mesmo dialeto:

– Explicarei mais tarde. Onde está Glenn?

– Ali nas moitas – replicou ela sem hesitação. Afinal, era papai quem estava perguntando. – Por que você quer saber?

Mas papai já se virara para o major e informava em alemão, apontando para o local que Magda indicara:

– Ele está ali.

Imediatamente, quatro soldados formaram um semicírculo e começaram a avançar em direção à moita.

Magda olhou estarrecida para o pai:

– Papai, o que está fazendo? – perguntou ela, querendo correr para junto de Glenn, mas sendo impedida pelo pai, que a segurou pelo pulso.

– Está tudo bem – disse ele, voltando a usar o dialeto cigano. – Fiquei sabendo há pouco que Glenn é um deles!

Magda ouviu a própria voz, agora falando em romeno. Estava por demais chocada com a traição do pai para responder em outro idioma que não fosse o seu.

– Não! Isso é...

– Ele pertence a um grupo que orienta os nazistas, que os utiliza para seus fins iníquos. É *pior* que um nazista!

– Mentira! – *Papai havia enlouquecido!*

– Não, não é mentira. Lamento que tenha sido eu a dar-lhe esta notícia. Mas foi melhor você ouvi-la de mim agora do que depois, quando fosse tarde demais!

– Eles vão matá-lo! – gritou ela, sentindo-se tomada de pânico. Freneticamente, tentou libertar-se, mas papai segurou-a com uma nova força, enchendo-lhe os ouvidos com coisas terríveis durante todo o tempo.

– Não! Eles não vão matá-lo, apenas levá-lo para um pequeno interrogatório. Ele então será obrigado a revelar suas ligações com Hitler, a fim de salvar a pele. – Os olhos de papai estavam brilhantes, febris, e sua voz vibrava. – E então você me agradecerá, Magda, ao saber que fiz isso por *você*.

– Você fez isso por você mesmo! – exclamou ela, ainda tentando livrar-se das mãos dele. – Você o odeia porque...

Ouviram-se tiros, um rápido tumulto e em seguida Glenn apareceu, trazido por dois soldados de arma em punho. Foi logo rodeado pelos outros quatro, cada um com uma arma automática apontada para ele.

– Deixem-no! – gritou Magda tentando aproximar-se do grupo, mas impedida porque o pai não lhe soltava o pulso.

– Deixe, Magda – disse Glenn com voz grave e olhar fixo em papai. – Eles acabarão por dar um tiro em você.

– Que gesto nobre! – disse Kaempffer, postado atrás dela.

– *E que espetáculo!* – sussurrou papai.

– Levem esse homem para o fortim e vamos descobrir o que ele sabe.

Os soldados cutucaram Glenn com o cano de suas armas, empurrando-o na direção da ponte. Ele não era agora mais que um vulto escuro, projetado contra o clarão que vinha do fortim. Imperturbável, caminhou até chegar à ponte e então pareceu tropeçar na extremidade da madeira e cair para a frente. Magda conteve um grito, mas em seguida percebeu que não fora uma queda – Glenn saltara para o outro lado da ponte. O que poderia ele tentar? De repente, Magda percebeu sua intenção – alcançar o lado oposto e esconder-se embaixo da ponte, talvez mesmo procurar subir pela encosta rochosa do desfiladeiro, protegido pela escuridão.

Magda conseguiu livrar-se e correu para a ponte. *Ó Deus, fazei com que ele escape!* Se conseguisse passar para baixo da ponte, Glenn seria envolvido pelo nevoeiro. E, quando os alemães trouxessem cordas para chegar até onde estava, ele já teria alcançado o fundo da garganta e desaparecido – a menos que escorregasse e caísse lá embaixo, sem salvação.

Magda já estava a 4 metros da cena quando a primeira Schmeisser disparou uma rajada de balas contra Glenn. Em seguida, as outras também dispararam, iluminando a noite com o clarão das descargas. Ensurdecida pelo som repetido dos tiros, Magda parou, vendo horrorizada as lascas que as balas arrancavam das pranchas da ponte. Glenn estava quase desaparecendo quando o primeiro projétil o alcançou. Ela viu o corpo dele retorcer-se e estremecer enquanto rajadas sucessivas sulcavam de manchas vermelhas suas pernas e costas. Depois fizeram com que ele girasse sobre si mesmo e novas manchas cobriram-lhe o peito e o abdome. Cambaleando, Glenn dobrou-se sobre si mesmo e rolou pela encosta, desaparecendo em seguida.

Os instantes seguintes foram um pesadelo para Magda, que permanecia paralisada e momentaneamente cega pelo clarão dos disparos. Talvez Glenn não estivesse morto – não *poderia* estar! Ele era vigoroso demais para ser abatido assim. Tudo aquilo não passava de um sonho mau e em breve ela despertaria em seus braços. No momento, porém, teria de representar no sonho: obrigar-se a caminhar para a frente, gritando em silêncio dentro do nevoeiro que se adensava.

Oh, não! Oh-não-oh-não-oh-não!

As palavras lhe vinham à mente, mas não conseguia pronunciá-las.

Quando chegou, os soldados já estavam na beira do desfiladeiro, tentando furar o nevoeiro com o facho de luz de suas lanternas de mão. Magda se aproximou, mas nada conseguiu ver. Para ajudar a vencer seu desejo de saltar à procura de Glenn, voltou-se contra os soldados, batendo com os punhos cerrados no peito e no rosto do que estava mais perto. A reação dele foi automática, quase casual. Apenas cerrando os dentes como sinal de raiva, ergueu o cano de sua Schmeisser e golpeou-a na cabeça.

Magda sentiu o mundo girar ao cair e quase perdeu os sentidos ao bater contra o chão. Ouviu ao longe a voz de papai, que gritava seu nome. A escuridão envolveu-a, mas ela ainda lutou durante tempo suficiente para vê-lo empurrado em sua cadeira, ao longo da ponte, de volta para o fortim. Ele estava voltado para trás, olhando para ela e gritando:

— Magda! Tudo acabará bem, você vai ver! As coisas se ajustarão da melhor maneira e então você compreenderá! E me agradecerá! Não me odeie, Magda!

Magda, porém odiava-o. Jurou que o odiaria sempre. Esse foi seu último pensamento antes que o mundo desaparecesse.

UM HOMEM não identificado fora baleado ao resistir à voz de prisão e caíra no desfiladeiro. Woermann notara a fisionomia satisfeita dos *einsatzkommandos* quando regressaram ao fortim. Notara também o ar perturbado do professor. As duas reações eram compreensíveis. Os soldados tinham matado um homem desarmado, coisa que mais gostavam de fazer; Cuza, pela primeira vez em sua vida, testemunhara um assassinato estúpido.

Entretanto, o que Woermann não conseguia explicar era a expressão desapontada e furiosa de Kaempffer. Os dois oficiais encontraram-se no meio do pátio.

— Só um homem? Todo esse tiroteio apenas por causa de um único homem?

— Os soldados estavam nervosos — explicou Kaempffer, visivelmente irritado. — O homem não devia ter tentado fugir.

— Por que você foi buscá-lo?

— O judeu achou que ele sabia alguma coisa a respeito do fortim.

— Desconfio que você não o avisou de que apenas desejava fazer-lhe umas perguntas.

— Ele tentou fugir.

— E o resultado é que agora você sabe tanto quanto sabia antes. Você deve ter assustado o pobre homem, fazendo com que ele perdesse a cabeça e tentasse fugir. Acabou-se a fonte de informação. Você e sua gente nunca vão aprender.

Kaempffer dirigiu-se para seu quarto sem responder, deixando Woermann sozinho no pátio. A onda de irritação que Kaempffer em geral provocava nele não se desencadeou desta vez. Tudo o que Woermann sentiu foi um frio ressentimento... e resignação.

Permaneceu imóvel, observando enquanto os homens que não estavam de guarda se recolhiam a seus alojamentos. Apenas alguns momentos antes, ao ouvir o tiroteio na extremidade da ponte, ordenara que seus homens entrassem em forma. Entretanto, nada acontecera e eles ficaram desapontados. Woermann compreendia aquela reação. Ele também desejava ter um inimigo de carne e osso para combater, um inimigo que ele pudesse atacar, ferir, vencer. Todavia, o inimigo que estava enfrentando era invisível, misterioso.

Woermann dirigiu-se para a escada do porão. Queria ir lá embaixo mais uma vez aquela noite. Uma última vez. Sozinho.

Tinha de ir sozinho. Não podia deixar que ninguém soubesse do que estava suspeitando. Pelo menos agora, depois de ter decidido exonerar-se. Fora uma decisão difícil, mas a tomara. Pediria reforma e nada mais teria a ver com aquela guerra. Era o que os membros do Partido no Alto Comando queriam que ele fizesse. Contudo, se soubessem, mesmo vagamente, o que ele pensava haver encontrado na caverna embaixo do porão, com certeza seria considerado um lunático. Não podia deixar que os nazistas lhe manchassem o nome dessa maneira.

... Botas enlameadas e dedos descarnados... botas enlameadas e dedos descarnados... uma litania de demência empurrando-o para baixo. Algo abominável e irracional existia naquelas profundezas. Woermann julgava saber o que poderia ser, mas não era capaz de expressá-lo ou mesmo de formar uma imagem mental daquilo. Sua mente afastou-se assustada da imagem, deixando-a confusa e obscura, como se vista de grande distância por um binóculo desfocado.

Atravessou o arco da entrada e desceu a escada.

Fechara os olhos durante um tempo longo demais à espera de que o que havia de errado na Wehrmacht e na guerra que ela vinha travando se resolvesse por si mesmo. Mas os problemas não iriam resolver-se por si mesmos. Woermann podia ver isso agora. Podia por fim admitir para si mesmo que as atrocidades que se cometiam na esteira dos combates não eram aberrações momentâneas. Tivera medo de enfrentar a verdade, de perceber que *tudo* tomara um rumo errado nesta guerra. E agora que tirara a venda dos olhos sentia-se envergonhado de ter tomado parte nela.

A caverna sob o porão seria seu lugar de penitência. Veria com seus próprios olhos o que estava acontecendo ali. Enfrentaria e endireitaria aquilo sozinho. Não teria tranquilidade enquanto não fizesse isso. Só depois de haver lavado sua honra estaria apto a retornar para Rathenow e para Helga. Poderia então ser um pai de fato para Fritz... impedindo que o rapaz ingressasse na Juventude Hitlerista, mesmo que tivesse de quebrar-lhe as pernas.

As sentinelas escaladas para guardar a abertura na caverna embaixo do porão ainda não tinham assumido seus postos. Era melhor assim. Agora ele poderia entrar sem ser visto e evitaria que alguém se oferecesse para acompanhá-lo. Com uma lanterna na mão, Woermann parou no topo da escada, contemplando a escuridão que o esperava.

Súbito, ocorreu-lhe que podia estar doido. Abrir mão de seu posto de capitão seria uma loucura! Se ficara com os olhos fechados por tanto tempo, por que não conservá-los assim? Pensou no quadro que estava pintando e na figura do enforcado... um corpo que parecia ter adquirido, na última vez que o examinara, uma leve obesidade. Sim, concluiu Woermann, ele devia estar raciocinando mal. Não precisava ir lá embaixo, sobretudo sozinho. E certamente não depois do escurecer. Por que não esperar até o dia clarear?

... Botas enlameadas... dedos descarnados...

Agora. Tinha de ser agora. Não se aventuraria a descer desarmado. Tinha sua Luger. E também a cruz de prata que pedira ao professor. Iniciou a descida.

Estava na metade da escada quando ouviu o ruído. Parou para escutar... eram sons de coisa arrastada, que vinham de sua direita, em direção à parte de trás, no coração do fortim. Ratos? Correu o facho da lanterna pelas proximidades, mas nada encontrou. O trio que o havia recebido naqueles mesmos degraus quando ali estivera ao meio-dia se escondera. Woermann completou sua descida e dirigiu-se apressadamente para o local onde estavam os cadáveres, mas logo se deteve, estupefato e horrorizado.

Os cadáveres tinham desaparecido.

TÃO LOGO foi deixado em seu quarto e ouviu a porta se fechar, Cuza saltou da cadeira e correu para a janela. Fixou o olhar na ponte, procurando por Magda. Mesmo à luz da lua que acabara de surgir por trás das montanhas, não conseguia ver claramente o lado oposto do desfiladeiro. Entretanto, Iuliu e Lídia deviam ter visto o que acontecera. Eles a ajudariam, com certeza.

Fora um duro teste para sua força de vontade permanecer na cadeira de rodas em vez de correr para junto da filha quando aquele alemão desalmado a atacou, jogando-a ao chão. Tivera de conter-se. Revelar sua capacidade para caminhar poderia ter arruinado tudo o que ele e Molasar haviam combinado. E o plano deles era agora mais importante do que qualquer outra coisa. A destruição de Hitler deveria vir antes do bem-estar de uma simples mulher, mesmo que ela fosse sua própria filha.

– Onde está ele?

Cuza voltou-se ao ouvir aquela voz atrás dele. Havia ameaça no tom de Molasar quando ele falou de dentro da escuridão. Teria acabado de chegar ou ficara esperando ali durante todo o tempo?

– Morto – respondeu Cuza com dificuldade, sentindo que Molasar chegava mais perto dele.

– Impossível!

– É verdade. Vi com meus próprios olhos. Ele tentou fugir e os alemães encheram-lhe o corpo de balas. Devia estar desesperado. Acho que percebeu o que lhe aconteceria se fosse trazido para dentro do fortim.

– Onde está o corpo?

– No desfiladeiro.

– É preciso encontrá-lo! – Molasar aproximou-se tanto que o luar, entrando pela janela, iluminou-lhe parcialmente o rosto. – Preciso ter certeza!

– Ele está *morto*. Ninguém poderia sobreviver a tantos tiros. Teve muitos ferimentos fatais. Deve ter morrido antes de chegar ao fundo do precipício. E a queda... – acrescentou Cuza, sacudindo a cabeça, como que querendo livrar-se daquela lembrança. Em outra ocasião, em outro lugar, sob circunstâncias diferentes, teria sofrido um choque com o que testemunhara, mas agora... – Ele está duplamente morto.

Molasar ainda se mostrava relutante em aceitar o que Cuza lhe afirmava.

– Eu precisava matá-lo com minhas próprias mãos, sentir a vida dele extinguir-se. Só assim ficaria certo de que ele está fora de meu caminho. Nessas circunstâncias sou forçado a fiar-me no que você diz, isto é, que ele não pode ter sobrevivido.

– Não precisa fiar-se apenas em mim. Veja você mesmo. O corpo dele está lá no fundo do desfiladeiro. Por que não vai certificar-se pessoalmente?

Molasar concordou com um lento movimento da cabeça.

– Sim... Tem razão. Acho que vou fazer isso, pois necessito ter certeza – disse ele, recuando um passo e mergulhando de novo na escuridão. – Voltarei a falar com você quando tudo estiver pronto.

Cuza olhou uma vez mais na direção da estalagem, depois voltou para sua cadeira. A descoberta de Molasar de que a seita Glaeken ainda existia sem dúvida o chocara profundamente. Talvez não fosse tão fácil livrar o mundo de Hitler. Ainda assim, tinha de tentar. Era o que iria fazer.

Ficou sentado na escuridão sem se preocupar em acender a vela e fazendo votos para que Magda estivesse bem.

COM AS TÊMPORAS latejando e a lanterna tremendo-lhe na mão, Woermann permaneceu imóvel na escuridão gelada, olhando para os lençóis amassados que agora não cobriam nada a não ser o chão sob eles. A cabeça de Lutz ainda continuava lá, apoiada sobre o lado esquerdo, com a boca e os olhos abertos. O resto havia desaparecido... precisamente como Woermann suspeitara. Todavia, o fato de temer que aquilo acontecesse não atenuou a brutalidade do impacto.

Onde estavam os cadáveres?

E uma vez mais das profundezas à sua direita vinham aqueles ruídos estranhos.

Woermann sabia que tinha de ir ao encontro do que os produzia. Sua honra lhe exigia isso. Mas antes... Colocando a Luger no coldre, tirou do bolso da túnica a cruz de prata. Achou que lhe daria mais proteção que uma pistola.

Com a cruz erguida à sua frente, Woermann começou a caminhar ao encontro do ruído. A caverna sob o porão se estreitava, formando um túnel baixo que serpenteava na direção da parte de trás do fortim. À medida que avançava, o ruído se tornava mais forte. Aproximou-se mais. Então começou a ver os ratos. Poucos a princípio – gordas ratazanas, empoleiradas em pequenas saliências da rocha e olhando para ele. Quanto mais avançava, mais numerosas elas eram – centenas delas, encostadas às paredes, cada vez mais amontoadas, até que o túnel pareceu forrado de uma esteira peluda que se contorcia e ondulava, fixando nele os incontáveis olhinhos redondos e negros. Contendo sua repugnância, continuou avançando. Os ratos no chão à sua frente evitavam ser pisados, mas não demonstravam medo. Woermann lamentou não ter levado uma Schmeisser; contudo, não era provável que qualquer tipo de arma fosse capaz de salvá-lo se aqueles ratos o atacassem *en masse*.

Mais adiante o túnel fazia uma curva acentuada para a direita, e Woermann parou para escutar. O ruído estranho era ainda mais forte, agora tão perto que dava a impressão de que sua origem se localizava na curva seguinte. Isso significava que ele deveria ser ainda mais cauteloso. Precisava encontrar um meio de ver o que estava acontecendo sem ser visto.

Teria de apagar a lanterna.

Não desejava fazer isso. A ondulante camada de ratos no chão e nas paredes seria ainda mais perigosa na escuridão. A impressão era de que a luz estava contendo os ratos. E se eles... Agora era tarde para desistir. Precisava saber o que havia adiante. Imaginou que poderia chegar até a curva com cinco passadas. Faria isso no escuro, depois dobraria à esquerda, dando então mais três passos. Se não encontrasse nada, acenderia novamente a lanterna e prosseguiria em frente. Talvez não houvesse mesmo nada. A proximidade do ruído poderia ser uma ilusão acústica do túnel... teria ainda outra centena de metros a percorrer. Ou não teria...

Enchendo-se de coragem, Woermann apagou a lanterna mas ficou com o dedo no interruptor, pronto a reacendê-la caso acontecesse algo com os ratos. Nada ouviu nem sentiu. Ao parar, esperando que seus olhos se adaptassem à escuridão, notou que o ruído aumentara ainda mais, como se a ausência de luz o amplificasse. Escuridão *absoluta*. Não havia o menor indício de claridade oriunda de qualquer ponto depois da curva. Entretanto, qualquer que fosse a origem do ruído, deveria haver alguma luz, *não deveria?*

Forçou a retomada de seu avanço, contando as passadas, enquanto cada nervo de seu corpo exigia que ele se voltasse e corresse. Mas precisava saber! Onde estavam aqueles corpos? E o que produzia aquele ruído? Talvez então os mistérios do fortim fossem esclarecidos. Era dever dele descobrir. Seu dever...

Ao completar a quinta e última passada, dobrou à esquerda e, ao fazê-lo, perdeu o equilíbrio. Instintivamente, estendeu a mão esquerda – a que segurava a lanterna –, procurando apoiar-se. E então tocou em algo felpudo que deu um guincho, moveu-se e o mordeu com dentes afiados como navalhas. A dor subiu-lhe pelo braço, obrigando-o a cerrar os dentes para não gritar e não soltar a lanterna.

O ruído agora soava mais forte e bem à frente. Contudo, a escuridão continuava. Por mais que forçasse os olhos, nada conseguia ver. Começou a transpirar à medida que o medo penetrava fundo em suas entranhas e o oprimia. Tinha de haver luz em *algum lugar* à frente.

Deu mais um passo – bem mais curto que os anteriores – e parou.

Os sons vinham agora diretamente de um ponto à sua frente, bem perto... e para baixo... raspando, arranhando, arrastando.

Mais um passo.

O que quer que fossem aqueles sons, davam a impressão de um esforço combinado, embora Woermann não ouvisse a respiração acelerada que deveria resultar desse esforço, mas apenas a sua própria e o latejar de seu sangue nos ouvidos. E o estranho ruído.

Mais um passo e acenderia a luz outra vez. Levantou o pé, mas sentiu que não podia avançar. Por vontade própria, o corpo se recusava a dar mais um passo até que pudesse ver para onde estava indo.

Woermann permaneceu imóvel, tremendo. Queria voltar, desistindo de saber o que havia à sua frente. Nada que fosse racional ou deste mundo seria capaz de mover-se, de existir naquela escuridão. Era melhor não saber. Mas os corpos... Ele *tinha* de saber.

Reunindo toda a sua vontade, acendeu a lanterna. Teve de esperar um momento até que suas pupilas se adaptassem ao repentino clarão, e ainda mais tempo para que sua mente registrasse o horror que a luz revelava.

E então Woermann gritou... um uivo de agonia que foi aumentando de volume e de tom, ecoando e voltando a ecoar em torno dele enquanto voltava correndo pelo caminho por onde tinha vindo. Passou rapidamente pelos ratos e continuou. Havia ainda 10 metros de túnel a percorrer quando teve de parar.

Havia alguém à sua frente.

Focalizou o facho de sua lanterna no vulto que lhe bloqueava a passagem. E então viu o rosto de cera, a capa, a roupa, o cabelo comprido, os dois poços negros onde deveriam estar os olhos. E então ficou sabendo. Aquele era o senhor do fortim.

Woermann permaneceu imóvel por um momento, encarou o estranho vulto com mórbida fascinação e então apelou para seu quarto de século de disciplina militar.

– Deixe-me passar! – ordenou, expondo à luz da lanterna a cruz que segurava na mão direita, certo de que estava usando uma arma eficaz. – Em nome de Deus, em nome de Jesus Cristo, em nome de tudo o que é sagrado, deixe-me passar!

Em vez de recuar o vulto avançou, aproximando-se tanto de Woermann que a luz destacou suas faces encovadas. Ele estava sorrindo – um esgar de sarcasmo, que fez com que o sangue de Woermann lhe gelasse nas veias e que as mãos lhe tremessem violentamente.

Aqueles olhos... Oh, Deus! Aqueles olhos... Woermann sentia-se enjaulado, incapaz de recuar, por saber o que havia atrás dele, e não podendo avançar. Continuava mantendo o facho da lanterna sobre a cruz de prata – *a cruz! Os vampiros têm horror à cruz!* –, colocando-a bem à vista enquanto lutava para vencer um terror nunca imaginado.

Deus misericordioso! Se tiverdes piedade de mim, não me abandoneis!

Invisível, a mão do vulto insinuou-se através da escuridão e arrancou a cruz que Woermann segurava, prendendo-a com o polegar e o indicador e deixando o oficial apavorado e sem ação ao ver a facilidade com que a dobrava uma vez, depois outra, até transformá-la numa massa disforme de prata que foi atirada ao chão com a displicência de um fumante que joga fora o toco de seu cigarro.

Woermann deu um grito de terror ao ver a mesma mão mover-se em sua direção. Tentou desviar-se, mas não foi rápido o bastante.

27

Magda recobrou pouco a pouco a consciência, sentindo que alguém estava debruçado sobre ela e que quase lhe arrancava um dedo da mão direita. Abriu os olhos. As estrelas luziam no céu. Havia um vulto escuro que a atacava brutalmente.

Onde estava ela? E por que sua mão doía tanto?

As imagens se sucediam em sua mente – *Glenn... a ponte... os tiros... o desfiladeiro...*

Glenn estava morto! Não fora um sonho – *Glenn estava morto!*

Com um gemido ela conseguiu sentar-se, fazendo com que seu agressor desse um grito de terror e saísse correndo em direção à vila. Quando a sensação de tontura diminuiu, ela tocou de leve na região inchada do lado direito de sua cabeça e estremeceu de dor.

Procurou também saber o que acontecera no dedo de sua mão direita. A carne em torno do anel de casamento de sua mãe estava machucada e dolorida. O agressor devia ter tentado arrancar a aliança.

Era um dos habitantes da vila. Talvez tivesse pensado que ela estava morta e ficara apavorado quando a viu mover-se.

Magda levantou-se e tornou a sentir-se tonta. Quando conseguiu recuperar-se, dominando a ânsia de vômito e o zumbido em seus ouvidos, tentou caminhar. Cada passo lhe provocava uma pontada de dor na cabeça, mas continuou andando para alcançar a estrada. Um débil luar se filtrava através das nuvens carregadas. A lua ainda não havia nascido quando ela desmaiara. Durante quanto tempo estivera inconsciente? Precisava encontrar Glenn!

– Ele ainda está vivo – disse para si mesma. – Tem de estar! – Só dessa maneira podia imaginá-lo. Porém, como poderia ele estar vivo? Como poderia alguém sobreviver depois de tantos ferimentos a bala... depois da queda até o fundo do precipício...?

Magda começou a soluçar, tanto por Glenn como por aquela dolorosa sensação de perda. Sentiu desprezo por si mesma devido àquele egoísmo, porém era algo que não podia ser negado. Vinham-lhe à mente pensamentos acerca de todas as coisas que não mais fariam juntos. Após 31 anos Magda por fim encontrara um homem que podia amar. Passara um dia inteiro a seu lado – 24 inesquecíveis horas submersa na verdadeira magnificência da vida. E saber agora que ele lhe fora roubado e brutalmente assassinado!

Não era justo!

Chegou até a beira do desfiladeiro e ficou olhando o nevoeiro que subia lá do fundo. Seria possível alguém odiar uma construção de pedra? Magda odiava o fortim. Ele abrigava o próprio mal. Se tivesse esse poder, ela o mergulharia no Inferno, levando todos quantos estivessem em seu interior – Sim, até mesmo papai!

Mas o fortim flutuava, silencioso e implacável, num mar de névoa, iluminado por dentro, escuro e sinistro por fora, ignorando-a.

Magda preparou-se para descer até o fundo do precipício como fizera duas noites atrás. Duas noites... e parecia uma eternidade. O nevoeiro subira até a borda do desfiladeiro, tornando a descida ainda mais perigosa. Era uma loucura arriscar sua vida tentando achar o corpo de Glenn na escuridão lá embaixo. Entretanto, a vida dela já não importava agora tanto quanto há poucas horas. Precisava encontrá-lo... tocar em seus ferimentos, sentir seu coração parado e sua pele gelada. Queria saber com certeza se não havia mesmo a menor esperança de vida. Não descansaria enquanto tivesse dúvida.

Ao tentar os primeiros passos, ouviu algumas pedras rolarem perto dela. De início pensou que, com seu peso, havia deslocado algum torrão da beira do precipício. Mas logo depois tornou a ouvir o ruído. Parou e ficou atenta. Havia outro som: uma respiração ofegante. Alguém estava subindo a encosta através da névoa!

Assustada, Magda recuou e escondeu-se numa moita, pronta para correr. Susteve a respiração ao ver que uma mão surgia de dentro do nevoeiro e se apoiava na beira da garganta, seguida de outra mão e de uma cabeça. Reconheceu-a imediatamente.

– Glenn!

Ele não deu mostras de ter escutado e continuou lutando para chegar até a borda. Magda correu para ele. Agarrando-o por baixo dos braços e mobilizando todas as forças de que era capaz, puxou-o para a superfície, onde ele ficou de bruços, arquejando e gemendo. Ela ajoelhou-se junto dele, impotente e confusa.

– Oh, Glenn! Você está... – as mãos dela estavam molhadas e escuras à luz do luar. – Você está sangrando!

Aquilo era óbvio, era esperado – mas era tudo o que ela podia dizer no momento.

Você deveria estar morto! – pensou ela, mas não pronunciou as palavras. Talvez nada tivesse acontecido. Entretanto, as roupas dele estavam encharcadas do sangue que escoava de inúmeros ferimentos mortais. Era um milagre que ele ainda respirasse, que pudesse ter subido toda a encosta! E, no entanto, ali estava ele, prostrado diante dela... mas vivo! Se conseguira suportar tudo aquilo, talvez...

– Vou buscar um médico! – Outra ponderação estúpida, apenas um reflexo. Não havia médico no Passo Dinu. – Trarei Iuliu e Lídia. Eles me ajudarão a carregá-lo para a...

Glenn murmurou alguma coisa. Magda inclinou-se, aproximando o ouvido dos lábios dele.

— Vá ao meu quarto — disse ele com uma voz fraca, seca, atormentada. Podia sentir o cheiro de sangue em seu hálito. *Ele está sangrando por dentro!*

— Vou levá-lo para lá tão logo encontre Iuliu... — Mas será que Iuliu a ajudaria?

Os dedos de Glenn agarraram-na pela manga do vestido.

— Escute! Vá buscar aquela caixa... a que você viu ontem... com uma lâmina dentro.

— Isso não vai ajudá-lo em nada agora! Você precisa de cuidados médicos!

— Você *tem* de ir! Nada mais poderá salvar-me!

Ela se ergueu, hesitou por um momento, depois começou a correr. Sua cabeça latejava novamente, mas agora era mais fácil suportar a dor. Glenn queria aquela lâmina de espada. Aquilo não fazia sentido, mas a voz dele estava carregada de tanta convicção... tanta urgência... tanta necessidade. Tinha de fazer o que ele pedira.

Não reduziu os passos ao entrar na estalagem e subir a escada, parando apenas na entrada do quarto de Glenn. Dirigiu-se então até o armário e apanhou a caixa, que se abriu com um estalido agudo. Ela não havia recolocado os fechos no lugar quando Glenn a surpreendera no dia anterior. A lâmina escorregou de dentro da caixa e bateu contra o espelho, que se partiu, espalhando pedaços pelo chão. Magda agachou-se e recolocou a lâmina em seu lugar, fechou a caixa com cuidado e em seguida ergueu-a, gemendo ante seu inesperado peso. Ao voltar-se para sair, apanhou o cobertor da cama e correu para seu quarto em busca de outro cobertor.

Iuliu e Lídia, alertados por aquela movimentação no pavimento superior, aguardavam ao pé da escada, com ar de espanto, quando ela desceu.

— Não tentem deter-me! — exclamou Magda ao passar por eles. — Alguma coisa em sua voz, uma espécie de advertência, fez com que eles se afastassem para deixá-la passar.

Magda chegou ao local onde havia deixado Glenn. Afastou os galhos dos arbustos e aproximou-se de Glenn, rezando para que ele ainda estivesse vivo. Encontrou-o deitado de costas, mais fraco, a voz apenas um sussurro.

— A lâmina — murmurou ele quando Magda se debruçou sobre seu corpo. — Tire-a da caixa.

Durante um angustiado momento Magda pensou que ele iria pedir um *coup de grâce*. Ela faria qualquer coisa por Glenn — qualquer coisa menos aquilo. Mas poderia um homem com aqueles ferimentos todos fazer um esforço tão desesperado, subindo a encosta apenas para pedir que o matassem? Abriu a caixa. Dois grandes pedaços de espelho haviam caído dentro dela. Magda colocou-os de lado e tirou a lâmina escura e fria, segurando-a com as mãos e sentindo as reentrâncias das estranhas inscrições.

Colocou a arma sobre os braços que ele estendera para recebê-la e quase a deixou cair quando um breve clarão azulado, como a chama de um gás, correu ao longo da aresta ao contato das mãos dele. Glenn suspirou, aliviado, e sua fisionomia se descontraiu como se as dores tivessem cessado, substituídas por uma alegria íntima... a alegria de um homem que volta ao lar depois de uma jornada longa e tenebrosa.

Ele colocou a lâmina sobre seu corpo crivado de balas e encharcado de sangue, a ponta na altura dos tornozelos e o espigão da extremidade oposta quase tocando o queixo. Depois de cruzar os braços sobre a lâmina, que apertou contra o peito, fechou os olhos.

— Você não deve ficar aqui — disse ele com um fio de voz. — Volte mais tarde.

— Não vou deixá-lo.

Glenn não replicou. Sua respiração foi se tornando mais calma e regular. Parecia haver adormecido. Magda mantinha os olhos fixos nele. O clarão azulado se espalhou por seus braços, revestindo-os de uma leve pátina de luz. Magda cobriu-lhe o corpo com um cobertor, não apenas para aquecê-lo mas também para que a luz não fosse vista do fortim. Depois afastou-se, colocou o segundo cobertor sobre os próprios ombros e sentou-se encostada a uma pedra. Uma infinidade de interrogações, até então contidas, enchiam-lhe a mente.

Afinal, quem era ele? Que espécie de homem era esse que, tendo sofrido uma série de ferimentos suficientes para matá-lo várias vezes, ainda se mostrava capaz de escalar uma encosta como aquela, tarefa difícil mesmo para uma pessoa em perfeita saúde? Que espécie de homem escondia o espelho de seu quarto num guarda-roupa juntamente com uma antiga espada sem punho? Quem era esse que agora segurava essa espada contra o peito enquanto jazia à beira da morte? Como poderia ela entregar seu amor e sua vida a um homem assim? Na verdade, ela *nada* sabia a respeito dele.

E então o aviso de papai lhe soou de novo nos ouvidos: *Ele pertence a um grupo que orienta os nazistas, que os utiliza para atingir seus próprios objetivos sórdidos! Ele é pior que um nazista!*

Será que papai tinha razão? Poderia ela estar tão cega por sua paixão que não via ou não queria ver a realidade? Glenn por certo não era uma pessoa comum. Tinha seus segredos e estava longe de ter sido totalmente franco com ela. Seria possível que Glenn fosse o inimigo e Molasar o aliado?

Abrigou-se melhor com o cobertor. Tudo o que lhe restava a fazer era esperar.

Suas pálpebras começaram a pesar. Os efeitos da concussão e o ruído ritmado da respiração de Glenn somaram-se a sua fadiga. Ainda lutou um pouco, depois cedeu... apenas por uns instantes... só para descansar os olhos.

KLAUS WOERMANN sabia que estava morto. E contudo... não, não era um morto.

Lembrava-se com clareza de sua morte. Fora estrangulado com deliberada lentidão na caverna sob o porão, nas trevas iluminadas apenas pela fraca luminosidade de sua lanterna caída no chão. Dedos gelados com incalculável força tinham apertado sua garganta, cortando-lhe o ar até que seu sangue lhe explodisse nos ouvidos e ele fosse envolvido pela escuridão.

Não, porém, a escuridão eterna. Ainda não.

Não podia compreender sua remanescente capacidade de raciocinar. Estava deitado de costas, os olhos abertos contemplando as trevas. Não sabia há quantas horas estava assim. O tempo perdera todo o significado. Exceto quanto à visão, não tinha qualquer comando sobre seu corpo. Era como se este pertencesse a outra pessoa. Não sentia nada, nem mesmo o chão pedregoso sob suas costas ou o ar frio sobre seu rosto. Não conseguia ouvir nada. Também não respirava. Era incapaz de se mover... mesmo que fosse um dedo. E quando um rato lhe percorreu a face, esfregando os pelos em seus olhos, ele sequer piscou.

Estava morto. E contudo não era um morto.

Todo o temor desaparecera, toda a angústia. Estava privado de qualquer sentimento, exceto do remorso. Aventurara-se a entrar naquela caverna em busca de redenção e apenas encontrara horror e morte... sua própria morte.

De repente deu-se conta de que estava sendo arrastado. Embora nada sentisse, teve a impressão de estar sendo puxado na escuridão, pela aba de sua túnica e através de uma estreita passagem, para um quarto também escuro... e para a luz.

A linha de visão de Woermann acompanhava a extensão de seu corpo. Enquanto era arrastado por um corredor pontilhado de fragmentos de granito, seu olhar se deteve em uma parede que reconheceu de imediato – uma parede sobre a qual tinham sido escritas com sangue algumas palavras de uma língua antiga. A parede fora lavada, porém ainda se viam manchas escuras na pedra.

O capitão foi largado no chão. Seu campo de visão estava agora limitado a um trecho do teto parcialmente destruído, bem acima de sua cabeça. Movimentando-se na periferia de sua visão havia um vulto escuro. Woermann viu uma corda grossa que descia serpenteando de uma trave do teto, viu um laço dessa mesma corda baixar sobre seu rosto e em seguida foi novamente puxado... para cima... até que seus pés deixaram o solo e seu corpo sem vida começou a balançar e voltear no espaço. Uma figura sombria desapareceu na entrada do corredor e Woermann foi deixado sozinho, pendurado pelo pescoço.

Quis gritar seu protesto a Deus, pois agora sabia que aquele ser que comandava o fortim estava em guerra não apenas contra os corpos dos soldados que haviam penetrado em seus domínios, mas também contra suas mentes e seus espíritos.

E Woermann percebeu qual papel fora obrigado a representar naquela guerra: o de suicida. Seus homens pensariam que ele se matara! Isso os desmoralizaria completamente. O comandante, o homem que devia dar-lhes o exemplo, enforcara-se – a suma covardia, a derradeira deserção.

Woermann não podia permitir que isso acontecesse. Entretanto, nada podia fazer para alterar o curso dos acontecimentos. Estava morto.

Era esse o seu castigo por ter fechado os olhos à monstruosidade da guerra? Se era, a pena tinha sido exagerada. Ficar pendurado daquele jeito e ver seus homens e os *einsatzkommandos* chegarem, curiosos e surpresos, olhando para ele. E, como suprema ignomínia, ver Erich Kaempffer sorrindo para ele!

Era essa a razão de ter sido deixado oscilando às portas do eterno esquecimento? Para testemunhar sua própria humilhação como suicida?

Se ao menos pudesse fazer *alguma coisa*!

Um gesto derradeiro para redimir seu orgulho e... sim... sua coragem. Um último gesto para dar sentido à sua morte.

Alguma coisa!

Qualquer coisa!

Tudo o que podia fazer porém era ficar pendurado, esperando que o encontrassem.

Cuza LEVANTOU os olhos ao ouvir que um ruído rascante enchia o quarto. A seção da parede que conduzia para a base da torre estava girando. Quando o movimento cessou, a voz de Molasar se fez ouvir do fundo da escuridão.

– Está tudo pronto.

Até que enfim! A espera fora quase insuportável. À medida que as horas passavam, Cuza quase perdera a esperança de ainda ver Molasar naquela noite. Nunca fora um homem paciente, mas não se lembrava de haver sido tão torturado por uma sensação de urgência como naquela noite. Tentara distrair-se, imaginando o que teria acontecido a Magda depois daquele golpe na cabeça... Mas não adiantara. A perspectiva da destruição de Hitler sobrepunha-se em sua mente a quaisquer outras considerações. Cuza percorrera em todos os sentidos o espaço dos dois quartos, obcecado por sua ardente ansiedade de agir, porém incapaz de fazer qualquer coisa antes da palavra de ordem de Molasar.

Mas agora ele chegara. Ao correr a seu encontro, deixando a cadeira de rodas, sentiu na palma da mão o contato de um frio cilindro de metal.

– O que...? – Era uma lanterna elétrica.

– Você precisará disso.

Cuza apertou o interruptor, notando que a lanterna era do tipo utilizado pelo Exército alemão. A lente estava rachada. Ele pôs-se a imaginar quem...

– Venha comigo.

Molasar desceu sem hesitar os degraus da escada em espiral na parte interna da parede da torre. Parecia dispensar qualquer tipo de luz para iluminar-lhe o caminho, mas Cuza não enxergava nada. Para acompanhar de perto Molasar teve de manter o facho da lanterna dirigido para os degraus onde deveria pisar. Gostaria de ter um momento para examinar aquele local. Durante muito tempo desejara explorar a base da torre e até aquele momento só dispunha das informações que Magda lhe transmitira. Agora, porém, não havia tempo para tratar de detalhes. Quando a guerra acabasse, ele retornaria para fazer a inspeção com calma.

Passado algum tempo, chegaram a uma estreita abertura na parede. Cuza passou por ela, atrás de Molasar, e encontrou-se na caverna sob o porão. Molasar apertou o passo e Cuza teve de esforçar-se para acompanhá-lo. Entretanto não se lamentou, tão contente estava por poder andar, por não mais sentir o frio nas mãos que lhe dificultava a circulação, nem as juntas emperradas pela artrite. Chegara até a suar! Que maravilha!

Divisou, à sua direita, uma claridade que descia pela escada que dava para o porão. Girou o facho da lanterna para a esquerda. Os corpos tinham desaparecido. Os alemães deviam tê-los despachado, mas era estranho que tivessem deixado as mortalhas empilhadas no chão.

Além do som de seus próprios passos, Cuza começou a ouvir outro ruído. Um leve arranhar. À medida que seguia atrás de Molasar, saindo da caverna e passando para um corredor estreito que mais parecia um túnel, o ruído foi se tornando progressivamente mais forte. Ele acompanhou Molasar pelas várias curvas do corredor até que, depois de uma particularmente brusca para a esquerda, Molasar parou e fez sinal para que Cuza se aproximasse. O som rascante se acentuara, ecoando em torno deles.

– Prepare-se – disse Molasar, com uma expressão indecifrável. – O que você vai ver poderá chocá-lo, mas é uma providência indispensável à recuperação de meu talismã. Talvez houvesse outro meio, mas este é conveniente e satisfatório.

Cuza duvidou que Molasar pudesse fazer com os corpos dos soldados alemães qualquer coisa que realmente o surpreendesse.

Entraram então numa grande câmara hemisférica com teto de rocha de gelo e chão empoeirado. Uma profunda escavação fora feita no meio da câmara. E o ruído rascante era cada vez mais forte. De onde vinha ele? Cuza procurou descobrir fazendo correr o facho da lanterna pelas paredes e pelo teto e espalhando a luz por toda a câmara.

Sua atenção foi despertada por um movimento perto de seus pés e em toda a periferia da escavação. Pequenos movimentos. Sentiu um calafrio – ratos! Centenas deles cercavam a cova, chocando-se, trepando uns em cima dos outros, agitados... ansiosos...

Cuza percebeu algo muito maior do que um rato subindo pela parede da escavação. Avançou um passo e projetou a luz da lanterna diretamente dentro da cova... e quase a deixou cair. Era como se estivesse vendo uma das antecâmaras do Inferno. Sentindo-se de repente estonteado, afastou-se da borda e encostou-se na parede mais próxima para não cair. Fechou os olhos e arquejou como um cão num dia sufocante de verão, tentando dominar sua náusea e aceitar o que estava vendo.

Havia dez cadáveres na cova, todos com o uniforme alemão, cinzento ou preto, e *todos movendo-se de um lado para o outro* – até mesmo o que estava sem cabeça!

Cuza abriu novamente os olhos. À meia-luz da câmara, viu um dos cadáveres arrastar-se como um caranguejo até a borda da cova e atirar para fora um punhado de terra, voltando depois para o fundo.

Desencostou-se da parede e, cambaleando, aproximou-se da cova para olhar outra vez.

Eles pareciam não necessitar dos olhos, pois não davam a menor atenção aos gestos de cavar a terra dura e gelada. Suas juntas mortas se movimentavam, desajeitadas e emperradas, como se resistissem à força que as impelia, mas sempre trabalhando de modo incansável, em profundo silêncio, com surpreendente eficiência, a despeito de seus movimentos descoordenados. O ruído do arrastar de suas botas e do arranhar de suas mãos no solo quase gelado – à medida que eles aprofundavam e alargavam a escavação – crescia e ecoava pelas paredes e pelo teto da câmara lugubremente amplificado.

De repente o ruído cessou e desapareceu como se nunca tivesse existido. Os cadáveres haviam suspendido seus movimentos e agora permaneciam imóveis.

Molasar falou ao ouvido de Cuza:

– Meu talismã está enterrado sob os derradeiros centímetros de solo. Você precisa remover a terra que o cobre.

– Mas eles não podem...? – O estômago de Cuza rebelou-se ante a ideia de ter de descer até lá embaixo.

– Eles são muito desajeitados.

Com um olhar suplicante, Cuza perguntou:

– Você não pode fazer isso? Depois levarei o talismã para qualquer lugar que você quiser.

Os olhos de Molasar fuzilaram de impaciência.

– Isso faz parte de seu trabalho! É tão simples! Com tanta coisa importante para fazer você reclama só porque vai sujar as mãos?

– Não, não, claro que não! É apenas porque... – Cuza olhou ainda uma vez para os cadáveres.

Molasar acompanhou o olhar. Embora ele não tivesse pronunciado uma única palavra ou feito qualquer gesto, os corpos começaram a mover-se, voltando-se simultaneamente e arrastando-se para fora da cova. Após terem saído, todos se alinharam formando um círculo ao longo da beira do fosso. Os ratos se movimentavam sobre seus pés. Os olhos de Molasar não se despregavam de Cuza.

Sem esperar nova ordem, Cuza deixou-se escorregar pela parede da cova até o fundo. Colocou a lanterna sobre uma saliência da rocha e começou a escavar com as mãos a terra frouxa, no ponto mais baixo do buraco em forma de cone. O frio e a sujeira não lhe impediam o trabalho. Depois da primeira reação, por estar cavando no mesmo lugar em que os cadáveres haviam trabalhado, sentiu-se entusiasmado por ser capaz de utilizar de novo as mãos, ainda que numa tarefa tão repugnante como aquela. Devia tudo a Molasar. Era bom mergulhar os dedos na terra e sentir o solo desmanchar-se. Animado, aumentou o ritmo, trabalhando febrilmente.

Suas mãos logo encontraram alguma coisa diferente de terra. Era uma caixa quadrada, com 30 centímetros de cada lado e cerca de 10 de altura. E pesada... muito pesada. Cuza arrancou a capa já meio rasgada que a cobria e abriu a tampa.

Alguma coisa metálica, brilhante e pesada, estava dentro dela. Cuza prendeu a respiração. A princípio pensou que se tratasse de um crucifixo, mas era impossível. Era quase uma cruz, desenhada segundo as mesmas linhas excêntricas das milhares que enchiam as paredes do fortim. Entretanto, nenhuma destas podia comparar-se com a que estava na caixa. Bem mais grossa, devia ter sido o modelo segundo o qual as demais foram fundidas. O braço vertical era arredondado, quase cilíndrico e, à exceção de uma profunda reentrância no topo, parecia de ouro maciço. O braço horizontal tinha o aspecto de prata. Cuza examinou-a ligeiramente através das lentes inferiores de seus óculos bifocais, mas não encontrou qualquer desenho ou inscrição.

O talismã de Molasar... a chave de seu poder. Cuza emocionou-se, reverente. Havia poder ali, poder que ele chegava a sentir em suas mãos enquanto segurava a cruz. A seguir ergueu-a para que Molasar pudesse vê-la, e pareceu-lhe detectar um clarão em torno dela – ou seria apenas um reflexo da luz da lanterna em sua superfície polida?

– Encontrei o que você queria!

De onde estava, Cuza não podia ver Molasar em cima, mas notou que os cadáveres recuaram quando ele levantou o objeto acima da cabeça.

— Molasar! Está me ouvindo?

— Estou — respondeu ele, parecendo estar falando do fundo do túnel. — Meu poder está agora em suas mãos. Guarde esse talismã cuidadosamente até que o tenha escondido onde ninguém possa encontrá-lo.

Satisfeito, Cuza segurou o talismã ainda com mais força.

— Quando partirei? E como?

— Dentro de uma hora, tão logo eu tenha dado cabo daqueles alemães que tiveram a ousadia de invadir meu fortim.

A BATIDA À PORTA foi acompanhada pela voz de alguém que o chamava pelo nome. Parecia ser o sargento Oster... na iminência de uma crise de nervos. Entretanto, o major Kaempffer não confiava em ninguém. Saltou de sua cama e empunhou a Luger.

— Quem é? — Propositadamente demonstrou no tom de voz sua desaprovação por ter sido acordado. Era a segunda noite que faziam aquilo. Na primeira acontecera aquela inútil excursão com o judeu até a ponte. O que seria agora? Olhou o relógio. Quase 4 horas! O dia estava prestes a clarear. Quem poderia querer falar-lhe tão cedo? A menos que alguém tivesse sido morto.

— É o sargento Oster, senhor.

— O que há desta vez? — perguntou Kaempffer, abrindo a porta. Um simples olhar para o rosto pálido do sargento fez com que ele soubesse que algo terrível havia acontecido. Mais que uma simples morte.

— Foi o capitão, senhor... O capitão Woermann...

— Pegaram-no? — *Woermann? Assassinado? Um oficial?*

— Ele se matou, senhor.

Kaempffer fitou o sargento com os olhos arregalados, estupefato, recobrando-se graças a um grande esforço.

— Espere aí. — Kaempffer fechou a porta e vestiu, apressado, as calças, as botas e jogou a túnica sobre sua roupa de baixo, sem se preocupar em abotoá-la. Em seguida voltou para a porta. — Leve-me para o local onde o corpo foi encontrado.

Enquanto seguia atrás do sargento pelas partes destruídas do fortim, Kaempffer deu-se conta de que o fato de Klaus Woermann ter se suicidado o perturbara mais que se o oficial tivesse sido assassinado como todos os outros. O gesto não afinava com o caráter de Woermann. As pessoas mudam, mas Kaempffer não conseguia imaginar que aquele jovem, que sozinho derrotara uma companhia de soldados britânicos na última guerra, acabasse agora com a própria vida, por piores que fossem as circunstâncias.

Apesar de tudo... Woermann estava morto. O único homem que podia interpelá-lo, chamando-o de covarde, estava mudo para sempre. Isso compensava tudo o que Kaempffer vinha sofrendo desde sua chegada àquele inferno. E havia um detalhe especial a ser explorado – a maneira como Woermann morrera. O relatório nada esconderia: o capitão Woermann suicidara-se – era o que constaria dos arquivos. Uma morte infame. Pior que deserção. Kaempffer gostaria de ver a expressão dos rostos da mulher e dos dois filhos de que Woermann tanto se orgulhava. O que iriam eles pensar do pai, do *herói* deles, ao receberem a notícia?

Em vez de levar o major para o quarto de Woermann, no outro lado do pátio, Oster dirigiu-se para o corredor onde Kaempffer aprisionara os habitantes da vila no dia de sua chegada. A área fora parcialmente destruída nos últimos dias. Dobraram a curva final e ali estava Woermann.

Pendurado por uma grossa corda, seu corpo oscilava levemente como que impulsionado por uma brisa; entretanto, o ar estava parado. A corda fora amarrada a uma viga do teto. Kaempffer correu o olhar à procura de uma banqueta ou de qualquer apoio que tivesse permitido a Woermann realizar aquela operação. Talvez ele tivesse subido numa das pilhas de pedras que estavam por ali... os olhos. Os olhos de Woermann tinham saltado de suas órbitas. Kaempffer teve a impressão de que eles se moviam, acompanhando sua aproximação, mas achou que era apenas um reflexo da luz das lâmpadas espalhadas pelo teto.

O oficial se deteve à frente do corpo oscilante de seu colega. A fivela do cinturão de Woermann ficara na altura do nariz de Kaempffer, que, levantando os olhos, pôde ver detidamente aquele rosto inchado, vermelho de sangue estagnado.

De novo os olhos... Pareciam agora fixos nele. Kaempffer desviou o olhar e viu a sombra de Woermann na parede. A imagem era a mesma, exatamente a mesma, da sombra do enforcado que vira no quadro pintado pelo capitão.

Um calafrio percorreu-lhe a espinha.

Pressentimento? Teria Woermann previsto sua morte? Ou a ideia do suicídio já estava há muito em sua mente?

A satisfação de Kaempffer começou a extinguir-se quando ele se deu conta de que era agora o único oficial no fortim. A partir daquele momento, toda a responsabilidade recaía unicamente sobre seus ombros. Na verdade, talvez fosse a próxima vítima. O que deveria ele...

Um tiroteio irrompeu no pátio.

Surpreso, Kaempffer voltou-se e viu Oster olhar para o fundo do corredor e depois para ele. A interrogação que havia no rosto do sargento transformou-se em horror ao fitar um ponto acima da cabeça de Kaempffer. O major da SS quis girar o corpo para descobrir o motivo de tão violenta reação, mas sentiu que dedos grossos e gelados agarravam-lhe o pescoço e começavam a apertar.

Kaempffer tentou livrar-se, dar um pontapé em quem o atacava por trás, mas seu pé nada encontrou. Abriu a boca para gritar, porém mal conseguiu emitir um grunhido. Lutando desesperado para livrar-se dos dedos que implacavelmente o estavam sufocando, procurou virar-se para ver quem o atacava. Na verdade, já sabia. No fundo horrorizado de sua mente, sabia. Entretanto, precisava *ver*! Fez mais um esforço, viu a manga do agressor – a manga de uma túnica cinzenta do exército alemão. Subindo o olhar por ela... deparou com Woermann.

Mas ele está morto!

Apavorado, Kaempffer continuou a debater-se, arranhando as mãos mortas que lhe apertavam a garganta. Tudo em vão. Sentiu-se levantado no ar pelo pescoço, lenta e continuadamente, até que apenas as pontas de seus pés ficaram em contato com o chão. Mais um pouco e a suspensão foi total. Agitou os braços na direção de Oster, mas o sargento, com o rosto transformado em uma máscara de pavor, encostara-se à parede e se arrastava devagar para fora – para fora! –, fugindo dele. E não deu sequer mostras de ter tomado conhecimento do que acontecia com Kaempffer. Seu olhar estava dirigido para um ponto mais acima, para seu ex-comandante... morto... mas cometendo um assassinato.

Imagens confusas passaram pela mente de Kaempffer, um desfile de cenas e de sons que se tornavam cada vez mais indistintos e mesclados à medida que enfraqueciam as batidas de seu coração.

O som do tiroteio continuava a ecoar, vindo do pátio, misturado com gritos de dor e de medo. Oster esgueirou-se pelo corredor, ignorando os dois mortos que se aproximavam, um deles o próprio *einsatzkommando* Flick, assassinado na primeira noite passada no fortim. Por fim, Oster os viu, não sabendo então para onde fugir. O tiroteio aumentava no pátio... saraivadas de balas por toda a parte, enquanto Oster descarregava a sua Schmeisser contra os cadáveres que se aproximavam, rasgando-lhes os uniformes, atirando-os para trás, mas não conseguindo evitar que avançassem... quando cada um dos corpos agarrou um de seus braços atirando-o de cabeça contra a parede... os gritos de Oster interrompidos por um golpe surdo quando seu crânio se estilhaçou como um ovo...

A visão de Kaempffer foi diminuindo... os sons enfraqueceram... uma prece se formou em sua mente:

Oh, Deus! Deixai-me viver! Farei qualquer coisa que quiserdes se me deixardes viver!

Uma ruptura... uma queda súbita no chão... a corda do enforcado se rompera com o peso dos dois corpos... mas nenhuma diminuição na pressão da garganta... uma incontrolável letargia se apossava dele... à meia-luz ele viu o cadáver do sargento Oster, com a cabeça ensanguentada, levantar-se e acompanhar seus dois assassinos na direção do pátio... e no fim, em seu derradeiro espasmo, Kaempffer ainda divisou a fisionomia contorcida de Woermann... e viu um sorriso nela.

Caos no pátio.

Por toda parte havia cadáveres caminhando, atacando os soldados em seus leitos, em seus postos. As balas não podiam matá-los – eles já estavam mortos. Seus horrorizados ex-companheiros descarregavam as armas contra eles, mas os mortos continuavam a aproximar-se. E o pior era que, tão logo alguém morria, o novo cadáver se levantava e se unia ao grupo de atacantes.

Dois desesperados soldados de uniforme preto tiraram a tranca do portão e começaram a abri-lo; mas antes que pudessem fugir foram agarrados por trás e arrastados pelo chão. Momentos depois também esses estavam outra vez de pé, montando guarda em companhia de outros cadáveres na frente do portão aberto, a fim de evitar a passagem de algum de seus camaradas vivos.

De repente, todas as luzes se apagaram quando uma rajada de metralhadora espatifou os geradores.

Um cabo da SS subiu num jipe e deu partida, com esperança de forçar seu caminho para fora; porém, quando soltou a embreagem, o motor parou. Foi arrancado do assento e estrangulado antes que tivesse tempo de dar partida de novo.

Um soldado que se refugiara tremendo de horror dentro de seu saco de dormir, foi sufocado por um cadáver sem cabeça que em vida fora conhecido pelo nome de Lutz.

O tiroteio não demorou a ceder. A fuzilaria generalizada deu lugar a rajadas intermitentes, depois a tiros isolados. Os gritos dos homens foram substituídos por um ou outro gemido. Depois até estes cessaram. Por fim, o silêncio. Tudo quieto, enquanto os cadáveres – antigos e novos – permaneciam de pé espalhados pelo pátio, imóveis, como que esperando.

Súbito, silenciosamente, todos, à exceção de dois, caíram no chão e ali ficaram. O par remanescente começou a andar, arrastando os pés, na direção da entrada do porão. Apenas um vulto isolado, alto e escuro, permaneceu no centro do pátio – indiscutível senhor do fortim, afinal.

Quando o nevoeiro começou a penetrar pelo portão aberto, cobrindo o solo do pátio e os cadáveres inertes, o vulto iniciou lentamente seu caminho para a caverna sob o porão.

28

Magda despertou sobressaltada pelo tiroteio no fortim. A princípio receou que os alemães tivessem sabido da cumplicidade de papai e que o estivessem fuzilando. Mas essa terrível hipótese durou apenas um instante. Aquelas loucas saraivadas não correspondiam a uma disciplinada ordem de fogo, mas sim ao fragor caótico de uma batalha.

Foi uma batalha curta.

Tiritando de frio sobre o solo úmido, Magda notou que as estrelas tinham desaparecido no céu cinzento. Os ecos dos tiros haviam cessado, engolidos pelo ar gelado que precedia a alvorada. Alguém ou alguma coisa saíra vitorioso no fortim. Magda não tinha dúvida de que fora Molasar.

Levantou-se e foi para junto de Glenn. O rosto dele estava molhado de suor, e sua respiração era ofegante. Ao retirar o cobertor, a fim de verificar os ferimentos, um pequeno grito lhe escapou dos lábios. O corpo de Glenn estava envolvido por completo pelo clarão azulado que vinha da lâmina. Cuidadosamente, ela aproximou a mão. Aquela chama não queimava, mas lhe dava uma sensação de calor. Sob a camisa rasgada de Glenn ela sentiu alguma coisa dura e pesada, parecendo de metal. Retirou-a.

Na semiclaridade da madrugada ela teve certa dificuldade para identificar aquele objeto que rolara na palma de sua mão. Era feito de chumbo. Uma bala.

Magda apalpou mais uma vez o corpo de Glenn. Havia uma porção delas, mas os ferimentos tinham desaparecido em sua maioria, deixando apenas algumas cicatrizes redondas em vez de ferimentos abertos. Ela puxou os farrapos da camisa ensanguentada que cobriam o abdome dele e examinou a região onde sentira um corpo estranho sob a pele. Ali, para o lado direito da lâmina que ele conservava apertada contra o peito, havia uma ferida aberta com um sólido caroço logo abaixo da pele. Enquanto ela observava, o caroço saiu. Tratava-se de outra bala que, lenta e penosamente, fora expelida através do ferimento. Era surpreendente e aterrador: a lâmina da espada e seu clarão estavam extraindo as balas do corpo de Glenn e curando-lhe os ferimentos! Magda continuava observando, espantada.

O clarão começou a extinguir-se.

– Magda...

Ela teve um choque. A voz de Glenn era muito mais forte do que quando o cobrira. Colocou-lhe de novo o cobertor sobre o corpo, abrigando-o até o pescoço. Os olhos dele estavam abertos, voltados para o fortim.

– Descanse mais um pouco – pediu Magda.

– O que está acontecendo lá?

– Ouvi há pouco um grande tiroteio.

Com um gemido, Glenn tentou sentar-se. Magda fez com que ele se deitasse novamente. Ainda estava muito fraco.

– Preciso ir ao fortim... deter Rasalom.

– Quem é Rasalom?

– O que você e seu pai chamam de Molasar. Ele inverteu as letras de seu nome para iludi-los... Na verdade, chama-se Rasalom... e eu preciso detê-lo!

Tentou mais uma vez sentar-se, e mais uma vez Magda o impediu.

– O dia está quase nascendo. Um vampiro não pode aparecer à luz do sol, de modo que...

– Ele tem tanto medo da luz quanto você!

– Mas um vampiro...

– Ele *não* é um vampiro! Nunca foi. Se fosse – acrescentou Glenn, com uma nota de aflição em sua voz –, eu não iria me incomodar procurando detê-lo.

Um calafrio, como uma mão gelada, percorreu a espinha de Magda.

– Não é um vampiro?

– Ele é a fonte dessas lendas sobre vampiros, mas o que ele deseja é muito mais que simples sangue. Essa ideia se espalhou no folclore porque as pessoas podem ver o sangue e tocá-lo. O que alimenta Rasalom não pode ser visto nem tocado.

– Era isso o que você estava tentando me dizer, ontem à noite... antes da chegada dos soldados? – perguntou ela, não querendo recordar o que acontecera então.

– Sim. Ele retira sua força da dor humana, da miséria e da loucura. Alimenta-se da agonia dos que mata com as próprias mãos, mas beneficia-se muito mais com a desumanidade dos homens entre si.

– Isso não é possível! Ninguém poderia viver nessas condições. Elas são demasiado... irreais!

– Será a luz do sol *demasiado irreal* para uma flor em sua necessidade de desabrochar? Acredite-me. Rasalom alimenta-se de coisas que não podem ser vistas nem tocadas, e todas elas malignas.

– Você fala como se ele fosse o próprio Demônio!

– Você quer dizer Satã? O Diabo? – disse Glenn com um sorriso fraco. – Ponha de lado todas as religiões de que você ouviu falar. Elas nada significam aqui. Rasalom é anterior a todas.

– Não posso acreditar...

– É um sobrevivente da Antiguidade. Finge ser um vampiro de 500 anos de idade porque isso se ajusta à história do fortim e da região. E também porque assim deu margem a um temor generalizado, outro de seus prazeres. Mas é muitíssimo mais velho. Tudo o que ele disse a seu pai, *tudo mesmo*, foi mentira... exceto o fato de estar debilitado e ter de recobrar suas forças.

– Tudo mentira? Mas então por que ele me salvou? E curou papai? E libertou os habitantes da vila, que o major havia prendido como reféns? Eles teriam sido executados se ele não os tivesse salvo.

– Ele não salvou ninguém. Você me disse que ele matou os dois soldados que guardavam os prisioneiros. E acaso libertou *ele* os reféns? Não! Ele acrescentou o insulto à injúria levando os soldados mortos a entrar no quarto do major, obrigando este a fazer papel de bobo e enfurecer-se. Rasalom estava tentando provocá-lo para que ele fuzilasse todos os habitantes da vila. Esse é bem o tipo de atrocidade que lhe aumenta as forças. Depois de meio milênio de prisão, ele está necessitado de alimento. Felizmente, os acontecimentos conspiraram contra ele e os reféns sobreviveram.

– Prisão? Mas ele disse a papai... – A voz dela falhou. – Outra mentira?

Glenn confirmou com um movimento de cabeça.

– Rasalom não construiu o fortim, como afirmou. Nem estava escondendo-se nele. Pelo contrário, a finalidade da construção foi encarcerá-lo e mantê-lo assim para sempre. Quem poderia imaginar que o fortim ou o próprio Passo Dinu pudessem ser um dia considerados de valor militar? Ou que algum imbecil fosse quebrar a parede da cela dele. Se Rasalom conseguir a liberdade, o mundo...

– Mas ele já está livre agora.

– Não, ainda não está. Essa é outra de suas mentiras. Ele quer que seu pai pense nisso, mas na verdade continua no fortim por causa da outra peça disto aqui. – Afastou o cobertor e mostrou a extremidade mais grossa da lâmina da espada. – O punho desta espada é a única coisa que Rasalom teme no mundo, pois só esse punho é capaz de detê-lo. É a chave que o mantém preso dentro do fortim. A lâmina se torna inútil sem o punho, mas os dois juntos podem destruí-lo.

Magda sacudiu a cabeça tentando livrar-se da confusão que tornava tudo cada vez mais incrível.

– Mas esse punho... onde está ele? Qual o seu formato?

– Você viu milhares de reproduções dele nas paredes do fortim.

– As cruzes! – exclamou Magda com um redemoinho em sua mente. Afinal, não eram cruzes! Sendo reproduções do punho de uma espada não era de admirar que o braço horizontal se situasse tão alto! Há quantos anos ela vinha olhando para elas sem que jamais lhe tivesse ocorrido essa possibilidade! E se Molasar – ou ela deveria agora se acostumar a chamá-lo de Rasalom? – fosse verdadeiramente a fonte das lendas de vampiros, ficava explicado por que seu temor do punho da espada se transformara, nas histórias do folclore, em temor de cruzes. – Mas onde...

– Enterrada no fundo da caverna sob o porão. Enquanto o punho estiver dentro das paredes do fortim, Rasalom continuará prisioneiro delas.

– Mas tudo o que ele tem a fazer é cavar e apanhá-lo.

– Acontece que Rasalom não pode tocar no punho, nem mesmo chegar perto dele.

– Então não há perigo!

– Infelizmente, há – murmurou Glenn, baixando o tom de voz e fitando os olhos de Magda. – Ele conta com seu pai.

Magda quis protestar, gritar *Não!* com toda a força de seus pulmões, mas não pôde. Ficara imobilizada pelas graves palavras de Glenn... palavras que, infelizmente, ela não podia contestar.

– Deixe-me dizer-lhe o que acho que aconteceu – disse ele, após um longo silêncio. – Rasalom foi libertado na primeira noite após a chegada dos alemães ao fortim. A força dele não lhe permitia matar mais que um homem. Depois disso precisava repousar e recobrar as energias. Penso que sua estratégia inicial foi matar um de cada vez, a fim de alimentar-se dessa agonia diária e do terror que crescia entre os vivos sempre que um deles era vitimado. Rasalom preocupou-se em não matar muitos de uma só vez, em especial os oficiais, pois isso poderia levar a uma retirada geral. É provável que ele esperasse a ocorrência de uma destas três hipóteses: os alemães ficariam tão frustrados que arrebentariam por completo o fortim, provocando assim sua liberdade; ou mandariam buscar mais e mais reforços, oferecendo-lhe mais vidas para sua fome e mais gente para ficar apavorada; ou, ainda, ele encontraria entre as pessoas que estivessem no fortim um inocente corruptível.

Magda mal ouviu a própria voz balbuciar *papai*.

– Ou você. Segundo deduzi de nossa conversa, a atenção de Rasalom pareceu concentrar-se em você quando ele apareceu pela primeira vez. Aconteceu, porém, que o capitão retirou você do fortim, deixando-a fora de seu alcance. E assim este teve de contar com seu pai.

– Mas ele poderia utilizar um dos soldados!

– Ele aumenta sua força com a destruição de tudo que é nobre em uma pessoa. A corrupção dos valores de um simples ser humano decente enriquece-o mais que milhares de homicídios. Isso é um festim para Rasalom. Os soldados não lhe adiantavam muito. Veteranos da Polônia e de outras campanhas, matavam orgulhosamente para agradar seu

Führer. Tinham pouco valor para Rasalom. E quanto aos reforços... guardas de um campo de concentração! Nada havia nessas criaturas que valesse a pena degradar! Assim, as únicas coisas que os alemães lhe poderiam dar, além do terror e da agonia da morte que irradiava deles, eram as ferramentas para cavar.

– Cavar? – perguntou Magda. – Cavar para quê?

– Para desenterrar o punho da espada. Suspeito que a *coisa* que você ouviu como se fosse um arrastar de pés na caverna embaixo do porão, depois que seu pai a mandou embora, era um grupo de soldados mortos retornando para suas mortalhas.

Cadáveres caminhando... A ideia era grotesca, fantástica demais para ser considerada; todavia, ela se lembrava da história que o major havia contado a respeito dos dois soldados mortos que se moveram desde o local onde tinham morrido até seu quarto.

– Se ele tem poder para fazer os mortos caminharem, por que não manda um deles desenterrar o punho?

– Impossível. O punho rejeita esse poder. Um cadáver controlado por ele retornaria a seu estado de imobilidade no instante em que o tocasse. Seu pai é a única pessoa que pode tirar o punho de dentro do fortim.

– Mas, tão logo papai toque no punho, Rasalom não perderá o controle sobre ele?

Glenn sacudiu a cabeça com ar triste.

– Você precisa se convencer de que agora seu pai está ajudando Rasalom voluntariamente... *entusiasticamente*. Será possível para seu pai transportar o punho com facilidade porque ele estará agindo por sua livre vontade.

– Mas papai ignora isso! – exclamou Magda, desesperada. – Por que você não o alertou?

– Porque a batalha é *dele*, não minha. E porque eu não podia correr o risco de deixar que Rasalom suspeitasse de minha presença aqui. De qualquer modo, seu pai não iria acreditar em mim; preferiu odiar-me. Rasalom fez um excelente trabalho nele, destruindo sua personalidade paulatinamente, privando-o de todas as coisas em que ele acreditava, deixando apenas a parte venal de sua natureza.

Era verdade. Magda vira tudo isso acontecer e se recusara acreditar, mas era *verdade*!

– Você poderia tê-lo ajudado!

– Talvez, mas tenho minhas dúvidas. A batalha de seu pai era tanto contra ele mesmo como contra Rasalom. E, por fim, o mal deve ser enfrentado sozinho. Seu pai desculpou o mal que pressentiu dentro de Rasalom e deixou-se convencer de que teria a solução de todos os seus problemas. Rasalom começou com a parte religiosa. Na verdade ele *não* tem medo da cruz, mas fingiu ficar apavorado ao vê-la, levando seu pai a renegar todo o seu passado, minando-lhe a crença e os valores apoiados nesse passado. Então Rasalom salvou você de agressores, uma prova da rapidez e da capacidade de adaptação de sua mente, fazendo com que seu pai se tornasse seu devedor. Rasalom prosseguiu, prometendo-lhe destruir o nazismo e salvar o povo judeu. E depois, o golpe final: a eliminação de todos os sintomas da doença que ele vinha sofrendo durante tantos anos. Rasalom havia conquistado um escravo dócil, que faria com prazer tudo o que lhe fosse pedido. Não se contentando em destruir a personalidade do homem que você chama de pai, ainda fez dele o instrumento capaz de libertar do fortim o maior inimigo da humanidade. Tenho que deter Rasalom de uma vez por todas! – exclamou Glenn, procurando sentar-se.

– Deixe que ele vá – pediu Magda, desesperada, ao pensar no que acontecera com papai, ou melhor, com o que papai *permitira* que lhe acontecesse. Entretanto seria ela, ou qualquer outra pessoa, capaz de resistir a um ataque assim contra a própria personalidade? – Talvez meu pai se liberte da influência de Rasalom e possamos voltar a ser o que éramos antes.

– Vocês nunca mais conseguirão isso se Rasalom estiver em liberdade!

– Neste mundo de Hitler e da Guarda de Ferro, o que poderá Rasalom fazer de mal que já não tenha sido feito?

– Você não está percebendo! – replicou Glenn amargamente. – Uma vez livre, Rasalom fará Hitler parecer uma criança inocente.

– Nada poderia ser pior que Hitler! – disse Magda. – Nada!

– Rasalom poderia. Você não vê, Magda, que com Hitler, por mais diabólico que ele seja, sempre haverá alguma esperança? Ele é um homem, é um mortal. Algum dia há de morrer, mesmo assassinado... talvez amanhã ou daqui a trinta anos, mas deixará de *existir*. Ele controla apenas uma parte do mundo. E, embora pareça no momento invencível, ainda tem de enfrentar a Rússia. A Grã-Bretanha continua a desafiá-lo. E há os Estados Unidos. Se os americanos decidirem colocar a serviço da guerra sua vitalidade e capacidade produtiva, nenhum país, nem mesmo a Alemanha, será capaz de resistir por muito tempo. De modo que, como você vê, há também esperança nesta hora negra.

Magda balançou devagar a cabeça, concordando. O que Glenn acabara de dizer afinava com seus próprios sentimentos... Ela nunca perdera a esperança.

– Mas Rasalom...

– Rasalom, como já expliquei, se alimenta da degradação humana. E nunca na história da humanidade houve os excessos que ora se registram na Europa oriental. Enquanto o punho da espada permanecer no interior das paredes do fortim, Rasalom ficará não apenas prisioneiro mas também isolado do que acontece no lado de fora. Se o punho for removido, ele desencadeará imediatamente todas as desgraças: a carnificina de Buchenwald, de Dachau, de Auschwitz e demais campos de concentração, todas as monstruosidades da guerra moderna. Ele irá absorver tudo isso como uma esponja, regalar-se com a abundância de seu banquete e tornar-se incrivelmente forte. Seu poder excederá qualquer previsão. Apesar disso, ele não ficará satisfeito. Exigirá mais. Deslocar-se-á com rapidez pelo mundo, derrubando chefes de Estado, espalhando a confusão entre os governos, reduzindo as nações a um amontoado de gente desatinada. Que exército poderá enfrentar as legiões de mortos que ele é capaz de mobilizar? Dentro de pouco tempo reinará o caos. E então o verdadeiro horror começará. Você disse que não há nada pior que Hitler? Imagine o mundo inteiro transformado num campo de concentração!

A mente de Magda se recusava a configurar o que Glenn estava descrevendo.

— Isso não pode acontecer!

— Por que não? Você acha que faltarão voluntários para tomar conta dos campos de concentração de Rasalom? Os nazistas demonstraram que há uma porção de homens mais do que desejosos de massacrar seus semelhantes. Mas a coisa irá além disso. Você viu o que aconteceu hoje com os habitantes da vila, não foi? Tudo o que havia de mau em suas personalidades veio à tona. Suas manifestações se reduziram à cólera, ao ódio, à violência.

— Mas por quê?

— Influência de Rasalom. Ele está ficando progressivamente mais forte lá dentro, alimentando-se de mortes e de temores, bem como da lenta desintegração da personalidade de seu pai. E, à medida que ele recobra as forças, as paredes do fortim vão sendo destruídas pelos soldados. Todos os dias eles derrubam uma parte da estrutura interna, comprometendo assim a integridade da construção. E a cada dia a influência da presença de Rasalom se estende para além daquelas muralhas. O fortim foi construído segundo um antigo traçado, com as reproduções do punho da espada colocadas nas paredes dentro e uma ordem específica para isolar Rasalom do mundo, para conter seu poderio, para mantê-lo prisioneiro. Agora tudo isso está sendo destruído e os habitantes da vila estão pagando um elevado preço. Se Rasalom escapar e se alimentar nos campos de concentração, o mundo inteiro pagará um preço semelhante. E Rasalom não será tão seletivo como Hitler ao escolher suas vítimas: *ninguém* escapará. Raça, religião, nada disso importará. Rasalom será realmente imparcial. O rico não poderá comprar sua exclusão, o religioso não poderá rezar, o ladino não poderá tapear ou mentir. Todos sofrerão, em particular as mulheres e as crianças. As pessoas viverão de maneira miserável, passarão a vida mergulhadas em desespero e morrerão em agonia. Geração após geração, todos terão de contribuir com seu sofrimento para alimentar Rasalom. — Parou um instante para respirar, depois continuou: — E o pior de tudo, Magda, é que *não haverá esperança*. Quando acabará isso? Rasalom será intocável... invencível... imortal. Se ele for libertado agora, nada mais o deterá. Sempre, no passado, a espada o conteve, mas hoje, com o mundo no estado em que se encontra... ele se tornará tão forte que nem mesmo esta lâmina, junto com seu punho, será capaz de detê-lo. *Ele jamais deverá deixar o fortim!*

Magda percebeu que Glenn estava decidido a entrar no fortim.

– Não! – exclamou ela, os braços em torno de seu pescoço. Não podia deixar que ele fosse. – Você ainda está muito fraco para enfrentar Rasalom. Não há outra pessoa que possa fazer isso?

– Somente eu. Ninguém poderá substituir-me. Como seu pai, terei de enfrentá-lo sozinho. Afinal de contas, é por minha culpa que Rasalom ainda existe.

– Como pode ser?

Glenn não respondeu. Magda tentou outro caminho:

– De onde veio Rasalom?

– Ele foi um homem normal... a princípio, mas depois se entregou a um poder maligno e foi para sempre transformado por ele.

– Mas – perguntou Magda com um nó na garganta – se Rasalom serve a um *poder maligno*, a quem serve *você*?

– A outro poder.

Ela notou a relutância dele, mas insistiu:

– Um poder voltado para o bem?

– Talvez.

– Por quanto tempo?

– Toda a minha vida.

– Como pode ser...? – perguntou ela, com medo da resposta. – Como pode ser culpa sua, Glenn?

– Meu nome não é Glenn – disse ele com o olhar perdido ao longe. – É Glaeken. Sou tão velho quanto Rasalom. Fui *eu* quem construiu o fortim.

CUZA NÃO VIRA Molasar desde que descera para a cova a fim de reaver o talismã. Ele dissera qualquer coisa a respeito de fazer com que os alemães pagassem por terem invadido o fortim, mas sua voz se tornara inaudível e ele desaparecera. Os cadáveres então começaram a mover-se, desaparecendo também atrás do miraculoso ser que os controlava.

Cuza foi deixado sozinho no frio, em companhia dos ratos e do talismã. Preferia ter ido também, mas imaginou que o que de fato importava era que em breve todos estariam mortos, tanto os oficiais como os soldados. Entretanto, ele gostaria de ver o major Kaempffer sofrer alguns dos tormentos que infligira a inúmeros inocentes e pessoas desamparadas.

Contudo, Molasar ordenara que ele esperasse ali. Agora, com os ecos enfraquecidos do tiroteio que ocorria no pátio, Cuza compreendeu por quê. Molasar queria evitar que o homem a quem confiara sua fonte de poder corresse o risco de ser vítima de uma bala perdida. Pouco depois o fogo cessou de todo. Deixando o talismã no chão, Cuza apanhou a lanterna e saiu da cova onde se encontrava no meio dos ratos. Estes agora já não o incomodavam; o professor estava por demais preocupado, aguardando o retorno de Molasar.

Não precisou esperar muito. Ouviu o ruído de passos que se aproximavam. Dirigiu o facho de sua lanterna para a entrada da câmara e viu o major Kaempffer caminhando em sua direção. Cuza mal conteve um grito e quase caiu dentro da cova. Foi então que notou aqueles olhos vidrados, a expressão apagada, e percebeu que o major da SS estava morto. Woermann marchava atrás dele, também morto, com um pedaço de corda pendurado no pescoço.

– Achei que você gostaria de ver estes dois – disse Molasar ao entrar com os oficiais na câmara. – Especialmente o que iria instalar o chamado campo de concentração para nossos compatriotas valáquios. Agora vou procurar esse tal de Hitler e dar cabo dele e de seus sequazes. Antes disso, porém, cuidemos de meu talismã. Você terá de escondê-lo em perfeita segurança nas montanhas. Só então poderei devotar minhas energias para livrar o mundo de nosso inimigo comum.

– Fique descansado! – prometeu Cuza. – Seu talismã já está comigo.

Arrastando-se para dentro da cova, apanhou o talismã e guardou-o. Ao começar a subir de novo viu Molasar recuar.

– Guarde isso! – disse ele. – O brilho do ouro e da prata poderão despertar a atenção de alguém.

– Guardarei – concordou Cuza, cobrindo o talismã com um pedaço de pano. – Farei um embrulho melhor quando chegar lá em cima. Não se preocupe. Providenciarei para que...

– Guarde-o *agora*! – A ordem ecoou pela caverna.

Cuza surpreendeu-se com a veemência de Molasar. Achou que ele não devia expressar-se daquela maneira. Mas enfim... Era preciso fazer concessões a um boiardo do século XV.

– Muito bem – respondeu pacientemente, procurando a caixa no fundo da cova e colocando o talismã dentro dela.

– Agora, sim – disse a voz que vinha da parte acima e atrás dele. Cuza olhou e viu que Molasar se deslocava para o lado da cova oposto à entrada. – E ande depressa. Quanto mais cedo eu souber que o talismã está em lugar seguro, mais cedo poderei partir para a Alemanha.

Cuza apressou-se. Saiu da cova o mais rápido possível e começou a caminhar pelo túnel em direção aos degraus que o levariam para a luz de um novo dia, não apenas para ele e para seu povo, mas para o mundo inteiro.

– É UMA LONGA história, Magda... de muitos anos. E receio que não haja tempo para contá-la a você.

Sua voz soava aos ouvidos de Magda como se viesse da extremidade de um longo e escuro túnel. Glenn dissera que Rasalom precedera o judaísmo... e também que ele era tão velho quanto Rasalom. Mas isso não podia ser! O homem que a amara não podia ser um remanescente de uma época esquecida! Ele era real! Era humano! Feito de carne e sangue!

Um movimento na sombra interrompeu as cogitações de Magda. Glenn estava tentando pôr-se de pé, utilizando a lâmina da espada como apoio. Conseguiu ficar de joelhos, mas estava muito fraco para erguer-se mais.

– Quem é você? – perguntou Magda, abaixando-se para encará-lo como se o visse pela primeira vez. – E quem é Rasalom?

– A história teve início há muitos séculos – disse ele, esforçando-se para ficar de pé, apoiado na espada sem punho. – Bem antes da época dos faraós, da Babilônia e mesmo da Mesopotâmia. Havia outra civilização então, numa outra época.

– A Antiguidade – disse Magda. – Você já havia mencionado isso.

– A ideia não era nova para ela que, algumas vezes, encontrara essa teoria nos documentos históricos e arqueológicos que tivera de ler quando auxiliava o pai em suas pesquisas. A obscura teoria pressupunha que toda a história antiga era apenas a Segunda Idade do Homem; que muitos e muitos séculos antes houvera uma grande civilização na Europa e na Ásia, sendo que alguns de seus apologistas iam mais além, incluindo os continentes-ilhas da Atlântida e de Mu nesse mundo antigo, um mundo que, segundo eles, fora destruído por um cataclismo global. – É uma teoria desacreditada – insistiu Magda, com voz trêmula. – Todos os historiadores e arqueólogos de reputação julgam que tudo não passa de uma fantasia.

– Sim, eu sei – replicou Glenn, torcendo os lábios de modo sardônico. – É o mesmo tipo de *autoridade* que zombou da existência de Troia... até que Schliemann a encontrou. Contudo, não quero discutir isso com você. A Antiguidade aconteceu mesmo. Nasci nessa época.

– Mas como...?

– Deixe-me fazer um resumo rápido. Não temos muito tempo e quero que você compreenda algumas coisas antes que eu vá enfrentar Rasalom. Coisas que eram diferentes na Antiguidade. O mundo era então um campo de batalha entre dois... – Ele parecia não encontrar a palavra exata. – Não quero dizer *deuses* porque você ficaria com a impressão de que eles tinham identidades e personalidades distintas. Eram duas vastas e conflitantes... forças... *Poderes* que se enfrentavam no mundo de então. Um, o Poder Negro, que era chamado Caos e que representava tudo o que fosse hostil à humanidade. O outro Poder era...

Interrompeu-se novamente e Magda não se conteve e concluiu por ele:

– O Poder Branco... o poder do Bem?

– Não é assim tão simples. Nós o chamávamos apenas de Luz. O que interessava era que ele se opunha ao Caos. A Antiguidade ficou por fim dividida em dois campos: os que buscavam o domínio através do Caos e os que resistiam. Rasalom era um necromante de sua época, um brilhante adepto do Poder Negro. Dedicou-se inteiramente a ele, e em consequência tornou-se o paladino do Caos.

– E você preferiu ser o paladino da Luz, do Bem. – Ela desejava que ele respondesse que sim.

– Não... – Não tive precisamente uma escolha. Também não posso dizer que o poder a que sirvo seja assim tão bom, tão luminoso. Fui... convocado, pode dizer-se. Uma série de circunstâncias demasiado complicadas para serem expostas agora, ainda mais por elas há muito terem perdido qualquer vestígio de sentido para mim, fez com que eu me incluísse nos exércitos da Luz. Logo percebi que seria impossível desligar-me dele e pouco depois encontrei-me na linha de frente, como um líder. Deram-me a espada. A lâmina e o punho tinham sido forjados por uma raça de gente de pequena estatura e há muito extinta. A espada foi moldada com uma finalidade: destruir Rasalom. Ocorreu então a batalha decisiva entre as forças oponentes: Armagedom, Ragnarök, pense em todas as batalhas do Juízo Final ao mesmo tempo. O cataclismo resultante – terremotos, tempestades, inundações – apagou todos os traços da Antiguidade do Homem. Apenas algumas pessoas foram poupadas para começarem tudo de novo.

– E quanto aos poderes?

– Ainda existem – replicou Glenn, sacudindo os ombros. – Entretanto, a influência deles declinou depois do cataclismo. Não lhes sobrou muita coisa num mundo devastado cujos habitantes tinham retornado ao estado selvagem. E, enquanto estes voltavam sua atenção para outro lugar, Rasalom e eu continuávamos lutando através dos tempos e do espaço, nenhum dos dois obtendo vantagens durante muito tempo, nem desistindo ou envelhecendo. Entrementes, ao longo dos séculos, fomos perdendo alguma coisa... – Olhou para o pedaço de espelho que caíra de dentro da caixa e que agora se encontrava no chão, perto de seus joelhos. – Ponha esse espelho diante de meu rosto – pediu ele a Magda. – Ela obedeceu, curiosa. – O que está vendo? – perguntou Glenn.

Magda olhou e não pôde conter um grito de espanto. O espelho estava vazio! Tal como papai dissera de Rasalom!

A imagem do homem que ela amava não se refletia!

– A condição de refletir foi-nos tirada pelos Poderes a que servimos, talvez como uma lembrança constante, para Rasalom e para mim, de que nossas vidas não mais nos pertenciam. É uma sensação estranha – acrescentou ele depois de uma pausa –, não se ver refletido em um espelho ou poça de água. Nunca me acostumei com isso. Acho que até já esqueci como é o meu rosto.

Magda sentiu um aperto no coração.

– Glenn...

– Mas nunca deixei de perseguir Rasalom – continuou ele, reagindo. – Sempre que houvesse notícias de crueldades e mortes, eu corria a seu encontro e o expulsava. Entretanto, as civilizações foram evoluindo gradualmente e as nações começaram de novo a constituir-se. Rasalom tornou-se mais engenhoso em seus métodos, semeando sempre desgraça e morte da maneira que pudesse. No século XIV, quando saiu de Constantinopla e atravessou a Europa, encheu todas as cidades por onde passava de ratos transmissores da praga...

– A peste negra!

– Exatamente. Sem Rasalom, teria sido uma pequena epidemia, mas, como você sabe, tornou-se uma das maiores catástrofes da Idade Média. Foi então que tive de descobrir um meio de detê-lo antes que ele desencadeasse um mal ainda maior. Se eu não tivesse agido com eficiência, nenhum de nós estaria aqui agora.

– Mas por que você se acha culpado? Se Rasalom escapar, a responsabilidade terá sido dos alemães, por terem destruído o fortim.

– Ele deveria estar *morto*! Tive oportunidade de matá-lo, há cerca de meio milênio, e não o fiz. Vim até aqui à procura de Vlad o Empalador. Eu ouvira falar de suas atrocidades e elas se encaixavam no estilo de Rasalom. Pensei que ele tivesse encarnado em Vlad, mas me enganei. Vlad era apenas um lunático sob a influência de Rasalom, e alimentava o poderio deste empalando milhares de inocentes. Entretanto, mesmo no auge de sua crueldade, não causava um décimo da desgraça que está acontecendo hoje nos campos de concentração. Construí o fortim e consegui iludir Rasalom atraindo-o para seu interior. Levei-o para lá graças ao poder do punho da espada e encerrei-o na parede do porão onde ele deveria ficar para sempre. Pelo menos – acrescentou com um suspiro –, eu pensava que seria para sempre. Poderia tê-lo matado naquela ocasião, *deveria* tê-lo matado, mas não o fiz.

– Por quê?

Glenn fechou os olhos e ficou imóvel durante longo tempo antes de responder.

– Não é fácil confessar... a verdade é que fiquei com medo. Procure compreender. Sempre vivi como um contrapeso de Rasalom. O que acontecerá, se eu, vitorioso, resolver matá-lo? Quando o poder dele se extinguir, o que acontecerá comigo? Estou vivendo há séculos, mas não me cansei da vida. Pode ser difícil de acreditar, mas há sempre alguma coisa nova. Sempre – repetiu, olhando carinhosamente para Magda. – Entretanto, receio que Rasalom e eu formemos um par, a existência continuada de um dependendo da do outro. Eu sou o *Yang* do seu *Yin*. Ainda não estou preparado para morrer.

– Mas você *pode* morrer?

– Posso. Não será fácil me matar, mas é possível. Os ferimentos que sofri esta noite poderiam ter dado cabo de mim, se você não tivesse trazido a lâmina a tempo. Eu já estava no limite de minha resistência e teria morrido se não fosse você. – Seus olhos pousaram nos de Magda, por um momento, depois voltaram-se para o fortim. – É provável que Rasalom pense que morri. Isso pode ser vantajoso para mim.

Magda desejava apertar os braços em torno dele, ainda uma vez, mas não tinha coragem de tocá-lo. Compreendia agora o sentimento de culpa que vislumbrara no rosto dele em momentos de alheamento.

– Por favor, Glenn, não vá ao fortim.

– Chame-me Glaeken – pediu ele com um sorriso. – Há muito tempo não ouço alguém pronunciar meu verdadeiro nome.

– Está bem... Glaeken. – A palavra pareceu-lhe terna, como se, ao pronunciá-la, Magda ficasse mais intimamente ligada a ele. Entretanto, havia ainda tantas perguntas sem respostas! – E aqueles livros misteriosos? Quem os escondeu no fortim?

– Fui eu. Eles podem ser perigosos em mãos erradas, mas eu não podia deixar que fossem destruídos. O conhecimento, qualquer que ele seja, e especialmente do mal, deve ser preservado.

Havia ainda outra pergunta que Magda hesitava em formular. Chegara à conclusão, enquanto ele falava, de que pouco importava a idade que dizia ter. Isso não alterava o homem que ela amava. Mas o que sentiria Glaeken por ela?

– E quanto a mim? – perguntou ela por fim. – Você nunca me disse...

Queria que ele confessasse se ela era apenas uma pausa ao longo de seu caminho, mais uma conquista. Será que o amor que ela sentira nele e vira em seus olhos não passava de um truque tantas vezes repetido? E ele, seria ainda *capaz* de amar? Magda não podia externar seus pensamentos. O simples ato de abrigá-los já era penoso. Glaeken pareceu ter lido o que se passava em sua cabeça.

– Você acreditaria se eu lhe dissesse?

– Mas ontem...

– Eu a amo, Magda – murmurou ele, pegando-lhe a mão. – Estive afastado durante tanto tempo... Você me alcançou. Ninguém foi capaz disso. Posso ser mais velho do que qualquer pessoa que você já tenha imaginado, mas ainda sou um homem. Jamais perdi esta condição.

Devagar, Magda passou os braços em torno dos ombros dele, apertando-o carinhosamente mas com firmeza. Queria segurá-lo, mantê-lo afastado do fortim.

Depois de um longo momento, ele falou em seu ouvido:

– Ajude-me a ficar de pé, Magda. Preciso deter seu pai.

Magda sabia que tinha de ajudá-lo, ainda que temesse pelo que podia lhe acontecer. Agarrou-o pelo braço e procurou levantá-lo, mas os joelhos dele se dobravam. Por fim, ele caiu pesadamente e deu um murro no chão.

– Preciso de mais tempo!

– Eu irei – disse Magda, surpresa ao ouvir a própria voz. – Esperarei meu pai no portão.

– Não! É muito perigoso!

– Eu posso falar com ele. Papai me ouvirá.

– Ele está fora de si. Obedecerá apenas a Rasalom.

– Vou tentar. Você tem alguma ideia melhor? – Glaeken ficou em silêncio. – Estou indo.

Magda fez um esforço para parecer confiante e levantou a cabeça com ar de desafio para que ele pensasse que ela não estava com medo. Na verdade, mal conseguia ficar de pé.

– Não ultrapasse o portão – avisou Glaeken. – Aconteça o que acontecer, não entre no fortim. Ele está agora sob o domínio absoluto de Rasalom!

Eu sei – pensou Magda, ao sair correndo em direção à ponte. – *Mas não posso permitir que papai passe para o lado de fora, ainda mais se ele trouxer consigo o punho da espada.*

CUZA JULGOU que não precisaria mais da lanterna depois de chegar ao porão, mas todas as lâmpadas estavam apagadas. Notou, contudo, que o corredor não ficara de todo às escuras. Havia pontos luminosos nas paredes. Cuza procurou observar mais de perto e viu que eram as reproduções do talismã colocadas nas pedras brilhando fracamente. Quando se aproximou, o brilho aumentou, e diminuiu depois que ele se afastou, como que respondendo ao objeto que o professor tinha na mão.

Theodor Cuza caminhou ao longo do corredor central em um estado de perplexidade. Jamais o sobrenatural se apresentara tão real diante dele. E ele jamais seria capaz de imaginar o mundo ou a própria existência da maneira que imaginara antes. Percebeu quanto fora vaidoso, pensando que havia visto tudo, sem se dar conta dos antolhos que lhe limitavam a visão. Agora esses antolhos tinham desaparecido e havia todo um novo mundo à sua volta.

Apertou contra o peito a caixa que continha o talismã, sentindo-se junto ao sobrenatural... e longe de seu Deus. Entretanto, o que havia Deus feito por seu Povo Eleito? Quantos milhares ou milhões tinham morrido nos últimos anos, chamando por seu nome sem obter resposta?

Dentro em breve haveria uma resposta, e Theodor Cuza estava cooperando para isso.

Ao subir para o pátio sentiu um mal-estar e parou a meio caminho, notando que o nevoeiro descia pelos degraus, como uma nuvem branca, enquanto seus pensamentos redemoinhavam de maneira descontrolada.

Estava prestes a acontecer seu momento de triunfo pessoal. Sentia-se finalmente capaz de fazer alguma coisa, de tomar parte ativa na luta contra os nazistas. Por que, então, essa sensação de que havia algo errado? Precisava admitir que alimentava certas dúvidas a respeito de Molasar, embora não fosse capaz de especificá-las. Todas as peças se encaixavam...

Ou não? Cuza não podia esquecer que estranhara a forma do talismã. Por que tinha a forma da cruz que Molasar tanto temia? Talvez aquela fosse a solução que Molasar encontrara para proteger o talismã – fazê-lo parecido com um objeto sagrado a fim de despistar seus inimigos, do mesmo modo como procedera com o fortim. Mas havia ainda aquela espécie de relutância de Molasar em aproximar-se do talismã, sua insistência para que Cuza tomasse conta dele. Se o talismã era tão importante, se representava realmente a fonte de todo o seu poder, por que então Molasar não ficava com ele ou não se encarregava ele próprio de escondê-lo?

Lenta e instintivamente, Cuza subiu os últimos degraus da escada para o pátio. Ao chegar ao topo, seus olhos piscaram ante a luminosidade do alvorecer, e ele descobriu a resposta às suas dúvidas: a luz do dia. Claro! Molasar não podia andar durante o dia e precisava de alguém que o fizesse! Que alívio acabar com aquelas dúvidas – a luz do dia esclareceu tudo!

À medida que seus olhos foram se acostumando à luz que aumentava, Cuza divisou, através do resto de nevoeiro que ainda cobria o pátio, um vulto imóvel esperando por ele. Durante um angustioso momento pensou que fosse uma das sentinelas que tivesse escapado ao massacre, mas logo constatou que o vulto era pequeno e frágil demais para ser um soldado alemão.

Era Magda. Cheio de alegria, correu na direção da filha.

DO LIMIAR DO PORTÃO do fortim Magda correu os olhos pelo pátio. Todo ele estava completamente silencioso e deserto, mas revelando inúmeros sinais da batalha: buracos de bala na lona e na carroceria dos caminhões, para-brisas estilhaçados, marcas de balas nas pedras das paredes, fumaça subindo das ruínas dos geradores. Nada se movia. Ela imaginou como devia estar ensanguentado o chão que se ocultava sob uma camada espessa de nevoeiro, ainda na altura dos joelhos ao longo do pátio.

Magda também perguntava a si mesma o que estava fazendo ali, tiritando sob o frio da madrugada, esperando por papai, que poderia ou não estar trazendo nas mãos o futuro do mundo. Agora que ela dispunha de uns instantes de calma para pensar, para tranquilamente analisar tudo o que Glenn – Glaeken – lhe dissera, a dúvida começava a insinuar-se em sua mente. As palavras sussurradas no escuro perdiam seu impacto com a aproximação do dia. Fora tão fácil acreditar em Glaeken enquanto escutava sua voz e olhava dentro de seus olhos. Agora, porém, que estava longe dele, imóvel e sozinha em frente ao portão... agora se sentia insegura.

Eram forças indescritíveis – forças poderosas, invisíveis, desconhecidas... Luz... Caos... que se opunham por causa do controle da humanidade! Absurdo! Aquilo era o produto de uma fantasia, a visão perturbada de um fumante de ópio!

E no entanto... havia Molasar – ou Rasalom, ou qualquer que fosse seu verdadeiro nome. Ele não era uma visão, embora por certo fosse mais que um simples mortal, situando-se muito além de qualquer coisa que ela jamais experimentara ou desejara experimentar. E, sem dúvida, diabólico. Ela sentira isso logo na primeira vez que ele a tocara.

E havia Glaeken – se era esse seu verdadeiro nome –, que não parecia diabólico mas podia ser um louco. Ele era real e tinha uma lâmina de espada que resplandecia e curava feridas capazes de matar uma dezena de homens. Ela vira tudo com seus próprios olhos. Além disso, sua imagem não podia ser refletida.

Talvez fosse ela que estivesse louca.

Mas não, não estava. E se o mundo estivesse mesmo à beira do abismo ali, naquele remoto desfiladeiro nas montanhas? Em quem deveria ela acreditar? Em Rasalom, que conforme sua própria confissão confirmada por Glaeken fora mantido durante cinco séculos numa espécie de cárcere e, agora que estava livre, prometia acabar com Hitler e suas atrocidades? Ou acreditar no homem ruivo, que se tornara o amor de sua vida mas mentira a respeito de uma porção de coisas, inclusive sobre o próprio nome? O homem que seu pai acusara de ser um aliado dos nazistas?

Por que tudo isso recai sobre mim?

Por que deveria ela escolher, quando a confusão se generalizara? Em quem acreditar? No pai, que merecera sua confiança a vida inteira, ou no forasteiro, que lhe revelara uma parte de sua feminilidade que ela sequer suspeitava que existisse? Não era justo!

Na verdade, ninguém jamais afirmou que a vida era justa – suspirou Magda.

Teria de tomar uma decisão. E imediatamente.

As palavras de Glenn, na hora em que ela partira, soaram em seus ouvidos. *Aconteça o que acontecer, não entre no fortim. Ele está agora sob o domínio absoluto de Rasalom!* Mas ela sabia que tinha de entrar. A aura maligna que envolvia o fortim tornara penosa mesmo a travessia da ponte. Ela sentiria o ambiente lá dentro. Isso a ajudaria a decidir.

Avançou um passo e recuou. Uma onda de suor inundou-lhe o corpo. Não tinha vontade de fazer aquilo, mas as circunstâncias não lhe ofereciam alternativa. Cerrando os dentes, fechou os olhos e transpôs o portão.

A sensação de algo diabólico tomou conta dela, cortando-lhe a respiração, revolvendo-lhe o estômago, como se estivesse embriagada. Era mais intensa e mais poderosa do que nunca; Magda hesitou, querendo desesperadamente voltar para fora. Apesar de tudo, encheu-se de coragem, disposta a vencer a onda maligna que a envolvia. O próprio ar que estava respirando confirmava o que já aprendera: nada de bom jamais viria de dentro do fortim.

E era ali, no limiar do portão, que teria de encontrar-se com papai. E impedir que ele saísse, caso de fato carregasse o punho de uma espada.

Um vulto que se deslocava através do pátio chamou sua atenção. Papai surgira da entrada do portão. Ficou parado durante um momento, depois a viu e correu para ela. Magda, procurando dominar o espanto por ver seu aleijado pai agora correndo, notou que a roupa dele estava toda suja de terra. Ele carregava uma caixa contendo alguma coisa pesada.

– Magda! Eu o tenho comigo! – exclamou ele, ofegante, parando junto dela.

– O que você tem, papai? O som de sua própria voz lhe pareceu estranho. Tinha medo da resposta.

– O talismã de Molasar, a fonte de seu poder!

– Você o roubou dele?

– Não. Foi ele mesmo que o confiou a mim. Preciso encontrar um esconderijo seguro nas montanhas enquanto ele vai para a Alemanha.

Magda sentiu um calafrio. Papai estava tirando um objeto de dentro do fortim, exatamente conforme Glaeken dissera que ele faria.

Ela precisava saber o que havia dentro da caixa.

– Deixe-me ver.

– Agora não há tempo. Preciso ir... – Tentou passar ao lado dela, mas Magda o impediu, colocando-se à sua frente e mantendo-o dentro dos limites do fortim.

– Por favor – pediu ela. – Deixe que eu o veja.

Ele hesitou, desconfiado, estudando o rosto da filha, depois levantou a tampa e mostrou o que chamava de "talismã de Molasar".

Magda, ao vê-lo, sentiu um nó na garganta. *Oh, Deus!* O objeto era obviamente pesado e parecia feito de ouro e prata – tal qual as estranhas cruzes espalhadas pelo fortim. E havia uma fenda, na parte de cima, onde se encaixaria de maneira perfeita o espigão que ela vira na extremidade da lâmina de Glaeken.

Era o punho da espada! O punho... a chave do mistério do fortim... a única coisa capaz de proteger o mundo contra Rasalom.

Magda, imóvel, ficou olhando para o pai, que dizia palavras que ela não conseguia ouvir. As palavras não chegavam a seus ouvidos. Tudo o que podia ouvir era a descrição de Glaeken do que viria a ser o mundo caso Rasalom escapasse do fortim. Todo o seu ser se rebelava ante a decisão que iria tomar, mas não havia outra opção. Precisava deter seu pai... a qualquer custo.

– Volte, papai – pediu ela, procurando nos olhos dele alguma reminiscência do homem que ela tão ternamente amara durante toda a sua vida. – Deixe isso no fortim. Molasar vem mentindo para você desde o início. Isso não é a fonte do poder dele, mas sim a única coisa que pode *detê-lo*! Ele é o inimigo de tudo o que há de bom no mundo! Você não pode libertá-lo!

– Isso é ridículo! Ele já está livre! E é um aliado. Olhe só o que ele fez por mim! Posso caminhar!

– Mas só até o outro lado desta ponte. Apenas o bastante para que isso seja retirado de dentro do fortim. Molasar não poderá sair enquanto o punho permanecer aqui.

– Tudo mentira! Molasar vai matar Hitler e acabar com os campos de concentração!

– Ele se *alimenta* desses campos, papai! – Era como se ela estivesse falando com um surdo. – Ao menos uma vez na vida, escute-me! Acredite em mim! Faça o que lhe digo! *Não tire essa coisa daqui de dentro do fortim!*

Ignorando o que a filha lhe dizia, Cuza forçou a passagem:

– Saia de minha frente!

Magda colocou as duas mãos sobre o peito do pai, decidida a desafiar o homem que a havia criado, que a ensinara tanto e tanto lhe dera.

– Ouça-me, papai!

– *Não!*

Magda deu mais um passo e empurrou o pai com toda a força, fazendo-o recuar cambaleando. Ela se odiava por estar agindo assim, mas o pai não lhe deixara alternativa. Tinha de parar de pensar nele como um aleijado; ele estava bem e forte agora... e tão determinado quanto ela.

— Você tem coragem de bater em seu próprio pai? – gritou ele com voz rouca, o espanto e a cólera estampados em seu rosto. – Foi isso o que uma noite na cama com seu amante ruivo lhe ensinou? Sou seu pai! Ordeno-lhe que me deixe passar!

— Não, papai – replicou ela, as lágrimas rolando em suas faces. Até então nunca ousara desobedecê-lo, mas precisava enfrentá-lo agora pelo bem dos dois e de todo o mundo.

A visão das lágrimas da filha pareceu desconcertá-lo. Por breves instantes sua fisionomia se adoçou, dando a impressão de que voltara a ser o que era. Chegou a abrir a boca para falar, mas de repente perdeu o controle e avançou sobre a filha, batendo com o punho da espada em sua cabeça.

RASALOM FICOU esperando na caverna, imerso na escuridão, o silêncio apenas quebrado pelos ratos correndo sobre os cadáveres dos dois oficiais que deixara estendidos no chão depois que o aleijado se retirara com aquele maldito punho. Em breve aquilo seria levado para fora do fortim e ele estaria livre novamente.

Seu apetite não demoraria a ser saciado. Se o que o aleijado lhe contara fosse verdade – e as conversas que ouvira entre os soldados alemães confirmavam a informação –, a Europa se transformara em uma sentina de miséria humana. Após tantos séculos de luta, de tantas derrotas às mãos de Glaeken, seu destino estava prestes a mudar. Receara ter perdido tudo quando Glaeken o encerrara naquela prisão de pedra – mas afinal conseguira sair de lá. A cobiça humana o libertara de sua estreita cela, onde ficara durante cinco séculos. A ambição e a sede de poder dos homens estavam prestes a fornecer-lhe a força suficiente para que se transformasse em senhor do mundo.

Ficou aguardando. Continuava faminto. O esperado momento da reconquista do poder custava a chegar. Algo estava saindo errado. Já havia transcorrido tempo bastante para que o aleijado tivesse saído do fortim duas vezes até agora. Três vezes!

Algo errado acontecera. Molasar ativou seus sentidos por todo o fortim até detectar a presença da filha do aleijado. Era ela a causa do retardo! Mas por quê? Ela não poderia saber – a menos que Glaeken lhe tivesse contado, antes de morrer, o que significava o punho.

Rasalom fez um pequeno gesto com a mão esquerda e logo os corpos do major Kaempffer e do capitão Woermann começaram a movimentar-se, pondo-se outra vez de pé e aguardando ordens.

Enraivecido, Rasalom saiu apressadamente da caverna. A jovem seria facilmente dominada. Os dois cadáveres caminhavam atrás dele, cambaleando. E, logo depois, um exército de ratos.

Magda percebeu, espantada, que aquele objeto de ouro e prata estava sendo lançado com força contra sua cabeça. Jamais lhe ocorrera que papai fosse capaz de feri-la. Todavia, ele desfechara um golpe que poderia ter sido mortal. Salvou-a um reflexo instintivo de autopreservação – ela recuou no último momento, em seguida avançando e atirando o pai ao chão quando ele tentava recuperar o equilíbrio depois do golpe que desferira contra ela. Magda atirou-se sobre o pai e agarrou um dos braços da cruz, conseguindo arrancá-la de suas mãos.

Como um animal ferido, Cuza arranhou os braços da filha, tentando dominá-la e gritando:

– Devolva-me isso! Você vai estragar tudo!

Magda pôs-se em pé e encostou-se no arco da entrada, segurando com ambas as mãos o braço de ouro da cruz. Estava perigosamente perto do portão, mas conseguira manter o punho da espada dentro dos limites do fortim.

Cuza fez um esforço para levantar-se e atirar-se contra a filha com a cabeça abaixada e os braços estendidos. Magda esquivou-se, mas ele conseguiu agarrá-la pelo vestido, fazendo com que ela se virasse, e começou a bater-lhe no rosto e a gritar.

– Pare com isso, papai! – exclamou ela, mas ele parecia não estar ouvindo, comportando-se como um animal selvagem. Quando suas unhas sujas de lama alcançaram os olhos dela, Magda levantou a cruz sem se dar conta do que estava fazendo; era um gesto instintivo. – *Pare com isso!*

O ruído do metal contra a cabeça de papai quase a fez desmaiar. Estonteada, viu o pai, com os olhos arregalados atrás dos óculos, deslizar para o chão e ficar imóvel, envolto por farrapos de nevoeiro.

O que foi que eu fiz?

— Por que você me obrigou a fazer isso? — gritou ela. — Não podia acreditar em mim ao menos uma vez? *Apenas uma vez?*

Tinha de puxá-lo para fora — só um pouco além do portão. Antes disso, porém, precisava cuidar do punho da espada, colocá-lo em algum lugar *dentro* do fortim. Depois arrastaria papai para fora.

No lado oposto do pátio situava-se a entrada para o porão. Poderia atirar o punho por ali. Começou a correr na direção da entrada mas parou a meio caminho. Alguém estava subindo os degraus da escada.

Rasalom!

Ele parecia flutuar, surgindo do porão, como um imenso peixe morto do fundo de um açude de água estagnada. Ao vê-la, seus olhos se tornaram duas esferas de fúria tenebrosa, desferindo relâmpagos. Com os dentes à mostra, pareceu deslizar no nevoeiro ao encontro dela.

Magda decidiu resistir. Glaeken afirmara que o punho tinha o poder de conter Rasalom. Sentiu-se forte. Era capaz de enfrentá-lo.

Houve um movimento atrás de Rasalom enquanto ele se aproximava. Dois outros vultos estavam emergindo do porão, dois vultos de rostos pálidos e impassíveis que caminhavam em silêncio. Magda logo reconheceu o capitão e aquele horrível major. Não era preciso que chegassem mais perto para que ela se certificasse de que ambos estavam mortos. Glaeken alertara-a quanto aos cadáveres que caminhavam, e ela até esperava vê-los — o que não impediu que o sangue lhe gelasse nas veias. No entanto, sentia-se estranhamente segura.

Rasalom deteve-se a pouco mais de 3 metros dela e, lento, levantou os braços como se fossem duas asas. Por um instante, nada aconteceu, mas logo em seguida Magda notou uma agitação no nevoeiro que cobria o pátio e chegava até a altura de seus joelhos. Mãos começaram a surgir em torno dela, seguidas de várias cabeças e depois troncos. Como repugnantes cogumelos intumescidos surgindo do solo pantanoso, os soldados alemães que ocupavam o fortim deixavam a imobilidade dos mortos.

Magda viu aqueles corpos trucidados, aquelas gargantas dilaceradas, mas não se abalou. Tinha consigo o punho da espada. Glaeken assegurara que, com ele, o poder de Rasalom poderia ser enfrentado. Magda acreditava nisso. Tinha de acreditar.

Os cadáveres agruparam-se atrás, à direita e à esquerda de Rasalom. Nenhum deles se movia.

Talvez estejam com medo do punho! – pensou Magda, o coração acelerado. – *Talvez não consigam chegar mais perto!*

Foi então que notou uma leve ondulação no nevoeiro em torno das pernas dos cadáveres. Olhando melhor distinguiu em meio à névoa pequenos vultos cinzentos e castanhos. Ratos! Uma sensação de repugnância percorreu-lhe o corpo e ela começou a recuar. Eles se moviam em sua direção, não em uma frente compacta, mas de forma caótica, criando uma confusão de patas e caudas e cabeças agitadas. Magda era capaz de enfrentar qualquer coisa – inclusive mortos que andavam –, qualquer coisa menos ratos.

Viu um sorriso espalhar-se pelo rosto de Rasalom e percebeu que estava reagindo tal qual ele esperara – recuando e aproximando-se da entrada. Magda ainda tentou parar, fazer com que suas pernas se imobilizassem, mas elas continuaram afastando-se dos ratos.

Paredes de pedras negras fechavam-se em torno dela – em sua retirada, ela penetrara no arco da entrada. Mais dois passos e teria transposto o portão... deixando Rasalom livre para conquistar o mundo.

Magda fechou os olhos e conseguiu parar.

Não passarei daqui – disse para si mesma. – *Nem um passo a mais... Nenhum...* Ficou repetindo as mesmas palavras em pensamento até que algo roçou em seu tornozelo e fugiu. Um bicho pequeno e peludo. Depois outro. Mais outro. Mordeu o lábio para não gritar. O punho da espada não estava dando resultado! Os ratos a atacavam! Dentro em pouco todos estariam em cima dela.

Aterrorizada, abriu os olhos. Rasalom estava agora mais perto, seus olhos sem fundo fixos nos dela à luz fraca da madrugada, a legião de mortos espalhada atrás dele e os ratos aglomerados à frente. Ele atiçava os ratos, empurrando-os contra os pés e tornozelos dela. Magda percebeu que não poderia suportar mais aquilo e que estava a ponto de correr... Sentia um invencível terror crescendo dentro dela, prestes a dominá-la, a destruir toda a sua determinação! *O punho não está me protegendo!* Virou-se para fugir, mas se deteve. Os ratos roçavam nela, mas não mordiam. Era a influência do punho! Como ela contava com essa proteção, Rasalom perdia o controle sobre os ratos assim que eles a tocavam. Magda recobrou o ânimo e se acalmou.

Eles não podem morder-me. Mal podem tocar-me por um instante. Seu maior temor era que eles lhes subissem pelas pernas. Agora tinha certeza de que isso não aconteceria. Sentiu-se outra vez firme.

Rasalom deve ter percebido a mudança. Franziu a testa e fez um gesto com a mão.

Os cadáveres começaram a mover-se outra vez. Juntaram-se em torno dele e estabeleceram uma sólida barreira de carne morta, arrastando os pés, tropeçando uns nos outros, aproximando-se do lugar onde ela estava, fitando-a com aqueles olhos vazios. Não havia ameaça em seus movimentos, nenhum sinal de ódio, de conquista de um objetivo. Era apenas um aglomerado de carne morta. *Mas estavam tão perto!* Se fossem vivos, seu hálito atingiria o rosto dela. Alguns cheiravam como se já tivessem começado a apodrecer.

Magda tornou a fechar os olhos, lutando contra a repugnância que lhe enfraquecia as pernas e apertando o punho da espada contra o peito.

... Até aqui e nem mais um passo... até aqui e nem mais um passo... por Glaeken, por mim, pelo que resta de papai, por toda a humanidade... até aqui e nem mais um passo...

Algo pesado e frio chocou-se contra ela. Magda recuou, gritando de surpresa e asco. Os cadáveres mais próximos tinham começado a avançar e a encostar nela. Um deles empurrou-a e ela cambaleou para trás novamente. Desviando-se para o lado, deixou que aquele corpanzil bambo passasse por ela. Percebera a estratégia de Rasalom. Se não conseguira aterrorizá-la, fazendo com que fugisse do fortim, então a expulsaria, movimentando aquele exército de mortos contra ela. Estava tendo êxito. Faltava apenas um passo para chegar ao limiar do portão.

Sob a pressão de mais corpos, Magda fez um movimento desesperado. Agarrou com as duas mãos o punho da espada por seu braço de ouro e fez um giro, batendo contra a carne morta dos que estavam mais próximos.

O contato com os corpos produziu faíscas brilhantes e um chiado de carne queimada com traços de fumaça amarelada e acre. Os cadáveres começaram a retorcer-se, espasmodicamente, e a cair no chão, frouxos como marionetes cujos cordões tivessem rebentado. Magda deu um passo à frente e girou sua arma outra vez, fazendo um arco mais amplo, e de novo o resultado foram as faíscas, o cheiro de carne queimada, o súbito afrouxar dos corpos.

Rasalom deu um passo atrás.

Magda deixou que um leve, amargo sorriso lhe aflorasse aos lábios. Agora, pelo menos, conseguira espaço para respirar. Dispunha de uma arma e estava aprendendo a usá-la. Percebeu então que Rasalom olhava para um ponto à sua esquerda e olhou para ver o que chamara sua atenção.

Papai! Ele voltara a si e estava de pé, apoiado na parede do arco da entrada. Magda sentiu um pesar imenso ao ver um fio de sangue correndo pelo rosto do pai – sangue do ferimento que fizera nele.

– Você! – gritou Rasalom, apontando para o pai. –Tire o talismã das mãos dela! É uma aliada de nossos inimigos!

Magda viu o pai sacudir a cabeça negativamente e seu coração se encheu de novas esperanças.

– Não! – a voz de papai era apenas um débil murmúrio, mas ecoou nas paredes de pedra em torno deles. – Estive observando! Se o que ela tem nas mãos é mesmo a fonte de seu poder, você não precisa de meu auxílio para apossar-se dele. Pegue-o você mesmo!

Magda sentiu que nunca tivera tanto orgulho de seu pai como naquele instante, vendo-o enfrentar a criatura que lhe roubara a alma e que estivera tão perto de alcançar seu objetivo. Conteve as lágrimas e sorriu, feliz por estar recebendo apoio de papai e por poder retribuí-lo.

– Ingrato! – exclamou Rasalom, o rosto contraído pelo ódio. – Você me traiu! Muito bem, então... seja bem-vindo à sua doença! Divirta-se com suas dores!

Papai caiu de joelhos, soltando um gemido angustiante. Ergueu as mãos e viu como elas se tornavam brancas e retorcidas outra vez, com a mesma deformidade que até a véspera as deixava inúteis. Sua espinha encurvou-se e ele caiu para a frente com um lamento. Pouco a pouco, com o sofrimento extravasando por todos os poros, seu corpo dobrou-se sobre si mesmo. Quando mudou de posição, seu corpo ficou no chão, retorcido, numa torturada paródia da posição fetal.

Magda correu para ele, gritando horrorizada:

— Papai! — Ela quase chegava a sentir a dor dele.

Ele, entretanto, suportava as dores sem se lastimar, o que parecia irritar Rasalom. Em meio a um coro de guinchos, os ratos avançaram e uma nuvem peluda se formou em torno de papai, subindo-lhe pelo corpo e mordendo-o com os pequenos dentes afiados.

Magda dominou sua repugnância e correu para junto dele, atacando os ratos com o punho da espada e afastando-os com a mão livre. Todavia, os poucos que ela conseguia fazer recuar eram substituídos por um novo grupo de pequenas mandíbulas que avermelhavam de sangue a carne de papai. Magda gritava e soluçava, apelando para Deus em todos os idiomas que conhecia.

A única resposta veio de Rasalom — um sarcasmo sussurrado atrás dela:

— Atire o talismã para fora e você salvará seu pai! Se essa coisa sair de dentro do fortim, ele viverá!

Magda fez um esforço para ignorar a ordem de Rasalom, mas, no fundo, sentia que ele vencera a batalha. Não poderia permitir que aquele horror continuasse — papai sendo comido vivo pelos ratos! Não lhe restava outro recurso para salvá-lo. Fora vencida. Teria de ceder.

Mas ainda não. Os ratos não a mordiam; apenas papai era atacado.

Ela deitou-se sobre o pai, cobrindo o corpo dele com o dela e colocando o punho da espada entre os dois.

— Ele vai morrer! — murmurou a voz odiosa. — Vai morrer e a culpada será você. Por sua causa. Tudo o que tem a fazer...

As palavras de Rasalom foram interrompidas de repente, substituídas por um grito — uma exclamação de raiva, de temor e de incredulidade:

— *VOCÊ!*

Magda levantou os olhos e viu Glaeken – fraco, pálido, coberto de sangue coagulado – apoiando-se no portão do fortim, apenas a alguns passos de distância. Não havia no mundo outra pessoa que ela desejasse tanto ver.

– Sabia que você viria!

Entretanto, pela aparência dele, só um milagre poderia explicar como tivera forças para chegar até ali. Jamais poderia enfrentar Rasalom em tão precárias condições.

O que importava, porém, é que ele estava ali, a lâmina da espada em uma das mãos, a outra estendida para ela. As palavras eram dispensáveis. Magda sabia o que ele estava pedindo e o que deveria fazer. Esticou o braço e entregou a Glaeken o punho da espada.

De algum ponto atrás dela, Rasalom gritava desesperadamente:

– *Nãããoo!*

Glaeken esboçou um sorriso débil para ela; depois, com um gesto simples e rápido, encaixou o espigão da extremidade da lâmina na fenda do topo da cruz. O encaixe de ambas as peças provocou um leve estalido, enquanto um lampejo de luz mais brilhante que o sol no solstício do verão – insuportavelmente brilhante – se desdobrava como uma bola do corpo de Glaeken e da espada, refletindo seu fulgor nas inúmeras reproduções do punho, em forma de cruz, encravadas nas paredes do fortim.

A luz atingiu Magda como o ar quente de uma fornalha, limpo, seco e morno. As sombras desapareceram enquanto o pátio se inundava de uma luz deslumbrante. O nevoeiro dissipou como se nunca tivesse existido. Os ratos fugiram para todos os lados, guinchando. A luz se infiltrou nos corpos que estavam em pé, derrubando-os como se fossem hastes de trigo maduro. Até Rasalom recuou, cobrindo o rosto com as duas mãos.

O verdadeiro senhor do fortim havia retornado.

A luz foi se extinguindo lentamente, voltando para a espada, e transcorreu algum tempo antes que Magda pudesse enxergar outra vez. O que viu então foi o vulto imponente de Glaeken, a roupa ainda em frangalhos e ensanguentada, mas o homem dentro dela renovado.

Toda a fadiga, toda a fraqueza, todos os ferimentos tinham desaparecido. Era um homem perfeito, irradiando impressionante poderio e implacável determinação. Seu olhar era tão ameaçador, tão terrível em sua determinação que ela se sentiu feliz por ter Glaeken como amigo e não como adversário. Aquele era o homem que liderara as forças da Luz contra o Caos, séculos e séculos antes... o homem que ela amava.

Glaeken segurava agora a espada diante de si, a lâmina coberta de inscrições. Seus olhos azuis cintilavam; ele voltou-se para Magda e saudou-a com a espada.

– Obrigado, minha dama – disse ele, com ternura. – Sabia que você tinha coragem, mas nunca pensei que fosse tanta.

Magda ruborizou-se com o louvor. *Minha dama... Ele a chamara de minha dama!*

Glaeken apontou para Cuza.

– Leve-o para fora do fortim. Montarei guarda até que você atravesse a ponte.

Os joelhos de Magda fraquejaram quando ela se levantou. Um rápido olhar em torno revelou um amontoado de corpos no chão. Rasalom tinha desaparecido.

– Onde...?

– Eu o acharei – disse Glaeken. – Antes, porém, quero certificar-me de que você está em lugar seguro.

Magda curvou-se e agarrou o pai por baixo dos braços, arrastou aquele corpo magro e sofrido, cruzou o limiar da entrada e entrou na ponte. A respiração dele era ofegante, e o sangue corria-lhe de milhares de pequenos ferimentos. Magda começou a limpá-los com a saia.

– Adeus, Magda.

Era a voz de Glaeken, com uma terrível conotação de despedida. Ela levantou a cabeça e viu que ele a fitava com uma infinita tristeza estampada no rosto.

– Adeus?! Para onde você vai?

– Concluir uma guerra que já deveria ter terminado séculos atrás. – A voz dele fraquejou. – Desejo que...

Uma apreensão imensa se apossou de Magda.

– Você vai voltar para mim, não vai?

Glaeken voltou-se e caminhou na direção do pátio.

– Glaeken!

O vulto dele desapareceu no interior da torre. O grito de Magda foi um misto de gemido e de soluço.

– *Glaeken!*

29

O interior da torre estava mergulhado na escuridão. Mais do que uma simples sombra – era um negrume que só Rasalom era capaz de produzir. Glaeken foi envolvido por ele, embora não ficasse de todo sem ação. Sua espada rúnica começou a emitir uma pálida luz azulada tão logo ele atravessou a entrada da torre. As reproduções do punho, encravadas nas paredes, refletiram de imediato a presença do original e se iluminaram com uma luz branca e amarela que pulsava de maneira lenta, fraca, como se obedecesse ao ritmo de um poderoso e remoto coração.

O som do grito de Magda soava nos ouvidos de Glaeken e ele se deteve ao pé da escada da torre tentando dominar a dor que lhe causava aquela voz que pronunciava seu nome e sabendo que, se continuasse ouvindo, acabaria por fraquejar. Tinha de esquecê-la do mesmo modo como precisava romper todos os laços que o ligavam ao mundo fora das muralhas do fortim. Agora havia apenas ele e Rasalom. Os milênios de conflito entre eles estavam prestes a ter um fim. Ele cuidaria disso.

Esperou que o poder da espada resplandecente impregnasse seu corpo. Era bom empunhá-la outra vez, como se recuperasse um membro há muito tempo perdido. Todavia, nem mesmo a segurança que a espada lhe dava era capaz de impedir a tristeza que havia no fundo de seu coração.

Não seria um vencedor naquela luta. Mesmo que conseguisse matar Rasalom, a vitória lhe custaria tudo... pois a vitória eliminaria a finalidade de sua continuada existência. Ele deixaria de ser de utilidade para o poder ao qual servia.

Se derrotasse Rasalom...

Deixou de considerar tais hipóteses. Não era a melhor maneira de iniciar uma batalha. Tinha de convencer-se da vitória – era o único meio de vencer. E ele *precisava* vencer.

Olhou em torno. Sentiu que Rasalom estava em algum lugar mais acima. Por quê? Não poderia fugir por ali.

Glaeken subiu a escada correndo até o segundo pavimento e parou, alerta, tenso, os sentidos aguçados. Tinha certeza de que Rasalom estava bem mais acima, porém o ar ali lhe parecia carregado de perigo. As reproduções do punho da espada pulsavam nas paredes, furando o nevoeiro com raios luminosos em forma de cruz. Perto dele, à direita, divisou os degraus que conduziam ao terceiro pavimento. Nada se movia.

Iniciou a subida, mas logo se deteve, percebendo um súbito movimento ao redor. Ao procurar descobrir o que era, vultos escuros ergueram-se do solo e dos cantos mais sombrios; Glaeken correu o olhar para a direita e para a esquerda, contando rapidamente uma dezena de cadáveres alemães.

Então... Rasalom não se retirara sozinho.

Ao perceber que os cadáveres avançavam em sua direção, Glaeken colocou-se perto do lanço de escadas seguinte e preparou-se para enfrentá-los. Não tinha medo deles, pois sabia a amplitude e os limites dos poderes de Rasalom e estava familiarizado com seus truques. Aqueles vultos que se movimentavam eram mortos que não podiam atingi-lo.

Entretanto, a ameaça o surpreendeu. O que Rasalom pretendia com aquela manobra macabra?

De modo instintivo, o corpo de Glaeken tomou posição para a batalha – pernas afastadas, a direita um pouco atrás da esquerda, a espada em punho – enquanto os cadáveres se aproximavam. Não precisava atacá-los; sabia que era capaz de atravessar suas fileiras e obrigá-los a abrir caminho simplesmente afastando-os com a espada. Entretanto, não era suficiente. Seu instinto guerreiro exigia que os atacasse, e Glaeken de bom grado acedeu. Ansiava por golpear qualquer coisa que se relacionasse com Rasalom. Aqueles cadáveres serviriam de estímulo para a energia de que ele iria precisar em seu confronto final com o senhor deles.

Os corpos haviam ganho impulso e agora formavam um semicírculo de vultos indistintos que se fechava sobre ele, os braços esticados, as mãos em forma de garras. Quando a primeira onda chegou a seu alcance, Glaeken rodopiou a espada, arrancando um braço à direita, decepando uma cabeça à esquerda. A lâmina da espada emitia um clarão esbranquiçado cada vez que entrava em contato com carne morta, penetrando-a sem esforço e fazendo subir do ferimento uma fumaça amarela à medida que cada cadáver tombava no chão.

Glaeken rodopiou a espada outra vez, a fisionomia transfigurada pela cena macabra que se desenrolava em torno. Não era o vazio daqueles rostos emaciados e que a meia-luz tornava cinzentos que o desconcertava, nem o mau cheiro que deles se exalava. Era o *silêncio*. Não havia ordens de comando dos oficiais, nem gritos de dor ou de raiva, nem exclamações de incitamento. Apenas o arrastar de pés, o ruído de sua própria respiração e o silvo da espada.

Não chegava a ser uma batalha, mas um cortar de carne, apenas um prolongamento da chacina que os alemães haviam, horas antes, infligido uns aos outros. Mesmo assim continuavam avançando em sua direção, destemidos, intrépidos, os de trás empurrando os que estavam mais próximos e Glaeken, fechando cada vez mais o círculo.

Com a metade dos atacantes empilhados a seus pés, Glaeken recuou um pouco a fim de dispor de mais espaço para girar a espada. O salto de seu sapato tropeçou em um dos corpos caídos e ele cambaleou para trás, sem equilíbrio. Nesse momento percebeu um movimento acima e atrás de si. Espantado, ergueu os olhos e viu dois cadáveres descendo os degraus da escada que conduzia ao andar superior. Não havia tempo para esquivar-se. O peso combinado dos dois se abateu sobre ele com enorme força, atirando-o ao solo. Antes que Glaeken pudesse livrar-se deles, os demais cadáveres caíram-lhe em cima, empilhando-se uns sobre os outros e prendendo-o sob meia tonelada de carne morta.

Permaneceu calmo, embora mal pudesse respirar sob aquele peso. A escassa quantidade de ar que lhe chegava às narinas estava impregnada de um odor repugnante, mistura de carne queimada, sangue coagulado e excremento dos cadáveres feridos no abdome. Esforçando-se para não vomitar, mobilizou todas as suas forças e conseguiu livrar o corpo da pilha que o sufocava.

Enquanto se apoiava nas mãos e nos joelhos, Glaeken sentiu que os blocos de pedra do solo começavam a vibrar. Ignorava o que isso significava ou o que provocava a vibração... sabia apenas que tinha de sair logo dali. Com um movimento brusco, afastou os cadáveres restantes e correu para a escada.

Atrás dele pedras começaram a rolar, produzindo um ruído surdo. A salvo nos degraus da escada, Glaeken viu desaparecer a parte do chão onde estivera quase sufocado poucos minutos antes. Os blocos de pedra desabaram, carregando muitos dos cadáveres que foram acumular-se, com estrondo, no pavimento inferior.

Ofegante, Glaeken apoiou-se na parede para recobrar a calma e esperar que desaparecesse de suas narinas o mau cheiro dos cadáveres. Havia uma razão por trás daquelas tentativas de impedir-lhe a passagem – Rasalom jamais agia sem um propósito definido –, mas qual? Ao voltar-se para prosseguir na subida para o terceiro pavimento, Glaeken percebeu um movimento no chão. À beira do buraco aberto pelo desabamento, um braço decepado de um dos cadáveres se arrastava pelo chão, movimentado pelos dedos. Sacudindo a cabeça desconcertado, Glaeken retomou a subida, repassando tudo o que sabia a respeito de Rasalom, numa tentativa de descobrir qual o plano daquela mente doentia. A meio caminho, sentiu um pouco de poeira cair-lhe no rosto. Sem hesitar, atirou-se contra a parede justamente a tempo de evitar um bloco de pedra que, rolando escada abaixo, foi cair com estrépito no ponto onde ele se encontrava segundos antes.

Um olhar para cima lhe revelou que o bloco se desprendera da parte interna do topo da escada. Rasalom agia outra vez. Teria ele esperanças de deter seu perseguidor? Já deveria saber que estava apenas retardando o confronto inevitável.

Todavia, o resultado desse confronto... não poderia ser previsto. Com os poderes que cada um possuía, Rasalom sempre tivera vantagens. Os principais entre os poderes dele eram o comando sobre a luz e a treva e a capacidade de fazer com que os animais e os objetos inanimados obedecessem à sua vontade. Sobretudo, Rasalom era invulnerável a traumas de qualquer espécie, produzidos por qualquer arma – exceto pela espada rúnica de Glaeken.

Glaeken não estava tão bem armado. Embora nunca envelhecesse nem adoecesse e tivesse sido imbuído de uma vitalidade impetuosa e força superior, ele poderia sucumbir a ferimentos de grande gravidade, como quase acontecera no desfiladeiro. Nunca, em todos os seus séculos de existência, ele sentira a morte tão perto. Conseguira salvar-se apenas porque tivera o auxílio de Magda.

Agora as probabilidades praticamente se equivaliam. A lâmina e o punho haviam sido reunidos de novo... a espada estava intacta nas mãos de Glaeken. Rasalom conservava seus poderes superiores mas estava contido pelas paredes do fortim; não poderia fugir e adiar o confronto. Tinha de ser agora. Agora!

Glaeken aproximou-se cautelosamente do terceiro pavimento. Estava deserto – nada se movia, nada se escondia no escuro. Ao atravessar o espaço até a base do seguinte lanço da escada, sentiu a torre oscilar. O chão tremeu, depois rachou, e em seguida desabou quase debaixo de seus pés, deixando-o encostado contra uma parede, os calcanhares precariamente apoiados numa estreita saliência. Olhando por cima da biqueira de suas botas, Glaeken viu o bloco de pedra do piso projetar-se sobre o andar inferior em meio a uma nuvem de poeira.

Perto demais – pensou ele, respirando aliviado –, *mas não o suficiente para me alcançar.*

Examinou os danos. Apenas aquele bloco havia caído. Os quartos do terceiro pavimento ainda permaneciam intatos atrás da parede à qual estava encostado. Glaeken voltou o corpo e avançou pouco a pouco pela estreita saliência em direção aos degraus seguintes. Ao passar pela porta do corredor, esta abriu-se subitamente e ele viu-se frente a frente com os vultos de mais dois cadáveres alemães que se projetavam sobre ele ao mesmo tempo, obrigando-o a recuar. As pontas dos dedos de sua mão livre o impediram de cair agarrando com segurança a maçaneta da porta enquanto, balançando, ele alcançava um arco amplo passando sobre a escancarada abertura embaixo.

Os dois cadáveres, não tendo onde apoiar-se, desapareceram silenciosamente na escuridão, tombando sobre os destroços do andar de baixo.

Glaeken esticou-se até chegar ao vão da porta e descansou. *Mais perto ainda.*

Ele podia imaginar agora o que seu secular inimigo tinha em mente: teria Rasalom esperado empurrá-lo pela abertura e depois fazer desabar sobre ele toda ou parte da estrutura interna da torre? Se as toneladas de blocos de pedra não matassem Glaeken de uma vez por todas, pelo menos iriam prendê-lo para sempre.

Aquilo *podia* dar resultado – pensou ele, o olhar atravessando a escuridão à procura de mais cadáveres que talvez o esperassem. Se Rasalom tivesse êxito poderia utilizar os corpos dos alemães para que removessem o entulho até que a espada fosse encontrada. Então teria apenas de esperar que aparecesse algum habitante da vila ou forasteiro que pegasse a arma e a tirasse de dentro do fortim. Talvez esse plano desse certo; de qualquer maneira, Glaeken sentia que Rasalom tinha algo mais em mente.

MAGDA ACOMPANHOU com o olhar, apreensiva e desanimada, o vulto de Glaeken desaparecer no interior da torre. Seu desejo era correr atrás dele e trazê-lo de volta, mas papai precisava dela – agora mais do que nunca. Procurou afastar seu coração e seus pensamentos de Glaeken e empenhou-se em cuidar dos ferimentos do pai.

Eram ferimentos terríveis. A despeito de todos os seus esforços para estancar o sangue, este escorria, infiltrando-se pelos intervalos das pranchas da ponte e caindo no arroio lá embaixo.

Com um súbito estremecimento, papai abriu os olhos e ergueu-os para ela, mostrando um rosto horrivelmente pálido.

– Magda – balbuciou, com voz tão baixa que ela mal conseguia ouvi-lo.

– Não fale, papai. Poupe suas forças.

– Não tenho mais nada a poupar... Perdoe-me...

– Quieto... – pediu Magda, mordendo o lábio inferior. *Ele não vai morrer ... não vou deixá-lo morrer!*

– Preciso falar agora. Não terei outra oportunidade.

– Não diga isso...

– Queria apenas que tudo voltasse ao que era antes, nada mais. Que você não sofresse. Queria que soubesse...

Sua frase foi interrompida por um estrondo dentro do fortim. A ponte vibrou com a força do choque dos blocos de pedra caindo no chão. Magda viu nuvens de poeira surgindo das janelas do segundo e do terceiro pavimentos da torre. *Glaeken...?*

– Fui um tolo – dizia papai, a voz cada vez mais fraca. – Abjurei nossa fé e tudo mais em que acreditava, até minha própria filha, iludido pelas mentiras dele. Cheguei mesmo a ser o responsável pela morte do homem que você amava.

– Está tudo bem, papai. O homem que eu amo ainda vive! E neste mesmo momento está dentro do fortim disposto a dar um fim àquele monstro de uma vez por todas.

Papai tentou sorrir.

– Posso ver em seus olhos tudo o que você sente por ele... se vocês tiverem filhos...

Ouviu-se outro estrondo, bem mais forte que o anterior. Desta vez ondas de poeira saltaram de todos os pavimentos da torre. Um vulto apareceu, sozinho, na beira do telhado. Quando se voltou de novo para papai, os olhos deste estavam imóveis e sua respiração suspensa.

– Papai? – chamou, sacudindo-o e não querendo acreditar no que lhe diziam todos os seus sentidos e instinto. – Papai, acorde! *Acorde!*

Recordou-se de todo o ódio que sentira por ele na noite anterior, quanto desejara que tivesse morrido. E agora... agora queria ardentemente que tudo começasse de novo, que ele a ouvisse nem que fosse por um minuto, que ela pudesse dizer que o perdoava, que o amava e respeitava, que nada havia mudado na realidade. Papai não poderia partir sem que ela lhe dissesse tudo isso!

Glaeken! Glaeken saberia o que fazer! Olhou outra vez para a torre e viu que agora, junto ao parapeito, havia dois vultos, um em frente ao outro.

GLAEKEN CORREU pelas escadas até o quinto pavimento, evitando as pedras que rolavam e os súbitos buracos no chão. Nesse último pavimento havia uma rampa que conduzia até o telhado da torre.

Encontrou Rasalom em pé junto ao parapeito na extremidade do telhado. Sua capa negra ondulava ao sopro leve da brisa da madrugada. Abaixo e atrás de Rasalom, o Passo Dinu mal se distinguia no nevoeiro. E, mais além, a elevada parede oriental do desfiladeiro avermelhava seus cimos à luz do sol nascente, até então invisível.

Ao avançar, Glaeken procurou imaginar por que Rasalom esperou por ele tão calmamente e em tão precária posição. Quando o telhado começou de repente a ceder e a cair sob seus pés, compreendeu. Com um movimento que era puro reflexo, Glaeken saltou para a direita e conseguiu pendurar-se no parapeito, sustentado pelo braço que estava livre. Quando conseguiu esticar-se e ficar em posição agachada, o telhado e a estrutura interna do terceiro, quarto e quinto pavimentos desabaram e abriram caminho através do segundo com um impacto que sacudiu toda a parte restante da torre. As toneladas de escombros foram depositar-se no pavimento térreo, deixando Glaeken e Rasalom equilibrados na borda de um enorme e oco cilindro de pedra. Mas Rasalom nada mais podia fazer com as pedras da torre. As reproduções do punho da espada, colocadas na parte de dentro das paredes externas, eram uma prova contra os poderes dele.

Glaeken deslocou-se ao longo da borda em sentido anti-horário, esperando que Rasalom recuasse, mas ele não o fez.

Rasalom não se mexeu. Em vez disso, falou na Língua Esquecida:
— E então, bárbaro, de novo somos apenas nós dois, não é verdade?

Glaeken não replicou. Estava alimentando seu ódio, mobilizando sua fúria com as lembranças de todos os sofrimentos de Magda nas mãos de Rasalom. Precisava de toda essa fúria para desferir o golpe derradeiro. Não podia permitir-se a menor hesitação, qualquer pensamento que o desviasse de seu propósito. Precisava ser implacável, agora. Cinco séculos antes, quando aprisionara Rasalom, fora generoso e não o destruíra. Não repetiria essa generosidade. O conflito terminaria ali de uma vez por todas.

– Vamos lá, Glaeken – disse Rasalom em tom amável e conciliatório. – Você não acha que é tempo de pormos um fim a esta nossa guerra?

– Acho! – replicou Glaeken com os dentes cerrados.

Olhou para a ponte e viu o pequeno vulto de Magda debruçado sobre o corpo do pai estendido no chão. A antiga fúria de guerreiro explodiu dentro dele, fazendo-o correr os últimos quatro passos, sua espada erguida em ambas as mãos para o golpe de decapitação.

– *Trégua!* – implorou Rasalom, recuando, a arrogância afinal desaparecida.

– Nada de trégua!

– A metade do mundo! Ofereço-lhe a metade do mundo, Glaeken! Dividiremos em partes iguais e você poderá ficar com quem você quiser. A outra metade será minha.

Glaeken havia abaixado a espada, mas ergueu-a outra vez.

– Não! Desta vez não haverá acordos.

Rasalom recorreu ao argumento que Glaeken mais temia.

– Mate-me e você terá selado sua própria sorte!

– Onde está escrito isso? – A despeito de toda a sua determinação, Glaeken não pôde evitar um instante de hesitação.

– Não é necessário que esteja escrito! É óbvio! Você só existe para se opor a mim. Acabe comigo e acabará com sua razão de ser. Mate-me e estará matando a si mesmo.

Era óbvio. Glaeken temia esse momento desde aquela noite em Tavira, quando pela primeira vez teve conhecimento de que Rasalom fugira da cela. Todavia, durante todo o tempo houvera, no fundo de sua mente, uma leve esperança de que, se matasse Rasalom, não estaria ao mesmo tempo cometendo um ato suicida.

Mas era uma vaga esperança. Teria de correr o risco. A alternativa era clara: desfechar o golpe agora e acabar com tudo, ou considerar a trégua.

E por que não aceitá-la? Metade do mundo era melhor que a morte. Pelo menos ficaria vivo... e poderia ter Magda a seu lado.

Rasalom deve ter adivinhado seus pensamentos.

— Você parece gostar da moça – disse Rasalom, apontando na direção da ponte. – Poderá ficar com ela. Qual a necessidade de perdê-la? Ela é um corajoso insetinho, não é?

— É isso o que nós todos somos para você? Insetos?

— *Nós?* Você ficou tão apaixonado que passou a incluir-se como sendo um *deles?* Estamos acima e além de qualquer coisa que eles jamais sonhariam ser... tão perto dos deuses como eles nunca estarão. Devemos unir-nos e agir em conjunto em vez de nos hostilizarmos como estamos fazendo.

— Jamais me afastei do convívio deles. Tenho procurado, durante todo o tempo, viver como um homem normal.

— Mas você *não* é um homem normal e não pode viver como se fosse! Eles morrem, enquanto você continua vivendo! Não pode ser um deles. Não tente! Continue sendo o que é – superior a eles! Junte-se a mim e os governaremos. Mate-me e ambos morreremos!

Glaeken vacilou. Se ao menos dispusesse de um pouco mais de tempo para decidir... Queria livrar-se de Rasalom de uma vez por todas, mas não à custa da própria vida. Sobretudo agora, depois que encontrara Magda. Não podia suportar a ideia de perdê-la para sempre. Queria ficar mais tempo com ela.

Magda... Glaeken não podia ver, mas sentia que os olhos dela estavam fixos nele naquele instante. Um grande peso oprimiu-lhe o peito. Apenas alguns minutos antes ela arriscara tudo para impedir que Rasalom saísse do fortim, a fim de que ele, Glaeken, dispusesse de mais tempo. Poderia ele fazer menos que isso e ainda merecê-la? Lembrou-se de seus olhos brilhantes quando ela lhe entregou o punho da espada:

— *Sabia que você viria.*

Glaeken abaixara a espada enquanto lutava consigo mesmo. Vendo isso, Rasalom sorriu. E aquele sorriso foi o estímulo final.

Por Magda! – pensou Glaeken e ergueu a arma. Nesse momento o sol despontou sobre o cume oriental da montanha e bateu-lhe em cheio nos olhos. Apesar da ofuscação, ele ainda viu Rasalom atirar-se contra ele.

Foi então que Glaeken compreendeu por que Rasalom se mostrara tão falante e tentara tantas manobras retardadoras e por que deixara que ele se aproximasse tanto a ponto de ficar em condições de desfechar seu golpe de espada. Rasalom estivera esperando que o sol surgisse por trás da montanha e que Glaeken ficasse momentaneamente cego. E agora fazia sua última e desesperada tentativa para lançar Glaeken e sua espada para fora do fortim, empurrando-o por cima do parapeito da torre.

Ele avançou agachado por baixo da ponta da espada de Glaeken, os braços estendidos. Não havia espaço para Glaeken manobrar – não podia desviar-se para um lado nem recuar sequer um passo. Tudo o que lhe restava era apoiar-se e levantar a espada o mais alto possível, perigosamente alto até que seus braços ficassem quase verticais sobre sua cabeça. Sabia que levara seu centro de gravidade a um nível precário, mas sua determinação não era menor que a de Rasalom. Aquilo tinha de acabar – aqui e agora.

Quando o impacto veio – os punhos de Rasalom batendo com toda a força contra suas costelas – Glaeken foi atirado para trás. Concentrando-se na espada, pressionou sua ponta contra as costas expostas de Rasalom e atravessou-o de lado a lado. Com um grito de raiva e dor, Rasalom tentou erguer-se, mas Glaeken agarrou-se à espada enquanto continuava a cair para trás.

Presos um ao outro, ambos caíram sobre a borda e despencaram do alto da torre.

Glaeken viu-se estranhamente calmo enquanto os dois pareciam deslizar no espaço em direção ao abismo lá embaixo, lutando até o último instante. Ele vencera.

E perdera.

O grito de Rasalom interrompeu-se. Com seus olhos negros, incrédulos, arregalados para Glaeken, ele se recusava a acreditar, mesmo agora, que estava morrendo. Ele então começou a murchar – a espada rúnica foi-lhe devorando corpo e essência depois da queda. Sua pele se enrugava e se desprendia. Ante os olhos de Glaeken, seu secular inimigo desintegrou-se e desapareceu.

Sentindo que o nevoeiro subia, Glaeken olhou mais uma vez e divisou a expressão horrorizada de Magda, que permanecia imóvel na ponte. Ele ainda tentou levantar a mão para um adeus, mas o nevoeiro logo o engoliu.

Tudo o que restava agora era o violento impacto contra as pedras invisíveis, no fundo do abismo.

MAGDA TINHA os olhos fixos nos dois vultos em cima do parapeito da torre. Estavam muito próximos, quase se tocando. Ela viu o vermelho do cabelo de Glaeken incendiado à luz do sol nascente; depois, a cintilação da lâmina da espada; em seguida, os dois vultos se atracarem, rodopiarem sobre a borda e caírem, como se estivessem intimamente ligados.

O grito de Magda juntou-se ao gemido de um dos contendores quando os dois vultos entrelaçados mergulharam no nevoeiro e desapareceram.

Por um longo e angustioso momento Magda permaneceu imóvel. Não tinha ânimo sequer para respirar. Glaeken e Rasalom haviam caído juntos, engolidos pelo nevoeiro que enchia o desfiladeiro. *Glaeken caíra!* Ela presenciou, horrorizada, a queda para a morte inevitável.

Em estado de choque, aproximou-se da margem da ponte e olhou para baixo, na direção do ponto onde desaparecera o homem que tanto significava para ela. Sentia-se completamente sem rumo. Sua cabeça rodopiava e a tontura ameaçava derrubá-la. Com um movimento brusco, reagiu contra aquela letargia, aquele desejo de inclinar-se cada vez mais sobre o abismo, até que também caísse e se juntasse a Glaeken lá no fundo. Voltou-se e começou a correr pela ponte.

Não pode ser! – dizia a si mesma enquanto ouvia os próprios passos nas pranchas da ponte. – *Não os dois! Primeiro papai, e agora Glaeken – os dois de uma vez não!*

Deixando a ponte, dirigiu-se para a direita na direção da extremidade da garganta. Glaeken sobrevivera à queda anterior... talvez sobrevivesse pela segunda vez! *Quem sabe?* Contudo, a última queda fora de muito mais alto. Ela afastou os pedaços de rocha que lhe dificultavam a passagem, ignorando os arranhões nas pernas e nas mãos. O sol, embora ainda não muito alto para iluminar diretamente o desfiladeiro, já aquecera o ar e adelgaçara o nevoeiro. Ela prosseguiu na descida, tropeçando, caindo, levantando-se e procurando andar o mais depressa que lhe permitia o terreno acidentado. Passando por baixo da ponte, tratou de não pensar no corpo de papai, sozinho, estendido lá em cima. Por fim chegou ao arroio, junto à base da torre.

Ofegante, Magda parou e andou lentamente em círculo, procurando, ansiosa, algum sinal de vida entre os seixos rolados e os blocos de pedra caídos. Não encontrou nada... ninguém...

– Glaeken? – A voz dela soou fraca e abafada. – Glaeken?

Nenhuma resposta.

Ele tem de estar aqui!

Alguma coisa cintilou não muito longe de onde ela se encontrava. Magda correu para ver o que era. Encontrou a espada... ou o que restava dela. A lâmina se fragmentara em inúmeros pedaços e, junto a um deles, estava o punho, despojado do brilho do ouro e da prata de sua armação. Uma enorme sensação de perda se apossou de Magda quando ela levantou o punho da espada e passou a mão sobre sua superfície agora escura. Uma alquimia ao revés transformara os metais nobres em chumbo. Lutou contra a conclusão lógica, mas, no fundo, sabia que o punho cumprira a finalidade para a qual fora projetado.

Rasalom estava morto; em consequência, a espada não era mais necessária, como também não era o homem que a empunhara.

Desta vez não haveria milagres.

Magda soluçou de angústia, balbuciando palavras que lhe escapavam involuntariamente dos lábios e perduraram enquanto seus pulmões puderam alimentá-las. Era um som de desespero e de perda, reverberando pelas muralhas do fortim e pela garganta e ecoando no fundo do abismo.

Depois que o silêncio voltou, ela permaneceu imóvel, com a cabeça inclinada e os ombros caídos, querendo chorar, mas sem forças; querendo golpear quem quer que tivesse sido responsável pela tragédia, mas todos os que nela haviam tomado parte estavam mortos – exceto ela mesma; querendo gritar, protestar contra a cega injustiça que a atingira, mas sentindo-se incapaz de fazer qualquer coisa que não fosse soluçar, dando vazão à angústia que a dominava.

Deixou-se ficar ali durante um longo tempo, tentando encontrar uma razão para continuar existindo. Não tinha mais nada. Tudo o que amava na vida lhe fora arrancado. Não havia mais motivo para justificar sua existência...

Entretanto, deveria haver. Glaeken vivera tanto tempo e nunca lhe faltaram razões para continuar existindo. E admirara sua coragem. Seria um ato de coragem agora desistir de tudo?

Não. Glaeken certamente desejaria que ela vivesse. Tudo o que ele fizera e defendera tinha sido em favor da sobrevivência; até mesmo morrera por esse ideal.

Ela apertou o punho da espada contra o peito até que os soluços cessaram. Depois voltou-se e começou a caminhar, sem saber para onde iria nem o que faria, mas certa de que encontraria um caminho e uma razão para prosseguir.

E levaria consigo o punho da espada. Era a única coisa que lhe restava.

Epílogo

Estou vivo!

Glaeken sentou-se em meio à escuridão, apalpando seu corpo para certificar-se de que existia. Rasalom se fora, reduzido a um punhado de poeira suspenso no ar. Finalmente, depois de séculos, Rasalom deixara de ser.

Entretanto, por que estou vivo? Por quê?

Ele caíra ali, furando o nevoeiro e chocando-se contra as rochas com força suficiente para quebrar todos os ossos do corpo. A lâmina da espada fizera-se em pedaços, o punho se alterara. Entretanto, ele sobrevivera.

No momento do impacto, sentira algo saindo de dentro de si e ele ficara ali, esperando pela morte.

Entretanto, ela não viera.

Sua perna direita doía-lhe de maneira horrível, mas ele podia respirar, sentir, mover-se. E também ouvir. Ao perceber o ruído dos passos de Magda, que descia para o fundo do desfiladeiro, ele se arrastou até a pedra giratória na base da torre, abriu a passagem e se escondeu lá dentro, esperando em silêncio enquanto ela o chamava pelo nome. Chegou a tampar os ouvidos, angustiado com a dor e a ansiedade da voz dela, desejando responder mas sem poder fazê-lo. Pelo menos por enquanto. Até que tivesse certeza.

E agora ouvia nitidamente que ela estava atravessando o arroio. Glaeken girou outra vez a pedra e se pôs em pé do lado de fora da torre. Não conseguia firmar sua perna direita. Estaria quebrada? Jamais quebrara um osso até então. Incapaz de andar, arrastou-se para junto do arroio. Precisava saber. Tinha de certificar-se antes de tomar qualquer decisão.

Na margem do arroio ele hesitou. Estava vendo o céu, cada vez mais azul, a refletir-se na superfície ondulada da água. Será que veria alguma coisa mais se se debruçasse sobre ela?

Por favor – disse ele em pensamento para o poder a que servira, o poder que talvez não mais estivesse ouvindo. – *Por favor, fazei com que isto seja o fim de minha missão. Deixai-me viver como um homem normal o resto dos dias que me forem concedidos. Permiti que eu envelheça ao lado da mulher que amo, em vez de vê-la definhar enquanto permaneço jovem. Fazei com que isto seja o fim de minha missão. Já completei a tarefa. Libertai-me!*

Cerrando os dentes, aproximou a cabeça da água. Um rosto pálido, com olhos azuis e cabelo vermelho, olhava de volta para ele. Sua imagem estava lá. Podia ver-se refletido! Voltara a ser normal!

Uma sensação de regozijo e alívio correu-lhe pelo corpo. *Tudo acabara! Finalmente tudo acabara!*

Levantou a cabeça e olhou para o outro lado do desfiladeiro, vendo afastar-se, devagar, o vulto da mulher que amava como jamais amara outra em toda a sua longa vida.

– Magda! – Tentou ficar em pé, mas a perna ferida não o sustentava. Teria de esperar, como qualquer pessoa normal, que se curasse.

– Magda!

Ela olhou para trás e ficou imóvel durante uma eternidade. Ele agitou os dois braços acima da cabeça. Teria soluçado bem alto se ainda lembrasse como fazer isso. Entre outras coisas, teria de aprender a chorar de novo.

– Magda!

Alguma coisa caiu das mãos dela, um objeto parecido com um punho de espada. Depois ela estava correndo em sua direção, tão rápido quanto lhe permitiam suas longas pernas, tendo no rosto uma expressão de contentamento e ao mesmo tempo de dúvida, como se o fato de encontrá-lo fosse a coisa mais maravilhosa do mundo, mas com medo de acreditar que tudo era verdade até que pudesse abraçá-lo.

Glaeken lá estava, esperando ser abraçado.

E, bem acima, um pássaro de asas azuis, com o bico cheio de palha, adejava para um pouso suave na beira de uma janela do fortim à procura de um lugar para construir seu ninho.

fim

ATENDIMENTO AO LEITOR E VENDAS DIRETAS

Você pode adquirir os títulos da BestBolso através do Marketing Direto do Grupo Editorial Record.

- Telefone: (21) 2585-2002
  (de segunda a sexta-feira, das 8h30 às 18h)
- E-mail: mdireto@record.com.br
- Fax: (21) 2585-2010

Entre em contato conosco caso tenha alguma dúvida, precise de informações ou queira se cadastrar para receber nossos informativos de lançamentos e promoções.

Nossos sites:
www.edicoesbestbolso.com.br
www.record.com.br

EDIÇÕES BESTBOLSO

Alguns títulos publicados

1. *Caetés*, Graciliano Ramos
2. *Riacho doce*, José Lins do Rego
3. *Nova reunião* (3 volumes), Carlos Drummond de Andrade
4. *O Lobo da Estepe*, Hermann Hesse
5. *O jogo das contas de vidro*, Hermann Hesse
6. *O pianista*, Władisław Szpilman
7. *O império do Sol*, J. G. Ballard
8. *A lista de Schindler*, Thomas Keneally
9. *50 crônicas escolhidas*, Rubem Braga
10. *35 noites de paixão*, Dalton Trevisan
11. *Essa terra*, Antônio Torres
12. *O dia em que matei meu pai*, Mario Sabino
13. *Getúlio*, Juremir Machado da Silva
14. *Jovens polacas*, Esther Largman
15. *Os delírios de consumo de Becky Bloom*, Sophie Kinsella
16. *O diário de Bridget Jones,* Helen Fielding
17. *Sex and the city*, Candace Bushnell
18. *Melancia*, Marian Keyes
19. *O pêndulo de Foucault*, Umberto Eco
20. *Bandolino*, Umberto Eco
21. *A bicicleta azul*, Régine Deforges
22. *Lendo Lolita em Teerã*, Azar Nafisi
23. *Uma mente brilhante*, Sylvia Nasar
24. *As seis mulheres de Henrique VIII*, Antonia Fraser
25. *Toda mulher é meio Leila Diniz*, Mirian Goldenberg
26. *A outra*, Mirian Goldenberg
27. *O livreiro de Cabul*, Åsne Seierstad
28. *Paula*, Isabel Allende
29. *Por amor à Índia*, Catherine Clément
30. *A valsa inacabada*, Catherine Clément

EDIÇÕES
BestBolso

Este livro foi composto na tipologia Minion, em
corpo 10/12,5, e impresso em papel off-set 63g/m² no Sistema
Cameron da Divisão Gráfica da Distribuidora Record.